Si le geste est beau

Benjamin Franceschetti

Si le geste est beau

la manufacture de livres

Si vous souhaitez recevoir notre catalogue
et être tenu informé de nos publications,
envoyez vos coordonnées en citant ce livre à :

La Manufacture de livres, 101 rue de Sèvres, 75006 Paris
ou
contact@lamanufacturedelivres.com

ISBN 978-2-35887-946-0

CHAPITRE 1

Un petit rond de taffetas rouge reposait sur l'œil mort du vieil homme. D'une main délicate, Fabre le décolla.

C'était l'un de ces confettis qui continuaient à voleter dans les rues de Paris depuis Mardi Gras. Celui-ci avait dû se faufiler à travers la fenêtre brisée par l'explosion.

Le commissaire se releva, laissant le confetti tomber lentement au sol. Alors, comme s'il avait été jusque-là aveuglé par ce détail, Fabre remarqua le corps du vieillard, le sang qui s'écoulait de sa gorge entaillée par des éclats de verre, la chair déchiquetée qui saillait à travers les déchirures des vêtements. Il détourna le regard pour se trouver face à une jeune femme que l'on aurait pu croire vivante. Un pas de plus lui permit de constater qu'elle avait la nuque brisée. Plus loin, un homme gisait face contre terre, le bras gauche séparé du corps, le visage en miettes.

Il y avait du sang sur les murs, dans les assiettes et les tasses de porcelaine.

Le chef de la Sûreté, Xavier Guichard, se tenait immobile entre deux cadavres. Fabre hésitait à s'en approcher lorsque le préfet de Paris entra.

En raison de sa haute taille, il baissa la tête en passant la porte. Puis, sans doute en signe de respect envers les morts, il la garda courbée. Fabre apprécia le geste. Lui-même était dans la pièce depuis dix minutes, et il avait la sensation que son menton s'était vissé à sa poitrine.

Le préfet enjamba un serveur allongé la main tendue vers la sortie, un trou à la place de l'œil gauche, le corps désarticulé. Les survivants et les blessés l'avaient piétiné dans leur fuite.

Une grimace déforma le visage poupin du préfet.

« Sept morts, murmura-t-il. Sept morts et des dizaines de blessés. En quelques secondes… »

Il interrogea Guichard du regard. Celui-ci se contenta de lisser sa barbe bien taillée en faisant un geste d'impuissance. Le préfet se tourna alors vers Fabre, qui ne trouva rien à dire non plus.

Un brusque éclair de lumière vint les surprendre. Un agent prenait la photographie d'un énième cadavre à l'aide d'un appareil haussé sur un trépied. Un peu plus loin, un membre de la Brigade scientifique inspectait le sol à la recherche de quelque chose. La police s'était modernisée grâce à Hennion, l'actuel préfet, et à son prédécesseur, Lépine, mais cela ne suffisait pas. Cela ne suffirait jamais.

« Un crime crapuleux, je peux comprendre, dit Hennion. S'il y a un *motif*…

– Il croit qu'il va changer le monde, monsieur. »

La réponse venait d'un quatrième homme, à peine entré dans la pièce. Les autres le saluèrent de la tête.

« C'était un attentat prévu à l'avance, continua-t-il. Deux au Châtelet. Deux devant le Luxembourg. Et deux ici. Trois attentats simultanés. À chaque fois, l'un attend dans la voiture pendant que l'autre lance la bombe.

– À ceci près, corrigea Fabre, que les autres se sont contentés de faire exploser des pans de mur vides sans blesser personne.

– De la destruction de biens, ajouta Hennion, mais pas de meurtre. La différence est capitale, Cerruti. »

Fabre se tourna vers le chef de la Sûreté, resté muet. Guichard semblait un naufragé à la dérive. Il se réfugiait dans le silence, dans l'indifférence peut-être, afin de ne pas montrer de faille. Victor Fabre aurait voulu faire pareil. En tant que subordonné, il ne disposait pas de ce luxe.

« J'imagine que notre tueur avait le même objectif, ou du moins la même consigne, répondit Cerruti… Et qu'il a changé d'avis.

– Mais justement ! s'étrangla Hennion. Qu'est-ce qui a bien pu le faire changer d'avis ? »

Guichard ouvrit enfin la bouche :

« L'anarchie. C'est bien ce qu'il a crié, non ? »

Fabre hocha la tête. Plusieurs témoins affirmaient que l'homme avait hurlé « Vive l'anarchie ! » avant de lancer la bombe. En d'autres termes, c'était un crime mystique, le fantôme d'Émile Henry ou de Ravachol. Mais nous étions en 1914 et les attentats fanatiques appartenaient au passé.

« Au fond, cela n'a pas d'importance, rétorqua Hennion. Ce qui compte, c'est que ces hommes soient sous les verrous au plus vite, quel que soit leur motif. »

Jugeant sans doute que sa consigne était claire, et poussé par un besoin devenu intenable de prendre la fuite, il retourna à la porte. Avant de l'ouvrir, il se tourna et ajouta d'une voix plus lente :

« Je mets tout le monde sur cette affaire, bien entendu. Interrogez les témoins, diffusez les signalements, questionnez les mouchards. Bref, faites le nécessaire. Et si vous ne trouvez rien, j'imagine que les Brigades mobiles s'en chargeront. »

Il s'échappa enfin. Un flash ponctua sa sortie. Fabre se plongea dans la contemplation des gestes du photographe qui, satisfait, déplaçait le trépied vers le cadavre de la jeune femme. Gestes mécaniques, répétitifs. Les mêmes pour immortaliser des cadavres, des prévenus, ou des familles endimanchées.

Guichard, maintenant qu'il avait recouvré la voix, déclara avec amertume :

« Il a raison. Les Brigades vont tout faire pour nous damer le pion. »

Fabre se tourna vers lui. Durant une seconde, il ne sut pas quoi dire. Il fixa son chef de ses yeux tristes, les lèvres scellées.

« L'important est que quelqu'un mette la main sur le tueur, lâcha-t-il enfin. Le reste…

– Autant faire en sorte d'y parvenir les premiers. La Sûreté a déjà trop mauvaise presse. »

C'était vrai. Mais c'était une constatation d'administratif. Le commissaire avait d'autres priorités. Il laissa passer un temps en dévisageant les victimes.

Guichard se mit à faire les cent pas dans la pièce. Fabre écouta le bruit de ses semelles sur le sol. Le chef de la Sûreté, voyant qu'on ne lui disait plus rien, se dirigea vers la sortie. De toute façon, que pouvait-il ajouter ? Fabre l'entendit refermer la porte. Le silence retomba.

Autour de lui, les scientifiques s'affairaient. Cerruti s'était rapproché.

« Un attentat anarchiste, prononça enfin Fabre en pensant à voix haute.

– En tout cas, cela y ressemble. La propagande par le fait. Ils espèrent inciter à la Révolution. Vous ne croyez pas ? »

Fabre haussa les épaules.

« La propagande a été abandonnée depuis trente ans pour une bonne raison : tuer des innocents n'est pas une bonne manière de convaincre les gens.

– N'oubliez pas que les autres lanceurs de bombe n'ont tué personne.

– C'est vrai. Mais ici, nous avons un homme qui a préféré faire couler le sang. Encore une fois : pourquoi ? »

À cet instant, comme s'il avait voulu répondre aux réflexions de Fabre, l'agent de la Brigade scientifique s'approcha en brandissant un petit objet rectangulaire.

« Voici la bombe. »

Fabre se raidit. Le scientifique, un jeune homme d'une maigreur à faire peur, restait tout à fait placide. Cerruti, égal à lui-même, n'eut aucune réaction.

C'était une boîte en étain qu'on avait soudée en laissant l'espace pour une mèche. Elle était cabossée et noircie, ce qui était normal après une explosion.

« Il doit rester des traces d'explosif à l'intérieur. Nous pourrons l'analyser. Si notre artificier ne se pique pas d'originalité, je gage qu'il s'agit d'un mélange de poudre noire et d'acide picrique.

– Et des balles, ajouta Fabre d'une voix grave. Il y a eu des blessés par balle. Dont le serveur. »

Le jeune homme le dévisagea comme s'il s'étonnait que le commissaire puisse non seulement parler, mais aussi émettre une remarque pertinente.

« Ce qu'il reste de la boîte en porte la marque, en effet. »

Il posa son index sur une bosse. Fabre se demanda en quoi elle se distinguait des autres.

« C'est ce qu'avait fait Vaillant au Parlement pour accentuer les dégâts », remarqua Cerruti.

Fabre fit de son mieux pour ne pas s'offusquer de l'indifférence de Cerruti. Lui-même, sans doute, avait été ainsi par le passé. Mais les années et l'expérience l'avaient rendu plus sensible. Ce n'était pas la première victime qui était la pire :

c'était celle que vous trouviez, vidée de son sang, après une carrière entière dans les forces de l'ordre. Car elle prouvait que vous n'aviez servi à rien.

Le scientifique, pour sa part, était aussi désincarné que Cerruti. Tandis que l'inspecteur palpait la bombe, l'autre le regardait faire d'un œil morne.

« J'espère que les analyses nous en apprendront plus, dit Fabre.

– Très certainement. Mais je ne sais pas si ce sera utile. »

Comprenant que la remarque du commissaire l'invitait à prendre congé, le scientifique récupéra la bombe des mains d'un Cerruti apathique, et s'éloigna. Les deux policiers se dirigèrent vers la porte.

« Il faut s'occuper des voitures, dit Cerruti. Elles ont sans doute été volées. On peut espérer qu'elles l'aient été dans une même zone, ce qui nous donnerait un espace de recherches.

– Bonne idée. Avant cela, organisez les interrogatoires des témoins. Il nous faut au plus vite un portrait convenable des terroristes. Et demandez à Garcin de nous dégotter une paire de mouchards. »

Cerruti s'étonna :

« Et vous ?

– Je vais rendre visite à des connaissances. »

Fabre serra la main de son adjoint et sortit. Cerruti resta quelques instants dans la pièce.

Le scientifique avait disparu. Il n'y avait plus que le photographe. Un nouvel éclair de lumière attira un instant l'attention de l'inspecteur.

Pas assez longtemps pour oublier ce qui était devant lui.

Il observa le couple qui s'était trouvé le plus proche de l'explosion. Des jeunes gens, à en juger par ce qu'il en restait, presque des enfants. La moitié du visage de la femme avait été emportée, ses jambes arrachées ; on voyait l'intérieur de son ventre à la manière d'un fruit trop mûr. Quant à l'homme, ce n'était plus qu'un tas de viande informe aux membres éclatés, une gigantesque mouche écrasée.

Cerruti se précipita à l'extérieur.

CHAPITRE 2

« Tiens, Eugène ! Comment va, vieille branche ?

– Germain ! Content de te voir, tu es là depuis longtemps ? »

Les deux hommes se saluèrent en grelottant. Aucun des deux n'avait pris le temps de se couvrir convenablement avant de se précipiter sur les lieux.

« Une vingtaine de minutes.

– Des informations que tu voudrais bien transmettre à un concurrent ? »

Germain fit mine d'hésiter, puis éclata de rire et, ignorant sa force, donna une grande claque dans l'épaule d'Eugène Lepage. Celui-ci se contenta de sourire pour cacher sa douleur.

« Rien de particulier. Le préfet est à l'intérieur avec deux membres de la Brigade du chef. D'autres clampins interrogent les témoins.

– Et sur le crime ?

– Simple comme bonjour. Un homme descend de voiture, lance une bombe en criant une anarchisterie et s'enfuit.

– Très simple, en effet. »

Eugène se sentait déçu. Cela ne ferait pas un article très conséquent.

Il mendiait un travail de réécriture à *L'Aurore*, où l'on voulait parfois de lui, lorsqu'il avait appris la nouvelle. Aussitôt, il s'était précipité sur place afin d'être le premier à écrire un papier qu'il lui faudrait ensuite proposer avec force courbettes aux rédactions où il avait un contact. De longues heures s'annonçaient, passées à écrire sur un mode pathétique un résumé de l'événement sans aucune garantie d'être payé pour ses efforts – et avec le risque qu'un journaliste plus connu s'accapare son travail, à moins de mettre en valeur son flair journalistique par la découverte d'une piste inattendue.

Dans ce but, il lança une hypothèse en l'air :

« Un lien avec Bonnot, tu crois ? »

Germain leva les sourcils.

« Pourquoi ? »

Eugène, qui avait parlé sans réfléchir, marmonna :

« Ce sont des anarchistes.

– Non, raisonna Germain, Bonnot utilisait l'anarchie comme un prétexte. C'était un vulgaire voleur. Ici, on pourrait davantage les comparer à Ravachol. »

Germain allait se lancer dans une longue dissertation. Eugène, cependant, commençait à trouver sa propre hypothèse intéressante. Elle faisait écho à des rumeurs persistantes :

« N'empêche qu'après le procès de la bande, on disait qu'un des bandits était toujours dans la nature. Tu ne te souviens pas ?

– Tu veux parler des contes colportés par le gros Léon dans *L'Action française* ? Tu ne parles pas sérieusement !

– Tout le monde sait qu'il y a eu des manipulations lors du procès. Dieudonné était innocent. Je me fiche que cette idée soit défendue par l'extrême droite : on ne peut pas écarter cette possibilité d'un revers de la main. »

Germain leva les yeux au ciel.

« Et même si c'était vrai ? Tu vas me dire que c'est ce complice caché qui aurait monté une nouvelle équipe ? Dans quel but ?

– Je ne sais pas. Venger ses camarades…

– Pourquoi ne l'aurait-il pas fait plus tôt ? »

Eugène eut envie de quitter les lieux, car il n'avait rien d'intelligent à répondre. En fait, il trouvait ses propres questions idiotes. Et cela l'énervait.

Depuis maintenant trois ans il s'efforçait de suivre toutes les affaires criminelles un tant soit peu hors normes, dans l'espoir de mener sa propre enquête mieux que la police et d'atteindre le succès en permettant d'arrêter un coupable. À chaque fois, il s'embourbait dans des hypothèses absurdes, et l'enquête se résolvait sans lui. Pendant ce temps, Germain avait connu une ascension fulgurante grâce à quelques indiscrétions mondaines. Eugène n'avait pas les relations lui permettant de faire de même, mais il ne l'aurait pas souhaité de toute façon. Il n'aimait guère les ragots.

Au fond, il aurait voulu que les faits divers se transforment en romans policiers. Il aurait été Rouletabille, journaliste-détective emporté sur des chemins improbables. Mais il n'était qu'Eugène Lepage, pigiste sans talent dans un journal à l'agonie. Tous les meurtres sur lesquels il avait essayé d'enquêter s'étaient résolus de manière décevante, sans vaste conspiration, sans motifs ésotériques. À chaque fois, pendant qu'il montait ses intrigues romanesques, ses collègues allaient au plus simple, suspectaient l'amant éconduit ou la mariée jalouse – et ils avaient raison. Il lui manquait peut-être le flair du journaliste, le sens du réel. Il croyait trop aux coups de théâtre.

Un homme à la carrure épaisse et aux cheveux gris sortit du café de Flandres. Ses mouvements étaient lents, ses yeux tristes.

« Victor Fabre, annonça Germain. Un pilier de la Brigade du chef, la crème de la crème du Quai des Orfèvres. En fait, surtout un policier scrupuleux, qui a obtenu cette place grâce à ses années de loyauté. Un fonctionnaire, en somme. »

Le commissaire rejoignit le préfet et le chef de la Sûreté. Les trois hommes échangèrent quelques mots. Eugène fit de son mieux pour analyser leur posture et leurs gestes.

« Hennion a l'air sur les dents, dit-il.

– Inévitable, répondit Germain. Si les anarchistes ont le temps de recommencer avant que Fabre ne les arrête, tu imagines le bilan…

– À condition qu'ils recommencent.

– En tout cas, avec sept cadavres, si l'enquête tourne au fiasco, Hennion peut dire adieu à son poste. Même Lépine, après un règne de vingt ans, a dû plier bagage parce qu'il a mis trop de temps à appréhender Bonnot… L'ironie, là-dedans, c'est que Lépine subissait la concurrence des Brigades du Tigre, mises en place par Hennion. Et maintenant, Hennion va être mangé à la même sauce. »

Eugène écoutait d'une oreille distraite. Germain avait la mauvaise habitude d'enfoncer les portes ouvertes – une autre qualité de journaliste, il fallait bien l'admettre.

Un troisième homme, grand et sec, rejoignit Fabre et Hennion. Devant le Flandres, une foule de badauds et de curieux se formait, profitant du départ des policiers.

Voyant qu'Eugène ne l'écoutait plus, Germain cessa son discours :

« Allez, mon vieux, j'ai un papelard à faire. Je te souhaite bonne chance ?

– C'est ça. Je t'en souhaite autant. Mais tu as déjà ta place, veinard. »

Eugène resta sur les lieux quelques minutes.

Le préfet et ses deux interlocuteurs avaient disparu. Une grappe d'agents de la paix éloignait les curieux.

Il prit son carnet et écrivit la date : mardi 10 mars 1914. À côté, en majuscules, un titre : « Attentat anarchiste ! »

Aussitôt, il leva son crayon. Ce n'était pas assez frappant.

« Le massacre du Flandres » ? « L'explosion terrible » ? « La bombe tueuse » ?

Il laissa la question en suspens et s'attela à la suite.

Situation initiale : *À quatorze heures, le café de Flandres débordait de vie, d'animation, de rires. Une clientèle de luxe y était venue déjeuner, dans la plus parfaite insouciance.* Puis l'événement : *Soudain, un homme, ivre de folie, enivré de rage meurtrière tels les mystiques des temps païens, pousse un cri d'horreur : « Vive l'anarchie ! »*

Ensuite, une description elliptique du massacre : *La bombe explosa dans un silence de mort. Six innocents furent fauchés aussitôt, tandis que l'assassin s'enfuyait en riant aux éclats.* Ce dernier détail était une invention qui aurait pu avoir sa place dans le racoleur *Œil de la police*.

Les bandits s'enfuirent en voiture ; leurs complices moins sanguinaires, ailleurs dans la capitale, en firent de même. Fin ?

Il avait de quoi gagner encore une ligne, en annonçant une suite. *La police, menée par l'illustre commissaire Fabre, pourra-t-elle leur mettre la main au collet, avant qu'ils ne frappent de nouveau ?*

Eugène referma son carnet. Durant une seconde, il fut satisfait.

Puis il soupira. Tout cela était inutile. Un collègue plus réputé avait sans doute déjà proposé une copie. Les grands faits-diversiers ne perdaient pas de temps à se déplacer : ils reformulaient ce que des pigistes désespérés leur expliquaient par téléphone.

Un confetti se posa sur sa main, poussé là par une légère brise. Eugène le décolla d'une pichenette. Deux semaines s'étaient écoulées depuis Mardi Gras, mais des confettis volaient encore dans les rues, et en cherchant bien on pouvait même trouver quelques serpentins pendus aux branches des arbres, scintillant dans l'étrange lumière du mois de mars.

Étrange époque, songea-t-il, où l'on pouvait passer en un instant de l'insouciance à l'horreur. En fin de compte, il n'était pas à plaindre.

Cela le décida : il allait tenter sa chance. Après avoir essuyé un refus, il mendierait un travail de correction puis, à la nuit tombée, il irait se consoler entre les bras de Gwen. Elle, au moins, lui permettait de trouver du charme à la réalité.

Impatient d'avoir fini ses épreuves, Eugène retourna à la rédaction de *L'Aurore*.

CHAPITRE 3

Après quelques minutes à marcher seul, Fabre sentit sa respiration se radoucir. Au Flandres, les morts étaient trop proches et, par leur seule présence, ils lui prouvaient son inutilité.

Sans aller jusqu'à défendre la sensiblerie, le commissaire considérait qu'il était nécessaire, d'un point de vue déontologique, de partager un peu du calvaire des victimes.

La Brigade du chef étant le sommet de sa carrière, il n'espérait plus aucun avancement. Il n'avait pas non plus de goût pour cette curieuse célébrité qu'offrait l'époque aux détectives, et il n'aimait guère résoudre des énigmes. Il n'avait donc qu'une raison de poursuivre son métier : le sentiment d'une proximité avec les victimes, et cette impression étrange qu'une autorité plus haute lui avait imposé le devoir de les venger.

Cela ne l'empêchait pas, parfois, de prendre les criminels eux-mêmes en pitié. Certains étaient avant tout des victimes – des circonstances, de leur éducation, de toutes sortes de choses dépassant les capacités individuelles. Dans le cas du Flandres, cependant, il n'arrivait pas à imaginer qu'on puisse trouver la moindre excuse à celui qui avait commis ce carnage.

Alors, après avoir échangé quelques mots avec le juge d'instruction, il avait abandonné Cerruti à ses recherches sur les automobiles volées et laissé à Guichard le soin d'organiser lui-même les investigations.

Il avait une femme à voir.

Arrivé devant le numéro 46 de la rue Julien-Lacroix, il eut besoin d'un instant pour trouver son courage. Ceci fait, il grimpa les escaliers à vive allure, afin de s'engager dans cette démarche au plus vite. De même, il frappa à la porte avant de se laisser le temps de changer d'avis.

Une petite femme aux cheveux bruns et aux yeux clairs ouvrit la porte. Son visage rond se tendit quand elle le reconnut.

« Qu'est-ce que vous fichez ici ? »

Il ne s'attendait pas à meilleur accueil.

« J'ai besoin de vous parler, Rirette, dit-il d'un ton doux. Vous pouvez peut-être m'aider. »

Elle ne répondit pas, ne fit pas le moindre mouvement. Il y eut un long silence. Fabre se sentit mal à l'aise. C'était sans doute ce qu'elle souhaitait. Seulement, elle n'avait pas encore refermé la porte : elle attendait des précisions.

« Il y a eu des morts. Sept. Au Flandres. À cause d'une bombe lancée par un homme qui se proclame anarchiste. À en croire ce qu'il a crié, tout du moins. »

Elle haussa les sourcils. Ce fut son seul mouvement.

« Je ne sais pas ce qu'ils veulent, mais il y a fort à parier qu'ils recommenceront.

– *Ils* ? »

Parfait. La partie était loin d'être gagnée, mais le poisson était ferré.

« Ils sont au moins six. Les autres ont lancé des bombes contre des murs vides. Tout cela ressemble fort à de la propagande par le fait, et vous comprendrez donc…

– Que je suis suspecte ?

– Pas le moins du monde. Nous savons que vous avez rompu avec ce monde-là et que vous condamnez la violence, Rirette. Seulement, je sais aussi que vous avez de nombreux liens avec les franges les plus marginales du mouvement anarchiste… »

Il s'arrêta un instant, se maudissant lui-même, le temps qu'elle saisisse la menace implicite.

« Puisque vous me connaissez si bien, vous savez surtout que je ne donnerai jamais des camarades, même si je ne soutiens pas leur combat. »

À vrai dire, les principes de la jeune femme n'avaient pas toujours été aussi rigides. Il avait donc prévu un atout de choix. Un mensonge, qu'il présenta en se maudissant une seconde fois :

« Et si cela peut vous ramener Victor avec trois ans d'avance ? »

Enfin, quelque chose bougea dans le visage lisse de Rirette Maîtrejean. Ses traits se détendirent. Cela pouvait manifester aussi bien la surprise que la peur ou l'intérêt. Sans doute un peu des trois. Elle ouvrit la porte en grand.

« Venez. Quelques minutes, pas plus. »

À l'intérieur, deux petites filles le toisaient avec suspicion. Fabre n'avait pas l'allure des relations habituelles de leur mère.

« Je vous prépare du café. Maud, Sarah, allez jouer plus loin. »

Sans un mot, les fillettes obtempérèrent. Fabre s'avança vers la cuisine attenante au salon, dans laquelle Rirette s'activait déjà. Il remarqua d'un ton sarcastique :

« Voilà deux enfants qui se tiennent sages… c'est peu libertaire, il me semble ?

– Elles ont l'habitude d'être chassées du salon. Il y a souvent du monde ici, et je ne souhaite pas qu'elles entendent les discussions que nous avons.

– Quel monde, si je peux me permettre?

– Des amis, soupira Rirette. Mon ancien mari, Louis, les rares fois où il n'est pas en prison. Si vous comptez me questionner sur ma vie dissolue, la porte est là-bas.

– Pas du tout. Je sais que vous êtes rangée, Rirette. Vous travaillez à la Compagnie des eaux, vous faites de votre mieux pour élever vos filles en vous tenant éloignée des projets douteux de vos anciens camarades… »

C'était un coup risqué : il lui montrait qu'il ne la suspectait pas, tout en lui faisant comprendre qu'elle était surveillée de près. Un geste d'amitié et une menace en même temps.

Si elle ne coopérait pas, elle connaissait les risques : elle avait déjà fait de la prison. Restait à savoir si ce serait suffisant pour la pousser à aider un « roussin ». C'était ici qu'intervenait la récompense. Son compagnon, Victor Kilbatchitch, dit Victor Serge, était en prison depuis l'affaire Bonnot, et son appel avait été rejeté. Il ne retrouverait pas la liberté avant 1917 – à moins d'une intervention de Fabre.

La carotte et le bâton.

Bien sûr, tout cela n'aurait pas la moindre chance de fonctionner, s'il n'avait pas déjà de bonnes relations avec Rirette Maîtrejean.

« Installez-vous au salon. J'arrive. »

Il la laissa finir sa tambouille, et repensa à la manière dont il l'avait rencontrée.

Deux ans plus tôt, quatre hommes – Bonnot, Callemin, Garnier, et un autre complice non identifié – avaient détroussé un garçon de banque. De là, les événements s'étaient précipités, les cadavres s'étaient empilés : un veilleur de nuit puis un agent de police tués par Garnier, un couple de vieillards assassinés lors d'un cambriolage par deux compagnons de la bande, Metge et Carouy. Malgré l'intensité de la traque, ils avaient encore eu le temps d'effectuer un cambriolage à

Chantilly, mettant à mort deux employés. Rirette et Victor dirigeaient *L'Anarchie*, un journal autour duquel gravitaient plusieurs « illégalistes ». Ils s'étaient donc retrouvés mêlés à l'affaire : sans partager elle-même les méthodes de la bande, Rirette avait hébergé Callemin et Garnier durant leur fuite.

Fabre l'avait interrogée à plusieurs reprises. Cela n'avait mené nulle part, si ce n'est qu'ils avaient lié connaissance. Elle appréciait sa douceur et sa courtoisie – des vertus qu'elle avait rarement trouvées chez ses collègues.

Lors du procès des complices, Victor avait été condamné à cinq années de réclusion, tandis que Rirette était relâchée. Fabre avait appuyé en faveur de son acquittement ; il n'y était sans doute pour rien, son avis n'ayant aucune valeur juridique, mais il l'avait laissé entendre, dans l'espoir de conserver ainsi une potentielle alliée au sein des cercles anarchistes.

Restait que Rirette, peu naïve, était consciente des motivations de Fabre : il devait, encore et toujours, gagner sa confiance.

« Voilà. »

Elle posa deux tasses fumantes sur une petite table basse et lui adressa une œillade amusée.

« Laissez-moi résumer, commissaire. Vous me surveillez avec attention. Pas que ça m'étonne, ni que ça me flatte : j'ai remarqué plus d'une fois vos mouchards qui me collaient aux basques. C'est le jeu. Vous savez donc que je n'ai pas tout à fait coupé les ponts avec mes anciennes fréquentations, et vous comptez sur mon aide. Fort bien. À ce que j'en comprends, vous n'hésiterez pas à me coffrer, sous un faux prétexte, si je refuse de vous aider… »

Fabre marmonna une objection vague mais Rirette continua :

« Et si j'ai la gentillesse de vous prêter main forte, vous voulez me faire croire que vous appuierez la libération anticipée de Victor… »

Fabre hochait la tête, mal à l'aise. Les choses ne se passaient pas comme prévu.

« Vous avez pris vos distances en termes clairs avec l'illégalisme… »

C'était une dernière tentative pour entrer dans ses bonnes grâces. Trop tard :

« Vous me connaissez bien, commissaire. Vous savez donc que je ne suis pas une gourde. »

Ce qu'il savait, en tout cas, c'était qu'elle n'hésiterait pas à lui rentrer dans le lard plutôt que de se laisser convaincre. Il prit sa tasse en souriant. Un sourire trop crispé.

« Je vous l'ai déjà dit, Rirette, j'ai besoin de vous. Si vous avez cru percevoir des menaces dans mes propos, je m'en excuse. Je ne ferais jamais enfermer un innocent, à plus forte raison une femme, sans motif valable. »

C'était vrai. La plupart du temps.

« Inutile d'insister pendant une heure. De toute manière, malheureusement pour vous et pour ce pauvre Victor, je ne suis au courant de rien.

– De rien ? »

Elle secoua la tête.

« De mon point de vue, commissaire, les illégalistes et les terroristes font du mal au mouvement. Personne n'est jamais devenu anarchiste suite à un massacre. Personne. Et Bonnot, Callemin, Garnier… De vulgaires bandits avides d'argent. Rien à voir avec le bel idéal philosophique de Libertad. »

Libertad, Joseph Albert, véritable nom inconnu, se récita le commissaire. Curieux personnage aux jambes atrophiées, fondateur de la Ligue antimilitariste et des Universités populaires. Partisan de la propagande par le fait, grande figure de l'anarchisme parisien, et surtout maître à penser de Rirette. À sa mort en 1908 elle avait récupéré son journal, *L'Anarchie*.

Ce qu'elle oubliait de mentionner, c'était que *L'Anarchie* avait souvent fait l'apologie de la lutte armée, sous la direction de l'un comme de l'autre.

« Je n'ai jamais porté la violence dans mon cœur, continuait-elle cependant. On ne me parle donc pas de ce genre de projets. D'ailleurs, il ne vous aura pas échappé que je ne suis plus en odeur de sainteté parmi mes anciens amis… »

Quelques mois plus tôt, en effet, Rirette avait accepté de partager ses « souvenirs » sur la bande à Bonnot dans *Le Matin*. Fabre, qui suivait avec intérêt autant que par nécessité les remous des milieux anarchistes, se souvenait de la polémique qui en avait résulté.

« J'ai été traitée de gueuse, de vipère, de radeuse. Alors, vous vous doutez bien que je ne suis plus dans la confidence de grand monde. »

Fabre vida ce qu'il restait de café et prit une voix pensive :

« Pour être honnête, je m'attendais à une telle réponse. Ce qui m'étonne, c'est que nous soyons en train de prendre un café dans ce cas. »

Elle se leva pour rapporter les tasses vides dans la cuisine.

« Ne sous-estimez pas le plaisir de votre compagnie, commissaire. »

Fabre, circonspect, hésita à la suivre, puis se ravisa. Après quelques instant, elle réapparut dans le salon avec un sourire triste.

« Et je voulais pouvoir vous observer un peu. Je n'ai rien à vous donner, commissaire, mais on ne peut pas présager de l'avenir. »

Soudain, elle parut très fatiguée.

Rirette Maîtrejean n'avait pas encore trente ans et pourtant, en cet instant, elle en faisait vingt de plus. L'équipée de Bonnot, le procès, la prison ; l'éloignement de Victor, la haine de ses camarades : elle vivait à la marge d'un milieu marginal. On pouvait voir les efforts que cette courte vie en dehors des règles lui coûtait.

« Alors, commissaire, il y a une chose que je veux savoir, et c'est pour cette raison, cette raison seule, que je vous ai ouvert ma porte… Êtes-vous sincère lorsque vous parlez de Victor ? »

Il comprenait, maintenant. Depuis le début, il pensait mener l'entretien ; en réalité, c'était elle qui l'analysait. La suite dépendrait de sa réponse. Fabre s'était décidé à mentir ouvertement à Rirette, alors qu'il détestait ces méthodes. À présent, sa volonté s'écroulait :

« Non, Rirette, avoua-t-il d'une voix grave. Je suis désolé. »

Il se maudit de nouveau. Avec moins d'amertume que les fois précédentes. Sur le visage de l'anarchiste apparut un sourire faible qui ne parvenait pas à cacher la fatigue ni le dégoût de cette vie où les plaisirs les plus simples s'obtenaient dans la douleur.

« Je m'en doutais, commissaire. »

Le sourire disparut.

« Vous comprendrez que, dans ce cas, nous n'avons plus rien à nous dire. »

Aucune demande de négociation avec le parquet, le préfet, le président, une quelconque autorité. Elle économisait sa salive : ce ne serait qu'un mensonge de plus.

Fabre se leva en silence et marcha à pas lourds jusqu'à la porte. Rirette le suivit, muette. Une fois sur le perron, il se retourna.

« Rirette, je peux demander à Henn… »

Elle ferma la porte lentement, le visage lisse. Il ne termina pas sa phrase.

CHAPITRE 4

Dansons la Ravachole
Vive le son, vive le son
Dansons la Ravachole
Vive le son d'l'explosion !

Cela faisait une bonne demi-heure que Lola, de son vrai nom Dolorès Castel, chantait à tue-tête toutes les rengaines qui lui passaient par la tête, du moment qu'elles avaient un lien de près ou de loin avec la Révolution, l'anarchie, ou simplement la liberté. Entre chaque strophe, elle riait aux éclats.

Elle se sentait comme une reine de cabaret – si on oubliait, bien sûr, qu'elle se produisait sur le siège passager d'une Delaunay-Belleville et qu'elle n'avait pour tout public que Louis, lequel était avant tout préoccupé par sa conduite. Dans les lignes droites, il prenait tout de même le temps de faire les chœurs et elle tentait de lui arracher son casque en cuir ou ses lunettes d'automobiliste, par pure gaminerie.

Le trajet s'était passé dans un état d'euphorie, depuis Paris jusqu'aux abords d'Herblay.

Ah ça ira, ça ira, ça ira
Tous les bourgeois goût'ront d'la bombe

Ah ça ira, ça ira, ça ira
Tous les bourgeois on les saut'ra !

Les premières maisons d'Herblay apparurent derrière un bosquet. Lola se mit à hurler :

« On les saut'ra ! »

Ils prirent une piste qui s'écartait du village, contournèrent un large bosquet et, après quelques virages sous les arbres, se retrouvèrent tout à coup en vue de la maison.

Une cachette idéale, perdue au milieu des bois. Proche d'Herblay, et malgré tout suffisamment à l'écart pour qu'on ne puisse pas les voir. Lola appréciait l'endroit, même si Paris lui manquait : il y avait des avantages à vivre dans cette large bâtisse, avec des poules, un potager, des amis. Elle chanta donc de plus belle.

Louis stoppa la voiture à quelques mètres du perron, à côté d'une petite cabane qui était comme un reflet miniature de la maison.

Devant la porte d'entrée, sur les marches de la terrasse qu'ils avaient aménagée, un homme fumait la pipe en regardant les nuages : Amédée Forcassin, que tout le monde appelait « la Cigale ». Les gens pensaient que c'était à cause de sa silhouette longue et maigre. Puis en l'entendant parler, ils supposaient que c'était en raison de son origine provençale. En réalité, il avait surtout en commun avec l'insecte le goût du farniente.

Lola sauta hors de la voiture, prête à faire avec lui une valse au son de sa propre voix :

Quand nous en serons au temps d'anarchie
Les humains joyeux auront un gros cœur
Et légère panse.

Après avoir fait quelques mètres, cependant, elle se rendit compte que la mine de son compagnon n'invitait pas aux effusions de joie. Son chant se termina dans un étrange gargouillis.

« Qu'est-ce qu'il y a ? »

Louis arrivait derrière elle.

« Une tuile ? »

La Cigale se gratta la barbe. Il cherchait comment annoncer ce qui était de toute évidence une mauvaise nouvelle. Lola sentit la peur la gagner.

D'une voix cassée, qui n'était pas sans rapport avec le grésillement des ailes de l'insecte, il annonça :

« Arthur a tué des gens. »

Louis envoya la porte contre le mur.

Arthur était allongé sur le canapé du salon, en train de lire un large volume. Avant que Lola ne puisse faire un geste pour le retenir, Louis était déjà en train de l'attraper par le col.

« Espèce de petite saloperie… »

Arthur se laissa soulever en l'air, pendant que Louis s'énervait de plus belle :

« Je vais te saigner ! »

Lola aurait aimé que ces paroles se concrétisent. C'était peu probable : Louis n'avait jamais tué personne. Et s'il devait commencer bientôt, ce qui était tout à fait envisageable, ce ne serait pas en s'en prenant à l'un de ses compagnons.

Pourtant, Arthur n'était pas le plus agréable des compagnons. Avant de le rencontrer, elle le connaissait comme « l'Alchimiste », un fabricant de potions réputé dans les bas-fonds. Il vendait poisons et mixtures aux effets sinistres en s'inspirant de vieux grimoires médiévaux. L'une de ses amies était allée le voir afin de « soigner » une grossesse non désirée. Et voilà qu'elle faisait équipe avec lui, et il s'avérait aussi antipathique que sa réputation le laissait présager.

Mais il était l'un de leurs complices. Ils avaient le même but. Il vivrait donc.

Louis le plaqua contre le mur ; à ce moment, l'Alchimiste lui donna un coup de genou dans le ventre, lui faisant perdre sa prise. Il s'esquiva sur le côté et fila se réfugier derrière Lola.

« Tout doux, Louis, tout doux… On va causer. »

Le ton sarcastique fit enrager Lola. Elle lui colla une gifle retentissante, puis le saisit par le col, de la même manière que Louis venait de le faire.

« Comment tu veux qu'on reste calmes, d'après toi ? »

Il lui attrapa le poignet au moment où elle allait lui asséner une seconde gifle. La bouche tordue dans une sorte de sourire pervers, il demanda :

« Dites, les copains, on va se prendre le bec longtemps ? Qu'est-ce qui vous arrive ? »

Louis eut un nouveau geste de colère, et la Cigale lui fit signe de se contenir.

« Tu as tué des gens. On devait casser des pierres sans blesser personne…

– Et à quoi ça aurait servi ?

– À faire parler de nous ! cria Lola. C'était le plan ! »

Il lui lâcha la main.

« Maintenant, continua-t-elle d'une voix plus basse, tout ce que tu vas attirer sur nous, c'est la police et la mort. Personne nous soutiendra. Personne…

– À quoi ça sert, des bombes qui ne tuent pas ? »

Malgré leur colère, Lola et Louis ne surent pas, sur l'instant, ce qu'il convenait de répondre. Un silence gêné s'installa dans la pièce. C'était ce qu'il y avait de plus antipathique avec l'Alchimiste : il n'avait aucun scrupule à affirmer des vérités difficiles à entendre.

« Des policiers, j'aurais été d'accord, reprit enfin Louis. Mais des innocents, des…

– Y a pas d'innocents. Surtout chez les bourgeois. Tous les jours, de vrais innocents meurent. Pourquoi ? Pour que ceux nés au bon endroit aillent faire les beaux sur les Boulevards… »

Lola connaissait ce discours par cœur. Les hommes de la bande ne cessaient de le ressortir à chaque occasion. Elle, qui était entrée dans ce monde par la petite porte, devenait méfiante lorsqu'elle entendait ces jugements définitifs. L'oppression, l'injustice et l'exploitation existaient. Elle en avait une conscience aiguë, elle en avait été victime. Elle avait vu comment vivaient ses parents, elle savait comment elle-même aurait vécu si elle n'avait pas fait le pari d'une vie en marge de la société. Et elle n'ignorait rien de la manière dont la société traitait ceux qui étaient à la marge ou tout en bas. Mais elle n'était pas à l'aise lorsqu'on lui expliquait que ceux qui avaient la chance de ne pas être écrasés étaient par définition des écraseurs.

« Tes victimes, elles avaient tué des gens ? Ou elles t'ont juste croisé au mauvais moment ? »

L'Alchimiste la regarda de pied en cap, comme s'il était surpris qu'elle parvienne à articuler une objection. Louis, lui, avait la mine patiente qu'il arborait toujours lorsqu'elle se piquait de discuter d'idéologie. Ce milieu féru d'idées neuves, de progrès social et spirituel, supportait mal qu'une femme puisse réfléchir toute seule.

« Pourquoi on se bat, Lola ? »

Elle haussa les épaules :

« Pour Isidore.

– Pour la liberté. Pour l'anarchie.

– Toi peut-être. Moi je suis là pour Isidore. Pas pour faire la guerre.

– C'est la même chose. On sauvera pas Isidore sans faire la guerre à l'État. Tu crois qu'on va la gagner en jetant des bombes sur des murs vides ?

– Et tu crois qu'on y arrivera en tuant des gens ?

– On arrivera quelque part, en tout cas. »

Elle voulait lui répondre que ce à quoi l'on pouvait parvenir en tuant des innocents ne l'intéressait guère. Mais avant qu'elle le fasse, une voix grave, plus forte, les coupa :

« On va surtout se faire tuer. »

Lola se retourna. Les deux derniers membres de l'équipe venaient d'entrer.

Devant se tenait Georges, dit « Casse-Tête ». Grand, large d'épaules, avec des mains de bûcheron, il en imposait déjà en temps normal. Le calme avec lequel il abordait la situation le rendait encore plus impressionnant. Derrière venait René, « Petite Cloche ». Tout juste vingt ans. Il se rongeait les ongles. Sa tache de vin sur le nez ressemblait à une larme.

« On s'était mis d'accord, dit Casse-Tête.

– Tu crois qu'ils vont le traiter comment, Isidore, maintenant ? »

C'était Petite Cloche, d'habitude mutique, qui venait de parler. Tous méditèrent sa remarque. Après tout, c'était pour lui et son frère, surnommé sans originalité « Grande Cloche », qu'ils s'étaient réunis. Le coup de folie d'Arthur le touchait donc personnellement.

Ce dernier, comme s'il découvrait tout cela, resta les bras ballants, les yeux perdus dans le vide. Lola eut la satisfaction de voir qu'il ressentait parfois des émotions.

La Cigale, toujours au centre de la pièce, interrogea du regard ses quatre compagnons. Puis, comme personne ne disait plus rien et que le silence était trop lourd, il demanda :

« Alors qu'est-ce qu'on fait maintenant ? »

Georges se tourna vers Petite Cloche. Celui-ci haussa les épaules. Il avait épuisé son stock de mots pour la journée. Tout le monde avait l'air épuisé. Lola ferma les yeux. Elle n'avait plus la force de se battre.

« On suit le plan, décida Georges. On attend. Et on prépare nos armes. »

CHAPITRE 5

Le Quai d'Orsay était en effervescence.

Des agents se précipitaient de tous côtés, l'un pour répondre au téléphone qui ne cessait de sonner, l'autre pour accueillir un témoin, un troisième pour interpeller des collègues avec une satisfaction malvenue. Des civils patientaient dans chaque recoin.

Dès qu'il arriva, Fabre se sentit pris à la gorge. Trop d'agitation, trop de surexcitation. Il savait ce que cela cachait : derrière la compassion, l'ivresse sinistre de l'enquête, des morts et de l'urgence. Ils participaient à un événement historique. Fabre avait connu ce sentiment durant la traque de Bonnot, et il n'avait aucune envie de le connaître à nouveau.

Son bureau lui servit de refuge. Les premières copies des interrogatoires s'y empilaient.

Il les parcourut : ce n'était que la répétition, à différents points de vue, des mêmes scènes.

Devant l'Opéra Garnier, deux hommes avaient déboulé en voiture. L'un était grand, les épaules larges, les mains puissantes ; des cheveux noirs de suie, une épaisse moustache. L'autre était très jeune, le visage anguleux et le teint pâle, une tache de vin sur le nez. Le premier était descendu de voiture sous le regard fébrile de son complice. Il avait jeté une bombe en criant « Vive l'anarchie ! », et ils avaient pris la clef des champs.

À la gare de l'Est, la même scène s'était reproduite avec un homme et une femme. Il était grand, blond, le nez évasé, une barbe mal entretenue. La femme avait le visage joufflu, un nez fin, de longs cheveux bruns bouclés, un grain de beauté sur la joue droite. Elle était restée au volant tandis qu'il jetait la bombe. Un agent de la paix avait assisté à la scène, trop loin pour intervenir.

Sur les Champs-Élysées, c'était presque la même chose. À ceci près que l'homme avait tué sept personnes. Et – Fabre l'apprenait ici – que son complice l'avait insulté quand il était revenu à la voiture. Ce qui confirmait leurs suppositions : un membre du collectif avait décidé de s'écarter du protocole prévu.

Au terme de deux longues heures à retrouver les mêmes faits dans tous les rapports, Fabre abandonna. Les trois scènes avaient été trop brèves, les témoins trop surpris pour en tirer quoi que ce soit. À l'Opéra, quelqu'un avait eu la présence d'esprit de relever la plaque, mais elle était probablement fausse de toute façon. Il laissa les derniers témoignages de côté et prit un moment pour mémoriser les visages des six anarchistes tels qu'ils étaient dessinés par l'un de leurs portraitistes.

Marquet vint échanger quelques mots. C'était un fonctionnaire ennuyeux et efficace, avec lequel Fabre n'avait aucune envie de collaborer. Les juges d'instruction avaient des idées arrêtées sur ce qu'il fallait faire, et il n'appréciait pas de suivre leurs lubies. Marquet le savait : chacun mènerait son enquête de son côté.

Après son départ, le commissaire nota sur une feuille de papier les noms des anarchistes qu'il connaissait et qu'il allait faire interroger. La liste était maigre. En fait, hormis Rirette, la plupart ne coopéreraient pas de leur plein gré.

À ce moment, Cerruti lui apporta les premiers comptes rendus sur les entrevues des proches des victimes. Il ne les ouvrit pas. Il n'y aurait trouvé qu'incompréhension, douleur et colère.

« Il n'y a rien d'intéressant. »

C'était un résumé à la Cerruti : laconique, insensible, précis. Fabre le remercia, puis le regarda partir, avec son allure sévère.

Cerruti était une pierre gelée. Sans empathie. Et pourtant, Fabre sentait que la glace cachait mal une fièvre bouillonnante. D'où venait-elle ? Il n'en savait rien. Cerruti ne le savait peut-être pas lui-même. Quoi qu'il en soit, il l'avait pris sous son aile. On le désignait même parfois comme son « adjoint », et nombreux étaient les inspecteurs à s'interroger sur ce favoritisme. Fabre, lui, ne s'en préoccupait guère : il était sur le point de prendre sa retraite et se sentait le besoin, plus ou moins naïf, de former une « relève ». De toutes les relèves possibles, Cerruti était la plus intéressante. Le Corse ne s'embarrassait ni de politique, ni de faire des courbettes aux puissants du jour. C'était un policier animé par l'amour de l'Ordre. La chose était assez rare pour être appréciée. Et s'il ne connaissait pas l'origine de ce feu sinistre qui couvait sous la glace, cela n'empêchait pas le commissaire de comprendre que Cerruti appelait à l'aide, à sa manière.

Fabre se demanda s'il arrêterait, un jour, de vouloir venir en aide à tout le monde.

Après un moment de découragement, il quitta son bureau. Il avait besoin d'air.

La moitié du trajet vers la sortie était déjà faite, et il se prenait à rêver d'un bock de bière accompagné de saucisses, lorsqu'une voix désagréable l'interpella.

« Ah, commissaire, vous tombez bien ! »

Il se retourna, et regretta aussitôt d'être sorti de la sécurité de son bureau. Face à lui se tenait Ferdinand Garcin, l'un des dirigeants de la Brigade des recherches. Il n'appréciait que modérément ce service chargé de récolter toutes sortes de renseignements sur toutes sortes de gens, et qu'on accusait parfois d'être une police politique. Pour sa part, il n'avait jamais eu le moindre doute sur la question : c'était bel et bien une police politique, dont les intentions n'étaient pas toujours démocratiques. Garcin, bien sûr, aurait nié.

« Notre homme vous attend. »

Un sourire satisfait fit trembloter ses joues rouges et grasses. On aurait pu croire que son visage était sculpté en gelée de porc. À vrai dire, tout son corps semblait constitué de gelée. Bedonnant, court sur pattes, affublé de larges favoris, Garcin avait davantage le physique d'un épicier tourangeau que d'un policier de l'ombre – ce qui le rendait d'autant plus dangereux.

Son sourire, toutefois, avait quelque chose de gluant, qui révélait sa personnalité profonde. Il aimait les cabales et les chemins de traverse. C'était un espion par nature.

Ils se dirigèrent dans un couloir presque désert. Fabre suivait à contrecœur en s'efforçant de se raisonner. Après tout, la personnalité de Garcin était sans importance du moment qu'il s'acquittait de sa tâche. En l'occurrence, on l'avait chargé de faire venir un mouchard infiltré dans les groupes anarchistes parisiens.

« Un article qu'il a écrit récemment dans *Le Libertaire* a servi de prétexte, expliqua-t-il d'une voix grave. Il buvait un verre avec des amis : les agents ont dû faire face à des huées, et notre homme a même giflé l'un des hommes chargés de l'embarquer. Il a fallu l'assommer. Bref, sa couverture est parfaite. »

Nouveau sourire, laissant penser que cette gelée de porc avait été empoisonnée. L'espion ouvrit la porte de son bureau. Un homme attendait, assis à côté du poêle. Il avait les cheveux en bataille, une barbe mal peignée, de petites lunettes rondes, un gilet troué.

Garcin se positionna à côté de la porte et fit signe à Fabre de s'asseoir face au mouchard. Celui-ci se leva et tendit une main molle.

« Gaston Verrier, annonça-t-il, mais on me connaît sous le nom de Bébert Létivier du côté des anars. J'écris des papelards pour *Le Libertaire* ou pour *L'Idée libre*, la nouvelle feuille de Lorulot. En temps normal, on m'embarque tous les six mois, pour que je fasse mes rapports.

– Cette fois, nous avons pris de l'avance, dit Fabre en s'asseyant. Vous savez pourquoi ?

– Bien sûr. Les trois bombes. Surtout celle du Flandres.

– Vous avez quelque chose pour nous ? »

Verrier haussa les épaules en se tordant la bouche. Comme tous les nuisibles dont la carrière consistait à se faire passer pour quelqu'un d'autre, il transpirait le mensonge.

Ce que Fabre détestait le plus, dans le monde de la Brigade des recherches, c'était l'atmosphère générale de méfiance : la plupart des agents doubles étaient en fait des agents triples ou quadruples, qui bouffaient à tous les râteliers, se faisaient racheter par le plus offrant. Très peu finissaient leur carrière au service de la police ; ils devenaient anarchistes ou se retrouvaient à la solde d'une puissance étrangère. Durant un temps, d'ailleurs, certains avaient été rachetés par les Brigades mobiles dans le but d'égarer la Sûreté, notamment pendant l'affaire Bonnot. La guerre des polices était aussi une guerre du renseignement.

En pensant à cela, Fabre eut l'impression d'avoir déjà entendu le nom de Verrier. Tandis qu'il fouillait dans sa mémoire, ce dernier répondait d'un ton sarcastique :

« Pas grand-chose ! Ce n'est pas le genre de projets qui se hurle sur les toits.

– D'ailleurs, ajouta Garcin, nous lui avons montré les descriptions des témoins. Il n'a reconnu personne.

– Non, commissaire. Désolé. Ni de près ni de loin. »

Fabre se passa la main sur le menton. Il y avait quelque chose d'étrange dans cet interrogatoire. Garcin n'aurait jamais fait venir l'un de ses agents s'il n'était pas certain d'en tirer quelque chose.

« Donc, vous êtes en train de me dire que vous ne savez rien ?

– Je n'ai pas dit ça. »

Voilà qui ne tarderait pas à l'énerver. Il n'avait pas de temps à perdre avec les amusements d'un rat qui voulait se faire mousser.

« Donc ?

– Il y a des choses qui se disent. »

Verrier se pencha vers Fabre.

« Un complice de Bonnot est revenu. Il va venger ses frères d'armes en mettant Paris à feu et à sang. »

C'était le ton qu'aurait pu prendre un mauvais acteur incarnant Iago. Fabre en était maintenant convaincu : on le menait en bateau.

« Venger Bonnot ? Avec deux ans de retard ? »

Verrier se recula en prenant un air désolé.

« Je n'en sais pas plus. »

Il y eut un silence. Fabre se leva et alla jusqu'à la fenêtre.

Quelques péniches remontaient la Seine sous le jour déclinant. Une vue apaisante. En temps normal, du moins. Ce soir, en dépit du panorama et de son tempérament d'ordinaire tranquille, le commissaire avait envie d'arracher une à une les dents de Gaston Verrier.

« Mais dans ce cas, songea-t-il à voix haute, pourquoi agir ainsi ? Pourquoi démolir deux pans de mur, et lancer une bombe au Flandres ? En quoi est-ce une vengeance ? »

Il vit le reflet de Verrier hausser les épaules. Une fois de trop.

« Vous savez, la logique des anarchistes… Avec tout ce que j'entends, je ne m'étonne plus de rien. Ils sont capables de désigner n'importe quel coupable, pour n'importe quoi. D'ici à ce qu'il ait décidé que toute la bourgeoisie était responsable, voire les murs de la ville… »

Fabre se tourna vers Garcin sans cacher son agacement :

« C'est toute l'analyse dont sont capables vos mouchards ? Ils colportent toutes les rumeurs qui passent, sans se poser de questions ? »

Garcin gloussa, ce qui accentua la colère de Fabre.

« J'ai du mal à y croire, dit-il en s'efforçant de garder son calme. Pour tout dire, c'est l'histoire que je m'attendais à lire dans les mauvais journaux de demain. On dirait une rumeur faite exprès pour cacher la v… »

Il s'arrêta net. Il se souvenait, à présent, de Gaston Verrier. Garcin lui jeta une œillade complice. Fabre était estomaqué : tout cela n'avait donc été qu'un préambule permettant à Garcin de s'amuser ? Il faut dire que, comme les chats, Garcin ne savait jouer qu'avec des proies à sa merci.

Au moins, il devinait la marche à suivre :

« Quel a été votre prétexte pour embarquer notre ami ?

– Articles faisant l'apologie de l'illégalité, répondit Garcin avec une satisfaction cruelle. Mais "Bébert Létivier" est lié à des crimes plus graves. Des vols, des escroqueries, et même une affaire de meurtre… »

Fabre hocha la tête. La réaction de Garcin le confirmait : Verrier mentait et il fallait faire pression sur lui. Il se tourna vers leur mouchard, qui avait perdu des couleurs.

« Vous étiez passé au service des Brigades mobiles lors de l'affaire Bonnot.

– C'est vrai, répondit Garcin. Mais je n'oserais croire que… »

Fabre le coupa d'un geste. Les jeux pervers de l'espion le fatiguaient. Il lui avait amené un homme à faire parler… sans lui exposer les règles du jeu. Était-ce pour le seul plaisir ? Ou espérait-il qu'une fois les vraies allégeances du mouchard identifiées, celui-ci leur donnerait une piste substantielle ? Fabre chassa ces interrogations. Cela attendrait.

« Nous avons passé l'éponge, dit-il. Il fallait reprendre des relations cordiales avec les Brigades mobiles, et le départ de Lépine a offert à Hennion la possibilité de créer un pont entre les deux services… Mais je ne serais pas étonné si cette nouvelle affaire décidait la Première brigade à reprendre ses mauvaises habitudes, dans l'espoir de nous enterrer une bonne fois pour toutes. »

En fait, il en était persuadé. La Première brigade voulait la peau de la Sûreté, c'était de notoriété publique. Avec un mouchard, cependant, Fabre préférait accumuler les nuances inutiles. Cela rendait les enjeux plus flottants et mettait Verrier dans une position délicate, puisque les camps n'étaient pas nettement tracés.

Faisant mine de réfléchir à voix haute, comme s'il était seul, le commissaire ajouta :

« Et voilà que vous venez nous voir avec une rumeur qui ressemble au fruit de l'imagination d'un fait-diversier de bas étage… »

Un silence. Puis :

« Soyez franc avec moi, Gaston. Pour qui travaillez-vous ? »

Verrier était blanc comme un linge. Il secoua la tête, sans conviction. Sa bouche était ouverte mais aucun son n'en sortait.

« Réfléchissez bien, insista Garcin. Nous avons de quoi vous mettre au trou.

– Vous ne pouvez pas…

– Bébert Létivier a largement de quoi être envoyé à Cayenne.

– Et ne comptez pas sur les Brigades mobiles pour venir à votre secours, acheva Fabre. Ce ne serait pas dans leur intérêt. »

Il y eut un autre silence. Le mouchard pâlit de plus belle.

« D'accord, souffla-t-il d'une voix faible. Je vais tout vous dire. Mais ne vous attendez pas à une grande révélation. Je n'ai entendu que des rumeurs… »

Le sourire de Garcin faisait voir ses crocs, à la manière d'un renard s'approchant d'un poulailler. Fabre se demanda quelle enfance avait eue son compagnon, quand on voyait l'adulte qu'il était devenu.

« Les “amis” avec lesquels vous m'avez trouvé travaillent en fait pour les Brigades. Ils m'ont demandé de vous lancer sur la piste de l'ancien complice de Bonnot.

– Et quelle est la bonne piste, dans ce cas ? J'imagine qu'il y a autre chose qu'il ne *fallait pas* nous dire ? »

Verrier jeta un œil par la fenêtre. D'où il était, il ne pouvait rien voir d'autre que le ciel qui s'obscurcissait.

« On dit que ça pourrait être une équipe menée par un agent provocateur. Dans le but de discréditer définitivement l'anarchisme. »

Fabre secoua la tête. C'était aussi peu crédible que ce qui avait précédé.

La Sûreté avait employé des agents provocateurs par le passé. Ils infiltraient les groupes contestataires, notamment anarchistes, et poussaient à l'action violente, dans un double objectif : discréditer le mouvement et rendre l'opinion publique favorable à la répression. Cependant, cela n'avait d'intérêt que face à une idéologie populaire. Or, l'anarchisme était moribond : les syndicats ouvriers s'en étaient détournés sous l'influence de Jaurès, et l'affaire Bonnot avait porté le coup de grâce. Ne restait qu'une poignée d'intellectuels sans public ni énergie.

« Je dirige une brigade qu'on appelait autrefois la Brigade des anarchistes. Maintenant, on l'appelle la Troisième brigade. Vous savez pourquoi ?

– Parce qu'il y en a deux autres?

– Parce que nous avons cessé de nous occuper des anarchistes. Ils n'inquiètent plus personne. Votre histoire d'agent provocateur n'est pas crédible.

– Vous allez encore vous énerver, mais je n'en sais pas plus. Vous avez peut-être raison. Après tout, les rumeurs viennent de nulle part et grossissent sans explication. D'ailleurs, les anarchistes sont friands des histoires de complot policier, d'agents provocateurs…

– Dans ce cas, demanda Fabre, pourquoi trouvez-vous pertinent de nous en parler ? »

Il connaissait la réponse.

« Parce que c'est justement ce que les Brigades voulaient vous cacher. »

CHAPITRE 6

Boulevard Auguste-Blanqui coulaient les deux bras de la Bièvre. Depuis quelques années, cependant, on ne les voyait plus : le cours d'eau, pollué par les produits des tanneurs et les déchets des abattoirs, avait été recouvert.

On pouvait donc traverser la rivière sans s'en rendre compte. C'était ce que venait de faire un homme de haute taille, à l'allure de professeur d'université. Barbiche sévère, canne sculptée, démarche impériale : Vladimir Burtsev avait quelque chose d'intimidant. Il intimidait encore davantage lorsque l'on connaissait sa réputation. Le *Sherlock Holmes* de la Révolution.

Comme tout détective qui se respecte, il se dirigea vers un petit local bruyant et mal entretenu, rue de la Glacière.

Sa secrétaire, Jeanne Le Davadie, une ancienne espionne qu'il avait débauchée, le salua d'un sourire charmeur auquel il ne répondit pas. Dans son bureau, le moins charmeur Leroi, ancien agent de la Sûreté passé au service de Burtsev, se contenta d'un geste de la main.

Une odeur d'alcool émanait de Leroi : quand la journée déclinait, il faisait de même.

« La pêche a été bonne, Vladimir ? »

Burtsev s'assit en silence derrière son bureau.

« Pas vraiment, non. »

Leroi bougea la tête de manière confuse. Burtsev ne lui retourna pas la question : cela faisait un moment que la « pêche » de Leroi était infructueuse.

Les deux hommes faisaient commerce de renseignements. Ils en récoltaient et en vendaient. Burtsev aimait aussi en donner à des groupes révolutionnaires. Ce n'était pas de l'argent perdu, car il y gagnait une réputation et des dons financiers conséquents. Leroi amenait un cachet supplémentaire à cette réputation, en tant qu'ancien membre de la police politique de la Préfecture. Et il savait dénicher des renseignements. Sauf que depuis quelque temps, il avait jugé bon d'en chercher au fond des bouteilles, laissant Burtsev mener sa barque en solitaire.

Cela ne le dérangeait guère : il avait toujours tracé son chemin seul. Aujourd'hui, cependant, il aurait préféré avoir un interlocuteur pertinent et sobre, ce que Leroi avait été autrefois.

« Vous êtes au courant ? »

Aucune précision : soit Leroi comprenait, soit il ne savait rien. Celui-ci répondit d'une voix pâteuse :

« Le café de Flandres ? »

C'était un début.

« Trois attentats. Deux pacifiques. Un meurtrier. Il y a comme une odeur familière. »

De nouveau, Leroi se contenta d'un geste incompréhensible.

« Un agent provocateur. Vous ne croyez pas ? »

Aucune réponse. C'était prévisible. Plus personne ne croyait les soupçons de Burtsev : il avait tant triomphé, qu'on ne lui trouvait plus d'ennemis.

« Non, je n'y crois pas.

– Et pourtant… »

Le Russe hésita.

« Pourtant, vous n'avez pas le choix. Vous allez me faire le plaisir de boire en compagnie, ce soir. Avec vos agents. Il me faut la planque des anarchistes. »

Leroi leva les yeux au ciel. Burtsev insista :

« Ils ont besoin d'aide. »

Lui seul devinait à quel point.

Exilé en Angleterre puis en France, Vladimir Burtsev s'était fait une spécialité d'identifier les agents doubles qui infiltraient les réseaux révolutionnaires. En France en particulier, il avait eu fort à faire. Paradoxalement, il ne s'y était pas tant confronté à la police française qu'à l'Okhrana, la police russe.

Profitant de la bienveillance des autorités françaises, qui tenaient plus que tout à protéger les avantages tactiques d'une alliance avec la Russie, l'Okhrana s'était en effet développée à Paris dans des proportions telles, qu'elle y était aussi puissante qu'à Saint-Pétersbourg.

Cela avait eu ses avantages : Burtsev connaissait les Russes mieux que les Français. Quelques grands succès lui avaient permis d'obliger l'Okhrana à fermer son bureau parisien. Une victoire impensable, qui lui avait simultanément offert une réputation de détective infaillible, et une obsession : faire tomber les agents doubles restants.

À sa manière, Burtsev était l'ange gardien des révolutionnaires européens, qui le couvraient de dons afin de profiter de son attention. Seul problème : sa victoire était aussi l'achèvement de son œuvre, et tout le monde était persuadé qu'il n'avait plus d'ennemis.

Leroi, comme tout le monde, commençait à le trouver obsessionnel.

Cela ne l'empêcha pas de ressortir faire ce qu'on lui demandait ; il y gagnerait quelques verres amicaux. Il ne remarqua pas, sur le trottoir d'en face, un personnage qui, comme lui, avait quitté la Sûreté pour mettre ses compétences au service d'un autre employeur. Quelques traces de charbon et des habits grossiers suffisaient à vous déguiser son homme.

Dix minutes plus tard, un autre ancien de la Sûreté recevait le coup de téléphone qu'il attendait.

Henri Bint écouta avec attention ce qu'on lui disait, puis raccrocha.

« Burtsev a envoyé Leroi sur la piste des anarchistes. »

Face à lui se tenait une montagne de muscles au visage lisse, qui ne manifesta aucune émotion. Bint se leva en souriant.

« Le reste est entre les mains de Simonet, à présent. Pendant que Leroi se détruit le foie sous prétexte d'entretenir son réseau, nous avons bien mérité un verre, nous aussi. »

CHAPITRE 7

Une large tête de diable surgissait du mur, la gueule ouverte, prête à vomir sur le trottoir. Une face rouge de sang, des yeux d'un noir de ténèbres, des dents aiguisées comme des rasoirs. Devant ce monstre, un homme habillé en Méphistophélès, la barbe taillée en bouc, interpellait les passants d'une voix de baryton :

« Entrez chers damnés, avancez belles pécheresses, installez-vous charmants pécheurs ! Venez, venez… les flammes vous attendent ! »

Eugène hésitait.

Si elle lui plaisait d'habitude, l'atmosphère de débauche du Cabaret de l'Enfer ne l'attirait guère, ce soir. Comme il le supposait, son article avait été un échec.

Après un vague travail de correction payé une misère, il avait passé deux heures à parcourir les vignes de Montmartre sans parvenir à chasser sa mélancolie. Il ne serait jamais Gaston Leroux. Il ne serait jamais rien. Sa conquête de Paris finirait en eau de boudin, et il mettrait des années à l'accepter. Il était en train de perdre sa vie.

Il envisagea de se rendre rue de l'Hirondelle, chez La Bolée. Là, il côtoierait des anarchistes, des canailles, des rôdeurs, des vieillards estropiés et des femmes de mauvaise vie. Il y traînerait son spleen en solitaire avant de rentrer dormir la tête lourde, assommé par un oubli factice.

Seulement, c'était au Cabaret de l'Enfer qu'il devait retrouver ses amis. Et surtout Gwen.

C'était là que, six mois plus tôt, ils s'étaient rencontrés, au milieu de la nuit, quand l'alcool avait définitivement supprimé les hésitations et les timidités. Elle était en compagnie d'Anglais et d'Américains exilés ; il venait d'être abandonné par ses camarades. Elle lui avait proposé un verre. Ça n'avait pas été une apparition, ni un coup de foudre. Pas du tout. Elle était dans un sale état : déjà ivre, la peau rouge, les cheveux en bataille. Lui-même ne valait pas mieux. Ils avaient passé la nuit ensemble sans même connaître leur nom l'un l'autre. Il osait difficilement se l'avouer, mais il ne se souvenait pas vraiment de leur première rencontre.

Au matin ils avaient discuté. Des heures sous les draps à se découvrir. Jusqu'à ce qu'ils se rendent compte que, pour la première fois – dans le cas d'Eugène du moins –, ils n'avaient pas envie de passer à autre chose. Le charme de l'alcool était tombé et, malgré les nausées de la gueule de bois, il avait passé une excellente matinée.

Elle était curieuse de tout. Il écrivait alors un article – refusé – sur le spath d'Islande.

« C'est un minéral qui divise en deux les rayons lumineux. Ce qui fait que quelqu'un qui regarderait dans un morceau de spath verrait tout en double. »

L'idée le fascinait. Il avait même envisagé d'en faire le point de départ d'un roman d'anticipation – abandonné au bout de six pages.

« Sous certaines conditions, quelqu'un regardant à l'intérieur pourrait passer dans une sorte de monde miroir, où tout fonctionnerait mieux. Où la justice serait juste, les républiques républicaines, la police efficace et l'amour durable… »

Gwen avait été la première personne à s'y intéresser autrement que par politesse.

Ils avaient parlé tout le jour, s'étaient baladés dans les rues de la ville, avaient mangé un morceau et bu un verre – un seul – sur le bord de la Seine. Elle lui avait expliqué que son père était d'origine française, qu'elle-même avait passé ses premières années sur le Continent – ce qui expliquait son français sans accent. Sur ses demandes répétées, elle avait fini par avouer qu'elle ne travaillait pas, qu'elle n'en avait pas besoin. Elle avait de l'argent. Mais elle n'aimait pas le dire, parce qu'elle n'aimait pas le monde dans lequel cet argent l'obligeait à vivre. Eugène avait accepté de ne plus aborder le sujet – même si, étant lui-même fauché, il se demandait souvent comment on pouvait ne pas aimer un monde où l'on a de quoi acheter ce que l'on veut.

Leur deuxième nuit, dégrisée, avait achevé de les convaincre : ils s'étaient revus souvent, en sentant à chaque fois une morsure dans le ventre lorsqu'ils se séparaient.

Un soir, alors qu'ils profitaient du crépuscule au bord du fleuve, elle avait dit :

« Ton monde de l'autre côté du spath, c'est une illusion. »

Elle était allongée contre lui, il jouait avec ses cheveux.

« Comment ça ?

– C'est un autre monde. Pas le nôtre. Quelqu'un qui entrerait là-dedans, ce serait comme s'il pénétrait dans un rêve. La réalité ne peut pas changer de rayon. Si ça veut dire quelque chose. »

Ça ne voulait rien dire. Et pourtant il avait abandonné son roman, devenu inutile. Il ne lui en voulait pas : avec personne d'autre il n'aurait pu rêver à de telles idées.

De toute façon, ce jour-là, il avait cessé d'imaginer que la perfection se trouvait ailleurs. Le monde réel avait davantage de consistance que toutes les illusions. Le lien qui se nouait entre eux, quant à lui, était chaque jour plus réel.

Ce qui, ramené au présent, ne l'arrangeait guère. Car c'était bien cela qui le faisait hésiter, devant la gueule béante du diable : il voulait la voir mais craignait de ne pas être de bonne compagnie.

« Eugène ! »

La voix aiguë, un peu moqueuse, ne pouvait appartenir qu'à une seule personne.

« Maurice ! Comment va ? »

Inutile d'attendre la réponse : Maurice arborait le sourire béat qui se formait spontanément sur ses lèvres lorsqu'il était à proximité d'un verre d'alcool. À ses côtés, deux têtes plus bas, se tenait Charles, avec sa mine habituelle : sombre.

« Toujours partant pour une soirée en Enfer ?

– Je ne sais pas, je me sens patraque. Je vais peut-être rentrer chez m…

– Certainement pas ! »

Maurice l'attrapa par le bras et l'entraîna en direction de la gueule démoniaque.

« Maintenant que tu es là, de ton propre chef, pour te damner parmi les pécheurs et les pécheresses, eh bien… Eh bien, je n'ai pas de chute : en avant, marche ! »

Le crieur s'écarta pour leur laisser le passage. Ils s'enfoncèrent dans l'antre infernal.

Garcin avala son œuf dur en deux bouchées et entreprit de se fourrer de grandes feuilles de salade directement dans la gorge. Fabre en était révulsé. Cerruti, lui, se consacrait à son omelette avec la sévérité d'un prêtre lisant son missel.

Garcin en train de manger, cela tenait à la fois du serpent gobant des œufs et du cochon dévorant tout ce qui lui tombait sous la truffe. À ceci près que cette posture gloutonne était contrebalancée par un curieux hygiénisme, un goût pour les plats sans sauce, sans gras, sans goût. En matière de nourriture comme ailleurs, Garcin prenait un plaisir visqueux à brouiller les pistes.

Le commissaire plongea le regard dans son plat de lentilles au lard. Il enfonça sa cuillère dans la mixture, la goûta, et se sentit réconforté. Il réfléchissait mieux le ventre plein. C'était nécessaire : comme s'il ne suffisait pas de devoir retrouver des terroristes, voilà qu'il fallait se méfier des polices rivales et composer avec les machinations gratuites de Garcin…

Fabre avait d'ailleurs un compte à régler avec ce dernier. Sans modifier son champ de vision, il marmonna :

« Vous saviez que Verrier était payé par les Brigades ? »

Garcin goba un œuf.

« Bien sûr, commissaire. Tous nos hommes sont payés par les Brigades. Et nous payons les leurs. Un agent double a plusieurs obédiences, par définition.

– Alors pourquoi ne pas l'avoir dit avant ?

– Je voulais voir s'il allait nous dire la vérité de lui-même. »

Garcin ne cherchait même pas à rendre son mensonge crédible. Le commissaire n'insista pas. Il savait pourquoi Garcin ne lui avait rien dit : il voulait s'assurer que Fabre était capable d'identifier un agent double. Une manière de le mettre à l'épreuve.

Et puis, surtout, Garcin était tordu.

Il replongea dans ses lentilles. Il y eut un silence, entrecoupé par les bruits de succion et de déglutition que faisait l'espion en aspirant d'énormes feuilles de laitue ; le commissaire se promit de ne plus jamais déjeuner avec lui.

Cerruti leva le nez de son omelette, but une longue gorgée de bière, s'essuya les lèvres de sa serviette en tissu, et demanda :

« Vous croyez à cette histoire d'agent provocateur ? »

Garcin commença par faire avec la langue une série de bruits qu'aucun humain correctement formé ne devrait produire, avant de répondre :

« Ce n'est pas à négliger. La Brigade mobile y croit, en tout cas. À moins, bien sûr, qu'ils aient demandé à Verrier de nous mener en bateau.

– Verrier n'avait pas l'air de jouer la comédie, dit Fabre.

– C'est le propre des comédiens.

– Et ce serait très… retors.

– Je n'exclurais pas cette possibilité. Personnellement, j'aurais pu imaginer quelque chose de ce genre. »

Fabre n'avait pas le moindre doute à ce sujet. Si les Brigades mobiles avaient un service analogue à celui de Garcin, elles y employaient sans doute des personnes analogues.

« Bref, soit nous avons affaire à un agent provocateur, soit à un ancien camarade de Bonnot. L'une de ces deux pistes est fausse, et rien ne nous assure que l'autre soit vraie. Nous voilà bien avancés. Décidément, Garcin, vos agents doubles sont d'une utilité remarquable.

– Ce n'est pas la bonne manière de voir les choses, commissaire. Si vous voulez un conseil de la part d'un vieil espion… »

Ses interlocuteurs restèrent muets. Garcin prit cela pour un assentiment.

« Vous devriez vous poser les bonnes questions. Si c'est un agent provocateur, pour qui travaille-t-il ? »

Bonne question, en effet, que Fabre redoutait de se poser : elle risquait de l'entraîner dans un domaine qu'il maîtrisait mal, un monde de complots, de doubles jeux et de mensonges.

Il avait besoin d'un guide. Et ce guide, à son grand dam, n'était autre que Garcin.

« Vous avez des hypothèses, je suppose ?

– Il peut être au service des Brigades mobiles, dit Garcin. Ou il peut venir de chez nous. »

Fabre et Cerruti échangèrent un regard.

« De chez nous ? Vous parlez sérieusement ?

– Il arrive qu'il y ait une certaine opacité dans notre service, commissaire. On ne peut pas exclure qu'il s'agisse d'une démarche autonome de la part d'un subordonné zélé.

– Vous tenez si mal vos troupes ?

– Je suis obligé de leur laisser une grande latitude d'action, je ne peux pas tout maîtriser.

– Alors je vous conseille de vous renseigner au plus vite. »

Le commissaire sentit la peur le prendre à cette éventualité. Le terroriste pouvait-il réellement venir des rangs de la Sûreté ? Et si cela s'avérait exact, que devait-il faire lui-même, en tant qu'agent de cette même Sûreté ?

« Si tel était le cas, dit Cerruti, je vois mal comment les Brigades le sauraient, et pourquoi elles voudraient nous le cacher. »

Garcin ricana.

« Vous comprenez décidément très mal le monde des espions. Ils pourraient le savoir, tout simplement parce que leurs agents et les miens sont souvent les mêmes. Comme Gaston Verrier. Et ils le cacheraient parce qu'ils attendent le bon moment pour nous piétiner. »

Fabre sentit sa gorge se dessécher.

« Il peut aussi travailler pour une puissance étrangère, dit Garcin.

– L'Allemagne ? »

Un sourire gluant rampa sur les lèvres de l'espion.

« Peut-être. Notre gouvernement n'a aucun intérêt à discréditer l'anarchisme en ce moment. Mais un pays étranger pourrait trouver judicieux d'affaiblir la police en nous mettant sur les dents avec un réseau terroriste. Ou ils pourraient avoir d'autres objectifs qui nous échappent. Même s'ils sont nos alliés, les Russes n'ont pas hésité à faire ce genre de choses par le passé.

– Les Russes ?

– Vous vous souvenez d'Arkadi Harting ? Chef du bureau parisien de l'Okhrana… et instigateur d'un complot visant à assassiner le tsar. Son but ? Faire échouer l'attentat et arrêter tous les conjurés, justifiant ainsi une répression violente des courants anarchistes. Un agent provocateur de la plus belle eau. »

Garcin eut à cet instant une expression faciale que Fabre ne lui connaissait pas, et qui impressionna le commissaire : il était frappé d'une émotion esthétique. Il appréciait en artiste le complot machiavélique d'Arkadi Harting.

« J'en ai un vague souvenir, dit Fabre. Mais Harting n'est plus actif, il me semble ?

– Non, en effet. Il a été identifié par Vladimir Burtsev. Un révolutionnaire réfugié chez nous, qui voit des espions partout. Et qui a parfois raison. »

Fabre acheva ses lentilles en pensant qu'il risquait de prendre le même chemin : d'ici peu, il allait sans doute se demander si Garcin lui-même n'était pas un agent double.

Son assiette terminée, il la repoussa. La tête lui tournait.

Ils burent une liqueur en silence. Le commissaire laissa son esprit divaguer.

Dehors, la lumière des becs de gaz faisait comme une file de feux follets. Pour la première fois, Fabre pensa à la retraite et à sa maison de Normandie dont il pourrait soigner le jardin.

Quand ils sortirent de la brasserie Dauphine, il n'avait plus qu'une envie : rentrer chez lui, profiter du calme refuge que lui offrait Sarah. Parfois, elle était la seule chose normale dans son univers.

Les trois hommes restèrent immobiles un instant. Fabre alluma sa pipe, Cerruti une cigarette. Garcin observa le ciel noir, puis leur tendit une main froide et s'éclipsa. Peut-être allait-il se perdre dans les rues obscures de la capitale à la recherche de ses agents aux multiples visages ; Fabre ne voulait pas le savoir.

Une idée le frappa.

« Garcin ! Une dernière question, si vous voulez bien... »

L'homme revint jusqu'à lui. La lumière d'un bec de gaz faisait briller ses yeux jaunes.

« Si je me souviens bien, quand Harting a été identifié, cela a fait un beau scandale. Au point, me semble-t-il, que la Russie s'était engagée à fermer son bureau parisien. Clemenceau l'a confirmé : il n'y a plus d'agent de l'Okhrana sur le territoire français. Pourquoi la suspectez-vous ? »

Garcin ricana. Cela évoqua à Fabre une craie crissant sur un tableau noir.

« L'Okhrana est une police secrète. Comme toutes les polices secrètes, elle ne fait jamais ce qu'elle dit. »

À l'ouverture de la troisième bouteille, les tensions étaient retombées.

Lola sentait encore un poids dans sa poitrine et sa mâchoire se crispait lorsqu'elle posait les yeux sur Arthur, mais l'alcool lui permettait d'envisager les choses avec légèreté. Tout le monde avait accepté de boire. Même Louis, qui était pourtant dans une période où il se méfiait de la boisson et défendait les bienfaits d'une alimentation exclusivement composée de légumes. Seul l'Alchimiste restait sobre, pour les mêmes raisons idéologiques.

La troisième bouteille laissa place à la quatrième, puis la cinquième. Ils chantaient à chaque fois un peu plus fort.

Quand nous chanterons le temps des cerises,
Et gai rossignol, et merle moqueur
Seront tous en fête.

Finalement, elle se mit à danser.

Depuis des semaines ils préparaient leur attaque. À présent, le plus dur était encore devant eux, mais ils n'étaient plus enferrés dans une attente anxieuse. Cela méritait une petite fête, malgré les morts. Après tout, ce n'était pas elle qui les avait tués. Et elle savait qu'il faudrait sans doute qu'elle tue à son tour, bientôt. S'il fallait que du sang coule, mieux valait celui de bourgeois anonymes, ou de gardiens de la paix, plutôt que celui d'Isidore. L'Alchimiste, sur ce point, avait raison.

Avec l'alcool, elle arrivait à l'accepter – ou à oublier ce que cela impliquait, peut-être : ils étaient en guerre.

À la guerre, il y a des morts. Il y a aussi des victoires. On les fête en chansons.

On ne verra plus d'êtres ayant faim,
Auprès d'autres ivres – ivres !
Sobres nous serons et riches en vivres…

Elle s'épuisait en grands gestes plus ou moins harmonieux, exorcisant ainsi les morts du Flandres. Louis se mit à danser avec elle, puis Casse-Tête.

Il fallait leur reconnaître cette qualité : aucun n'avait jamais tenté de la séduire. Aucun, d'ailleurs, ne l'avait jamais regardée comme autre chose qu'une amie – à part Louis, bien sûr. C'était peu, et pourtant déjà beaucoup. Avant de fréquenter les cercles anarchistes, elle avait rencontré tant d'hommes qui ne s'approchaient des femmes qu'en maîtres et possesseurs. La liberté se partage. Avec eux, elle était libre.

Elle tomba d'épuisement. La pièce tournait et l'alcool tourbillonnait dans son estomac. Petite Cloche l'aida à se relever, puis Louis la prit dans ses bras.

« T'as assez bu. »

Bien sûr, il lui arrivait d'être paternaliste. Quel homme ne l'était pas ?

Elle reprit un verre. Celui de trop. Après un instant dans sa gorge, il finit sur le sol.

Elle se remit à chanter.

Ils s'installèrent à une table et commandèrent des bocks.

Autour d'eux, sur les parois de ce qui ressemblait davantage à une grotte qu'à une salle de café, des démons grimaçants dansaient une gigue chaotique. L'atmosphère était épaissie par la fumée d'une large marmite dans laquelle des damnés faisaient semblant de cuire, tandis que des diablesses aux formes aguichantes hurlaient des obscénités. D'autres âmes perdues valsaient et chantaient. On s'amusait bien en Enfer.

Maurice ne cessait de parler de sujets divers, tout ce qui lui passait par la tête, tout ce qui l'amusait. Charles en revanche avait une tête de croque-mort, presque de défunt.

Au bout d'une demi-heure consacrée à se donner des nouvelles et à écluser consciencieusement le premier bock, notre jeune journaliste en fut persuadé : quelque chose préoccupait son ami. Charles étant d'un naturel timide, cependant, les bavardages constants de Maurice le retenaient dans sa coquille.

Le second bock fut asséché en moitié moins de temps que le précédent, tandis que Maurice continuait à pérorer sur tout et rien.

C'était un éternel étudiant : il rôdait dans le Quartier latin depuis dix ans, surtout dans ses cafés, et étudiait tout ce qui lui passait par la tête, surtout les femmes. Comme s'il était chéri des dieux, il trouvait toujours de l'argent dans ses poches sans jamais avoir travaillé. Eugène, qui avait perdu des années à se construire un nid vétuste au sein d'une profession mal payée, ne pouvait pas s'empêcher de le jalouser.

La troisième tournée fut offerte par Charles. Ils étaient de plus en plus échauffés. Maurice, dont la voix devenait pâteuse, décida de s'effacer :

« Alors, et vous, qu'est-ce qu'il vous arrive en ce moment ? »

Eugène ne répondit rien, craignant que les premiers effets de l'alcool rendent sa prise de parole ridicule. Maurice se tourna donc vers Charles.

« Tu es toujours au Quai ? »

Il s'agissait du Quai d'Orsay, où Charles travaillait depuis deux ans.

« Oui, dit-il d'une voix hésitante. Et en ce moment, c'est pas la joie.

– Beaucoup de travail ?

– Des tensions, surtout. Le nouvel ambassadeur de Russie vient de partir. Paléologue. Il fait… débat, c'est le moins qu'on puisse dire.

– Qu'est-ce qu'il a, cet ambassadeur ? »

C'était Eugène qui venait d'intervenir, flairant sans y croire un sujet d'article.

« Il se prétend descendant des empereurs byzantins, pour commencer. C'est un beau parleur, amoureux du luxe et des courbettes… Mythomane au dernier degré. Il est incapable de relater une conversation sans y ajouter une histoire à dormir debout. Et bien sûr, dès qu'il entend une rumeur, il la prend pour une certitude. Il a passé cinq ans à l'ambassade de Sofia, d'où il envoyait chaque jour une dépêche annonçant une guerre imminente, évidemment causée par les Autrichiens...

– Et cet énergumène va être ambassadeur ?

– C'est un proche de Delcassé, un pantin de Poincaré. On l'a longtemps fait végéter comme copiste, mais certains disent qu'il pourrait jouer un rôle à Saint-Pétersbourg. C'est un ferme partisan de l'alliance franco-russe. Bref, une marionnette idéale pour la Centrale. »

Eugène faillit demander de quoi il s'agissait, puis se souvint que Charles, comme tous les familiers du Quai d'Orsay, appelait ainsi le groupe formé par les hauts fonctionnaires du ministère, ceux qui restaient en place malgré les changements – fréquents – de gouvernement. C'était la Centrale qui menait la politique étrangère, davantage que les ministres de passage.

« La Centrale, comme vous le savez, est très favorable à l'alliance franco-russe et à une politique agressive avec l'Allemagne. Par exemple Simonet...

– Mais il doit aussi y avoir quelques partisans de Caillaux, intervint Maurice. Et j'imagine qu'ils doivent moins apprécier cette nomination. »

Eugène se frotta les mains. Sans avoir jamais d'opinion tranchée lui-même, il était amateur de discussions politiques, notamment en période électorale. Or, les législatives approchaient et les tensions étaient à leur comble entre les partisans de Poincaré, l'actuel président, et les partisans de Caillaux, ministre des Finances.

Ce dernier partait avec un handicap : sa mauvaise réputation depuis la crise d'Agadir.

En 1911, en effet, Caillaux était président du Conseil, et il avait été obligé de réagir lorsque le Kaiser avait envoyé une canonnière au large d'Agadir. Ses options étaient simples : une réponse belliqueuse – souhaitée par la Russie, l'Angleterre et certains ministres dont Delcassé – ou un arrangement à l'amiable. Le Quai d'Orsay n'était d'aucun secours, car le ministre des Affaires étrangères, de Selve, venait tout juste d'entrer en fonction. Peu expérimenté, il se laissait diriger par son chef de cabinet, lequel était en faveur d'une réaction militaire. Seul Joffre, aux Armées, demandait une issue diplomatique. C'était cette solution qui avait les faveurs de Caillaux. Il avait donc court-circuité le Quai en envoyant des amis proches négocier en secret avec le ministre des Affaires étrangères allemand. Cela avait dénoué la crise : en échange de quelques morceaux de terre au Congo, l'Allemagne avait accordé sa bénédiction à la France pour annexer le Maroc.

« C'est ce qui lui a coûté sa place, d'ailleurs, remarqua Maurice. On a vu cette attitude comme de la faiblesse. Dans notre pays, un homme politique peut détruire sa carrière en sauvant son peuple d'une guerre dévastatrice… »

En effet : peu de temps après, Caillaux avait dû démissionner, et Poincaré l'avait remplacé.

« Caillaux n'a pas détruit sa carrière, corrigea Charles. Il a été mis à l'écart pendant trois ans. Mais regarde : maintenant c'est l'homme fort du gouvernement. Même Calmette, malgré toute sa verve, ne peut rien contre lui. »

C'était vrai. Gaston Calmette, le rédacteur en chef du *Figaro*, se livrait depuis un mois à une attaque en règle contre Caillaux, sans succès. Il était le grand favori.

Car à la fin de l'année 1913, les choses avaient pris un tournant.

Pour satisfaire aux demandes de la Russie et préparer une potentielle guerre contre l'Allemagne, dont la démographie était supérieure, Poincaré et son Premier ministre, Barthou, avaient fait voter la loi des Trois ans, augmentant la durée du service militaire.

En fin d'année, il avait fallu financer cette mesure onéreuse. Or, l'argent se faisait rare. Caillaux et ses alliés s'étaient jetés sur le sujet, menant un travail de sape qui avait aussitôt porté ses fruits : Barthou s'était trouvé contraint à la démission. Gaston Doumergue, nommé à sa place, s'était empressé de réintégrer Caillaux dans l'exécutif en lui confiant les Finances.

La stratégie de Poincaré montrait ainsi ses failles. Ce dernier, comme Caillaux, était membre du Parti radical, au centre-gauche de l'échiquier politique. Comme sa majorité était trop faible, et que la gauche proprement dite s'enferrait dans une posture d'opposition, Poincaré avait dû s'appuyer sur les députés de droite tout au long de son mandat. Ce faisant il avait donné à de nombreux radicaux le sentiment d'une trahison. En parallèle, sous l'influence de Jaurès, la gauche proprement dite s'était rapprochée de l'aile sociale du Parti radical. Cette conjonction des radicaux déçus et d'une gauche conciliante bénéficiait à présent à Caillaux, tandis que Poincaré ne conservait que l'appui des députés de droite, très minoritaires.

À cela s'ajoutait le soutien public de nombreux hommes d'affaires : Caillaux, ancien financier, comprenait leurs désirs. Le capital n'ayant pas de frontières, ils souhaitaient un marché européen plutôt qu'un conflit entre nations, et il était l'homme capable de le mettre en place. Tout comme il pouvait résorber le gouffre financier de la loi des Trois ans.

« Il va gagner les élections, alors que personne n'en veut à la Centrale, résuma Maurice. D'où les tensions. »

Il fit mine de vouloir rebondir sur la situation politique, puis déclara d'une voix forte :

« Et en plus, nos verres sont vides ! C'est la misère. »

À ces mots, il se dirigea vers le comptoir.

Charles, aussitôt, se tourna vers Eugène, et celui-ci eut

l'impression de voir un masque tomber de son visage. Ses traits se tendirent. Ce fut si brutal qu'Eugène s'en inquiéta.

« Tout va bien ? Tu as l'air...

– Ne dis rien à Maurice. Même à Gwen. Il faut que ça reste entre nous. Tu as du temps demain ?

– Pourquoi ?

– J'ai besoin que tu m'aides. »

Il s'assura que Maurice était loin, puis se pencha en avant. Eugène était désarçonné. D'une voix très basse, Charles lâcha :

« J'ai identifié un espion allemand. »

Eugène écarquilla les yeux et voulut poser une dizaine de questions mais, presque aussitôt, son compagnon lui fit signe de se taire : Maurice revenait avec une montagne de bocks.

« Pas un mot, murmura Charles. Plus tard. »

Eugène eut tout juste le temps de retrouver une contenance. Maurice lâcha les verres sur la table en annonçant :

« Bon, les copains ! Dernière bière et ensuite, on monte au Ciel ! »

Cerruti resta un moment devant le restaurant. Il fuma une cigarette. Puis une autre.

Il n'aimait pas particulièrement l'endroit, ni la cuisine de la brasserie Dauphine. En fait, il n'éprouvait pas de plaisir particulier à manger. En regardant le bout de sa cigarette se consumer, il pensa que le plaisir lui était une notion étrangère, de manière générale.

Pourtant, il l'avait connu. Mais on le lui avait ôté. Et désormais, il ne lui restait plus que l'ennui. Quelques liens affectifs, comme celui qui le liait à Fabre, l'empêchaient de se coller deux balles dans la caboche. Et il se rattachait, comme il pouvait, à son devoir. Il était policier. On avait besoin de lui. Sans police, ce serait le chaos. La justice ne serait qu'un vain mot.

Parfois, cependant, il se demandait si ce ne serait pas mieux, le chaos. Que les gens comprennent une bonne fois pour toutes que les mots n'étaient que des mots et que la justice n'était pas de ce monde. Il avait mis du temps à le comprendre lui-même.

Et, au fond, il y croyait encore. Une partie de lui refusait d'abandonner. Il voulait mettre la main sur les lanceurs de bombes, parce qu'il avait l'impression que la justice pouvait les punir. Parce qu'il pensait toujours, comme un enfant, qu'on pouvait améliorer les choses en arrêtant les criminels.

Ce soir, pourtant, il était fatigué d'y croire. Il était fatigué de tout. Comme tous les soirs. Et comme d'habitude, il se récitait les chiffres : deux meurtres, une centaine de vols, une cinquantaine d'agressions, un viol – en général sur mineur. C'était le bilan d'une journée en France. Et bien sûr, on ne parlait ici que des crimes et délits rapportés à la police.

L'Ordre était mal en point. Le mal rongeait la ville. Cerruti lui-même ne se sentait pas très bien. Il avait l'impression d'être creux. Même prier ne remplissait pas ce vide. C'était pour cette raison qu'il attendait devant le restaurant : parce qu'il savait comment se sentir mieux. Et que cela impliquait de se détruire encore davantage.

Mais il n'y avait plus rien d'autre dans sa vie à part l'alcool. Alors il écrasa sa cigarette et se mit en route.

Lola tituba dans la chambre. Le lit n'était qu'à un mètre d'elle, mais la distance paraissait infranchissable.

Au rez-de-chaussée, les chants de victoire et les cris de colère s'entremêlaient. Dans la tête de Lola, il se passait quelque chose de similaire : elle oscillait entre la satisfaction d'avoir réussi la première étape de leur plan, et la rage que provoquaient les actions de l'Alchimiste.

Maintenant que l'euphorie des premiers verres s'était dissipée, la rancœur remontait.

Elle se laissa tomber sur le lit. La chaleur était étouffante. La pièce tournait. Dolorès Castel fixa le plafond dans l'espoir de trouver un point fixe. Son regard se déplaça le long d'une étrange ligne de gravité, d'un coin de la pièce à l'autre. Malgré ses efforts, cela se reproduisit à plusieurs reprises.

Le sommeil ne vint pas.

Derrière la fenêtre, la lune était apparue. Lola observa l'astre pâle qui se déplaçait au même rythme que le toit, que la chambre entière. Tout bougeait, sauf elle. Elle était devenue un point fixe au centre de l'univers. Qui aurait cru qu'être le nombril du monde donnait à ce point la nausée ?

Le rire de Louis éclata au rez-de-chaussée. Lola sourit.

Elle l'aimait, c'était indiscutable. Si elle avait voulu des enfants, elle les aurait eus avec lui – qui n'attendait que ça. Le fait qu'elle n'en veuille pas n'y changeait rien. Tout aurait été pour le mieux dans le meilleur des mondes, s'il n'aimait pas autre chose encore : l'anarchie.

Il était persuadé qu'un jour l'humanité se débarrasserait des lois, des chefs, des hiérarchies. Alors tout le monde trouverait le bonheur. Lola restait dubitative. Elle ne s'intéressait pas à la société idéale que des êtres futurs pourraient forger. Elle s'intéressait à sa propre vie, ici et maintenant. Tout ce qu'elle désirait, c'était la liberté, recherche individuelle plutôt que système politique. L'anarchie était tout le contraire de la liberté : chacun y voyait ce qu'il voulait mais chacun en faisait un système, son petit univers personnel dans lequel tout irait pour le mieux et dans lequel, en général, personne d'autre ne pouvait vivre.

Au fond, elle n'était qu'une anarchiste de circonstances.

Et pourtant, elle avait pris les armes. Parce qu'il ne s'agissait pas tant de sauver le monde que d'aider un ami. Un ami que le monde avait brisé, comme tant d'autres avant lui. La victime de trop.

Se changer soi-même était suffisant… À condition de vivre ensuite en accord avec ce que l'on était devenu. C'était de là que venaient les complications : on ne pouvait pas être anarchiste dans un monde qui ne l'était pas.

Au fil des ans, Lola avait vu s'allonger la liste des victimes. Elle avait vu mourir des amis, des camarades, sa famille. Certains tués par les forces de l'État, d'autres abandonnés dans la misère pour y crever lentement. Le second cas était le plus fréquent et le plus pernicieux. Sa mère était morte d'épuisement. Six mois plus tard, son père l'avait suivi. Lola n'avait pas dix ans.

Sans compter les soubresauts de l'époque.

Elle se souvenait des grèves de Draveil, du petit Giobellina fusillé à bout portant par les gendarmes, des grévistes massacrés par l'armée lors de la manifestation qui avait suivie. Le frère de Louis en avait été victime.

Elle se souvenait aussi de la catastrophe de Courrières : un millier de morts qui auraient été évités avec des installations en bon état. Elle gardait en mémoire les décisions de la Compagnie préférant protéger le matériel avant de s'occuper des survivants coincés dans les tunnels, puis décidant de cesser les recherches parce qu'elles étaient trop coûteuses.

Tous avaient été victimes de l'injustice de l'État, qui tuait des enfants à bout portant et laissait mourir les travailleurs dans l'indifférence.

Dans l'ivresse, elle devait bien l'admettre. Arthur avait raison. C'était une guerre dans laquelle personne ne pouvait rester neutre. Il n'y avait que deux camps possibles.

Dans le leur, les victimes étaient si nombreuses qu'il était devenu impossible de les énumérer. Le camp d'en face, c'était la bourgeoisie. Quelques morts ne suffisaient pas à rééquilibrer la balance. Elle avait encore des cadavres à venger.

Elle croyait à la guerre, donc. Mais pas à la révolution. Étrange logique, se disait-elle parfois. D'autant plus étrange qu'elle ne l'aidait pas à accepter les morts du Flandres pour autant.

Louis pénétra dans la pièce. Il chercha son équilibre dans l'embrasure de la porte, puis se dirigea à pas lourds vers la fenêtre ouverte.

Il resta là, à fumer sa pipe sous la lune.

Lola soupira. Tous ses raisonnements étaient à présent sans importance. La violence n'était plus une hypothèse mais une réalité. Elle ne pouvait plus revenir en arrière : leurs visages seraient bientôt dans tous les journaux.

De toute façon, elle ne comptait pas partir. Elle restait fidèle à ses amis. Parce que sans cela, la liberté n'aurait pas eu beaucoup de sens.

Louis tapota sa pipe contre le rebord de la fenêtre et vint s'allonger. Ils s'enlacèrent.

Le monde était inacceptable. Mais les gens qui le peuplaient avaient de la valeur.

À la mort de ses parents, au tournant du siècle, alors qu'elle n'avait que quinze ans, elle était partie à Paris. Dans la grande ville, la misère se partageait. Au milieu des monstres et des vampires, elle avait rencontré les « Cloches », qui avaient été ses bons samaritains. Grande Cloche, en tout cas. René, la Petite, était encore un enfant à cette époque. Isidore, plus âgé qu'elle, lui avait trouvé une place de tisseuse. Payée une misère, mais payée tout de même.

Elle les avait ensuite perdus de vue. Durant dix ans, elle n'avait côtoyé l'anarchisme que de loin en loin. Elle s'était mariée, puis séparée – l'homme qui était toujours son mari ne valait pas les nuits qu'elle avait passées à s'inquiéter pour lui. Enfin, quatre ans plus tôt, elle avait recroisé Petite Cloche par hasard.

Par son biais, elle avait rencontré Louis. Il avait cinq ans de moins qu'elle, et était bien plus idéaliste. Plus naïf peut-être. Après de longues journées de travail comme apprenti menuisier, il passait ses soirées à la bibliothèque Sainte-Geneviève. Il lisait Haeckel pour connaître les sciences, Gaston Couté pour découvrir la poésie. Reclus et Bakounine, bien sûr, pour s'initier à l'action politique.

Ils s'étaient fréquentés plusieurs mois, Louis, l'anarchie et elle. Puis il avait rédigé un long poème, qu'il lui avait déclamé en public. Il n'en avait jamais rédigé d'autre ; en fait, c'était sans doute la seule chose qu'il avait écrite de sa vie. C'était cependant plus que la plupart de ses camarades. On l'avait donc surnommé « le Poète » et, lorsqu'ils avaient monté leur équipe suite à l'arrestation d'Isidore, c'était lui qui avait écrit la lettre au préfet.

« Je t'aime, Lola. »

Ils s'aimaient, cela ne faisait aucun doute. Mais elle se demandait parfois où ils allaient.

Il l'embrassa. Elle cessa de se préoccuper de ses idéaux, ses craintes et ses remords, et se consacra tout entière à la vie présente.

De l'Enfer au Ciel, il n'y avait qu'un pas.

Dans le second cabaret où s'installèrent Eugène et ses compagnons, des chérubins en robes blanches faisaient le service au son d'un orgue dément tandis qu'un bedeau coiffé d'un balai-chiottes parcourait la pièce en brandissant une statue de cochon en or.

Ils burent trois autres bocks. La soirée devenait de plus en plus échauffée et de moins en moins loquace : ils regardèrent les spectacles proposés, applaudirent à tout rompre, Maurice et Charles firent de leur mieux pour attirer des serveuses sur leurs genoux... Le jeune fonctionnaire avait retrouvé une certaine joie de vivre depuis qu'il avait parlé au journaliste.

À un moment, la porte s'ouvrit, et Eugène reçut comme un coup de poing dans la poitrine.

Gwen s'avançait vers eux.

Soudain plus lucide, il se leva, la prit dans ses bras, et ils s'embrassèrent.

Quand ils écartèrent leurs visages, leurs corps toujours serrés, les yeux verts de la jeune femme lui firent oublier ses ambitions et ses amertumes. Ils échangèrent un sourire, s'embrassèrent de nouveau.

« Du calme les oisillons, vous êtes en public... »

La remarque de Maurice n'eut aucun effet. Quand ils se séparèrent enfin, le journaliste se tourna vers ses deux compagnons qui attendaient gênés, la fin de ces effusions. Par pudeur, ils s'installèrent à l'écart, le temps de quelques apartés.

Dès qu'ils furent assis, la jeune femme l'inspecta d'un air soupçonneux.

« Quelque chose ne va pas ? »

Bien sûr. Elle avait vu qu'il faisait semblant d'être de bonne humeur. Il haussa les épaules.

« Non, rien. »

Elle leva les sourcils en faisant une moue compréhensive.

« Eugène... »

Il soupira, haussa les épaules une nouvelle fois. Sa gorge se nouait. Elle avait le don de faire remonter ses sentiments.

« Je suis épuisé, Gwen. Épuisé. »

Avec quelqu'un d'autre, il aurait fallu expliquer les raisons de cette fatigue. Pas avec elle. Elle lui caressa le bras doucement.

« Ça viendra. Je sais que ça viendra. »

Qu'est-ce qui viendrait ? Le succès ? Ou la capacité à accepter son échec sans amertume ? Elle ne le précisait pas. De toute façon, il ne voulait pas qu'elle le lui dise. Il préférait garder ses espoirs. Elle l'enlaça, l'embrassa, le relâcha tout en continuant à lui caresser le bras.

« J'espère. »

Elle sourit, l'encourageant à passer à autre chose, l'espace de quelques heures.

Ce qu'il fit : il repensa à ce que lui avait dit Charles. L'alcool aidant, il n'avait aucun mal à y croire. Le succès viendrait peut-être, s'il démasquait un espion allemand. Mais c'était sans doute un rêve. L'ivresse n'était pas suffisante pour le bercer d'autant d'illusions. Et il se demandait, au fond, si cela valait tous ces tourments : Gwen suffisait parfois à lui faire oublier ses rêves de démesure artistique. Une vie avec elle, dans l'ombre, était tout aussi désirable.

N'ayant aucune envie de démêler cet écheveau, il replongea dans son bock de bière. Au-dessus flottaient les yeux verts de l'Anglaise.

En marchant en direction de la Bastille, Fabre fit son possible pour se vider l'esprit.

Cette affaire commençait mal.

L'hypothèse de l'agent provocateur n'était plus si aberrante : Garcin y accordait foi, et il était expert dans ce domaine. D'ailleurs, la Préfecture avait usé d'agents provocateurs par le passé : Hennion s'en était servi durant les grèves de Draveil et certains avaient même soupçonné Auguste Vaillant d'en être un – après tout, son attentat n'avait fait aucune victime et il avait servi à légitimer ce que les anarchistes qualifiaient de « lois scélérates ».

Mais de là à supposer que ce groupe de terroristes était mené par un agent des Brigades mobiles ou de la Sûreté ? Il y avait un pas à franchir. Le plus simple restait d'imaginer que le lanceur de bombes du Flandres avait, tout simplement, la tête trop pleine d'idées trop radicales.

D'ailleurs, les anarchistes sincères étaient souvent les plus efficaces des « provocateurs » : les terroristes propageaient la terreur, et cette terreur engendrait une réaction. Vaillant n'avait pas besoin d'être un agent provocateur pour servir les intérêts de la Sûreté. Il lui avait suffi de se faire une idée naïve des bienfaits de la violence. Au fond, c'était encore mieux, aurait dit Garcin. Chacun y trouvait son compte, le lanceur de bombes comme le flic à sa poursuite.

Les sept morts du Flandres avaient-ils été massacrés pour un idéal ou au nom d'un complot obscur ? Et, surtout, est-ce que cela changeait quoi que ce soit ?

En parvenant au niveau du pont de Sully, Fabre repensa à la première rumeur évoquée par Gaston Verrier. Avec la fatigue, elle ne lui semblait plus aussi stupide. Pouvait-on imaginer qu'un ancien camarade de Bonnot soit revenu d'un exil de deux ans afin de venger ses compagnons ?

Car, après tout, un complice de Bonnot était toujours en liberté.

La première attaque de la bande, rue Ordener, avait été menée par quatre hommes. Trois avaient été identifiés : Bonnot, Garnier et Callemin. Une fois remise de ses blessures, la victime avait désigné le jeune Eugène Dieudonné comme le quatrième. Dieudonné avait été condamné au bagne, malgré les affirmations répétées du reste de la bande, clamant son innocence. Fabre s'était demandé, à l'époque, si le garçon de courses n'avait pas accusé Dieudonné sous la pression de la Préfecture – et donc de Garcin – qui tenait à faire croire que tous les bandits étaient sous les verrous. Cela permettait de classer l'affaire une bonne fois pour toutes.

Alors qu'il distinguait enfin la fenêtre éclairée de son appartement au bout du boulevard Henri-IV, Fabre sentit qu'il se mettait à divaguer.

Et si les deux rumeurs étaient vraies en même temps ? Et si l'équipée des « bandits tragiques » avait été initiée par un agent provocateur, que Garcin aurait ensuite protégé en faisant accuser Dieudonné ?

Mais alors, à quoi bon refaire, deux ans plus tard, ce qu'il avait déjà achevé ?

En poussant le portail de son immeuble, et en entamant d'un pas lourd l'ascension le menant au troisième étage, Fabre lâcha la bride à son imagination. C'était parfois utile. Le lendemain, il trouverait sans doute ses spéculations risibles, mais des intuitions justes naissaient de ces moments de fièvre.

Victor Serge, le compagnon de Rirette, était d'origine russe, de son vrai nom Kibaltchitch. Et s'il y avait un lien avec l'Okhrana ?

Cette dernière idée était si saugrenue qu'il ne put s'empêcher de rire alors qu'il ouvrait la porte de l'appartement. Sarah, qui tricotait dans le salon, remarqua d'un ton jovial :

« Je vois que tu rentres encore dans un bel état, mon ami. Il n'est pourtant que vingt-deux heures, et nous sommes le deuxième jour de la semaine. »

Fabre ôta son chapeau et son manteau, puis les déposa sur une patère vissée au mur dans le minuscule couloir d'entrée. De la cuisine, à sa gauche, émanait une odeur de soupe tiède.

« Malheureusement, ce n'est pas ce que tu crois. Je ne suis pas ivre. Simplement épuisé. »

Il la rejoignit dans le petit salon, où elle était assise avec ses aiguilles à tricoter. Il lui caressa l'épaule avec tendresse, et retourna dans la cuisine.

« J'imagine que tu es au courant.

– Le café de Flandres ? »

Il prit la bouteille d'eau-de-vie et un verre. Le sommeil viendrait avec difficulté. Il fallait employer une méthode radicale.

« C'était si terrible ? »

Il se laissa tomber sur un siège à côté d'elle et se versa un verre.

« Sept morts, dont un vieillard vidé de son sang, un serveur piétiné après avoir eu un œil crevé, un jeune homme aux jambes arrachées, et une jeune femme à la tête réduite en bouillie. »

Sarah retint un haut-le-cœur.

Elle n'avait jamais caché le dégoût qu'elle ressentait face aux atrocités qu'il lui décrivait ; elle ne faisait pas semblant de posséder une froideur dont elle était heureusement dépourvue. Mais elle voulait qu'il puisse s'épancher avec quelqu'un.

De toute façon, depuis qu'elle avait trouvé, des années plus tôt, Émile suspendu au plafond, le cou noué à sa cravate, elle ne craignait plus rien. On leur avait dit que c'était le mal de l'infini. Sarah n'avait pas compris ; Fabre non plus. Et ils avaient renoncé à comprendre. Ils s'étaient contentés de faire corps. Alors, à défaut d'éradiquer le mal, Fabre trouvait du réconfort dans le fait d'en parler avec elle.

Ce soir, cependant, la parole ne suffirait pas à le libérer de ses démons. Au moins, il n'avait pas à les affronter seul.

Il vida son verre.

La soirée se termina au Néant, où ils achevèrent de se massacrer le foie sur des cercueils à la lueur des cierges, entourés de croque-morts.

Eugène n'était plus conscient que par intermittence. Il oscillait entre moments où il rêvassait au sujet de l'espion allemand, moments où il ne voyait que Gwen et son corps – et moments, surtout, où il était plongé dans le néant. De loin en loin, il redécouvrait que leur groupe s'était agrandi : un ancien camarade de Chaptal les avait croisés, deux inconnus avaient noué conversation avec Maurice, et trois femmes s'étaient installées également.

Quand il arrivait à parler, Eugène s'était mis à employer la langue de Shakespeare. L'alcool l'empêchait de prononcer les tirades sublimes qu'il imaginait, et il ne parvenait à éructer que quelques vagues syllabes sous le regard apitoyé de Gwen – qui était, il faut le dire, aussi embrumée qu'eux. Régulièrement, des verres pleins se matérialisaient sur la table.

Ils virent des spectres raconter des histoires drôles, et d'autres, d'allure féminine et de mœurs légères, se dépouiller de leurs fripes pour exhiber leurs beaux restes.

La nuit se poursuivit dans les rires, les chants, les embrassades.

Sous le sourire pâle de la lune, au milieu des aulnes, deux hommes fumaient.

« T'aurais jamais dû faire ça. »

La condamnation de Georges paraissait, à chaque fois qu'il la répétait, de moins en moins ferme. Il s'acharnait, ne voulant pas laisser Arthur s'en sortir à si bon compte, il répétait son refus, dans l'espoir de finir par se convaincre lui-même.

Mais qui pouvait-il convaincre ? On l'appelait « Casse-Tête » parce qu'il avait tué un gardien de la paix à coups de poing, cinq ans plus tôt. Il était un meurtrier.

Pourtant, Georges sentait une différence entre le mouvement de rage qui l'avait conduit à tuer quelqu'un dans un moment d'égarement, et la manière froide dont l'Alchimiste envisageait l'attentat qu'il avait commis quelques heures plus tôt.

« J'ai fait ce qu'il fallait. T'es comme moi : Isidore, c'est qu'un prétexte. C'est pour l'anarchie qu'on se bat. »

Arthur fit un grand geste de la main, comme s'il prenait à témoin tout ce qui les entourait – les astres, les arbres, l'obscurité elle-même.

« On gagnera, dit-il. On mettra des années. On le verra peut-être pas de notre vie. Mais un jour, on gagnera.

– Et d'ici là ? Tu crois que les gens que tu as tués, ça aura pesé dans la balance ?

– Peut-être pas. Mais je me suis pas contenté d'un geste inutile.

– C'est pas un geste inutile. On peut sauver Isidore. »

Il y eut un silence. Les deux hommes réfléchissaient.

Au loin, une chouette hulula. Des chauves-souris passaient au-dessus de leurs têtes, happant les insectes qui voletaient sous les branches.

Georges s'injuriait intérieurement. Des six, l'Alchimiste était le plus sanguin et le plus imprévisible. C'était aussi l'un des plus convaincus du bien-fondé de leur croisade. Il avait été stupide de lui confier l'une des bombes et de croire qu'il se contenterait d'attaquer un pan de mur.

D'un autre côté, se raisonnait-il, les morts étaient déplorables, mais ils étaient acceptables. Tuer un homme était un acte grave, à n'en pas douter, et Georges aurait préféré ne pas avoir de sang innocent sur les mains ; mais un bourgeois, par nature, n'était pas tout à fait innocent.

Georges se renversa en arrière et contempla les étoiles.

Il n'avait jamais apprécié les grandes théories, même anarchistes. S'il acceptait le meurtre, ce n'était pas au terme d'un raisonnement abstrait, mais tout simplement parce que, parfois, seule la violence fonctionnait.

Il l'avait su avant même de devenir anarchiste. Ou plutôt, il avait toujours été anarchiste sans le savoir. C'était un tempérament plutôt qu'une idéologie.

Il haïssait l'injustice, tout simplement. Il avait consacré une bonne partie de sa vie à la combattre – l'autre étant passée à gagner de quoi survivre. Tout ce que l'anarchie avait changé, c'était cette idée : on pouvait aider les ouvriers exploités, on pouvait sortir des gens de la misère mais tout serait à recommencer, encore et encore, tant que l'exploitation et la misère existeraient.

La Révolution s'était donc imposée comme le seul point final possible.

Il ne pleurerait pas les bourgeois morts. Tout comme il n'avait pas pleuré le gardien de la paix.

Un grincement le fit se retourner. René se tenait dans l'embrasure de la porte, au-dessus de la Cigale qui s'était endormi sur le seuil, une bouteille de vin sous le coude. Il resta immobile durant quelques minutes, puis retourna à l'intérieur.

« Qu'est-ce qu'il en pense, Petite Cloche ? »

Le surnom était déjà un indice : René et son frère, Petite Cloche et Grande Cloche, passaient leur temps à aider les autres. Ils organisaient tous les déménagements « à la cloche de bois » que des locataires trop pauvres faisaient en secret, au petit matin, avant que le propriétaire ne vienne leur rendre visite accompagné de la police. Ils n'avaient jamais fait de mal à une mouche.

D'un autre côté, René avait vécu l'arrestation d'Isidore comme un affront. Il y avait un moment où aider les autres ne signifiait pas se laisser marcher sur les pieds. Ils protégeaient les leurs. L'État et ses affidés n'étaient pas des leurs.

« Ça doit lui faire ni chaud ni froid, répondit Georges. Il veut juste retrouver son frère. »

C'était vrai. Du moins dans la mesure où il pouvait deviner les pensées de René. Petite Cloche n'avait plus qu'un but : empêcher la tête de Grande Cloche de se séparer de son cou.

C'était cela, le prétexte qui les avait réunis. Pour la première fois de sa vie, Georges avait trouvé des compagnons de lutte fiables et déterminés.

Pile au moment où il n'y croyait plus.

Durant dix ans, il avait parcouru l'Europe en rêvant de Révolution. Il avait participé à des causeries à Paris, monté un projet d'attentat à Bruxelles, commis quelques vols à Londres pour financer des actions collectives, et brièvement vécu dans une colonie collectiviste en Corse. Mais à chaque fois, ses projets tournaient court : les ouvriers désertaient les causeries, les camarades baissaient les bras, l'argent des caisses disparaissait dans la nuit.

Grâce à l'Alchimiste, tout cela avait changé.

Il avait appris le nécessaire par un informateur. Ils pouvaient faire pression sur le président sans user de bombes ni d'armes à feu – ou presque : il suffisait d'une fois. D'un assaut bien réfléchi, avec quelques camarades et un peu de matériel.

« Tu es sûr de ton informateur ? avait demandé Georges.

– Sûr et certain. Et tu sais pourquoi ? Parce que c'est pas un anarchiste. Il a besoin de se débarrasser de collègues gênants, et on est ce qu'il a trouvé de mieux pour le faire. »

Georges s'était méfié au départ. Puis il avait compris le raisonnement de l'Alchimiste : ce type était mouillé avec eux. Il les utilisait, oui, mais il avait besoin qu'ils restent en vie, puisqu'il était leur complice.

Et puis, il fallait bien l'admettre, le plan était séduisant : se payer Poincaré, sauver Grande Cloche, tout cela en faisant seulement couler le sang de quelques gardiens de la paix. Cela avait séduit des camarades peu enclins à prendre les armes mais décidés à sauver un ami.

Restait à trouver une manière de montrer les crocs afin de faire comprendre au président qu'ils ne faisaient pas semblant.

C'était Lola qui avait proposé les bombes lancées sur des murs. Elle avait cru – et les autres aussi – que cela suffirait :

« Peut-être qu'ils auront peur qu'on recommence, avait dit Petite Cloche avec la voix d'un enfant. Qu'ils libéreront Isidore. »

Georges n'y avait pas cru. Mais il n'avait rien dit, bien conscient des avantages de cette étape intermédiaire : en attirant l'attention de la police, cela obligeait la bande à mener le combat jusqu'au bout.

Georges tapa sa pipe contre une grosse pierre afin de la vider.

« C'est pour nous forcer la main que tu as lancé cette bombe. Comme ils sont pas prêts à tuer, tu l'as fait pour eux. »

De ce point de vue, Georges ne pouvait qu'approuver : ses compagnons, maintenant, n'avaient plus le choix. Ils étaient complices d'un attentat, qu'ils l'aient voulu ou non. Ils iraient jusqu'au bout coûte que coûte.

Un cri aigu sous les arbres, provenant sans doute d'un rongeur, annonça que la chouette avait attrapé une proie.

Georges soupira. Malgré tout, ce carnage lui donnait le cafard. Un mélange de tristesse, d'impuissance, de colère. Les autres devaient être dans le même état.

Tant mieux. C'était ainsi qu'on obtenait les meilleurs soldats.

« Mais tu t'inquiètes pour rien, dit-il. Quand il faudra tuer, ils tueront. »

Quand le Néant ferma boutique, Eugène et ses compagnons se retrouvèrent à la rue.

L'Enfer était clos lui aussi, et le Paradis renvoyait ses derniers consommateurs. Bref, l'Autre-Monde bouclait ses frontières. Des centaines d'âmes mortes se retrouvaient sur le trottoir, surprises par le froid, par la nuit, par la réalité.

Eugène frissonna. Une pensée curieuse lui avait traversé l'esprit. À un moment ou un autre, il faudrait bien que la fête ait une fin. Ils ne pouvaient pas rire impunément de la mort.

Gwen dissipa ses pensées morbides en lui enfonçant sa langue dans le gosier. Il se réfugia dans ses bras.

CHAPITRE 8

Quand Cerruti se réveilla, il faisait encore nuit.

Il tendit la main à gauche par habitude et s'étonna une seconde de ne toucher que le tissu froid. Comme tous les matins, le contact glacial de la réalité lui fit reprendre brutalement ses esprits. L'habitude était prise : il repoussa les pensées sinistres qui l'avaient persécuté trop longtemps, et se concentra sur l'enquête en cours.

Par chance, ce matin, les questions étaient nombreuses. Si nombreuses, à vrai dire, qu'il était déjà poussé hors du lit, tenaillé par la nécessité anxieuse de retrouver les anarchistes.

Figaro protesta en émettant une série de notes – mélodieuses mais agressives – lorsqu'il le bouscula. Cerruti lui flatta la tête au passage, et le laissa continuer sa nuit. Curieux animal. Le jour même où ils avaient emménagé dans cet appartement, deux ans plus tôt, le chat, qui traînait sur les toits, les avait choisis comme maîtres. Désormais, lorsque Cerruti ne travaillait pas, il lui arrivait de rester couché toute la journée ; le chat ne le quittait alors pas d'un centimètre.

En dressant le bilan de la journée précédente, il fit ses ablutions à l'eau froide, se rasa, puis prit son manteau et quitta l'appartement.

Le ciel rosissait peu à peu en direction de la Villette. Un vent sans pitié battait les rues.

Comme tous les matins, parvenu au niveau de la gare de l'Est, il poussa la porte de l'église Saint-Laurent.

Seuls quelques cierges vacillants venaient apporter une maigre source de lumière dans ce grand bâtiment où l'air était encore plus glacial qu'au-dehors. Le vent de février s'était infiltré et collait aux murs, gelait les pierres. De rares personnes étaient plongées dans une prière muette. Il régnait un silence de mort.

Cerruti s'agenouilla sur un carrelage aussi froid que de la neige. Durant vingt minutes, il fit taire ses questions et ses regrets en se plongeant dans la prière. Il oublia tout : son enquête, ses dépravations, son lit vide, son corps glacé.

Lorsqu'il mit un terme à sa méditation, ce fut comme un second réveil ; à la différence du premier, toutefois, il se sentait apaisé. Ses regrets étaient toujours là, la douleur aussi, mais il pouvait y faire face une journée de plus.

Dehors, le soleil avait sans doute dépassé la ligne d'horizon, loin vers l'est, et le ciel se révélait d'un bleu arctique. Ce serait une belle journée de fin d'hiver. Cerruti n'y prêta pas attention. Il réfléchissait à la meilleure manière de localiser les lanceurs de bombes.

C'est en méditant sur ce problème qu'il fit sa deuxième halte de la matinée : parvenu à proximité des Halles, il pénétra à l'intérieur de l'Insulaire, et s'installa au comptoir.

Le patron ne lui demanda pas ce qu'il voulait boire.

« Alors, comment va ? »

L'inspecteur se frotta les mains en silence. Elles brûlaient. Un poêle en fonte surchauffait la pièce. Le patron posa devant lui une tasse de café et un verre de liqueur. Il descendit d'un trait la tasse, vida le verre. Réglé comme du papier à musique, le patron emporta la vaisselle sale et déposa une seconde tasse de café. Cerruti prit *Le Matin* qui traînait sur le comptoir.

Il faillit s'étrangler en lisant les gros titres.

Au lieu de replier le journal avec délicatesse, comme il le faisait d'habitude, l'inspecteur laissa tout en plan, déposa quelques pièces de monnaie, et partit d'un pas précipité.

Le patron lui fit un vague geste de la main tandis que la porte claquait.

Il arriva au Quai en avance. Comme tous les matins, les policiers de l'équipe de nuit, qui finissaient leur service, le saluèrent.

Ils étaient tous au courant.

En fait, une lettre attendait sur le bureau de Fabre.

La même que celle qu'il venait de lire dans le journal.

Il y avait une cigale immobile sur la première marche du perron, juste au-dessus de l'herbe mouillée par la rosée.

Elle n'avait rien à faire là, si loin de chez elle, en une saison si hostile.

Amédée se demanda si ce n'était pas une sorte de signe. Mais il ne croyait pas aux signes. Il s'était converti au matérialisme dialectique, après tout.

Manon, elle, croyait aux signes. Si elle avait été là, elle lui aurait fait remarquer qu'une bestiole aussi incongrue ne pouvait pas avoir échoué devant leur porte par hasard : la Cigale, c'était lui. Depuis quelques heures, il se demandait s'il avait encore envie de ce surnom – son identité parisienne, anarchiste. Le café de Flandres lui avait donné quelques doutes vis-à-vis de l'anarchie.

Mais dans ce cas, si c'était un signe, que voulait lui dire l'insecte ? Qu'il devait rester la Cigale, ou qu'il était au contraire aussi déplacé dans cette bande qu'elle ne l'était elle-même dans la banlieue parisienne à la fin de l'hiver ? C'était le problème avec les signes : ils n'étaient jamais accompagnés d'une traduction. Si seulement Manon avait été là…

Il s'interdit avec rage de penser à elle plus longtemps.

Peine perdue. Cela faisait presque dix ans qu'il échouait quotidiennement à ne pas penser à elle. Sa pensée, c'était un dialogue avec Manon. Elle le conseillait, le questionnait, l'aiguillonnait. Depuis qu'elle était morte, elle s'était réfugiée dans un coin de sa tête. Parfois, il avait l'impression d'en devenir fou. Et il avait du mal à se convaincre que ce n'était pas de la folie : c'était du deuil. Dix ans de deuil. Elle méritait davantage encore.

« *Tu vois*, aurait-elle dit, *toi aussi tu es perdu dans le froid. Tu crois que tu y es bien, tu crois que tu veux pas bouger. Mais tu rêves de partir.* »

Oui, c'était vrai. D'un autre côté, s'il y avait bien une chose qui le définissait, c'était qu'il passait son temps à rêver de partir. Avant d'atterrir à Paris, il avait grandi dans le Sud, en rêvant de partir. Après la mort de Manon, il avait trimballé sa peine et son épouse fantôme à Bruxelles, Londres, Madrid. Il avait exercé mille métiers – pendant un temps il avait même étudié la médecine. À chaque fois, la vraie vie l'attendait ailleurs.

« Je suis bien, ici.

– Non. Tu voulais les aider. Mais pas comme ça.

– C'est pour Grande Cloche.

– Parce que Grande Cloche aurait voulu que vous lanciez des bombes sur des gens ?

– Il a tué des policiers.

– Je parle du vrai Grande Cloche. Pas de la coquille vide qui moisit à la Santé. Il a tourné casaque. »

Elle était pénible. Mais le plus pénible, c'était qu'elle avait raison.

Face à la maison, décalée sur la droite, se dressait la cabane où l'Alchimiste préparait ses explosifs. À côté, les cages à lapins. Petite Cloche fumait une cigarette, adossé au mur en bois. Il était pâle. Chaque jour qui passait, il devenait plus pâle. Quelque chose le rongeait.

Quelque chose les rongeait tous. Le doute ou le fanatisme. Ou les deux.

Quand l'Alchimiste était revenu à la voiture, après avoir lancé la bombe, la Cigale avait senti une bestiole sinistre planter ses crocs dans son crâne. Elle n'avait pas desserré son étreinte.

Parce que ce qui les rongeait, au fond, c'était la peur. La peur de la mort. Mais surtout, peut-être, la peur que l'Alchimiste ait raison. Que la violence soit bel et bien la seule voie possible.

Non, il n'aimait plus être la Cigale. Tout comme il n'aimait pas l'idée de se sacrifier pour quelqu'un d'autre. Mais après tout, il n'aimait pas non plus l'idée de ne pas se sacrifier : depuis la mort de Manon, il avait la sensation que sa vie ne servait à rien. C'était pour cette raison qu'il traversait l'Europe en rêvant toujours d'ailleurs. Il lui fallait une raison de mettre sa vie en jeu pour ne pas rester inerte : les morts parlaient, les vivants agissaient.

Une cigale exilée dans un lieu hostile pouvait au moins aider un homme à s'interroger sur sa vie. La Cigale, tout aussi perdue, à quoi ou à qui pouvait-elle bien servir ? Peut-être qu'en attendant encore un peu, le sens de tout cela deviendrait clair.

« Je n'ai plus le choix. Je ne peux pas les abandonner maintenant. »

Il attendit. Manon ne répondit pas. Puis il pensa qu'elle n'était pas vraiment là, et que c'était toujours lui, sous différents masques, qui se parlait. S'il n'avait rien à se répondre, cela voulait peut-être dire que c'était un bon argument.

Il décida donc de commencer sa journée comme il l'avait prévu : il allait cesser de philosopher et s'occuper des rares choses à obtenir du potager, avant de sortir les poules et récupérer les œufs. Il avait emménagé ici l'année précédente : la maison appartenait à Georges, qui n'y mettait jamais les pieds, et qui lui avait proposé de s'y installer. Il y avait mené une vie réglée durant quelques mois oisifs. C'était maintenant leur refuge.

Amédée tendit la main pour mettre la cigale dans un endroit sûr avant qu'on ne marche dessus. Quand il la toucha, elle ne fit pas le moindre mouvement.

Et c'est à ce moment qu'il comprit qu'elle était morte.

Fabre gardait les yeux fermés. Le visage dans les cheveux de Sarah, il reniflait l'odeur douce de sa femme, en tentant de se persuader qu'il dormait encore.

Il ne voulait pas se réveiller. Quand il se réveillait, il était déjà en retard. Les assassins s'étaient éloignés, les corps des victimes s'étaient refroidis, les journalistes l'accusaient déjà d'incompétence. Dormir était un luxe qu'il ne pouvait pas se permettre. Il y avait toujours une enquête à finir, un tueur à appréhender. Il était toujours en retard.

Certains jours, lorsque la pression était trop forte, il parvenait à croire que Victor Fabre n'était qu'un rêve, que la Brigade du chef n'existait pas. Couché contre Sarah, il s'imaginait à la retraite. Loin de Paris et de ses crimes, il profiterait de journées calmes où tout resterait à sa place pendant son sommeil. Il ne serait en retard que pour aller pêcher des poissons qui ne se plaindraient guère de son incompétence.

Plus que quelques mois.

Il ouvrit les yeux.

Aussitôt, ce fut comme s'il endossait un uniforme mental de commissaire : ses rêveries s'évaporèrent et il oublia les truites normandes pour se concentrer sur les lanceurs de bombes parisiens.

Première décision : les spéculations de Garcin n'étaient d'aucune utilité. Agent provocateur ou pas, il fallait identifier les anarchistes et les localiser. Le mieux était de se consacrer, d'abord et avant tout, à un travail de « détection » au sens propre du terme : enquêter, recouper les informations, analyser, déduire. On verrait bien quelles pistes étaient favorisées ou défavorisées, sans mettre la charrue avant les bœufs.

Fabre s'écarta de sa femme en bâillant à s'en décrocher la mâchoire.

À moins que les choses ne se précipitent, il allait passer une bonne partie de la journée à faire du porte-à-porte avec les portraits des six terroristes.

Après tout, ces derniers fréquentaient sans doute les cercles révolutionnaires parisiens depuis des mois, peut-être des années. S'il était assez patient, Fabre finirait par trouver quelqu'un disposé à lui donner un nom. On en trouvait toujours.

Avant de quitter la chambre, il passa la main dans les cheveux de Sarah. Elle lui sourit sans ouvrir les yeux.

Une vingtaine de minutes plus tard, il sortait dans les rues gelées de la capitale. Surpris par le froid, il se réfugia sous le porche, le temps de serrer son écharpe et d'allumer sa pipe. Ceci fait, il se mit en route en regardant le ciel s'éclaircir et en faisant de son mieux pour ne pas laisser son esprit vagabonder.

Une demi-heure plus tard, avant d'arriver sur l'île de la Cité, il bifurqua en direction de l'Hôtel de Ville et pénétra au Rendez-Vous Auvergnat. Le serveur lui serra la main.

Le plus souvent, Sarah se réveillait avant lui et préparait un petit-déjeuner de poids ; ce matin, cependant, il n'avait pas eu le cœur de la réveiller. Quand cela arrivait, il se sustentait dans cette brasserie.

Fabre commanda un café au lait avec des tartines beurrées, ainsi que les journaux du jour.

Il détestait lire les élucubrations journalistiques portant sur les affaires dont il s'occupait : en général, dès le lendemain, les journalistes s'interrogeaient sur la lenteur de la police et proposaient de mettre Fabre à la retraite – qui avait envie de répondre qu'il n'attendait que ça. C'était donc une expérience pénible, mais qui se révélait parfois indispensable : certains reporters ambitieux n'hésitaient pas à mener une enquête parallèle et, lorsque cela s'avérait fructueux, la logique de la presse faisait que leurs découvertes se retrouvaient dans les journaux avant que quelqu'un ne pense à les transmettre à la police.

Le serveur déposa son plateau devant Fabre, qui le remercia. Le titre du *Matin* lui sauta aux yeux, et il comprit que la journée n'allait pas être aussi fastidieuse que prévu.

Il en avait toutefois assez d'être brusqué par la marche du monde. En vieillissant, il savait s'imposer des moments de calme. Il mangea donc ses tartines.

Au bout d'un certain temps, Eugène ne fut plus capable d'ignorer sa vessie.

Il fallait qu'il ouvre les yeux, qu'il quitte le lit, qu'il se lève enfin – et il devait boire un bon litre d'eau pour dissiper la barre de rôtisseur qui lui transperçait le crâne. Son estomac était cependant prêt à entrer en éruption au moindre mouvement, ce qui compliquait les choses. À cela s'ajoutait le fait que son bras était coincé sous la nuque de Gwen, dont le ronflement léger signalait qu'elle n'avait pas repris ses esprits.

Après une nuit de débauche, elle n'était pas à son avantage. Les défauts sautaient aux yeux. Elle était plus âgée que lui de quelques années, et la peau de ses joues commençait à subir le passage du temps. Cela n'avait pas d'importance pour Eugène, dont le bas-ventre se réveilla ; hélas, cela raviva les exigences de sa vessie.

Il dégagea son bras et se précipita en direction du baquet, où il se soulagea.

Gwen bougea sous les draps.

« Tu reviens te coucher ? »

Eugène grogna. Maintenant qu'il était debout, il se souvenait que la journée était chargée.

« Je n'ai plus sommeil, insista Gwen, mais on peut rester au lit... »

Eugène grogna de nouveau.

Il avait promis à Charles de le rejoindre à dix heures. La soirée de la veille avait disparu de sa mémoire, à l'exception de trois ou quatre détails. Au moment de se séparer, Charles lui avait discrètement glissé un lieu de rendez-vous, et, malgré son état, Eugène avait eu la lucidité de mémoriser l'information.

S'il voulait être à l'heure, il ne pouvait pas se permettre de céder aux charmes de l'Anglaise.

Évidemment, celle-ci n'avait pas ce genre de problèmes. Elle avait de l'argent, et vivait à Paris pour le plaisir. Avec la gueule de bois, il ne pouvait s'empêcher de ressentir une certaine rancœur. Le plus souvent, il n'osait pas se l'avouer, mais en cet instant c'était clair : il craignait qu'un jour elle décide de retourner dans ce monde où l'argent n'était pas un problème, abandonnant derrière elle le journaliste sans le sou qu'elle avait cru aimer.

Comme à chaque fois que ses pensées empruntaient cette pente, Eugène se força à envisager le revers de la médaille : si cela n'avait pas lieu, cela voulait dire qu'un jour, il aurait de l'argent lui aussi. Celui de sa femme. Elle l'entretiendrait, et il pourrait passer ses journées à travailler sur des projets de roman.

Un pied se tortilla hors de la couverture, suivi d'un cheville aguicheuse ; au bout de quelques instants, c'était le mollet tout entier, blanc et rebondi, qui se libérait du drap et l'invitait à le rejoindre. Puis la cuisse.

Il décida de céder aux charmes d'abord, et d'aviser ensuite.

Fabre trouva Cerruti dans son bureau.

Un autre homme était là, un inspecteur qu'il croyait connaître sous le nom de Beaufret. Ses mains se repliaient sur une feuille de papier à la manière d'un aigle enserrant une proie.

« Vous avez lu ? »

La question de Cerruti avait la tonalité d'une affirmation. Fabre hocha la tête.

« C'est une bonne chose, dit-t-il en s'asseyant face à eux. Nous en savons plus, à présent. »

Devant lui, sur le bureau, la lettre des anarchistes. En première page du *Matin*.

« Le problème, bien sûr, c'est qu'ils s'adressent aux journaux… »

Cerruti fit un signe à Beaufret. Celui-ci tendit le papier en s'inclinant. Il était devenu un chat portant une souris en trophée à son maître.

« C'est la même lettre, expliqua Cerruti. Envoyée chez nous.

– Elle est arrivée hier par la poste », compléta Beaufret.

Fabre observa l'enveloppe.

« Tampon du 18e arrondissement. Ce qui ne nous aide pas : ils ont pu la poster loin de leur planque. Quant à la lettre elle-même… »

Il se mit à lire à haute voix un texte identique à celui publié dans les journaux :

Au préfet, au ministre des flics, au président et même au-dessus, aux poulets.

Messieurs, comme vous le savez, nous vous avons déclaré la guerre. Ce n'est qu'un début.

Le commissaire leva les yeux. Cerruti avait la tête baissée.

Il ne fait aucun doute que vos chiens de garde des journaux nous traiteront de monstres. Comme toujours, on refuse au pauvre les moyens de se défendre. Le misérable n'a que le droit de se plaindre, et encore !

Nous sommes en guerre contre l'injustice. Et l'injustice, c'est de voir les bourgeois se remplir la panse pendant que d'autres crèvent de faim. C'est de voir les misérables se faire tuer lorsqu'ils demandent quelques miettes. Nous nous souvenons de Draveil, de Courrières, de Fourmies. Nous n'avons rien oublié. Et nous vous tenons pour responsables de tout.

Le commissaire se passa la main dans les cheveux. Il avait beau affirmer que c'était une bonne chose, la lettre n'en était pas moins inquiétante. Et le fait qu'elle ait été envoyée à la presse renforçait la menace.

Attendez-vous, messieurs, à trouver la mort dans vos rues. Des bourgeois dans leurs cafés, des dames dans leurs voitures, des parlementaires dans leurs palais. Si vous voulez y mettre fin, notre demande est simple.

Le commissaire s'arrêta un instant. La suite était capitale.

D'ici le 14 mars nous exigeons la libération d'Isidore Grandville injustement incarcéré, et qui attend un procès dont l'issue, écrite à l'avance, ne fait aucun doute. Sans ce geste de bonne volonté, messieurs, nous le tirerons de vos griffes par nos propres moyens.

Nous considérerons aussi que votre mauvaise volonté ne nous laisse comme seule issue que le massacre de chacun de nos ennemis. Ils sont nombreux. Ils sont la société tout entière.

Faites le bon choix, messieurs les poulets.

Les poulets restèrent silencieux une longue minute.

Enfin, Fabre s'éclaircit la gorge :

« Ils nous lancent un défi et ils veulent que tout le monde le sache. Quels journaux l'ont reçue ? »

Beaufret répondit d'un ton précipité :

« Presque tous les quotidiens de la capitale, monsieur.

– Au moins, nous savons pourquoi ils ont décidé de prendre les armes, dit Cerruti. Ce n'est ni pour venger Bonnot ni par fanatisme, mais pour libérer Grandville.

– Le problème, Pierre, c'est qu'ils continueront à avoir cette raison de se battre le 14 mars, puisque Grandville ne sera pas libéré. »

Il se passa la main dans la barbe et reprit :

« Nous avons une piste. Mais aussi un ultimatum. Et la ville entière est au courant. »

Ses mains pianotèrent sur le bureau, tandis qu'il se grattait la barbe de plus belle. Il n'aimait pas du tout cette situation, en fin de compte. Trop de journalistes en perspective.

« Nous devons trouver qui est Grandville. »

Beaufret toussota, mal à l'aise :

« Nous l'avons trouvé, monsieur. Isidore Grandville. Ancien cordonnier, déjà condamné pour proxénétisme. Arrêté il y a trois mois. Il a agressé un garçon de courses…

– Tentative de vol ?

– Oui, à main armée. Le garçon n'avait que quelques francs sur lui, alors Grandville l'a frappé au visage à plusieurs reprises avec la crosse de son arme. Puis il a pris la fuite. Il était seul, à pied. Il a croisé des gardiens de la paix plus loin. Ils n'avaient rien remarqué. Pourtant, il leur a tiré dessus. L'un est mort sur le coup, l'autre a été blessé à la cuisse.

– Sans raison ?

– Aucune. Des passants l'ont désarmé et mené de force au commissariat de quartier.

– On est loin de la préméditation de ses compagnons.

– D'après les agents qui ont rédigé le rapport, c'était un coup de folie. Grandville ne roule pas sur l'or. Il avait sans doute besoin de l'argent qu'il espérait voler. En ne trouvant rien, il a vu rouge.

– Merci, Beaufret. »

Pas de réaction. C'était donc bien son nom.

« Où est-il incarcéré?

– À la Santé, intervint Cerruti. J'ai téléphoné au directeur, il nous l'envoie cet après-midi. »

Fabre se frotta les mains. L'enquête avançait. C'était toujours bon à prendre. Mais pour parvenir à des résultats, il faudrait pressurer Isidore Grandville jusqu'à la dernière goutte.

« Rappelez.

– Pardon ?

– Nous allons l'interroger sur place. »

Cerruti hésita. Fabre s'expliqua :

« Grandville est visiblement quelqu'un d'impulsif. Je veux le déstabiliser. S'il vient ici, il aura le temps de préparer une ligne de défense pendant le trajet. »

L'inspecteur hocha la tête et se leva, prêt à partir.

« Par ailleurs, Beaufret, demandez à Garcin de trouver tout ce qu'il peut sur Grandville. »

Les deux hommes quittèrent le bureau, investis de leur mission respective. Fabre, une fois seul, relut la lettre. Et il la relut encore.

CHAPITRE 9

Eugène longeait la Seine depuis le Châtelet. Il était seul, et pourtant c'était comme si Gwen était encore avec lui. Son odeur lui collait à la peau, son souffle lui chatouillait la nuque.

C'est donc encore transi qu'il rejoignit Charles sur le Pont-Neuf. Celui-ci l'attendait au pied de la statue d'Henri IV avec le visage d'un conspirateur tragique.

« Enfin ! Je t'attends depuis un moment.

– Désolé. J'étais occupé. »

L'excuse était si maladroite que Charles en perdit son expression sournoise.

« Longue nuit ? Je vois qu'il t'en reste des traces. »

Il pointa en souriant une légère égratignure sur le cou d'Eugène, qui provenait effectivement d'une effusion émotionnelle.

« Bon. Bref. Je suis pas venu parler de ça. Tu as des choses à me raconter, non ? »

Charles hocha la tête et fit un geste de la main en direction de la rive gauche.

« Suis-moi.

– Où ça ?

– Au Quai, évidemment. »

Ils se mirent en route.

Charles resta muet durant de longues minutes. Eugène attendait. Il savait que son ami s'interrogeait sur la meilleure manière de commencer. Aucun des deux n'était à l'aise lorsqu'il fallait entamer une discussion sérieuse. On aurait pu se demander comment ils avaient fait pour finir diplomate et journaliste dans ces conditions. Eugène sourit tristement à cette idée. La réponse était simple : chacun était médiocre dans son domaine.

Alors qu'ils atteignaient le pont Royal, Charles prit enfin la parole :

« Ce que je vais te dire est totalement confidentiel. Nous sommes d'accord ?

– Bien sûr. »

C'était un mensonge. Si les informations de Charles avaient un potentiel intérêt public, Eugène ne pourrait pas les garder pour lui. Acquiescer était cependant indispensable à ce point de la discussion : elle n'avait même pas commencé.

De toute manière, Charles, maintenant qu'il avait entrouvert la porte, était déjà lancé :

« Comme tu le sais sans doute, depuis plus de vingt ans les banques françaises proposent des emprunts visant à faciliter le développement industriel de la Russie. Tu vois de quoi je parle ? »

C'était une question qui se voulait rhétorique, mais qui ne l'était pas en réalité. Eugène n'avait qu'une notion très vague de ces spéculations financières. Deuxième preuve de son manque de valeur journalistique. Il préféra mentir.

« Bien sûr.

– Tu auras peut-être remarqué que la presse a, de manière générale, un regard très bienveillant vis-à-vis de ces emprunts. En fait, elle est même très tolérante avec les Russes tout court, et la politique tsariste.

– Ça ne me choque pas. Ce sont nos alliés.

– J'attendais davantage de finesse de la part d'un journaliste, mon pauvre Eugène. La Russie est notre alliée, certes, mais la presse n'est pas nécessairement du même avis que le gouvernement. Du moins en théorie. Or, en l'occurrence, les grands journaux sont unanimes : tous sont favorables à une guerre contre l'Allemagne, et à l'alliance russe. »

Eugène réfléchit un instant. Il y avait des voix dissonantes, bien sûr. Malgré tout, la généralisation de Charles était pertinente. Eugène, lui aussi, avait constaté cette univocité. Elle ne l'étonnait guère : l'Allemand était à la fois un ennemi héréditaire et un rival économique. Rien d'étonnant à ce qu'il suscite la haine. Par ailleurs, l'Allemagne avait les moyens d'anéantir la France. Il fallait donc des alliés. Et quel meilleur allié que la Russie, dont la force militaire était sans égale ?

Et puis, il arrivait que les peuples aient leurs humeurs, parfois douces et parfois belliqueuses. La presse ne faisait que refléter ces émotions changeantes. Depuis quelque temps, la France se sentait guerrière. Cela passerait.

« Nous avons besoin de l'appui du Tsar en cas de conflit, résuma-t-il.

– Peut-être, mais ça n'explique pas l'absence quasi totale de voix discordantes. Seuls les socialistes refusent de hurler avec la meute… Tous les autres applaudissent la moindre décision du Tsar et aboient dès que le Kaiser tousse.

– Qu'est-ce que tu veux que je te dise ? Si les gens pensent d'une certaine manière, la presse suit le mouvement, c'est tout.

– Et si c'était la presse qui créait le mouvement, au lieu de le suivre ?

– Comment ça ?

– Je veux dire par là que l'unanimité de la presse n'est pas due à des considérations politiques.

– Elle est due à quoi, alors ?

– À beaucoup d'argent. »

Ils longèrent la gare d'Orsay, bondée comme à son habitude. Des gens couraient de tous côtés, s'interpellaient, faisaient des crises de nerfs.

« Et si je te disais que les Russes payent la presse française, par le biais du gouvernement, pour inciter ses lecteurs à participer aux emprunts ? Et que, plus largement, cet argent permet d'arroser les grands journaux en échange d'articles favorables à l'alliance franco-russe ? »

Eugène soupesa ces hypothèses en silence.

Il arrivait que le gouvernement graisse la patte des directeurs de publication afin d'obtenir des articles en sa faveur, et il n'y aurait rien eu d'étonnant à ce que la même pratique soit en usage pour favoriser une alliance financière ou militaire. Mais que cela s'étende à toute la presse et se pratique de manière systématique ? C'était difficile à croire.

Et de toute façon, cela n'avait aucun lien avec l'espion allemand.

« Je te répondrais que ça ne me paraît pas impossible, dit-il enfin. Par contre, je vois mal comment cela pourrait se faire à grande échelle.

– Eh bien il y a certaines personnes, à l'Élysée, au Palais-Bourbon, ou au Quai, qui le voient très bien. Cela se fait depuis des années, et la plupart des hauts fonctionnaires sont au courant. En revanche, peu de gens connaissent l'ampleur réelle de cette corruption. »

Un homme courait en direction de la gare, sans doute dans l'espoir d'attraper son train, les bras alourdis par deux lourdes valises. On aurait dit qu'il s'enfonçait dans le sol.

« Et toi, tu la connais ?

– Six millions depuis le début du siècle, distribués à une

quarantaine de journaux. Parmi eux, *Le Matin, Le Figaro, Le Temps, Le Petit Quotidien*, et un bon nombre de titres d'opposition, à l'exception évidente de *L'Humanité*.

– *L'Aurore* ?

– Désolé de te le dire, mais *L'Aurore* n'a plus d'intérêt pour personne. »

Le journaliste voulut protester, puis renonça. Son ami avait raison. Le seul journal qui voulait parfois de lui avait été prestigieux… quinze ans plus tôt. Maintenant, il était moribond. C'était pour cette raison qu'il acceptait de payer – au lance-pierre – des pigistes tels que lui : parce qu'ils ne pouvaient pas exiger mieux, l'un comme l'autre.

« Si cela venait à se savoir, continuait Charles, ce serait un scandale terrible. Poincaré lui-même pourrait tomber, j'ai même cru comprendre qu'il utilisait les fonds russes pour régler ses problèmes individuels…

– Caillaux ?

– Exactement. Parmi les rédacteurs les plus chèrement payés, il y a Gaston Calmette du *Figaro*. Ce même Calmette qui publie chaque jour depuis un mois, avec la régularité d'un métronome et l'acharnement d'un roquet, un article à charge contre Caillaux.

– Poincaré payerait Calmette ?

– Tout à fait. Comme Caillaux est partisan d'un rapprochement avec l'Allemagne, j'imagine que les Russes n'ont aucune envie qu'il accède au pouvoir. Payer la presse pour qu'elle défende l'alliance russe, c'est aussi la payer pour qu'elle s'en prenne à Caillaux. La politique intérieure ne peut faire abstraction des relations étrangères. »

Eugène se demanda s'il y avait matière à écrire un article. Et surtout, s'il y avait un journal qui accepterait de le publier.

« Il faut donc que tu comprennes, reprit Charles comme pour l'en dissuader, que cette affaire provoquerait une véritable crise politique si elle était révélée au grand jour. Elle remettrait en question la validité de notre alliance, affaiblirait notre diplomatie et signerait la fin de la carrière politique d'un bon nombre de parlementaires et de ministres, dont Poincaré...

– Admettons. Même si, en bon journaliste, je préférerais avoir des éléments matériels à me mettre sous la dent. »

C'était une tentative timide pour obtenir de quoi étayer son hypothétique article.

« Des preuves, tu veux dire ?

– Voilà.

– Il y en a, justement. Et un espion est en train de les voler. »

Lola somnolait sous un aulne depuis une heure lorsqu'un grondement la réveilla.

Une voiture.

Elle ôta de son visage le chapeau d'osier qui lui protégeait les yeux et se leva. Louis, qui lisait à côté d'elle, fit de même.

Ils vivaient à l'écart du village, en bordure de forêt, dans une maison que l'on ne pouvait pas voir depuis la route, de manière à éviter les contacts avec des citoyens ordinaires qui auraient risqué de les reconnaître. En temps normal et à moins que l'un des compagnons ne fasse usage de la voiture, il n'y avait aucune raison d'entendre un bruit de moteur dans les environs.

Il fallait donc s'attendre au pire.

Leur lettre avait été publiée. La police connaissait maintenant l'existence du frère de René. Elle avait, fatalement, leurs portraits, sans doute diffusés dans les journaux du soir. Mais pouvait-on les avoir retrouvés si vite ?

En tout cas, une chose était certaine : si les événements tournaient mal, elle n'aurait aucun scrupule à utiliser l'Alchimiste comme bouclier humain.

« Les flics, tu crois ? demanda-t-elle à Louis.

– Peut-être. »

Ils se tenaient courbés en deux, prêts à battre en retraite sous les arbres. Lola scrutait de tous côtés à la recherche de la voiture, craignant de voir arriver un véhicule bourré à ras bord de gardiens de la paix armés jusqu'aux dents. Autour de la maison, leurs camarades réagissaient de façon similaire : la Cigale et Petite Cloche, qui étaient assis devant le porche, s'étaient rapprochés des murs dans l'éventualité d'une fuite.

Casse-Tête entrouvrit la porte d'entrée. Il était armé.

Seul Arthur restait dans sa planque, invisible. Il passait le plus clair de son temps dans le réduit en bois qui se trouvait à une demi-douzaine de mètres du porche. C'était là qu'il entreposait ses décoctions et qu'il fabriquait ses explosifs. C'était là, aussi, qu'il fuyait la compagnie.

« T'as de quoi te défendre ? »

Louis avait plongé la main dans son veston. Il en sortit un revolver, qu'il tendit à Lola. Elle le prit machinalement. Il répéta son geste et en sortit un second.

« T'as deux armes à feu sur toi ?

– On sait jamais.

– Drôle d'idée.

– Ça pourrait te sauver la peau dans une minute, alors arrête de râler. »

À en juger par les grondements du moteur, la voiture n'était plus qu'à quelques mètres de la maison, à présent. Depuis le bosquet, cependant, les arbres et la cabane faisaient obstacle à la vue.

Lola s'attendait à tout instant à voir ses camarades ouvrir le feu.

Mais rien ne se passa. Au contraire, le visage de Georges s'illumina. Il rentra dans la maison et ressortit un instant plus tard, désarmé, les mains passées entre les bretelles de sa salopette, la pipe fièrement dressée devant lui. Il fit un signe amical au conducteur.

Voyant cela, la Cigale et Petite Cloche sortirent de leur cachette. Lola rendit son revolver à Louis et ils se dirigèrent vers la maison. En passant, elle ramassa son livre, une divagation de Félix Le Dantec sur les racines biologiques de l'égoïsme. Louis lisait vraiment tout et n'importe quoi.

Leur visiteur descendit de voiture comme s'il arrivait chez lui. Il avait l'air sévère d'un professeur d'université, ce que confirmaient ses habits, sa cravate et sa veste de costume.

Lola interrogea Louis du regard, qui haussa les épaules. Il ne connaissait pas le nouveau venu. Petite Cloche et la Cigale étaient visiblement dans le même cas.

Casse-Tête, pour sa part, l'aborda d'une grande claque dans le dos.

« Vladimir, ça fait une paye ! Comment est-ce que tu nous as trouvés ? »

Pour toute réponse, le visiteur enleva sa veste pleine de poussière et entreprit de l'épousseter à l'aide d'une longue canne de bois. En silence.

Durant deux bonnes minutes, on n'entendit que le claquement de la canne sur le tissu. Lola avait la curieuse – et désagréable – impression de ne pas exister. À en juger par la réaction de ses compagnons, ils étaient aussi décontenancés qu'elle. Seul Georges fumait sa pipe en ricanant.

Enfin, le visiteur resserra son nœud de cravate.

« Je me demande surtout pourquoi j'ai pu vous retrouver aussi vite. »

De petites yeux plissés les observèrent derrière de fines lunettes aux verres ronds ; sa bouche était pincée, ses sourcils froncés, et cela semblait tenir de l'habitude. Un homme habitué à être de mauvaise humeur.

Casse-Tête, pourtant, réagit comme s'il entendait la chute d'une excellente histoire drôle, en éclatant d'un rire gras.

« Les copains, je vous présente un vieux camarade de lutte : Vladimir Burtsev. »

Construite sous le Second Empire par le jeune Émile Vaudremer, la Santé était divisée en deux parties, l'une pour les condamnés et l'autre pour les prévenus avant leur procès. Il s'agissait d'empêcher les premiers de corrompre ceux des seconds qui pouvaient être remis dans le droit chemin. L'aile des condamnés était organisée de façon traditionnelle ; celle des prévenus était un panoptique inspiré des travaux de Bentham.

C'était un plan en étoile : au centre, une pièce ronde entourée de vitres où se postaient les gardiens ; de ce point originel rayonnaient quatre nefs, dans lesquelles se trouvaient les cellules. Ainsi, les surveillants pouvaient voir tout ce qu'il se passait à leur étage d'un seul regard. L'œil du maître était partout.

Faisant à rebours le trajet des prévenus convoqués au Palais de Justice, Fabre et Cerruti s'avancèrent dans le couloir sous la vigilance constante de l'îlot central. Un gardien les escortait. Il s'arrêta devant une porte et entreprit de chercher la clef à son trousseau. Quand il ouvrit, Fabre plissa les yeux afin de percer la pénombre de la cellule.

« Il y a deux détenus, dit-il. Je voudrais voir Grandville seul. »

Le gardien se gratta la tête, décontenancé.

« C'est que nous manquons de place… »

Fabre haussa les épaules :

« Débrouillez-vous. »

Dans la cellule, les deux hommes les dévisageaient. Le gardien soupira.

« Sistier, on va prendre l'air. »

Le Sistier en question, un géant à la barbe drue, grommela une protestation. Un nouvel aboiement du fonctionnaire le fit obtempérer. Fabre et Cerruti s'écartèrent pour le laisser sortir, puis entrèrent dans la cellule. Le gardien referma derrière eux.

L'après-midi était déjà avancée, et c'était encore l'hiver : la faible lumière du jour entrait à peine dans la petite cellule de Grandville. Fabre et Cerruti mirent un instant à s'habituer à l'obscurité. À mesure que leurs pupilles s'agrandissaient, ils distinguèrent plus clairement la forme humaine, molle et désorganisée, étendue sur l'un des lits. Fabre identifia la faible lueur d'un œil jaune tourné vers eux ; autour de lui se dessinait un visage chaotique, fait de cheveux emmêlés, de barbe mal coupée, de dents cariées. Un grondement en sortit :

« Qu'est-ce que vous me voulez ? »

Cerruti se racla la gorge.

« Monsieur Grandville ? »

Aucune réponse.

« Isidore Grandville, né à Paris en 90 ? »

Silence. Même l'éclat de ses yeux avait disparu. Les vagues formes du prévenu se fondaient dans les ténèbres.

« Monsieur Grandville, nous avons besoin de vous parler, s'agaça Cerruti. Nous avons eu l'amabilité de nous déplacer, mais si vous persistez dans votre refus de répondre, nous allons…

– Me mettre en prison ? »

Un rire amer s'échappa de la pénombre.

« Sacrés cognes… »

La forme se souleva, s'assit sur la couche. D'un coup, tout devint plus clair : le visage de Grandville s'était placé au niveau d'un rai de lumière tombant de la fenêtre. Comme son compagnon de cellule, il était grand et sec. Son visage épais, recouvert de fourrure, semblait avoir été fait au hasard : le menton de travers ouvrait sur une dentition erratique, des traces de couperose encerclaient des yeux méfiants. On avait tranché le lobe de son oreille droite et entaillé son front, parachevant ainsi l'œuvre de la nature.

Il se racla la gorge, cracha sur le sol, puis se mit à chantonner un air populaire, les yeux dans le vide. Les policiers le laissèrent faire durant deux bonnes minutes. Enfin, il bâilla, s'étira, et lâcha :

« J'ai rien à vous dire, mes poulets. Rien. »

Fabre fit un signe du menton à Cerruti. Grandville comptait les balader. Ils devaient donc se partager les rôles : le gentil et le méchant.

Le jeune inspecteur, surmontant sa révulsion, s'assit à côté de Grandville tandis que Fabre s'écartait d'eux comme s'il abandonnait l'interrogatoire.

« Monsieur Grandville, permettez-moi d'insister. Nous pensons que vous possédez des informations qui pourraient être utiles.

– Et qu'est-ce que ça peut me faire ? »

La cellule était aménagée avec tout le confort que pouvait espérer un prisonnier : une chaise d'aisance, le chauffage central, des draps propres si l'on avait une conception modeste de l'hygiène, une table et une chaise reliées au mur par une chaîne. Rien ne traînait. Ni livre, ni carnet, ni aucun élément qui aurait pu renseigner Fabre sur l'état d'esprit de Grandville.

De toute façon, son état d'esprit ne faisait aucun doute. Il était hostile.

Sur les murs, de nombreuses inscriptions, parmi lesquelles des « mort aux vaches » et des dessins obscènes. Grandville en avait sans doute gravé lui-même un certain nombre.

« Votre procès n'a pas encore eu lieu. On pourrait imaginer…

– J'ai fait de mon mieux pour dérouiller deux des vôtres, c'est pas pour vous filer un coup de main ensuite. »

Fabre s'avança jusqu'à la fenêtre, écoutant cet inutile interrogatoire d'une oreille distraite.

Bien sûr, il aurait pu demander à Cerutti ou aux gardiens de passer Grandville à tabac. C'était sans doute ce qu'il serait amené à faire dans un futur proche. Mais il voulait d'abord essayer la manière douce. D'abord, parce qu'il ne croyait pas outre mesure aux passages à tabac : l'expérience lui avait montré qu'on en retirait surtout des témoignages erronés ou exagérés, une personne tabassée étant prête à raconter n'importe quoi dans l'espoir d'un répit. Les seuls envers qui cela s'avérait efficace étaient ceux que l'on pouvait faire parler autrement. Ensuite, parce que son but était pour l'instant d'estimer la probabilité que Grandville sache quelque chose. Sur ce point, malheureusement, le comportement du détenu était hermétique.

C'est alors que Fabre remarqua un changement.

Grandville n'avait rien dit, l'expression de son visage ne s'était pas modifiée. Seuls ses yeux avaient pris une lueur curieuse. Il surveillait Fabre comme un félin à l'affût. Il ne voulait pas que le policier regarde par la fenêtre grillagée.

Fabre, en un coup d'œil, se fit une idée précise des environs : la cour intérieure, un mur d'enceinte, puis la rue de la Santé et une rangée d'immeubles. Ceci fait, il tourna résolument le dos à la fenêtre. Aussitôt, Grandville retrouva son calme.

« Je vais être clair, disait Cerruti. Nous cherchons des terroristes qui ont provoqué la mort d'une vingtaine de personnes. »

Fabre approuva intérieurement l'exagération de l'inspecteur. Grandville n'avait aucun moyen d'être informé au sujet du Flandres. Certes, il avait lui-même tenté de tuer des gardiens de la paix, mais on pouvait espérer qu'il ne resterait pas de marbre devant l'évocation d'un alignement de cadavres innocents, quand bien même ils auraient été tués par ses amis.

« Ils prenaient leur repas dans un bouillon des Halles. On a jeté une bombe parmi eux. »

Deuxième modification : les clients du Flandres étaient des privilégiés tandis que les bouillons étaient fréquentés par des prolétaires. Grandville, d'ailleurs, avait mis son agressivité en sourdine. Ses paupières étaient closes, sa bouche avait pris un pli contrarié.

« Nous craignons une récidive. Or, il se trouve que nous avons reçu une lettre de leur part. »

Silence.

« Ils exigent votre libération, monsieur Grandville. »

À ces mots, le prisonnier ouvrit les yeux en souriant. Ce n'était ni de la joie, ni de la moquerie. Il avait l'air d'un homme dans la lune, pensant à autre chose ; comme s'il avait cessé d'écouter Cerruti et qu'il s'était laissé emporter dans une rêverie personnelle, se remémorant d'agréables souvenirs d'enfance. Fabre se demanda comment interpréter cette réaction. Songeait-il avec affection à un ami, un frère, un cousin, qui prenait des risques insensés pour le libérer ? Ou se moquait-il encore d'eux ?

Il intervint :

« Monsieur Grandville, à quoi pensez-vous ? »

L'homme, ramené sur terre par cette soudaine apostrophe, l'observa avec surprise.

« Mais… à rien. J'ai rien à voir avec votre histoire. »

Fabre comprit alors : Grandville n'accordait aucune

importance aux morts et s'amusait à les faire enrager. Cela marcha d'ailleurs avec Cerruti, qui se donna une grande claque dans la cuisse.

« Monsieur Grandville ! J'aimerais que vous changiez d'attitude !

– Mais que puis-je faire, inspecteur, puisque je ne sais rien ? répondit le prisonnier d'une voix geignarde.

– Vous êtes en train de dire que ces six personnes sont prêtes à risquer leur vie, à tuer des innocents et à annoncer sur tous les toits qu'elles recommenceront, pour quelqu'un qui ne les connaît pas ? »

Grandville, imitant un enfant de dix ans, leva l'index, les yeux fermés :

« Si je vous dis que je comprends pas, c'est que je comprends pas. »

Cette fois, Cerruti saisit Grandville à la gorge et le plaqua contre le mur de la cellule.

« Permettez-moi de vous dire que je ne vous crois pas. »

Grandville était resté immobile, le visage sans expression, comme s'il n'avait pas remarqué qu'il était étranglé par un policier bien décidé à le passer à tabac. Fabre mit la main sur l'épaule de son adjoint.

« Pierre, pas ici. Pas maintenant.

– Commissaire, cet imbécile joue avec nous.

– Je sais. Qu'est-ce que vous voulez y faire ? »

Cerruti, à contrecœur, desserra sa prise. Grandville réajusta ses vêtements, le visage sans expression. Il toussa. L'inspecteur s'écarta d'un bond...

« Alors qu'est-ce qu'on fait, commissaire ? On s'excuse et on s'en va ?

– Vous, vous sortez, en tout cas. Moi, je reste encore un peu. »

Cerruti lui jeta un regard noir avant de se lever et de taper à la grille. Après quelques instants, le gardien lui ouvrit.

Une fois son adjoint sorti, Fabre laissa le silence retomber.

« Il est bientôt midi. Il ne devrait pas tarder à sortir. »

Charles et Eugène attendaient sur l'esplanade des Invalides et regardaient en direction de la rue de l'Université, où se trouvait l'entrée empruntée par les fonctionnaires du ministère des Affaires étrangères.

Pour la première fois de sa vie, se dit Eugène, il participait à une aventure journalistique ; il allait démasquer un espion, peut-être en faire le sujet d'articles, d'une nouvelle, voire d'un roman entier… Rouletabille en chair et en os, écrivain et héros à la fois.

« Nous disposons de divers documents, expliqua Charles, sur le financement des journaux par les fonds russes. Des lettres de rédacteurs et de financiers, des traces de paiement…

– Pourquoi les garder ?

– En bonne partie pour faire les comptes, mais aussi pour des questions de politique interne. Avec ces documents, toutes les personnes impliquées sont tenues au secret : si l'opinion publique l'apprend, tout le monde tombe en même temps. C'est une manière de dissuader les journalistes de faire volte-face, et d'éviter les manipulations individuelles.

– Je vois. Je détesterais travailler avec vous.

– Moi aussi. »

Charles laissa passer un temps, soulignant le sarcasme. Eugène ne prit pas la peine de sourire.

« Jusqu'à ce qu'il soit nommé ambassadeur, c'était Paléologue qui avait en charge les documents relatifs à l'alliance franco-russe. C'était lui en particulier qui s'occupait des journaux. Pour l'instant, personne d'autre n'a été nommé à ce poste…

– Et donc tout le monde a accès aux documents.

– Voilà. Normalement, ils auraient dû atterrir aux Archives, mais il nous faut l'autorisation de la personne en charge pour effectuer le transfert, et Paléologue a oublié de s'en occuper. Il y a donc un vice, qui en fin de compte arrange tout le monde, puisqu'on évite le protocole pénible des Archives lorsqu'il faut consulter l'un de ces papiers. Récemment, on m'a demandé de chercher le nom d'un proche de l'ambassadeur russe, Isvolsky. Le plus simple était de fouiller dans les lettres de ce dernier, dont beaucoup sont conservées parmi les dossiers de Paléologue. »

Un couple élégant passa à quelques mètres d'eux. Charles se tut, le temps qu'ils s'éloignent.

« En parcourant les lettres, je me suis rendu compte qu'il en manquait. Beaucoup.

– Peut-être tout simplement que vous ne les avez pas ?

– Non. Nous disposons presque à chaque fois d'une copie carbone. Il pourrait y avoir un manque de temps en temps, mais pas à ce point.

– D'accord. Donc quelqu'un les aurait volées. Et tu sais de qui il s'agit ?

– Mon bureau n'est pas très loin de l'ancien bureau de Paléologue. Je n'ai pas tardé à constater qu'un même collègue s'y rendait souvent. Et je l'ai déjà vu repartir avec des liasses qu'il n'a pas ramenées.

– S'il les vole, pourquoi ne pas les emporter en une fois ?

– Sans doute parce qu'il espère que cela passera inaperçu. »

Ce n'était pas une stratégie très fine. D'un autre côté, rien n'assurait que les espions aient toujours des tactiques élaborées. Mais Eugène avait une question plus urgente en tête :

« Pourquoi ne pas l'avoir dit à tes supérieurs ? »

Charles gloussa.

« Pour la même raison que tu n'écriras pas d'article : je n'ai pas de preuve.

– Et tu penses vraiment qu'il s'agit d'un espion allemand ?

– Je n'en sais rien. Si ça se trouve, il les prend pour son usage personnel. En tout cas, je veux en avoir le cœur net, et pour ça j'ai besoin d'une personne extérieure au Quai. Je sais que je peux te faire confiance… Donc je t'ai présenté les choses de manière tranchée, pour t'attirer plus facilement dans mon enquête. »

Eugène aurait pu se sentir floué. Il n'en était rien. Certes, il était un peu déçu par la manière dont les révélations tournaient : l'affaire d'espionnage espérée ne serait sans doute qu'une simple manigance de bas étage. Néanmoins, une aventure s'offrait à lui pour la première fois de sa vie. Si rien n'en ressortait, ce ne serait pas grave. L'important était le frisson de l'enquête, le jeu des spéculations hasardeuses. Et la vague éventualité d'un article explosif.

Charles lui agrippa le bras, soudain tendu.

« Il vient de sortir. »

Un petit homme d'une cinquantaine d'années, au crâne dégarni, portant une moustache en brosse, se dirigeait à pas lents vers l'esplanade. Il tenait dans sa main droite une serviette en cuir.

« C'est lui. Duvauchel. »

Il n'avait pas l'allure d'un espion, pensa Eugène. Mais peut-être que c'était justement la marque des meilleurs d'entre eux.

Les deux hommes marchaient au loin, la mine sérieuse ; le dénommé Burtsev frappait des fleurs avec sa canne. Par moments, on voyait Georges s'agacer, tandis que Burtsev conservait un calme olympien.

Lola fulminait.

« Qu'est-ce qu'ils disent, d'après vous ? »

Louis, Petite Cloche et la Cigale, assis sous le porche, se passaient une saucisse sèche. Chacun, lorsqu'il l'avait en main, s'en coupait un morceau. Aucun des trois n'était perturbé par cette visite impromptue.

« Aucune idée, dit Petite Cloche. C'est vraiment important ? »

Lola eut un geste de colère.

« À ton avis ? Un type qu'on connaît pas se pointe, Georges le présente comme son meilleur ami, et ils partent tous les deux bavasser alors qu'on est en pleine guerre contre l'État… »

La Cigale haussa les épaules en mordant dans la saucisse.

« Moi, ça me fait ni chaud ni froid. On est pas les seuls anarchistes de la planète.

– Mais on était les seuls à savoir où on créchait ! Le Russe, qu'est-ce que t'en sais où il va aller répéter notre adresse ? »

En récupérant la saucisse, Louis fit à sa maîtresse le signe de se calmer.

« C'est un ami de Georges…

– T'en avais déjà entendu parler ? »

Louis secoua la tête, et Lola se demanda si cela lui était adressé ou s'il s'agissait d'une réponse à Petite Cloche réclamant la saucisse.

« Georges sait ce qu'il fait.

– Comme quand il a accepté l'Alchimiste dans l'équipe ? »

La saucisse retourna entre les pattes de la Cigale. Petite Cloche la vit passer avec tristesse. Louis avala un dernier morceau, se releva, et prit Lola dans ses bras.

« Arthur est un bon artificier. On va pas en reparler ? »

Elle lui donna une gifle légère, du bout des doigts, sur la joue.

« T'es vraiment naïf. »

Pour toute réponse, il lui caressa les épaules. Elle le repoussa :

« Me traite pas comme une môme, Louis.

– Écoute, Georges a des amis. C'est grâce à eux qu'il a récupéré les armes. Burtsev doit être l'un d'entre eux. »

Cela ne rassurait guère Lola, au contraire : elle commençait à se dire que les amis de Georges n'étaient pas tous très fréquentables.

Vladimir Burtsev était de mauvaise humeur. Au cas où sa mine n'ait pas suffi à le montrer, il décapitait des tulipes avec sa canne en bois. Georges le regardait faire sans mot dire. Parfait. Le Russe voulait qu'il s'interroge sur ce qui lui valait le courroux de son ancien mentor. Quand on fait des erreurs, on doit s'attendre à vexer des gens.

Burtsev était vexé. Et, surtout, il s'inquiétait pour Georges.

Les deux hommes s'étaient rencontrés cinq ans plus tôt.

Georges vivait alors entre Bruxelles, Paris et Londres, les trois grands pôles anarchistes. Beau parleur, charismatique, énergique, il savait se faire apprécier tout en gardant une certaine distance avec ses compagnons libertaires. Il était impliqué dans différents réseaux clandestins, et de nombreux anarchistes ayant pignon sur rue avaient passé de longues soirées dans des cabarets à s'enivrer en sa compagnie. Pourtant, peu auraient été capables de donner son véritable nom. On l'appelait simplement « Casse-Tête ». Il avait gagné ce surnom, et de nombreux amis, en cassant la tête d'un gardien de la paix. Il faut dire que Georges avait le sang chaud, et que le policier l'avait un peu cherché : il terrorisait le quartier où il était affecté en raflant, sous un prétexte quelconque et souvent très léger, tous ceux dont il n'aimait pas la tête. En général, si vous n'aviez pas un salaire rondelet, il n'aimait pas votre tête. Georges n'avait pas aimé la sienne, il lui avait arrangé le nez.

Malgré cette sombre affaire, Georges était une cible parfaite pour l'Okhrana, qui raffolait d'individus comme lui, populaires et charismatiques. Ils faisaient les meilleurs agents doubles. Burtsev se doutait donc que la police russe ne tarderait pas à lui faire une offre. Mais sa foi anarchiste était profonde ; tout l'argent du monde ne le ferait pas changer de camp. Il finirait donc probablement avec une lame de couteau entre les côtes, suite à une rixe aux causes incertaines.

Burtsev avait pris les devants en le rejoignant dans un rade rue de l'Hirondelle, chez La Bolée. Là, au milieu des étudiants sans le sou, des vieillards étiques, des fous et des mendiants, Vladimir Burtsev avait offert un verre à son futur associé.

« Vous et moi, nous avons un point commun : nous rêvons de la Révolution.

– La Révolution… »

Casse-Tête avait soupiré, ricané, puis vidé son verre – ce qu'il avait déjà fait plusieurs fois dans la soirée. Depuis l'affaire du policier, on disait qu'il devenait amer. C'était ce qui le rendait d'autant plus intéressant pour l'Okhrana. Un croyant en plein doute est facile à convertir.

C'était donc le moment de renforcer sa foi.

« Bientôt, avait dit Burtsev, un homme viendra vous voir. Comme moi, sans doute, il vous offrira quelques verres. Mais lui, il ne servira aucune utopie. Il vous proposera simplement de l'argent. Beaucoup d'argent. »

Georges avait haussé les épaules afin de manifester son désintérêt pour les choses de ce monde. Sans remarquer le paradoxe, il avait désigné son verre vide, invitant Burtsev à le resservir en chose de ce monde.

« L'argent, avait-il déclaré une fois le verre rempli, je le trouve quand je veux, où je veux.

– Si vous le dites. En tout cas, cet homme viendra vous voir de la part de l'Okhrana. La police du Tsar.

– Les Russes ? Qu'est-ce qu'ils me voudraient ?

– Vous avez le profil idéal pour leur servir d'agent double. De mouchard. De balance, si vous voulez. »

L'insulte avait eu l'effet escompté – en pire. Georges avait tapé du poing sur la table. Son verre s'était renversé au sol, tandis qu'il hurlait :

« Je suis pas une balance, moi ! Qu'ils me foutent la paix…

– Justement. Quand cet homme viendra vous voir, je sais que vous allez refuser. Ils insisteront, et vous refuserez encore.

– Un peu, que je refuserai… Je vais lui faire une tête comme ça ! »

Il avait fait un signe des mains, indiquant qu'il rendrait conique ou carrée la tête du malheureux espion qui essayerait de le séduire. Casse-Tête était un surnom bien choisi, avait pensé Burtsev. « Tête en bois » aurait fonctionné également. Cet anarchiste bravache allait avoir du mal à comprendre son objectif.

« C'est ce que je pensais, avait-il dit. Par conséquent, cet agent aura tout intérêt à se débarrasser de vous.

– Je l'attends, on verra bien. »

Burtsev s'était épongé le front en regrettant de ne pas avoir laissé l'Okhrana se dépatouiller avec cet énergumène.

« Alors je vous propose la chose suivante : au lieu de refuser, vous allez accepter. »

Il avait eu le temps de voir grossir le poing et de l'éviter. Les gens autour d'eux avaient poussé un cri de joie.

« Attendez une seconde, avait murmuré Burtsev. Calmez-vous. Je ne vous demande pas de devenir une taupe. Simplement de le faire croire. »

Georges s'était laissé un instant de réflexion.

« Allez-y. Mais je vous préviens, ça risque de me mettre de travers.

– Je m'efforce de combattre l'Okhrana. C'est ma manière de participer à la Révolution. »

À cette époque, l'Okhrana était l'équivalent d'une police parallèle, en Russie comme en France. Tout anarchiste pouvait cacher un agent double.

Plus encore que le Bureau Noir du gouvernement français, elle disposait de pions dans toutes les sphères politiques de quelque importance, et l'efficacité de ses procédés lui avait permis de se tailler la part du lion sur le marché naissant du renseignement. Les agents les plus haut gradés du bureau parisien étaient en contact avec certains membres de la Centrale du Quai d'Orsay, voire avec des têtes pensantes du ministère de l'Intérieur.

Mais c'était aussi l'âge d'or de Vladimir Burtsev.

Après quelques grands succès, dont l'identification de Yevno Azev, qui dirigeait un vaste réseau terroriste pour le compte de l'Okhrana, il avait attiré l'attention de plusieurs groupes révolutionnaires ainsi que de quelques riches anarchistes, qui lui versaient de l'argent de manière anonyme. Grâce à ce financement, il avait commencé à acheter ses propres mouchards.

Quand il eut terminé le récit de sa vie, Georges ponctua l'achèvement du monologue en vidant d'un trait le verre qu'il venait de se servir.

« Et vous voulez que je vous aide.

– Exactement. En employant la même méthode qu'eux. Vous serez un agent double. Au service de la Révolution. »

Georges avait hoché la tête en souriant.

« Je les manipulerai de l'intérieur.

– Exactement : vous leur donnerez de faux renseignements et vous me tiendrez au courant de leurs activités. »

Depuis 1908, Burtsev avait ainsi embauché cinq agents, avant que l'Okhrana n'ait la possibilité de les mettre à son service. Georges était le sixième. Bien sûr, cette méthode avait un défaut : si la police secrète parvenait à racheter l'un de ses agents, tout son réseau tombait. D'où la nécessité d'une paye conséquente. C'était en général le coup de grâce :

« J'aimerais maintenant vous dire un mot de votre salaire… »

De l'eau avait coulé sous les ponts depuis cette rencontre. Maintenant, pensa Burtsev, Georges était devenu un autre homme, maître de lui et fin connaisseur du monde de l'espionnage.

Néanmoins, il avait encore besoin du Russe. Un besoin vital.

Grandville ne bougeait pas. Il était assis sur le lit, la tête contre le mur, le visage vide. Ses yeux jaunes ne lâchaient pas le commissaire.

Pendant quelques minutes, ce dernier se contenta de faire les cent pas le dos courbé, les mains jointes derrière le dos. Il allait de la fenêtre à la grille d'entrée en esquivant la chaise d'aisance. Il inspectait ses pieds, ses ongles, les maisons à l'extérieur, tout ce qui lui permettait d'ignorer le détenu. Peu à peu, alors qu'ils restaient tous les deux dans cette cellule sombre sans rien dire, l'atmosphère s'épaississait.

Fabre, pour ne pas craquer trop vite, employait une méthode simple : il pensait à autre chose. Il se récitait des recettes qu'il chercherait à maîtriser une fois en Normandie. L'omelette surprise, par exemple.

« Qu'est-ce que vous fichez ? »

Grandville avait explosé d'un seul coup. Fabre s'offrit le plaisir de le singer : il se tourna vers lui comme s'il se réveillait d'une longue transe.

« Pardon ?

– Qu'est-ce que vous attendez ? Vous croyez me faire parler en restant crécher ici ? »

Le commissaire bâilla.

« Pas du tout. Je pensais à autre chose, à vrai dire.

– Vous voulez me faire cracher le morceau comme ça ? »

Il avait dit cela d'un ton moqueur. Mais sans y croire. Fabre lui adressa une moue complice :

« Parce qu'il y a bien un morceau à cracher ? »

Il se délecta de voir la façade indifférente du prisonnier s'écrouler durant une seconde, avant qu'il ne reprenne le contrôle.

« En tout cas, vous vous l'êtes mis en tête… »

Fabre s'installa sur le lit. Il se sentait épuisé.

« S'il y a quelque chose à apprendre, nous l'apprendrons. Vous gagneriez du temps en parlant tout de suite. Cependant, c'est autre chose qui m'intéresse. »

Il laissa passer un temps avant d'en dire plus. Grandville se tourna vers lui, interrogatif. Il avait renoncé aux faux-semblants.

« J'aimerais savoir pourquoi vous avez attaqué ces policiers. Vous n'étiez pas en danger et ce n'était pas prémédité. Qu'est-ce qui vous a pris ? »

Le détenu chercha ses mots. Fabre comprit qu'il avait gagné : à défaut d'avoir brisé Grandville, il avait au moins fissuré sa carapace.

« J'avais besoin d'argent. »

Le ton était froid, direct. Il ne jouait plus.

« J'avais jamais fait de mal à personne. On m'en avait fait, à moi. J'avais laissé courir. Grande Cloche, on m'appelle. J'en étais une belle, de cloche. J'en avais assez. Et la faim me rendait fou. La faim, la fatigue, la misère. Alors quand j'ai vu qu'il avait rien sur lui, le garçon de courses, j'ai décidé de tout laisser tomber. Tout. Et de régler mes comptes une fois pour toutes. À commencer par la flicaille. »

Il mâchouilla sa barbe.

« Vous pouvez rien contre moi. Je suis déjà mort. Vos propositions m'intéressent pas et vos menaces me font pas peur. Je suis au-dessus de tout ça, maintenant. Ou en dessous peut-être. Vous comprenez ? »

Fabre se contenta de hocher la tête.

« Vous pensez que je vous cache des choses ? Je m'en fiche. De vous, de vos enquêtes, de vos morts. Je me fiche de moi, aussi. Et des amis qui veulent me sauver la peau. Je serai sous la Veuve dans un mois. Ça me fait rien. Mais si j'entraîne des flics et des bourgeois dans la tombe, tant mieux. »

Fabre hocha de nouveau la tête. Après avoir laissé le silence retomber une minute, il décida de pousser sa chance :

« Et concernant nos lanceurs de bombes ? »

En guise de réponse Grandville se leva, fit craquer son dos, et se dirigea vers la fenêtre. Il resta là, les bras ballants, contemplant l'extérieur. Fabre, qui suivait ses mouvements avec attention, eut l'impression qu'il s'assurait que rien n'avait bougé ; comme si le commissaire, en regardant par la fenêtre, avait pu abîmer le paysage.

Finalement, pensant que Grandville ne dirait rien de plus, il se leva à son tour. C'est alors que, toujours de dos, le détenu grogna :

« J'ai rien demandé à personne. J'ai des amis. Sans doute qu'ils veulent me sauver.

– Et vous pourriez me dire qui sont ces amis ? »

Grandville secoua la tête en ricanant.

« Certainement pas. C'est votre problème. »

Il mit la main sur le grillage de la fenêtre. Un profond soupir s'échappa de ses lèvres. Enfin, le prisonnier se tourna vers le policier. Sa voix était plus douce :

« J'aimerais que vous me laissiez, maintenant, commissaire. »

CHAPITRE 10

Eugène et Charles s'éloignèrent en direction de la Seine, afin de ne pas être vus par Duvauchel, puis il se retournèrent après une quinzaine de mètres.

Le fonctionnaire avançait à pas lents sur l'esplanade. On aurait pu croire à un simple promeneur prenant l'air après des heures de paperasses administratives, et non pas à un espion transportant avec lui des documents confidentiels. On aurait tellement pu y croire, à vrai dire, qu'Eugène avait du mal à prendre au sérieux cette histoire.

« Tu as une idée de l'endroit où il va ? »

Charles secoua la tête.

« Pas du tout. J'ai déjà essayé de le suivre, mais il a pris le métropolitain et j'avais trop peur qu'il me remarque. C'est là que tu interviens, pour le filer de près.

– Il sort tous les jours ?

– Une à deux fois par semaine. Il va dans l'ancien bureau de Paléologue en début de matinée, et, juste avant le déjeuner, il quitte le ministère. Il doit emporter deux ou trois lettres à chaque fois, guère plus.

– Et le reste du temps ?

– Il déjeune sur place. »

Parvenu devant les escaliers du métro, l'homme s'arrêta.

Les mains sur les hanches, il regarda autour de lui comme s'il observait le spectacle de la ville. Charles lui tourna le dos : Eugène s'immobilisa. Nicolas Duvauchel ne les remarqua pas. Après un instant, il descendit les marches. Les deux hommes le suivirent.

« Peut-être qu'il rentre chez lui, dit Eugène. Ou qu'il va voir une maîtresse.

– À l'heure du déjeuner ? Il est toujours de retour au Quai en début d'après-midi.

– Peut-être qu'il est du genre rapide. »

Comme la station était bondée, ils purent se faire discrets sans grande difficulté. L'homme acheta un billet.

« Quelle direction, d'après toi ?

– Opéra. Je l'ai déjà suivi sur le quai avant de renoncer. Il monte en première classe. Tu vas faire pareil, et je vais en seconde. »

Eugène paya à son tour deux billets, puis ils se séparèrent.

Une fois seul sur le quai, le journaliste observa l'espion potentiel.

Ce dernier attendait avec une expression de parfaite quiétude, la moustache tombante, l'œil morne. C'était le visage innocent d'un haut fonctionnaire prenant sa pause méridienne. La seule trace de vitalité se trouvait au niveau de sa main droite, qui tenait sa serviette avec tant de force qu'on pouvait voir les phalanges blanchir.

Un fonctionnaire anonyme, transportant des documents qu'il ne devait pas avoir. Mais dans quel but ? Pour s'assurer une ascension plus rapide ? Pour les donner à quelqu'un d'autre ?

Eugène espérait que cette histoire soit vraie, mais n'osait pas y croire trop fort. Son goût de l'aventure risquait de lui faire perdre de vue la réalité. Il connaissait les dangers du bovarysme.

La rame arriva dans un grand fracas métallique et il laissa ses hésitations sur le quai.

Ils descendirent à Opéra.

Au milieu de la foule, il était difficile de garder en ligne de mire à la fois Duvauchel et Charles ; Eugène se concentra donc sur leur suspect. Celui-ci rejoignit les quais de la ligne 3. Une fois arrivé, Eugène jeta un œil derrière lui. Charles lui fit un rapide signe de la main, alors qu'il prenait place à quelques mètres de distance, au niveau de la seconde classe.

Ils sautèrent dans la rame de métro à la suite de Nicolas Duvauchel, et furent projetés avec la célérité d'un boulet de canon à travers les rues de la capitale. Eugène ne cessait de s'en extasier.

Biberonné à Jules Verne, il attendait avec impatience les transformations qui feraient enfin entrer Paris dans le XXe siècle. Depuis l'Exposition universelle, il était impatient d'en voir davantage. À l'air libre, la ville était encore envahie de trop de vieilleries désuètes, de chevaux et de charbonniers. Dans les profondeurs du métropolitain, en revanche, on distinguait avec clarté les prémices du monde à venir : métal, électricité, vitesse, force. Dommage que ces motifs d'optimisme cohabitaient encore avec les craintes et les colères de l'ancien temps : peur des espions allemands, calculs belliqueux, fanatismes politiques, et autres émotions tristes qui empoisonnaient la vie de la nation. Pour sa part, il était las de ce monde ancien et en attendait un autre.

Les stations s'égrainèrent à la vitesse de l'éclair, alors que les gens entraient et sortaient, comme de bienheureux pistons jouant leur partition dans la machine : Caumartin, Saint-Lazare, Europe, Avenue de Villiers.

Duvauchel sortit à ce dernier arrêt, suivi de près par Eugène, qui vit du coin de l'œil Charles en faire autant. Ils remontèrent à la surface. Eugène attendit son ami à l'air libre.

« Qu'est-ce qu'il vient fiche ici à une heure pareille ? demanda Charles en le rejoignant.

– Il rentre chez lui, peut-être. Un haut fonctionnaire habitant à la plaine Monceau, ça ne serait pas très surprenant, non ?

– De toute façon, on n'aura pas fait tout ce trajet pour rien. Viens. »

L'homme descendait le boulevard de Courcelles en direction du parc Monceau. Sa démarche était toujours aussi placide.

Ils bifurquèrent à droite sur le boulevard Malesherbes.

Après une centaine de mètres, Duvauchel s'arrêta devant un petit hôtel particulier à la façade gothique, séparé de la rue par un jardin mal entretenu et une grille en fer forgé. Il appuya sur une sonnette. Un instant plus tard, un laquais à la mine grise ouvrit la porte. Duvauchel entra.

Eugène et Charles restèrent seuls dans la rue.

L'atmosphère était tendue, et Georges se demandait pourquoi. Car celui qui la tendait, c'était Burtsev. À sa demande, ils s'étaient éloignés du groupe, puis, une fois assez loin, Georges avait signalé :

« Tu sais qu'ils vont se faire des idées ?

– Ce n'est pas mon problème.

– Nous sommes un groupe anarchiste. A-nar-chiste. Ce qui implique que tout le monde est au courant de tout et que les décisions se prennent en commun.

– Tu veux dire que tu n'es pas le chef ?

– Pas plus qu'un autre. Alors quand tu arrives sans prévenir et que tu me demandes si on peut parler à l'écart… Ils vont se dire que je cache des choses.

– Ce n'est pas mon problème.

– Déjà que la situation est compliquée, tu ne fais qu'en rajouter.

– Ce n'est toujours pas mon problème.

– Mais bon sang, Vladimir ! Qu'est-ce que c'est ton problème, à la fin ? »

Et là, Burtsev s'était mis à éradiquer un parterre de tulipes.

Après quelques minutes à le regarder faire, Georges s'interrogea sur la curieuse attitude de son ami. Suivant son propre fil de pensée, il finit par demander à haute voix :

« J'aimerais quand même savoir comment tu nous as retrouvés. »

Aussitôt, Burtsev cessa son massacre végétal.

« Le voilà, mon problème : il ne m'a fallu qu'une grosse journée pour y parvenir.

– Mais comment est-ce que tu as fait, bon sang ? »

Burtsev prit sa canne à deux mains et donna un grand coup dans une touffe d'herbes.

« J'ai posé les bonnes questions aux bonnes personnes.

– Tu pourrais être plus clair ?

– Bouclettes. Celle qui s'est fait arranger le visage par le Toscan. »

Georges hésita un instant. Il ne pensait pas que Burtsev était au courant de ses liaisons passées. Certes, Burtsev affirmait être au courant de tout, et il l'avait côtoyé assez longtemps pour savoir que ce n'était pas faux, mais il avait toujours cru que le Russe lui laissait néanmoins une vie privée, dont Bouclettes – comme les précédentes et les suivantes – avait fait partie.

« Il y a quatre ans, tu l'as emmenée ici pendant une semaine en été. Vous étiez une jolie troupe. Il y avait trois amies à elle, dont j'ai les noms. »

Il sortit ostensiblement de sa veste un petit carnet.

« De ton côté, tu avais invité quatre camarades. Deux d'entre eux sont tes associés en ce moment.

– La Cigale et Louis. C'était la belle époque où Louis n'avait pas encore sa poule, et il savait s'amuser. »

Burtsev le regarda d'un air ahuri.

« Georges, est-ce que tu comprends le problème ? »

Il comprenait. Et il n'avait pas très envie d'en parler.

« Ta planque, c'est la maison où tu venais te mettre au vert avec toutes tes connaissances… Il y a au moins dix personnes qui savent où elle se trouve. »

Georges se grattait la joue, hébété, sans parvenir à trouver une ligne de défense satisfaisante.

« Bouclettes a parlé à Leroi, mon lieutenant. Je te l'accorde, elle n'aurait pas été aussi bavarde avec la police… Mais si la Sûreté l'identifie et décide d'employer la manière forte, tu crois que ta cachette tiendra combien de temps ? »

Georges se gratta la joue encore plus fort.

« Les gens qui sont venus ici sont mes amis. Aucun ne me balancerait.

– Je l'espère. »

Georges donna un coup de pied dans une tulipe. C'était puéril mais cela faisait du bien. Il croyait à la solidarité anarchiste. Ça ne changeait rien au fait que Burtsev avait raison. Il avait été imprudent.

« J'imagine que tu avais une autre raison de venir ?

– Tout à fait. Il me semble que ton plan ne s'est pas passé comme prévu ? »

Georges prit sa pipe et entreprit de la bourrer de tabac avec des mouvements brusques.

« Arthur a été plus zélé que prévu au Flandres. Ça change rien. »

Burtsev planta d'un geste sec sa canne dans le sol.

« Ça change tout. »

Il joignit les mains sur le pommeau de sa canne. L'anarchiste leva les yeux de sa pipe tout en continuant mécaniquement à la remplir de tabac. Après un temps de silence, qui se voulait solennel, le Russe annonça d'une voix lente :

« Il y a un agent provocateur parmi vous. »

Georges se rendit compte qu'il avait bourré sa pipe à ras bord.

Fabre rejoignit son adjoint qui fumait une cigarette sur le trottoir.

« Vous avez obtenu quelque chose ? »

Le commissaire sortit sa pipe et entreprit de la remplir de tabac. Ses gestes étaient millimétrés. Préparer une pipe, c'était comme accrocher des appâts à sa ligne : un travail de précision qui promettait un moment agréable dans le futur proche.

« Cela ne va pas très loin, mais l'appel d'air créé par votre départ l'a rendu plus malléable. »

Cerruti leva les sourcils. Étant lui-même peu sensible aux relations humaines, il ne comprenait pas en quoi la même question, posée sur un autre ton, pouvait mener à des résultats différents. Sur ce point, il avait pris l'habitude de faire confiance à Fabre.

Ce dernier prit le temps d'allumer sa pipe avant de reprendre :

« Il dit ne rien savoir. Il ment, bien sûr, mais au moins nous avons établi une relation avec lui. C'est toujours un début. »

L'inspecteur regarda le bout incandescent de sa cigarette.

« Il est peut-être sincère, commissaire. Si cette bande s'est montée après son arrestation, comment pourrait-il être au courant ?

– Peu de gens prendraient de tels risques. Il sait forcément qui est derrière tout ça. Ou il peut le deviner. Vous n'avez pas vu sa réaction quand je me suis approché de la fenêtre ?

– Non. J'étais trop occupé à me retenir de lui briser les os.

– Il était inquiet. Dans la mesure où il manifestait une émotion. Et sur la fin de notre entretien, il est allé lui-même à la fenêtre, avec une lueur étrange dans les yeux. »

Cerruti fit une moue dubitative. Il n'avait pas tendance à s'interroger sur les lueurs dans les yeux. C'était sa plus grande faille en tant que policier. Et en tant qu'être humain.

« Il craignait que je remarque quelque chose.

– Mais quoi ?

– Je ne sais pas. Une chose visible depuis sa fenêtre, en tout cas. Peut-être qu'ils ont communiqué avec lui depuis l'extérieur…

– J'ai du mal à y croire, commissaire. Pourquoi prendre ce risque ? »

Le commissaire envisageait une hypothèse, mais qu'il avait du mal à prendre au sérieux lui-même. Il serra les dents.

« Pour préparer son évasion. Je ne sais pas comment. Mais eux, ils le savent peut-être. »

Il hésita, puis ajouta :

« Leur lettre est un défi. Ils le disent clairement : si nous ne libérons pas Grandville, ils s'en chargeront eux-mêmes.

– C'est une rodomontade. Ils veulent nous mettre sous pression. C'est pour cette raison qu'ils ont envoyé la lettre à tous les journaux. Mais ils ne peuvent pas le libérer, c'est matériellement impossible…

– Et si jamais ils avaient trouvé un moyen ? Imaginez : nous refusons de libérer Grandville. Le jour prévu arrive. Comme nous n'avons rien fait, ils viennent à la Santé et le font sortir eux-mêmes. Tout cela, sous l'œil attentif d'une opinion publique bien informée. Vous imaginez le scandale ? Cela, ce serait de la propagande par le fait, au sens propre. »

Cerruti ne parut guère perturbé par cette éventualité :

« Peut-être qu'ils espèrent y parvenir, mais de là à réussir…

– Du moment qu'ils essayent, il y aura des morts. »

L'inspecteur fit un geste d'impuissance.

« Et dans ce cas, que voulez-vous faire ?

– S'ils ont fait du repérage ou communiqué avec Grandville, ils sont venus ici. Avant de partir, nous allons demander aux gardes s'ils ont déjà vu l'un d'entre eux. Puis nous irons poser la même question aux habitants des immeubles alentour. »

« Qu'est-ce qu'ils font, tu crois ?

– Aucune idée. Mais en tout cas, il faudra le savoir. »

Ils attendaient sous un arbre, un peu plus bas sur le boulevard. Charles ne lâchait pas sa pipe, au point qu'il avait la tête entourée de fumée. Eugène, qui ne fumait pas, se mordillait les ongles. L'excitation le rongeait comme un acide.

Ce n'était pas le flair du journaliste, dont il était dépourvu, mais quelque chose enraciné au fond de lui, une sorte d'instinct, qui le lui confirmait : il fallait creuser cette histoire. Il s'étonnait aussi de la concomitance entre les vols de Duvauchel et l'attentat anarchiste. Bien sûr, il n'y avait peut-être aucun lien. Il se prenait cependant à rêver qu'il y en ait un : des anarchistes, des espions allemands, des financiers russes…

Pour éviter de se laisser emporter dans des fantasmes stériles, il décida de s'occuper d'informations concrètes et se dirigea vers la maison avec une démarche qu'il espérait nonchalante.

Une fois parvenu devant la grille, il ne s'arrêta qu'un instant. Un nom était inscrit sur la boîte aux lettres. De Brémont.

Il continua sa route jusqu'au croisement de la rue Georges Berger puis revint sur ses pas en conservant la même allure. Un promeneur comme les autres, si jamais Duvauchel le voyait passer.

Charles piaffait d'impatience sous son arbre.

« Alors ?

– De Brémont.

– Ça m'évoque vaguement quelque chose.

– Il travaille au Quai ?

– Je ne pense pas.

– Peut-être qu'on en saurait plus en jetant un œil dans le *Bottin mondain* ? »

Le visage de Charles changea de couleur ; Eugène, qui tournait le dos à l'hôtel particulier, devina aussitôt ce qu'il se passait : Duvauchel était ressorti.

Le jeune fonctionnaire tourna le dos et baissa la tête, comme s'il observait la chaussée. C'était une tentative désespérée pour dissimuler son visage.

Cela échoua lamentablement.

« Tiens, monsieur Boynet… Quelle curieuse rencontre ! »

Le petit homme s'était arrêté à leur niveau ; son visage arborait une expression qu'Eugène ne parvenait pas à déchiffrer. Il pouvait s'agir d'une surprise non feinte, s'expliquant par l'incongruité de cette rencontre si loin de leur lieu de travail. Mais il y avait aussi de la gêne, comme si Duvauchel se sentait pris la main dans le sac alors qu'il faisait une chose illicite – aller voir sa maîtresse sur ses heures de travail, par exemple, ou vendre à une puissance étrangère des documents confidentiels.

« Que faites-vous ici ? Vous devriez être au Quai. Et moi aussi, d'ailleurs. »

Au ton sardonique de cette réplique, Eugène comprit que Duvauchel ne s'embarrassait pas de masques : il savait que les deux jeunes gens n'étaient pas là par hasard, et il en avait déduit qu'il était inutile de contrefaire l'innocence

D'un autre côté, que pouvaient-ils faire ? Ils n'allaient pas l'assommer pour le conduire à la police, ni l'accuser sans preuve.

« Je pourrais vous poser la même question, répondit Charles. Je suis venu déjeuner avec mon ami, et nous prenions l'air avant de retourner à nos occupations respectives… »

Une excuse absurde. Eugène n'avait nullement l'accoutrement d'un habitant de la plaine Monceau, et il n'y avait aucun restaurant à proximité. Mais les alibis n'étaient que de peu d'importance. Chacun faisait preuve d'une fausse affabilité qui ne cachait ni la méfiance réciproque ni les certitudes intérieures. C'était, au fond, les mêmes courbettes superficielles que s'échangeaient des duellistes avant le combat : les mots étaient inutiles parce que tous savaient qu'ils étaient ennemis.

Nicolas Duvauchel, en croisant les mains derrière son dos, esquissa un rictus cruel :

« Eh bien, je n'aurais jamais cru vous croiser si loin de nos pénates. Pour ma part, également, je m'en retourne à mes dossiers après un excellent repas. »

Il les salua d'un mouvement de la tête et s'éloigna d'un pas tranquille, comme s'il ne s'était rien passé. Charles tremblait de rage. Eugène, lui, en voyant la démarche innocente du fonctionnaire, se demanda s'il n'avait pas surinterprété.

Non, Duvauchel cachait quelque chose. Il le suivit des yeux, et fit un bond lorsqu'il remarqua un détail qui lui avait échappé.

« Tu as vu ?

– Quoi donc ?

– Il n'a plus sa mallette. »

Charles poussa un juron. Eugène éclata de rire.

Maintenant, les cartes étaient distribuées et une étrange partie commençait. Restait à savoir quelles étaient les règles et quel était l'enjeu. Une seule chose était claire : le nom de l'adversaire.

De Brémont.

CHAPITRE 11

« Un agent provocateur ? Vladimir, t'es bien gentil, mais cette époque est terminée… »

Burtzev tira sa canne en bois hors du sol, où elle était restée plantée durant le long silence qui avait suivi sa déclaration. Il prit sa voix la plus dramatique :

« L'Okhrana est toujours là. »

Il s'était habitué, ces derniers mois, à ne plus avoir la même autorité qu'autrefois en matière de police secrète. À chaque fois qu'il se heurtait à l'incrédulité de ses camarades, il en prenait conscience : sa victoire avait paradoxalement provoqué sa chute.

« Bon sang, Vladimir ! L'Okhrana a mis la clef sous la porte, et a fermé tous ses bureaux en France… C'est même grâce à toi ! »

La rengaine habituelle. Cinq ans plus tôt, il avait prouvé que le chef de leur bureau parisien, Arkadi Harting, avait organisé un attentat contre le Tsar lors de sa visite à Paris en 1890, en tant qu'agent provocateur. Le scandale qui avait suivi la découverte de Burtsev avait obligé l'Okhrana à quitter la capitale. Et c'était bien le problème : Burtsev ne croyait pas au récit officiel. L'Okhrana hantait toujours les rues de Paris, il en était persuadé. Mais il était le seul à y croire. On le prenait pour un fou s'obstinant à poursuivre une guerre achevée.

« L'Okhrana, c'est en Russie, maintenant. En France, c'est le Second bureau. Arrête de voir la main du Tsar partout : elle n'y est plus ! »

Burtsev fit mine d'examiner le pommeau de sa canne avec attention.

Les agents de la police russe n'avaient pas pu disparaître. Et pourtant, parfois, quand on lui expliquait en long et en large qu'il n'avait plus personne à combattre, il lui arrivait de se poser la question, en toute sincérité : et si c'était vrai ? Et s'il avait mis à terre son ennemi ?

Alors, il n'avait plus d'ennemi, et sa vie n'avait plus de sens.

Il lui fallait des agents doubles à identifier. On ne peut être Sherlock Holmes qu'à condition d'avoir un Moriarty. Au fond il avait pris goût à sa réputation.

« Tu sais bien que ce n'est pas aussi simple, protesta-t-il. Ils sont moins nombreux, mais…

– Vladimir, ils n'ont plus d'agents en France. Je peux te le jurer, et tu sais pourquoi ? »

Burtsev hocha la tête.

« J'étais l'un de leurs agents. J'ai passé cinq ans à te donner tous les renseignements qu'ils me transmettaient… Et maintenant, je n'en ai plus qu'un, toujours le même : ils ont fermé boutique. »

Burtsev continuait à hocher la tête, comme un enfant auquel on ferait la leçon, tout en traçant des cercles dans la terre avec la pointe de sa canne.

« Ce n'est pas forcément l'Okhrana. Ça peut être le Second bureau. Ou je ne sais quoi d'autre… ça n'a pas d'importance. Ce que je te dis, moi, c'est qu'il y a un agent double parmi vous. »

Cette fois, l'anarchiste répondit avec davantage de tact :

« Et moi j'y crois pas. D'où c'est que tu tiens ça ? Et fais que ça soit convaincant : ces gens que tu accuses, je vis avec eux. »

Burtsev leva les yeux, faisant de son mieux pour parler d'une voix implacable, assurée.

Cela fit son effet : Georges, aussitôt, eut l'impression de voir réapparaître le Sherlock Holmes d'autrefois, qui avait perdu de son éclat depuis qu'il combattait des moulins à vent russes.

« La police s'agite. La police, c'est-à-dire la Sûreté parisienne d'un côté, et les Brigades mobiles de l'autre. Les premiers sont dans les choux, comme toujours. Les seconds ont récupéré des ficelles de l'Okhrana. Ils ont donné des ordres à leurs mouchards. Or, certains de ces mouchards travaillent aussi pour moi, et je sais donc ce qu'on leur a demandé. »

Le Sherlock Holmes russe planta de nouveau sa canne dans le sol. Il trouvait ce geste grandiose. Georges le trouvait répétitif.

« Les Brigades veulent que leurs hommes donnent de faux renseignements à la Sûreté, annonça Burtsev.

– Guerre des polices. Ça fait trois ans que ça dure.

– Cette fois, il s'agit de faire croire que vous êtes menés par un complice de Bonnot. »

Georges rit de bon cœur.

« Ils bavent toujours sur Bonnot… ça va leur durer des années. »

Burtsev, d'un geste de la main, lui fit signe de garder ses remarques pour lui.

« C'est secondaire, Georges. Ce qui m'intéresse, c'est que cela permet de faire un écran de fumée et de cacher autre chose. »

Il planta ses yeux dans ceux de Georges et laissa passer un temps ; Georges se demanda s'il avait toujours été aussi théâtral ou si c'était une habitude récente.

« Les Brigades veulent que la Sûreté ignore la possibilité d'un agent provocateur. Et si elle veut l'éviter, c'est sans doute…

– Parce qu'elle a posé un agent chez nous ? Pour quoi faire ? »

Burtsev tapota du poing le pommeau de sa canne, l'enfonçant ainsi davantage dans la terre.

« Eh bien, pour vous arrêter et discréditer l'anarchisme.

– Franchement, ils auraient du temps à perdre. On est les derniers, Vladimir. Mais même sans ça, tu oublies un truc. »

Il mit la main sur le bras du Russe, avec un air de commisération.

« On parle de mouchards, et tu sais comment sont ces gens... Est-ce qu'ils sont fiables ? Je veux dire, comme moi j'ai pu être fiable par le passé ? »

Burtsev entreprit de retirer sa canne du sol. Elle était profondément enfoncée.

« Non, bien sûr. Ils vendent tout ce qu'ils entendent à la première personne qui passe.

– Donc ça vaut rien. Et ta source de départ, c'est la Brigade mobile parisienne... Qui est occupée à mettre des bâtons dans les roues de la Sûreté. Bref, c'est une rumeur.

– Admets qu'il y a de quoi se poser des questions.

– Sur le café de Flandres ? Je connais Arthur depuis des années.

– C'est la définition même d'un agent double. »

Un bourdon passait entre eux avec un vrombissement puissant. Georges le suivit du regard, la mâchoire crispée.

« Écoute, dit-il enfin, tu veux qu'on les passe en revue ? Ça va être vite fait : Petite Cloche, c'est pour libérer son frère qu'on fait ça.

– Sur ce point, je ne suis pas certain de votre tactique. Vous êtes partis pour gagner quelques balles dans la poitrine, pas pour obtenir sa libération.

– Tu connais pas notre plan, Vladimir.

– J'aimerais bien le connaître, dans ce cas. Tu sais bien que... »

Il allait se lancer dans un sermon expliquant qu'il était de bon conseil et qu'il n'y avait aucune raison de lui cacher les grandes lignes de leur stratégie, mais Georges l'arrêta d'un geste.

« Inutile. Je te dirai rien. »

Burtsev fit un geste indiquant qu'il respectait cette décision. Si Georges avait un plan, il fallait qu'il le garde pour lui. Toute personne informée, même quelqu'un d'aussi expérimenté que lui, augmentait le risque de fuite.

« Nous avons un plan, et il fonctionnera. Tu verras. Comme le but est d'empêcher que René voie son frère se faire décapiter, on peut lui faire confiance.

– Si tu le dis…

– Ensuite, la Cigale. Un vieux briscard. Il a versé dans quelques affaires louches, parfois dans l'illégalisme. Mais il n'est jamais à l'origine de rien : il suit les décisions des autres. Ça remonte à la mort de sa femme. Comme agent provocateur, on a vu mieux.

– Il attendait peut-être son heure.

– Il a attendu longtemps, dans ce cas. Passons. Louis, le Poète. J'ai jamais rencontré quelqu'un de plus droit. Pire que toi. Et sa poule, Lola, elle est insupportable mais c'est le même genre. Si tu l'avais vue quand elle a appris pour le café de Flandres…

– Le Flandres, justement. Qu'est-ce qui a pris à Arthur ? »

Georges chercha ses mots un instant, en contemplant la campagne.

«L'Alchimiste et Grande Cloche, ça remonte à loin. Ils sont pas frères, mais ça pourrait. Depuis le début, Arthur nous disait de frapper fort. C'est lui qui nous a réunis, au départ, pour aider les Cloches. Il a un informateur…

– Qui ça ?

– Je ne sais pas exactement. Un fonctionnaire.

– Et comment est-ce que tu sais qu'il ne vous manipule pas ? »

Georges sourit.

« Bien sûr qu'il nous manipule. Mais parce qu'il a besoin de nous. Pour le Flandres, il n'était pas au courant. Pour les bombes non plus. C'est juste un pauvre type qui se croit futé.

– Un pauvre type qu'Arthur connaît. Arthur qui a monté le groupe… Comme un agent provocateur le ferait. »

Burtsev tenta de ponctuer sa phrase d'une expression accusatrice ; sans succès, car Georges avait l'esprit ailleurs à ce moment-là. Il écarta l'hypothèse d'un geste de la main, comme s'il chassait un insecte trop insistant.

« Non, impossible. En fait, je vais même te dire : je fais confiance à chacun d'entre eux, mais je pourrais confier ma vie à Arthur.

– Et pourquoi a-t-il décidé de tuer des gens, à la dernière minute ?

– Comment est-ce que tu sais que ça fait pas partie du plan ?

– Vous n'avez blessé personne. Il a tué sept innocents. Clairement, il fait bande à part. »

Georges haussa les épaules.

« Il voulait mener une attaque plus agressive. J'ai dit non. Alors il l'a fait tout seul.

– Et c'est à cet homme que tu fais confiance ?

– Oui, parce que je sais ce qui le pousse. Il avait peur qu'on se dégonfle.

– Alors il vous a transformés en ennemis publics…

– Voilà. Maintenant, on doit sauver Grande Cloche, mais aussi notre peau. »

Georges s'arrêta. Il devait admettre avoir été lui-même méfiant vis-à-vis de l'Alchimiste depuis qu'il avait appris pour le Flandres. Mais en argumentant face à Burtsev, il se rendait compte que sa confiance était totale.

« Il n'en fait qu'à sa tête : c'est un anarchiste. Mais je lui fais confiance, et à tous les autres aussi. Je suis prêt à mettre ma main à couper qu'il n'y a pas d'agent provocateur parmi nous. Et je vais même te dire, puisque c'est ce que je risque : j'y mettrais ma tête à couper.

– Si tu le dis, soupira Burtsev, qui suis-je pour te contredire ? Tu as peut-être raison. J'espère en tout cas que tu es sûr de toi.

– Merci de t'inquiéter pour moi, mais je ne suis plus ton employé et je sais ce que je fais. »

Le Russe baissa la tête, comme pour signifier qu'il abandonnait la lutte.

« Je l'espère, Georges. Je l'espère. »

Il fit quelques pas vers la maison. Cette entrevue n'avait que trop duré, et n'avait eu aucun succès ; il était pressé de rentrer faire le point avec Jeanne, sa secrétaire.

À vrai, dire, il commençait à se languir de Jeanne. Sa plus belle acquisition.

Les agents de l'Okhrana avaient fait l'erreur de la traiter de façon trop cavalière lorsqu'ils avaient licencié leurs agents français ; elle s'était vengée en rejoignant la concurrence. Et Burtsev avait ainsi obtenu des renseignements de première main sur les opérations récentes de l'Okhrana.

Elle était devenue l'une des rares personnes auxquelles il faisait confiance. Dans le fond, c'était irrationnel : rien ne l'assurait qu'elle n'était pas restée au service de l'Okhrana. Mais il fallait parfois accorder sa confiance si l'on ne voulait pas devenir fou. En pensant à cela, Burtsev comprit le raisonnement de Georges.

Alors qu'ils parvenaient à proximité de la maison, il s'arrêta, afin de ne pas être entendu des compagnons de son ancien employé.

« Je te laisse faire, Georges. Moi aussi, je vais te faire confiance. Mais fais attention. Méfie-toi. Même de tes plus proches amis. Tu joues un jeu dangereux. Il faut avoir des yeux partout. Et surtout, il faut se méfier, parce que tu as affaire à un ennemi perfide, qui peut tout gangréner, tout corrompre. À commencer par ceux que tu crois les plus sincères. »

Assez fier de son discours, il fit un dernier signe de tête puis se dirigea vers sa voiture. Georges resta immobile un instant.

Le plus surprenant n'était pas le sermon : c'était la bénédiction, donnée à contrecœur, qu'il sous-entendait. Burtsev, qui se méfiait de tout et de tout le monde, acceptait qu'il fasse confiance à ses compagnons. Il reconnaissait que ses théories pouvaient être fausses. Qui sait ? Il finirait peut-être par admettre que l'Okhrana avait quitté la France.

Alors que le Russe démarrait son automobile pétaradante, Georges songea que Jeanne Le Davadie avait tout changé dans la vie du détective. Pourvu qu'il la garde encore longtemps.

Burtsev fit un ultime geste de la main et s'éloigna, suivi d'une nuée de poussière. Le vacarme était assourdissant. Georges alluma sa pipe, se préparant à affronter les récriminations de Lola.

Alors qu'il entendait déjà cette dernière s'énerver, il sentit un sourire se former sur ses lèvres. Un sourire de sérénité et d'assurance. Il savait ce qu'il faisait.

Il faisait confiance à tous ses compagnons. Sans exception.

Les gardiens n'ayant jamais vu aucun des lanceurs de bombes, Fabre et Cerruti se tournèrent vers les immeubles de la rue de la Santé.

Ils frappèrent à chaque porte pour se trouver face à des citoyens qui n'avaient jamais croisé un anarchiste mais qui disposaient de réserves conséquentes de liqueurs qu'ils étaient disposés à partager. Par conséquent, au fur et à mesure que l'enquête progressait, les deux policiers s'alourdissaient.

Fabre croyait à sa théorie. Les anarchistes n'avaient pas lancé une menace dans le vide. Ils avaient un plan d'attaque. Et pourtant, chaque témoin potentiel était une nouvelle déception.

« Non. Ça ne me dit rien. »

Un verre apportait la consolation. Et le même cycle recommençait à la porte suivante : espoir, confrontation, échec, boisson.

Ils parvinrent ainsi jusqu'au dernier étage du quatrième immeuble. Fabre tapa à la porte de droite. Personne n'ouvrit. Il tendit l'oreille dans l'espoir d'entendre un craquement du plancher, un frottement de draps, un chuchotement. Rien.

En revanche, la porte à laquelle ils tournaient le dos s'ouvrit lentement. Ils firent volte-face.

Un vieil homme rabougri se tenait devant eux, précédé d'un gigantesque nez d'où sortaient quelques poils en bataille. Une frêle canne en bois le maintenait debout. Deux yeux gris les observaient derrière un rideau de fatigue et de cataracte. Ses lèvres tenaient mollement une longue pipe recourbée.

« Vous cherchez quelqu'un ? »

La voix était dynamique, enjouée, presque jeune.

« Excusez-nous, monsieur, dit Fabre en s'approchant. Nous sommes de la police, et…

– Je vous ai entendus taper aux étages précédents. Vous voulez entrer boire un verre ? Nous serons mieux installés. »

Cerruti, avec une moue polie, s'approchait déjà de l'entrée quand Fabre le retint. Le verre suivant serait de trop. Son estomac tenait les comptes.

« Nous avons eu ce qu'il fallait, merci. Nous cherchons un groupe de bandits. »

Il tendit les grandes feuilles blanches sur lesquelles les portraits des cinq hommes et de la femme avaient été dessinés.

« Auriez-vous vu l'un d'entre eux ? »

L'homme approcha le visage des feuilles. Puis il l'approcha encore. Lorsque son nez se retrouva au contact du papier, il décida de changer de tactique.

« Geneviève ! Apporte-moi mes lunettes ! »

Au bout d'un instant, les deux policiers virent apparaître à la porte une femme aussi petite et aussi rabougrie que son mari ; ses yeux, en revanche, étaient vifs et sautillants. En voyant les deux hommes, elle s'arrêta net, à la manière d'un rongeur tombant nez à nez avec un chat de gouttière.

« Messieurs… »

Fabre recommença ses explications, du ton le plus courtois du monde. La dénommée Geneviève et son mari écoutaient avec l'attention des bons élèves. Lorsqu'il eut terminé, la dame hocha la tête et tendit les lunettes à son mari. Elle expliqua :

« Mon mari a quelques problèmes de vue. Moi je suis moitié sourde, alors vous savez… On se complète. »

Elle pouffa, Fabre en fit autant par politesse, en se demandant si elle avait compris un traître mot de ses explications. Comme pour le lui prouver, cependant, elle se mit en devoir de contempler à son tour les portraits.

Les deux vieillards avaient la même manière d'exprimer la concentration. Ils avaient les sourcils froncés et se mordaient les lèvres. Enfin, le mari fit claquer sa langue, secoua la tête, ôta ses lunettes :

« Non. Désolé. Ils ne me disent rien. »

Sa femme lui prit les feuilles d'un geste sec.

« De toute façon, tu ne reconnais personne.

– J'ai mes lunettes, protesta-t-il.

– Sans elles tu es aveugle, et avec elles tu ne vois rien. Pour ce que ça change… »

Elle posa son index sur le portrait de l'homme conduisant la voiture à l'Opéra Garnier : visage émacié, tache de vin sur le nez.

« Lui. »

Le commissaire la dévisagea avec attention. Était-elle capable de reconnaître qui que ce soit ? Les vieilles affabulatrices étaient monnaie courante.

« Vraiment ? Où est-ce que vous l'avez vu ? »

Elle leva son index et d'un geste lent, presque maladroit, le dirigea derrière eux vers l'appartement vide. Fabre regarda la porte, puis Geneviève. Puis la porte, puis Geneviève.

« Vous voulez dire qu'il habite ici ? »

Le vieillard au grand nez, voulant sans doute revenir dans la conversation, s'étonna :

« Le voisin d'en face ? Je ne l'aurais jamais reconnu…

– Tu ne me reconnais même pas quand je rentre du marché… »

Cerruti coupa court à ce qui risquait de se transformer en dispute conjugale :

« Vous le croisez souvent ?

– Non, dit la femme en secouant l'index. Il vient ici de temps en temps seulement. Et plus du tout depuis dix jours. »

Fabre constata que son adjoint était aussi dubitatif que lui. L'inspecteur formula à haute voix ce qu'ils pensaient tous deux :

« Après tout, nous n'avons pas d'autre piste… »

Le commissaire approuva. Il remercia le couple puis se tourna vers la porte en relevant ses manches.

« Il ne nous reste plus qu'à enfoncer cette porte. »

Cerruti tenta une vague protestation.

« Je sais bien, Pierre, nous n'avons pas le droit. Mais je ne vois pas l'intérêt d'attendre demain pour perquisitionner l'appartement. De toute façon, s'il n'est pas venu depuis une semaine, il ne viendra pas ce soir. Ils ont autre chose à faire, dans une autre planque. »

L'inspecteur approuva. Il alla demander aux vieillards de rentrer chez eux. Fabre songea qu'ils n'auraient sans doute pas traité le protocole de façon aussi cavalière s'ils avaient été tout à fait sobres. Puis il se jeta sur la porte de toutes ses forces et cessa d'y songer.

Cela lui prit cinq bonnes minutes, durant lesquelles Cerruti parlementa tant bien que mal avec Geneviève et son mari, qui refusaient de se priver du spectacle. Très vite, de toute façon, l'ensemble des habitants de l'immeuble s'installèrent dans la cage d'escalier comme au théâtre. Un policier solitaire ne pouvait pas grand-chose contre la curiosité du voisinage.

Enfin, sous les applaudissements des spectateurs, Fabre réussit à faire craquer le bois. Il pressa de toute ses forces; Cerruti vient lui prêter main forte. Deux voisins robustes s'en mêlèrent. Les policiers renoncèrent à les éloigner.

Après un nouveau moment de travail acharné, la porte céda et les quatre hommes furent happés à l'intérieur de l'appartement.

Ils se retrouvèrent dans une petite pièce poussiéreuse dépourvue de meubles. On aurait pu croire l'appartement inhabité depuis des mois, voire des années. Les policiers et les badauds parcoururent une enfilade de pièces désertes en grelottant. Sous les combles, le froid était intenable.

« Personne.

– Évidemment, personne, grogna Fabre. Mais rien non plus.

– Non, rien, dit l'un des voisins.

– Voilà. Et c'est beaucoup plus frustrant. »

Dans le salon, deux grandes fenêtres trouaient l'obscurité.

La lumière froide du ciel de février soulignait la nudité de l'appartement. Fabre s'avança. De ce sixième étage sous les toits, on voyait très bien la fenêtre de Grandville.

D'ailleurs, on voyait très bien Grandville derrière ses barreaux, qui les observait.

CHAPITRE 12

« Où est l'Alchimiste ?

– Dans sa grotte.

– Encore ?

– Ouais.

– Il nous fuit ?

– Il besogne. »

Lola ne posa pas d'autre question. Ils ne voulaient visiblement pas critiquer Arthur.

Depuis le Flandres, c'était la tactique des hommes du groupe : on laissait l'Alchimiste tranquille, on ne parlait plus de ce qu'il avait fait, dans l'espoir sans doute que cela finirait par faire oublier son action même.

De même, personne ne parlait jamais de l'informateur de l'Alchimiste : Arthur lui faisait confiance, donc Georges lui faisait confiance, et les autres avaient décrété que c'était suffisant. Lola n'aimait guère cette manière de mettre la poussière sous le tapis. Face à cette unanimité masculine, elle s'interrogeait toutefois : et si c'était elle qui faisait fausse route ? Mais si l'Anarchisme lui avait appris une chose, c'était bien que l'on pouvait avoir raison contre le groupe.

Concernant l'informateur, elle s'était rendue à l'évidence : il n'avait aucun motif pour les trahir, puisqu'il avait besoin d'eux. Et au moins, il n'avait tué personne.

En revanche, pour ce qui était de l'Alchimiste, son attitude actuelle ne faisait qu'aggraver les choses. Enfermé dans sa cabane, il fuyait le conflit. On lance des bombes, et puis on refuse de se disputer. Arthur avait trahi leur confiance. Ce n'était pas une raison pour le bannir de la bande, ni pour renoncer à leur projet – c'était de toute façon trop tard. Cependant, il aurait fallu crever l'abcès. Quitte à ce que quelqu'un casse le nez de l'Alchimiste au cours de la discussion.

Elle soupira.

« Atout. »

Une saloperie de valet de carreau. La Cigale, d'un geste hâtif, récupéra le pli. Lola grogna :

« Tu prends à cent-vingt, sans le valet ? T'es pas bien, Louis ? T'as de la fièvre ? »

Il gloussa, ce qui énerva Lola. Pas tant à cause de son mauvais calcul – qui leur ferait fatalement perdre la manche – qu'à cause de leur lâcheté commune.

Elle coupa l'as de pique de Petite Cloche avec une satisfaction cruelle.

« Et Georges ? »

En voilà un autre qui avait pris l'habitude de fuir. Longues promenades en forêt, matinées dans son lit, soirées d'ivresse. Il parlait peu. Depuis la visite de son ami russe, quelque chose le minait. Pourtant, tout se passait comme prévu, leur avait-on dit : la Sûreté ne s'occupait que d'Isidore. Les poulets s'agitaient dans tous les sens, sans rien comprendre, comme si on les avait décapités et que leurs pattes les portaient au hasard.

Isidore leur servait de protection.

Au fond, même maintenant il les aidait, en détournant l'attention. C'était pour cette raison sans doute, parce qu'il aidait les autres à chaque instant, qu'elle supportait les imbécillités de ses camarades : ils avaient le même but. Ils sauveraient Isidore de son martyre inutile.

Isidore était l'un de ces innocents que la police s'acharnait parfois à détruire, sans autre raison qu'un fanatisme aveugle.

Dans sa jeunesse il avait commis quelques délits et effectué de courts séjours en prison. Après un temps dans les bataillons d'Afrique, il était revenu en métropole bien décidé à mener une vie misérable mais tranquille de cordonnier. Ses seules rencontres avec l'illégalité, c'était lorsqu'il aidait des locataires trop pauvres pour payer leur loyer à déménager avant que le propriétaire ne les fasse mettre en prison. On l'aimait. Lola, qu'il avait aidée à trouver un travail, lui était redevable.

Il était anarchiste, bien sûr. Mais une idée n'était pas un crime.

Les choses s'étaient gâtées lorsqu'il était tombé amoureux de Mimi, une prostituée de Montmartre. L'affaire n'avait rien eu de flamboyant. C'était une passion comme tant d'autres, qui aurait pu être heureuse si elle avait eu le temps de durer. La Brigade mondaine avait fait en sorte que la question ne se pose pas : Isidore s'était retrouvé accusé de proxénétisme, lui qui avait tout tenté pour arracher Mimi au trottoir. Au procès, l'avocat commis d'office avait tout simplement oublié de se présenter. La cour ne s'en était pas émue. Isidore avait été condamné à six mois de prison et à une interdiction de séjour de cinq ans.

Quand il était sorti de cabane, il n'avait pas revu Mimi. Elle était morte de la syphilis. C'était là que le sort – ou plutôt la police – s'était acharné. Il avait à peine commencé à pleurer Mimi qu'on l'arrêtait une nouvelle fois, pour violation de l'interdiction de séjour. Quatre mois de cabane. Son patron le portait aux nues, mais il ne pouvait pas attendre le retour de son employé indéfiniment. Lorsque Grande Cloche était de nouveau sorti de prison, la place était prise.

Il s'était donc retrouvé sans emploi, sans femme, fatigué des longs séjours en prison. Il n'avait même pas de quoi quitter Paris comme la Loi le lui ordonnait, et de toute façon il ne voulait pas partir. Ses amis s'étaient réunis afin de lui prêter main forte, mais il était trop tard. Grande Cloche s'était mis à errer dans les rues, il tenait des propos confus, disparaissait des jours entiers, buvait et mendiait. Le vol du garçon de courses, il l'avait sans doute effectué sur un coup de tête, tenaillé par la faim. Et quand il avait appris que celui-ci ne transportait pas d'argent, cela avait été la déception de trop.

Cette fois, il ne quitterait la prison que pour rencontrer la Veuve.

Sauf s'ils le sauvaient.

Lola, au moins, en était convaincue. Malgré les errements de l'Alchimiste et les humeurs sombres de Georges, ils libéreraient Grande Cloche.

« Georges est chez Dudu, dit Louis. Il l'aide. »

Elle jeta une carte au hasard, avant de se rendre compte qu'elle venait de sacrifier un roi.

« Tu veux rire ? Il montre sa tête en public ? »

La Cigale ramassa le pli avec un sourire benêt.

« Il travaille dans l'arrière-salle. Ça lui fait du bien de se changer les idées…

– Et moi, ça me ferait pas du bien ? On doit prendre toutes les précautions possibles… »

Comment réagiraient-ils, si elle retournait à Paris une journée, pour retrouver ce que cela faisait d'être une citadine sans histoires ? Ils se diraient que, comme toutes les femmes, elle ne savait pas contrôler ses émotions. Elle soupira et posa le neuf de carreau.

C'était le deuxième as qu'elle coupait ainsi. Il n'y avait pas de petits plaisirs.

Non, se dit-elle en ramassant le dernier pli, je ne vais pas craquer. Ils ont besoin que quelqu'un garde la tête froide.

Jusqu'à la fin, garder la tête froide. Et ensuite, retourner à la vie d'avant. Une vie sans bombes, simple et heureuse. Dans un monde qu'ils auraient rendu un tout petit peu meilleur.

Ce ne serait pas le monde parfait de l'anarchie. Ce serait le même monde qu'à présent. Mais un innocent aurait été sauvé de la Veuve, et cela devait bien valoir quelque chose.

« Eh ben écoute, on est bons. »

Tout le monde suspecta que Louis s'était arrangé avec ses calculs ; mais comme la Cigale et Petite Cloche en étaient à leur quatrième café arrosé, ils acceptèrent le score sans méfiance.

Lola échangea un sourire avec Louis.

Même maintenant, en cherchant bien, ils étaient heureux.

L'anarchie, c'était cela. Se battre pour un idéal futur, mais vivre au présent. Malgré les rancœurs inévitables que provoquait leur équipée, il fallait l'avouer : elle appréciait le voyage. Elle devenait une vraie révolutionnaire.

Mais elle aurait tout de même aimé savoir ce qu'il y avait dans la tête de l'Alchimiste.

« À quoi tu penses ? »

Eugène soupira, et se redressa.

« À rien. »

Il s'étira. Son dos était douloureux. Leur sieste avait été trop longue. Ils s'étaient installés sous un chêne, et une racine noueuse s'était creusé une place entre ses reins.

« C'est pas vrai. »

Gwen était toujours allongée, sa robe traînant dans la terre sans que cela ne la dérange le moins du monde. À côté d'elle, *La Fille de Fantômas*. Elle n'en avait pas lu une ligne. Il n'avait pas osé le lui emprunter. Ils étaient d'une sincérité presque totale, mais il faisait encore semblant de lire des choses d'une plus haute exigence intellectuelle.

« Tu penses à quoi ? »

Elle insistait.

« Tu veux pas me dire ? »

Il fit mine de regarder ailleurs.

Au-dessus de leur tête, les branches s'entrecroisaient et, au-delà, c'était le bleu éclatant du ciel. La température était douce pour la première fois depuis longtemps. Un dimanche superbe. C'était d'ailleurs pour cette raison qu'ils avaient décidé de troquer leur chambre pour les jardins du Luxembourg, malgré leur envie de passer du temps sous la couette.

« Bon, eh bien tais-toi. De toute façon je m'en fiche. »

Pendant un instant, il se demanda si elle était vraiment énervée. Il était très mauvais à ce jeu-là. Elle avait cependant l'air de s'amuser. Il lui embrassa la joue, puis lui mordit l'oreille en lui murmurant quelques inconvenances, dans l'espoir de lui changer les idées. Peine perdue : Gwen l'écarta, d'un geste joueur mais péremptoire.

« Hors de question. Je veux d'abord savoir à quoi tu penses. Tu ne penses pas à moi, tu as autre chose en tête… Ou une autre personne. »

Il lui arrivait d'être une véritable gamine tyrannique. Quand la gosse de riches refaisait surface, le journaliste ne savait pas sur quel pied danser. Elle savait qu'elle l'aurait à l'usure, mais il ne voulait pas lui dire ce qu'il avait en tête. Parce qu'il pensait bel et bien à quelqu'un d'autre : De Brémont. Et à l'article qu'il pouvait écrire à son sujet. Depuis qu'il avait suivi Duvauchel, c'était son idée fixe.

Il tenait l'affaire du siècle.

Et cela, il ne pouvait pas le dire à Gwen. Parce qu'il n'avait que des soupçons sans fondement. Et il savait ce qu'elle pensait de la peur française des espions allemands : elle s'en moquait, comme de tout ce qui avait trait, de près ou de loin, au patriotisme. Mais après tout, qu'attendre d'autre d'une jeune femme qui était tout à fait heureuse en exil ?

Le matin même, encore au lit, il s'était mis à parler des risques d'un conflit avec l'Allemagne. C'était une manière de réfléchir à la conspiration Duvauchel-De Brémont sans la mentionner pour autant. Gwen s'était étonnée qu'il prenne au sérieux la possibilité d'une guerre :

« Ça n'arrivera jamais. L'Allemagne n'y gagnerait rien.

– Ce n'est pas ça qui les arrêtera. »

Elle avait soupiré.

« Pourquoi ? Ils sont comme vous.

– Non. Ils sont allemands. Ils mangent des saucisses, boivent de la bière, et…

– Tu es allemand, donc. »

Il s'était contenté d'un rire jaune, parce qu'il n'avait rien de pertinent à répondre.

« En fait, j'ai du mal à saisir ce principe d'un ennemi héréditaire, je crois, avait repris Gwen.

– C'est parce que tu viens d'une île.

– Sans doute. Pour nous, le monde n'est peuplé que d'étrangers. Ils sont différents d'un pays à l'autre, mais ce sont différentes manières d'être anormal. »

Eugène avait des idées très arrêtées sur la mentalité anglaise et Gwen aimait s'en moquer en jouant l'insulaire patentée.

« J'irai même plus loin : l'Europe n'a d'importance que dans la mesure où elle s'est formée au milieu de notre empire colonial. »

Eugène avait souri.

« Ce n'est pas faux. Votre alliance avec la Russie ne sert qu'à empêcher qu'elle devienne une menace en Orient. »

Il avait adressé un remerciement muet à Charles et à ses remarques sur la politique étrangère. Voilà qui lui permettait d'impressionner Gwen à peu de frais, en faisant croire qu'il s'intéressait à la diplomatie anglaise. Elle avait souri :

« Tu sais, il y a quelques années, quand le Kaiser s'est lancé dans un grand projet d'armement de la flotte, nous avons cru qu'il allait transformer les îles britanniques en annexe du port de Hambourg. Il y a même eu toute une flopée de romans d'espionnage qui prédisaient que l'invasion se produirait d'un jour à l'autre, à commencer par *L'Énigme des sables*, qui a eu un succès impressionnant… C'est à ce moment que Grey a décidé de se rapprocher des Russes et de leur grande armée. »

Il avait hoché la tête.

« Tu vois ? Même vous, vous craignez les Teutons.

– Ils sont une menace objective, c'est vrai. Ils sont nombreux et riches, et leurs objectifs ne s'accordent pas toujours avec ceux de la France ou de l'Angleterre. Mais de là à laisser la vague éventualité d'une guerre influencer la politique du gouvernement ? Ça me paraît fou. Je veux dire : Grey a fait des choix stratégiques en fonction d'un roman populaire… Un *roman*. Tu vois le problème ? Et chez vous, c'est pareil : la loi des Trois ans endette le pays, simplement pour faire plaisir aux Russes. »

Propos d'apatride. Mais il aimait l'aplomb avec lequel elle assénait ses analyses. Il aimait à peu près tout ce qu'elle disait, en fait. Et dans le fond, il était d'accord. En tout cas, quand c'était elle qui parlait. Ensuite, s'il discutait avec Charles, il se remettait à croire qu'il fallait éradiquer l'Allemagne au plus vite. En réalité, il n'avait pas d'opinion politique.

Par contre, il avait un avis tranché sur la possibilité que Duvauchel soit un espion au service de l'Allemagne : c'était sur de telles histoires que se bâtissaient des carrières.

« À quoi tu penses ? »

Il resta silencieux et regarda un nuage blanc filer dans le ciel bleu.

Georges chassa d'une main la sueur de son front, et le regretta aussitôt. Il avait désormais du cambouis sur le crâne.

Au moins, il portait sur lui les traces de son travail.

Il n'avait pas de goût pour l'effort et se méfiait des discours faisant l'apologie du travail. En bon anarchiste, il savait que c'était une fausse valeur capitaliste qui ne servait qu'à asservir davantage le prolétariat. Mais il n'y pouvait rien : il aimait travailler, s'épuiser le corps dans un mouvement répétitif puis, ensuite, profiter d'un repos rendu plus doux par la satisfaction d'avoir fait ce que l'on avait à faire. Dans sa conception de l'anarchie, le travail n'aurait sans doute pas été aboli, à bien y réfléchir. La propriété commune des moyens de production aurait simplement permis à chacun de faire le métier de son choix, sans exploitation ni misère.

Et puis il aimait les voitures. Des machines de précision où chaque chose était à sa place. Dans un moteur, on ne craignait pas qu'un piston soit en réalité un agent provocateur au service d'une volonté étrangère. Le piston faisait son travail de piston, et c'était tout.

Georges entendit Dudu approcher. Il se retourna, pensant trop tard au risque qu'il y ait un client. « Reste enfoncé dans ton moteur », lui avait dit Dudu.

Mais le problème ne se posa pas. Dudu était seul.

« Je vais fermer boutique.

– C'est tôt.

– Non, pas du tout. Il va faire nuit. Tu ferais mieux de rentrer. »

Georges constata avec étonnement que la lumière avait en effet diminué dans le hangar. Il s'était laissé emporter. C'était une erreur : ses compagnons avaient besoin de lui. Il ne pouvait pas fuir des journées entières.

Après s'être nettoyé les mains, il remercia Dudu et s'éloigna par les bois.

Couper par la forêt permettait d'éviter de rencontrer des gens qui auraient pu le reconnaître, et cela lui faisait gagner un temps fou. En ligne droite, de leur maison à l'atelier, il y en avait pour vingt minutes de marche. À peine plus qu'en voiture par la route.

Bien sûr, sous l'obscurité des arbres, la ligne droite était difficile à tenir. Mais Georges connaissait le trajet et il arriva en vue de la maison une demi-heure plus tard.

Aussitôt, le plaisir de l'effort s'évapora. Ce qu'il allait retrouver, ce n'était pas une mécanique parfaite. C'était une bande au fonctionnement chaotique où chaque piston passait ses journées à se demander s'il avait bien fait de devenir un piston.

Louis, la veille, l'avait encore pris à partie au sujet du Flandres.

« Je ne peux pas faire comme si de rien n'était, Georges. Je suis individualiste. Un exploiteur, c'est quand même un individu. J'aurais préféré qu'on sauve Isidore sans violence. Ou sans trop de violence en tout cas. »

Toujours le même argument. Chaque camarade qui désertait aurait préféré que les choses soient différentes. Georges aussi l'aurait préféré. Mais à un moment, on doit accomplir son rôle sans regarder en arrière.

Et s'il n'y avait eu que cela, la tâche aurait été facile.

Tu as affaire à un ennemi perfide qui peut tout gangrener, tout corrompre. À commencer par ceux que tu crois les plus sincères.

La voix de Burtsev était revenue. Chez Dudu, elle se taisait. Le Russe ne devait pas être très docte en matière de mécanique.

Il faisait confiance à ses amis. Et pourtant, peu à peu, le doute s'insinuait. Et Georges se surprenait, par moments, à les passer en revue en s'interrogeant. Au point qu'il se croyait bien vite entouré d'agents ennemis, ce qui était à la fois invivable et stupide.

Georges ne savait pas vivre sans faire confiance. Dudu lui offrait un refuge idéal, où les voix méfiantes se taisaient et où les suspicions n'avaient plus leur place.

Dommage que cela ne puisse pas être sa seule occupation.

Il sortit de la couverture des arbres en se faisant l'effet d'être devenu, lui aussi, un piston qui rêvait d'autre chose.

Elle finit par l'avoir à l'usure.

Il faut dire qu'elle était d'une endurance remarquable lorsqu'il s'agissait de parvenir à ses fins, tandis qu'Eugène n'avait jamais fait preuve d'une grande volonté.

Seule la question des financements russes fut passée sous silence : Charles lui avait fait promettre de se taire, et il comptait tenir parole – sauf si Gwen insistait.

Quand il eut terminé son récit, elle se rapprocha de lui. Sa pupille reflétait les éclats du ciel.

« Tu as un sujet en or. »

Il sourit, un peu gêné.

Même s'il n'avait jamais cherché à cacher ses ambitions, et s'il était clair qu'un bon journaliste ne pouvait pas tomber sur une histoire pareille sans en saisir toutes les potentialités commerciales, il se sentait mal à l'aise à l'idée que Gwen le voie comme un reporter aux dents longues, à l'affût de la bonne histoire à publier.

Comme toujours, cette pensée l'énerva. Il avait les dents longues parce qu'il n'avait pas d'argent, lui. Il n'avait pas de temps à perdre à s'encanailler : il cherchait une manière de gagner sa vie. Du moins, jusqu'à ce qu'elle lui assure la sécurité financière une bonne fois pour toutes.

Dans un coin de sa tête, une idée sinistre se mit à flotter. Il savait qu'il n'était pas avec elle pour son argent. Mais elle, est-ce qu'elle le savait ?

Gwen, plus terre à terre, le ramena à la réalité :

« Tu n'as pas de preuve, c'est le seul problème. D'ailleurs, comment est-ce que tu peux être sûr que c'est un espion allemand ?

– J'ai fait des recherches sur lui. »

Elle s'assit contre le tronc du chêne en ramenant à elle sa robe tachée de terre.

« C'est un riche homme d'affaires, poursuivit Eugène. Il possède plusieurs usines, dont une bonne partie… dans la Forêt Noire. Il a aussi quelques billes en pays slave, mais son cœur et son portefeuille sont de l'autre côté du Rhin. Pour lui, les frontières sont un obstacle plutôt qu'un atout.

– Est-ce que ça suffit à en faire un espion allemand ?

– Ce n'est pas une preuve, non. Mais c'est une suspicion. Et quand tu ajoutes le fait qu'il a adopté des positions publiques en faveur d'un rapprochement avec le Kaiser à plusieurs reprises… Il est clair que si De Brémont transmet à son tour les documents à quelqu'un d'autre, ce n'est pas à un Portugais. »

Elle hocha la tête. Peu convaincue.

« Il y a autre chose, dit-il. C'est un proche de Joseph Caillaux.

– Et tu penses, comme beaucoup de Français, que l'attitude conciliante de Caillaux s'apparente à de la trahison ? »

C'était une attaque gratuite ; Eugène était fort peu belliciste – si l'on faisait exception de leur discussion du matin.

« Je ne suis pas comme ça.

– Je sais. On en a déjà parlé. En fait, on a déjà parlé de tout. Tu n'as pas remarqué ?

– Si. »

Quelques mois auparavant, ce constat l'aurait terrifié. Plus maintenant. Au contraire, il était heureux d'avoir fait le tour – et il était prêt à recommencer. À l'infini.

« Caillaux est sincère, dit-il. Par contre, je pense qu'il a des proches qui, eux, sont payés par les Allemands.

– Et en quel honneur ? Parce qu'il fréquente des gens qui ne veulent pas d'une guerre européenne ?

– Parce qu'il fréquente des gens qui auraient tout à perdre à un conflit avec l'Allemagne, oui. Par définition, ils auraient au contraire tout à gagner à ce que la France change ses alliances. Et cela signifie qu'ils peuvent avoir déjà changé d'alliances eux-mêmes.

– Et De Brémont serait l'un d'entre eux ?

– Il a des contacts au sein du gouvernement allemand, il craint plus que tout un conflit avec les empires centraux, il vole des documents confidentiels qui pourraient mettre en danger le sommet de l'État. Tu ne vois rien prendre forme ? »

En tout cas, lui, il sentait ses propres certitudes se renforcer. On jouait bien mieux les détectives amateurs lorsqu'un Watson écoutait vos déductions.

« Et si De Brémont les avait volés pour protéger Caillaux ? demanda-t-elle.

– Comment ça ?

– Calmette continue sa campagne de dénigrement pour le compte de Poincaré, et il a annoncé avoir des documents à l'appui de ses accusations. Peut-être que De Brémont veut venir au secours de Caillaux en mettant la main, de son côté, sur des documents dangereux pour Poincaré. »

C'était agaçant, quand Watson se piquait de faire des suppositions à son tour. Eugène balaya ces théories d'un geste de la main :

« Dans le fond, ça ne change rien. Qu'il y ait des Germains derrière les vols de Duvauchel, ou simplement des germanophiles, la situation est la même.

– C'est vrai. En tout cas, Duvauchel et De Brémont préparent quelque chose. Ce qu'il nous faut, c'est un élément qui prouve leur implication. »

Il s'étonna de son ton péremptoire et de sa formulation à la première personne du pluriel. Avant qu'il ne puisse en faire la remarque, elle frissonna et déclara qu'il était temps de partir.

Eugène se leva, épousseta ses vêtement, puis tendit la main à Gwen. Une fois debout, elle ôta à son tour la terre de sa robe. Eugène l'aida en lui caressant avec énergie le dos, puis les cuisses. Le résultat fut mitigé, mais ils apprécièrent le moment. Ils s'embrassèrent. Il y eut une courte parenthèse durant laquelle il ne pensa plus à son article, ni au journalisme.

Puis ils marchèrent, main dans la main, le long des allées du jardin du Luxembourg. Eugène se sentait partagé entre l'envie de poursuivre ses déductions et celle de ramener Gwen chez lui pour finir la journée loin du monde extérieur. De Brémont pouvait attendre. Ses ambitions étaient moins réelles que la vie présente, en fin de compte.

Avant qu'il ne lui propose cela, cependant, l'Anglaise reprit la parole :

« J'ai un plan pour voler les documents chez De Brémont. »

Eugène se figea. Il n'était pas sûr d'avoir bien entendu.

« Pardon ? »

Elle le regarda avec un sourire moqueur, presque cruel.

« Si tu veux l'accuser publiquement, il faut une preuve qu'il possède ces papiers. Donc…

– Donc tu veux que j'aille les récupérer dans sa maison ? Tu es folle ? »

Elle éclata de rire. Il avait l'impression d'être face à une enfant de huit ans bien décidée à le faire tourner en bourrique. Des gouttes de sueur se formaient sur son front. Son envie de la ramener chez lui se décupla. Ne serait-ce que pour la faire taire.

« Pas d'inquiétude : j'ai un plan. Il nous faut juste un peu de temps pour le réaliser. »

Et elle exposa son projet au journaliste, qui avait soudain la sensation d'être un Sherlock Holmes très vaseux. Watson avait pris les rênes de l'enquête.

Lorsqu'elle eut terminé, la jeune femme l'attira vers elle. Eugène regarda avec appétit la peau blanche de son cou. Il pensa qu'un jour, elle le quitterait peut-être.

À moins qu'il ne parvienne à devenir une plume connue.

« Et voilà. Tu sais ce qu'il faut faire, si tu veux devenir célèbre… »

Elle lui donna quelques baisers rapides sur la joue, puis la lui mordit. Eugène se laissait faire, frissonnant sous le souffle chaud de l'Anglaise. Son cœur avait deux raisons de battre la chamade : d'abord, le désir qui montait en lui ; ensuite, la décision qu'il était en train de prendre.

« Je dois cambrioler De Brémont. »

Partagé entre l'excitation à l'idée de devenir un cambrioleur et la peur d'en connaître le destin souvent peu désirable, il n'y croyait pas encore lui-même.

CHAPITRE 13

On emporta Grandville, qui conservait son air indifférent malgré le sang qui maculait son visage. Trois jours qu'il persistait à se taire. Trois jours à se heurter à son refus total de coopérer. Trois jours à le laisser partir avec l'envie de lui ouvrir le crâne. Le juge d'instruction le récupérait, et lui faisait subir un second interrogatoire, tout aussi infructueux.

C'était le dernier jour avant la fin de l'ultimatum.

Que comptaient faire les anarchistes ? Ils espéraient une solution pacifiste, puisqu'ils prenaient le temps de poser un ultimatum. Mais une fois celui-ci expiré, ils passeraient sans le moindre doute à une action violente.

Fabre se prit la tête dans les mains. La fatigue le gagnait.

Soit Grandville n'était vraiment au courant de rien, soit il était prêt à tout pour cacher ce qu'il savait. En tout cas, l'acharnement était stérile.

Garcin, de son côté, avait effectué un travail de maître en mettant la main sur quelques vagues connaissances d'Isidore Grandville. Cela leur avait permis d'identifier le frère de ce dernier, René, qui avait pendant un temps occupé l'appartement vide face à la cellule de son frère.

Les deux étaient surnommés les « Cloches ». A partir de là, il avait été possible d'identifier Georges Leclerc, dit « Casse-Tête », et Arthur Guillemin, « l'Alchimiste ».

Un autre anarchiste avait été identifié d'une autre manière : Amédée Rossi, dit « la Cigale ». Il avait été arrêté quinze ans plus tôt pour trafic de fausse monnaie du côté d'Amiens. On l'avait suspecté d'avoir participé à divers cambriolages. Un membre de la pègre au parcours chaotique. Sa description correspondait point par point à celle du conducteur accompagnant l'Alchimiste. C'était donc un bandit plutôt qu'un anarchiste, mais Fabre savait que les deux mondes se mélangeaient parfois. La Cigale était sans doute un illégaliste voyant le vol et le crime comme des activités révolutionnaires. On n'était plus à une absurdité près.

Ils avaient donc des noms. Seulement, ils ne servaient à rien tant qu'ils n'étaient pas rattachés à un lieu.

Sur ce point, la situation n'était guère encourageante. Si les anarchistes se trouvaient dans la capitale, ils auraient été aperçus. Ils se terraient probablement en banlieue.

Et c'était bien le problème : la Sûreté n'avait pas l'autorisation d'enquêter en banlieue. Dans cette configuration, les Brigades mobiles prenaient le relais. Et Fabre n'avait aucune envie de leur confier l'affaire depuis qu'il avait interrogé Gaston Verrier.

Restait à espérer qu'un témoignage permette de retrouver leur piste.

Sur ce point, un autre problème se posait. Le préfet avait eu la mauvaise idée de proposer une récompense. Cela avait déclenché une fièvre dénonciatrice : le Quai des Orfèvres était pris d'assaut par des bourgeois persuadés d'avoir croisé l'un des terroristes, beaucoup profitant de l'occasion pour glisser quelques mots sur l'un ou l'autre de leurs voisins. On les voyait partout : au Havre, à Lyon, à Dunkerque, et ils n'étaient finalement nulle part.

Quant à ses espoirs de faire témoigner des anarchistes, la prime était insuffisante et la solidarité révolutionnaire trop forte : même du temps de Bonnot, quand la Société générale avait proposé une prime de dix mille francs, il avait fallu attendre des semaines avant d'obtenir un renseignement utile. Tout cela ne servait donc à rien.

Chaque matin, il avait une réunion avec Guichard, Hennion et Marquet, qui menait toujours à la même conclusion : ils stagnaient. Guichard réclamait des résultats. Marquet se faisait l'avocat d'une méthode plus radicale : arrêter massivement des anarchistes et les mettre à l'isolement, tout le temps qu'il faudrait. Fabre répétait en vain qu'ils n'avaient justement pas le temps : trois jours n'auraient pas suffi à faire craquer qui que ce soit, et cela provoquerait simplement une agitation inutile.

En plus d'être bredouille, le commissaire devait donc défendre le *statu quo*. C'était épuisant.

« Et le propriétaire de l'appartement ? lui avait-on demandé à chaque fois.

– Rien. Il loue depuis six mois à un certain Jacques Fausset dont nous ne savons rien. Tout porte à croire qu'il n'existe pas et que son nom même est une sorte de trait d'humour à notre égard. Une fausse identité utilisée par René Grandville… »

D'où venait l'argent qui lui aurait permis de louer l'appartement ? Personne n'en savait rien. Comme le reste, cette piste menait à un cul-de-sac.

Le commissaire quitta son bureau et alla jusqu'à celui de Cerruti. Ce dernier épluchait des dossiers, épaulé par deux autres inspecteurs, dont Beaufret.

« Alors, qu'est-ce que ça donne ?

– Nous passons en revue les vols de voiture effectués ces six derniers mois dans toute la région. »

Cerruti était épuisé. C'était sa marotte depuis le départ : si les trois voitures des anarchistes avaient été volées dans une même zone, cela donnait une piste. Le raisonnement était juste, mais Fabre ne lui avait jusque-là pas laissé le temps de mener cette recherche, car il y avait trop de monde à interroger. Maintenant que l'enquête stagnait, en revanche, il espérait que son adjoint tombe sur quelque chose.

« Des trouvailles ?

– Une De Dion-Bouton volée à Aulnay-sous-Bois il y a deux mois, déclara Bourdin, un grand blond aux yeux tristes. Deux hommes sur la route de Drancy, armés de revolvers.

– Sauf que leur description ne correspond pas aux portraits des lanceurs de bombes, intervint sèchement Cerruti. De toute manière, tant que nous n'avons pas identifié d'autre voiture, cela ne sert à rien... »

Fabre leur adressa un signe d'encouragement sans être très encouragé lui-même. Il sortit et se retrouva dans le couloir, incapable de savoir quoi faire.

Il monta sans conviction les marches menant au dernier étage, où se trouvait le repère de la Brigade scientifique.

Il y eut une secousse. Louis réagit aussitôt : un coup sec pour ferrer la bête, puis le moulinet. Le poisson lutta, mais c'était peine perdue : les forces en jeu étaient inégales. La truite sortit de l'eau, miroita un instant au soleil, et vint atterrir dans sa main. D'un geste expert, il ôta l'hameçon puis la jeta avec les autres.

Louis l'observa se tordre en se demandant si ce n'était pas cela qui lui plaisait, au fond, dans la pêche : le spectacle d'une lutte disproportionnée. C'était une des seules activités, peut-être, où il ne se sentait pas victime d'une force supérieure, puisqu'il était lui-même la force supérieure.

Ou alors tout cela était de la mauvaise philosophie. Louis s'essayait depuis longtemps à la philosophie, mais il n'avait jamais été très fort en la matière.

Il lança une nouvelle ligne.

À côté de lui, Georges fumait, les yeux fixés sur l'eau. Autour d'eux un paysage morne : l'étang calme et vaseux, les arbres dont les branches dansaient légèrement, une plaine verdâtre recouverte de givre, le ciel gris.

La présence de Georges rendait les choses encore plus déprimantes.

Louis ne savait déjà plus lequel des deux avait proposé cette partie de pêche, mais il savait ce qu'elle cachait : ils avaient souvent taquiné le goujon ensemble. C'était une tentative de resserrer des liens.

Sauf que depuis leur départ de la maison, ils avaient tout juste échangé quelques mots sur la température, sur le matériel, sur la température de nouveau, et finalement sur un fichu pivert qui leur avait cassé les oreilles pendant dix minutes. Pas de quoi raviver leur amitié.

Soudain, alors que rien n'avait changé, Georges posa sa pipe et se tourna vers Louis.

« Qu'est-ce qu'il t'arrive, le Poète ? »

À un moment, il fallait bien que l'un des deux brise le silence.

« Il m'arrive qu'on est des tueurs. »

C'était sorti sans qu'il y pense. En fait, il avait même tout fait pour ne pas y penser. Mais quelque chose, dans un coin de sa tête, avait pensé à sa place.

« T'exagères pas un peu ? T'as juste abîmé un mur, que je sache. »

Cela, il y avait pensé. En boucle. Pour se consoler. Et ça n'avait pas fonctionné.

« On savait ce qu'il allait faire, Georges. On le connaît. Et ça me reste… ça me reste en travers de la gorge. »

Il y eut un silence. Les mains de Louis tremblaient.

Il ne comprenait pas pourquoi cela le touchait autant.

Il s'était attendu à ce qu'il y ait des morts. Le lendemain, il y en aurait. C'était inévitable. Alors qu'est-ce que cela changeait ?

Mais c'était un mauvais argument. Il y avait deux différences évidentes entre les morts futurs et les morts du café de Flandres. Les seconds n'existaient pas encore, alors que les premiers étaient réels. Et surtout, ceux du Flandres étaient des innocents, alors que les seconds seraient des gardiens de la paix. Mais d'un autre côté, un exploiteur n'est jamais innocent et un cadavre futur n'est pas très différent d'un cadavre passé.

Qu'est-ce qui le gênait, dans ce cas ?

Peut-être le passage de la théorie à la réalité, tout simplement.

Louis était anarchiste par choix intellectuel. Il avait toujours voulu s'instruire et n'avait jamais laissé les circonstances économiques déterminer son destin : durant des années, il avait gagné une misère avec des emplois peu qualifiés et avait consacré tout son temps libre à hanter les bibliothèques, dévorant tout ce qui lui tombait sous la main malgré la fatigue : biologie, histoire, philosophie. C'était à vingt ans seulement qu'il avait découvert l'anarchie. Ses compagnons en parlaient parfois, mais c'était une fièvre politique à laquelle il se sentait étranger. En revanche, la lecture de Reclus avait été une révélation. Ensuite étaient venus Bakounine, Proudhon, Stirner. Et il avait commencé à se sentir fiévreux.

Il n'avait cependant pas opté pour l'engagement politique. Les grèves ne menaient à rien, la Révolution était impossible. L'exploitation durerait encore longtemps. Des siècles peut-être. Comment vivre dans ces conditions ? En opérant une première révolution tout seul, en soi-même. En changeant les esprits avant la société, et en changeant son propre esprit en premier.

C'est à ce point de son développement qu'il avait rencontré Lola.

« T'as jamais cru à la Révolution. »

Georges avait lâché cela, les dents serrées, sans détacher les yeux de ce point où sa ligne plongeait dans les eaux saumâtres de l'étang.

Il avait raison. Lola l'avait ramené au conformisme. Il voulait vivre avec elle, donc vivre tout court. Déclarer la guerre à la société, c'était prendre trop de risques.

Seulement, un désir nouveau avait pris forme : celui d'avoir des enfants. Dès lors, il ne pouvait plus rester passif. Le monde était injuste. S'il ne le changeait pas, il traiterait ses enfants injustement. Il fallait donc le transformer radicalement.

Restait à savoir comment. Quand Georges lui avait exposé leur plan pour sauver Isidore, Louis avais compris qu'il pouvait, au moins cette fois, améliorer le monde. Il avait accepté de lancer des bombes, peut-être de tuer des gens. Pour ses hypothétiques enfants plutôt que pour des idées.

« Non, t'as raison, dit-il enfin. Je n'y crois pas. Mais ça change rien. C'est pas une lutte politique. Le but, c'est de sauver Isidore. C'est tout.

– Alors décide-toi. Demain, tu vas devoir tuer. Qu'est-ce que ça change, quelques morts de plus ou de moins ? »

L'argument semblait logique, mais Louis avait du mal à être convaincu. Il jeta un regard à Georges. Celui-ci avait le teint pâle. Dans le jour gris, il paraissait malade. En fait, c'était toute la campagne autour d'eux qui avait l'air enrhumée.

Ils se connaissaient depuis longtemps. Ils ne s'étaient jamais sentis aussi étrangers l'un à l'autre.

« On devrait rentrer. »

Louis, en disant cela, ramena sa ligne. Midi approchait.

En récupérant l'hameçon, il vit que l'appât avait été grignoté par un poisson.

Il ne s'en était même pas rendu compte.

Depuis que le préfet Lépine avait autorisé sa création en 1893, la Brigade scientifique occupait la totalité des combles de la préfecture. On y faisait de la chimie et de l'anthropométrie, on y analysait des poudres, on y développait des photographies, on y mesurait des modèles de crâne, on y comparait des portraits, bref on y faisait tout ce que la Science pouvait apporter à la Sécurité.

En l'occurrence, la Science n'avait pas donné de nouvelles et la Sécurité s'impatientait.

C'était un espace improbable, qui tenait moins du lieu de travail que du labyrinthe. On se frayait un chemin le long de couloirs étroits et sombres, entre les piles de papiers, les objets entreposés pêle-mêle, les écheveaux de fils électriques partant dans toutes les directions, les scientifiques courant à la recherche d'un outil égaré. Le sol, quant à lui, n'était pas toujours là où on l'attendait : des précipices s'ouvraient, qu'il fallait franchir à l'aide de passerelles ; des bureaux étaient installés en hauteur, et on devait grimper à une échelle pour les rejoindre. Sans même l'avoir voulu, il arrivait qu'on se retrouve tout à coup sur le toit, au milieu des tuiles recouvertes de mousse.

La température était glaciale, les innombrables lézardes laissant s'engouffrer un vent sur lequel flottait sans doute le spectre d'Alphonse Bertillon, ancien maître des lieux.

Fabre tomba par hasard sur l'homme qui les avait accompagnés au Flandres, et qui le dévisagea comme s'il ne s'attendait pas à rencontrer un être humain en ces lieux.

« Ah commissaire ! Vous tombez bien.

– Je venais voir si vous aviez des premiers résultats, déclara Fabre en lui serrant la main.

– Eh bien justement, suivez-moi. »

Ils parcoururent quelques couloirs délirants, montèrent et descendirent des échelles, franchirent des passerelles surplombant des gouffres, escaladèrent des charpentes, jusqu'à parvenir à un petit bureau en bois installé entre deux poutres, noyé sous les papiers et les ustensiles de chimie. Des gouttes de pluie tombaient du toit.

Indifférent à tout cela, le scientifique prit une liasse de papiers sur son bureau.

« Les rapports d'autopsie ne sont pas encore terminés mais je doute que cela vous apprenne grand-chose. Les victimes ont été tuées par une bombe, comme vous pouvez vous en douter. En revanche, vous apprécierez la chose suivante... »

Il tendit une feuille, sur laquelle était inscrite une liste de composés chimiques.

« Qu'est-ce que c'est ?

– La composition des deux bombes qui n'ont fait aucune victime.

– Vous savez, je n'y comprends rien... »

Le jeune scientifique parut presque offensé.

« Elles étaient composées d'un peu de dynamite et de beaucoup de poudre noire. Cette dernière permet une détonation forte, mais avec peu de risques de blesser qui que ce soit. Un gros pétard, si vous voulez. Maintenant, voici la bombe du Flandres. »

Il lui tendit une autre feuille tout aussi absconse.

« Ici, il y a trois éléments. Dynamite et poudre noire, mais également de l'acide picrique. Or, ce dernier, beaucoup plus puissant que les autres composés, permet une forte déflagration. Et j'ajoute qu'ici, il y a davantage de dynamite que dans les deux autres. Ce qui veut dire...

– Que la bombe du Flandres était prévue pour faire des blessés.

– Exactement.

– Donc, il ne s'agissait pas d'une décision soudaine mais d'un acte prémédité. »

Le scientifique hocha la tête d'un air satisfait comme s'il félicitait un bon élève. Fabre sentit son cœur s'emballer. Le massacre était préparé à l'avance. Restait à savoir si les six anarchistes le savaient, ou seulement l'artificier de la bande.

En tout cas, s'il y avait un agent provocateur, il devenait facile de deviner de qui il s'agissait.

« L'artificier aurait pu préparer une bombe encore plus violente en se débarrassant de la poudre noire, continuait le scientifique, mais il augmentait alors les risques qu'elle n'explose trop tôt, du simple fait de la chaleur de la mèche. Et c'est la deuxième remarque que nous pouvons faire : parvenir à un tel dosage nécessite du temps.

– Il est expérimenté. Ce qui est le cas de l'Alchimiste.

– Un artificier novice aurait sauté avec la bombe, commissaire. Mais même un artificier chevronné a besoin de plusieurs tentatives pour s'assurer que le mélange est au point. Pour ne pas éveiller les soupçons, il lui fallait donc le faire dans une maison isolée. »

Le commissaire eut envie de prendre le scientifique dans ses bras.

« Par ailleurs, le composé de la bombe du Flandres, malgré la stabilité offerte par la poudre noire, restait dangereux. Une trop forte chaleur pouvait suffire à provoquer l'explosion. Ce qui nous dit, premièrement, qu'elle a été préparée peu de temps avant l'attentat, et deuxièmement, que la maison isolée dont nous parlons ne peut pas se trouver très loin de Paris. »

La zone des recherches se réduisait de manière drastique grâce aux déductions du jeune scientifique. Décidément, la police scientifique de Bertillon était devenue un atout indispensable.

Fabre voulut lui tendre la main mais le jeune homme prit un air courroucé.

« Je n'ai pas terminé. J'ai pris le temps d'analyser la composition de la poudre noire. Il faut comprendre que celle-ci est toujours produite en mélangeant trois éléments. »

Il leva la main pour compter, donnant l'impression à Fabre qu'il était redevenu, en quelques instants, un élève aux notes peu satisfaisantes :

« Premièrement du charbon de bois, deuxièmement du soufre, troisièmement du salpêtre. Maintenant, si vous me permettez une supposition, commissaire…

– Allez-y.

– Nous pouvons partir du principe que nos hommes ne roulent pas sur l'or. Hormis le soufre, qui ne se trouve pas en France, ils ont sans doute essayé de produire par eux-mêmes le matériel nécessaire, c'est-à-dire le charbon et le salpêtre. Je suppose donc, sans aucune certitude, que la maison de l'artificier est en bordure de forêt, pour s'approvisionner plus aisément en charbon. »

Trop de suppositions au goût de Fabre, qui se demandait à présent quand s'arrêterait le scientifique. Ce dernier, cependant, était lancé dans son discours :

« Je me permets d'aller un peu plus loin au sujet du salpêtre. Il y en avait une grande quantité, ce qui indique que nos anarchistes n'ont pas pu se contenter d'en récupérer dans leur cave. D'ailleurs, il me semble à vue de nez – et il faudrait attendre les analyses pour avoir confirmation – que nous avons affaire à du salpêtre de terre, lequel se produit par décomposition dans des nitrières calcaires. Autour de Paris, on n'en trouve qu'en quelques endroits. »

Le commissaire opina du chef, impatient d'en finir. Le scientifique, peut-être plus empathique qu'il ne le laissait paraître, acheva :

« Je pense qu'ils sont installés dans la forêt de Montmorency. »

CHAPITRE 14

Eugène regardait la fumée s'élever dans l'air froid de février. Il enchaînait les cigarettes en trépignant, lui qui ne fumait pratiquement jamais.

Tout était prêt, tout était calculé.

Depuis sa discussion avec Gwen dans les jardins du Luxembourg, et en bonne partie sur les conseils de cette dernière, il avait mené une surveillance active de De Brémont afin d'établir son emploi du temps. Pendant ce temps, la jeune Anglaise s'était fait passer pour une femme de chambre prise à l'essai par une famille de la plaine Monceau, et elle avait ainsi noué de vagues relations avec Adrien, le domestique de De Brémont.

Trois jours d'une efficacité rare.

Une fois les renseignements nécessaires acquis, Eugène en avait parlé à Charles.

« Eugène, c'est complètement fou, avait dit son ami. Ou complètement idiot. Ou les deux, en fait. Tu vas te faire pincer, et tout fiche en l'air.

– J'ai tout calculé.

– Tu n'as rien calculé du tout. C'est du suicide.

– Écoute-moi, au moins…

– Hors de question. Tu es fou. »

Piqué au vif, le jeune journaliste avait explosé :

« Et toi tu es mou ! Qu'est-ce que tu veux qu'on fasse? Qu'on attende que les documents disparaissent ? »

Après de longues minutes à insister, il avait fait plier son ami.

« D'accord, avait admis celui-ci. Il faut qu'on fasse quelque chose. Je ne peux pas aller voir mes supérieurs avec aussi peu d'éléments : ils ne me prendraient pas au sérieux. Mais toi, tu ne voudrais pas écrire un article, lancer une première accusation, voir comment De Brémont réagit ?

– Certainement pas. Tu tiens à ta carrière, je tiens à la mienne. Je ne peux pas accuser un type de la stature de De Brémont sans avoir le moindre élément à l'appui. Il m'écraserait. »

Charles, à ce point de la discussion, s'était mis à se gratter un peu partout, au point de faire apparaître des plaques rouges sur sa peau.

« Je comprends que tu veuilles brusquer les choses, mais ça reste tout de même…

– Écoute. De Brémont est chez lui tous les jours de cinq à sept. Si j'en juge par ce que son domestique a dit à Gwen…

– Gwen ? Qu'est-ce qu'elle vient faire là ? »

À la grande surprise du journaliste, la mention de l'Anglaise avait rendu Charles fou de rage.

« Ne me dis pas que tu lui as tout raconté ? »

S'était ensuivie une brève dispute entre les deux amis.

Ils avaient parcouru en silence les rues de la capitale, laissant l'air froid dissiper lentement la tension. Eugène avait laissé faire, sans aucune intention de s'excuser ; c'était parce qu'il avait raconté l'essentiel à Gwen qu'il avait trouvé le courage de mettre un plan au point, et elle s'était avérée une alliée bien plus efficace que Charles.

Enfin, après une bonne demi-heure de colère larvée et de petites piques blessantes lancées entre deux mares de silence, Charles avait fini par hausser les épaules :

« D'accord. Ce qui est fait est fait. Mais si elle le raconte à qui que ce soit, tu peux dire adieu à notre amitié.

– Elle ne le fera pas. Tu sais, elle a été d'une efficacité redoutable. Elle s'est fait passer pour une bonne, afin de discuter avec les domestiques du boulevard Malesherbes. Adrien lui a donné les renseignements dont nous avions besoin…

– C'est-à-dire ?

– Les emplois du temps d'Adrien et de son maître.

– Fantastique… »

Eugène ne releva pas le sarcasme.

« Il se trouve qu'Adrien a la belle vie, dit-il. De Brémont n'est presque jamais chez lui. Deux exceptions : lorsqu'il a une visite impromptue – comme celle de Duvauchel – ou lorsqu'il rentre s'occuper de sa correspondance privée et d'affaires personnelles, de cinq à sept heures. Le reste du temps, Adrien, qui ne croule pas sous le travail, pourrait se croire propriétaire de la villa.

– Tu m'en vois ravi, mais dans la mesure où je ne cherche pas une place de domestique, je vois mal en quoi ça m'intéresse.

– C'est simple. De Brémont sort absolument tous les soirs jusqu'à minuit. Théâtre, cercles de jeux…

– Une vie bien remplie, mais encore une fois, qu'est-ce que tu veux en faire ? Adrien, lui, doit bien rester sur place, pendant ce temps.

– Sauf le jeudi. De Brémont, depuis des années, lui donne sa soirée. »

Charles avait enfin décoché un sourire.

« Donc, tu es en train de me dire que le jeudi soir, c'est-à-dire demain, il n'y a personne chez De Brémont. Ni le maître ni le domestique ?

– Tout à fait. C'est le moment idéal pour s'introduire chez eux.

– Mais comment est-ce que tu vas entrer dans la maison ? Imaginons que tu ne trouves pas les documents : si tu laisses la moindre trace, De Brémont va comprendre que quelqu'un est venu les chercher. Et là, on pourra dire adieu à tout espoir de le piéger.

– Donc, il est impératif que je cache mes traces. Et pour ça, j'ai deux plans.

– Mazette, la plupart des cambrioleurs n'en ont même pas un… »

Cette fois, Eugène le fusilla du regard avant de reprendre :

« Jeudi, j'irai lui rendre visite vers cinq heures sous un faux prétexte. En faisant le tour du propriétaire, je me préparerai une entrée. Si cela ne fonctionne pas, le soir venu je casserai un carreau et j'embarquerai l'argenterie. De Brémont croira à un vrai cambriolage. »

Charles avait finalement accepté.

Et maintenant, Eugène s'en mordait les doigts.

Il devait en être à sa dixième cigarette. La façade gothique de l'hôtel particulier était moins engageante que prévu. Rouletabille aurait-il été anxieux, lui ? Sans doute pas. Mais ne pas exister, cela facilitait les choses.

La marche à suivre tournait en boucle dans sa tête : se présenter comme journaliste, demander à poser quelques questions au sujet des législatives. L'homme d'affaires accepterait. Il aimait la presse, et adorait parler de son sujet favori : lui-même. Eugène pourrait ainsi se faire une idée de la configuration de l'hôtel particulier avant de revenir le fouiller à la lueur de la lune.

Ne restait plus qu'à trouver le courage de sonner.

La porte s'ouvrit.

« Monsieur, vous observez notre portail depuis une demi-heure. Que désirez-vous ? »

L'homme qui se tenait sur le pas de la porte, et qui le toisait avec un certain mépris, portait une livrée de domestique. Adrien.

Eugène déglutit.

« Je suis chez Mons… »

Il déglutit encore.

« … ieur De Brémont ?

– Je vous demande pardon ? »

Le journaliste se repassa la phrase en tête. Elle n'avait donné qu'un couinement incompréhensible.

« Je suis bien chez M. De Brémont ? »

Adrien, cette fois, hocha la tête. Cela ne le rendit pas plus amical pour autant.

« Que lui voulez-vous ?

– Je suis journaliste. Je prépare un article sur les soutiens de Joseph Caillaux. J'aurais donc voulu dire quelques mots à monsieur… »

Le domestique secoua la tête.

« Désolé, monsieur n'est pas intéressé. »

Il allait refermer la porte quand Eugène l'arrêta :

« Attendez, s'il vous plaît… »

Adrien lui jeta un regard fatigué.

« J'ai aussi ceci… »

Pris de court, il sortit un billet de sa poche et se rendit compte trop tard qu'il était de cinquante francs. Le domestique s'avança vers la grille, l'air si indifférent qu'Eugène se demanda s'il acceptait le pot-de-vin ou s'il venait le gifler.

Adrien tendit la main. Eugène donna l'argent. La grille s'ouvrit.

Eugène attendit dans le vestibule qu'Adrien prévienne son maître. Il en profita pour observer l'entrée richement meublée :

des tableaux recouvraient les murs, des objets précieux s'empilaient sur des meubles massifs. Un paradis pour cambrioleurs.

« Monsieur va vous recevoir. Suivez-moi. »

Le trajet, bien que court, fut l'occasion de se faire une première idée des lieux : on le conduisit le long d'un couloir qui coupait le rez-de-chaussée en deux parties égales et menait à un grand escalier de bois. Quatre portes ouvraient sur différentes pièces. Les deux premières étaient fermées, les deux suivantes ouvertes, à gauche sur un superbe salon et à droite sur une grande pièce dans laquelle Adrien pénétra.

« Monsieur, voici le journaliste. »

De Brémont fumait un cigare derrière un large bureau de bois brut. Deux bibliothèques l'encadraient, des montagnes de documents l'encerclaient, dans son dos une fenêtre ouverte laissait entrevoir le jardin. Eugène envisagea d'en faire son point d'entrée avant de penser qu'elle était sans doute fermée lorsque personne ne se trouvait dans la maison. Un souffle de vent en profita pour se faufiler dans la pièce et faire s'envoler une feuille dans l'indifférence générale. Le journaliste se demanda ce qu'il se passerait si une bourrasque plus forte faisait s'écrouler les piles de documents. Il y avait de quoi submerger un homme normal – ce que n'était pas De Brémont, immense aussi bien en hauteur qu'en largeur.

« Monsieur De Brémont, enchanté, balbutia le journaliste. Je suis Eugène Lepage et je…

– Et vous avez curieusement décidé de venir me rendre visite chez moi, en plein milieu de semaine, au lieu de prendre rendez-vous à mon bureau. »

Eugène resta interloqué. Il était en présence de De Brémont depuis vingt secondes, et son plan s'écroulait déjà.

« Eh bien, je… Je voulais vous voir dans un environnement plus familier, pour être franc. Cela me paraît plus… parlant. »

Il faisait très chaud dans cette pièce, tout à coup. Eugène avait l'impression que De Brémont lisait en lui comme dans un livre ouvert. Et qu'il n'aimait pas ce qu'il lisait.

« Vous savez, je m'intéresse aux formes les plus novatrices du journalisme. Aux États-Unis, de plus en plus de reporters…

– Surprennent les gens chez eux ? »

Le visage de l'industriel était semblable à celui d'une statue de marbre. D'ailleurs, à sa gauche, son propre buste en marbre émergeait de la bibliothèque, figé dans une expression courroucée. L'épais visage de l'homme d'affaires, vissé sur un cou de taureau, était déjà peu accueillant en un seul exemplaire, sans y ajouter son double statufié : deux nez évasés, quatre yeux méfiants, deux mâchoires lourdes de prédateur, quatre bras. Sans leurs moustaches raffinées, les De Brémont auraient pu être des hercules des Batignolles.

Voyant qu'Eugène ne savait pas quoi répondre, le De Brémont de chair et d'os se mit à pianoter sur le bureau de ses larges doigts. Eugène était heureux de les voir là : cela signifiait qu'ils n'étaient pas serrés sur sa gorge.

Pour calmer la bête, il devait parler. Seulement il fallait commencer par produire un son, et il n'en était plus capable.

L'homme d'affaires poussa un soupir. Il leva l'une de ses énormes pattes et pointa le siège en face de lui sans lâcher un mot. Eugène comprit qu'on lui proposait de s'asseoir et obtempéra. Cela le rassura : on ne tuait pas ses invités. Même lorsqu'ils venaient vous cambrioler pour prouver que vous étiez un espion. En tout cas, il l'espérait.

« Alors, grogna De Brémont, que me voulez-vous ?

– À l'approche des législatives, récita Eugène, je prépare un article sur Joseph Caillaux. Il fait partie de vos connaissances, me semble-t-il ? »

Il leva les yeux d'un air interrogateur, dans l'espoir d'obtenir un signe d'assentiment.

Pas le moindre mouvement.

« Heu, et donc, je voulais avoir le point de vue de quelques hommes d'influence sur les élections à venir… Savoir ce qu'ils pensent de ces élections, ce qu'ils espèrent ou craignent… »

Le sourire bestial qui se dessina en réponse sur la gueule de son interlocuteur fit comprendre à Eugène que la brosse à reluire fonctionnait avec certains fauves.

« Eh bien, mon jeune ami, vous tombez bien. Je n'avais rien de prévu cet après-midi. »

L'Alchimiste s'était enfermé dès le petit matin. Comme tous les jours. Il ne se sentait bien que dans la solitude.

Séparé du reste du monde par les murs de bois de son abri de jardin, il broyait du charbon dans un pilon à main en chantonnant *Si tu veux Marguerite* :

Je suis malheureux
Car tes jolis yeux
Ont mis mon cœur en feu…

Il ajouta du charbon dans le pilon et martela de plus belle. Il était en nage, mais cela ne le gênait pas. La poudre noire demandait quelques efforts, c'était bien normal. Rien de beau ne s'obtenait sans effort.

Il jeta un œil par la fenêtre. La lumière déclinait. D'ici une heure, il devrait quitter la cabane.

De la maison provenaient les chants festifs de ses camarades qui, la nuit venant, avaient sans doute débouché des bouteilles. L'Alchimiste, végétarien intégral, n'aimait aucun excitant et surtout pas l'alcool. C'était une ivresse trop facile d'accès, bonne pour ceux qui avaient des ennuis à oublier, tels que Petite Cloche, par exemple.

Pauvre Petite Cloche, persuadé que leur plan et leurs bombes servaient à libérer son frère.

À vrai dire, les autres le croyaient également. Lola, Louis, la Cigale – de naïfs idéologues s'imaginant qu'ils feraient plier le gouvernement, la bourgeoisie, la société tout entière, avec quelques bombinettes bien placées. Ils avaient même espéré que leur lettre suffirait pour que le préfet, genoux tremblants, fasse libérer Grande Cloche.

Ridicule.

Ils seraient écrasés. Bien sûr.

Il enleva le charbon, nettoya le mortier, puis entreprit de broyer le souffre.

L'odeur était presque suffocante. Arthur ne s'en préoccupait pas – il s'était simplement contenté d'arrêter de chanter.

Seul Georges avait compris que les Cloches n'étaient que des excuses secondaires et que leur équipée sauvage ne se limiterait pas à des jets de soufre sur les murs de la ville. Casse-Tête savait que ce qu'ils avaient entamé nécessiterait du sang. Les autres devraient l'accepter à la dure.

Ils étaient maintenant tous piégés, tous complices, tous coupables par avance.

C'était pour cette raison qu'il avait décidé de préparer une bombe différente pour le Flandres. Sans cela, la peur les aurait fait renoncer avant la dernière étape.

Ses compagnons l'ignoraient, mais ils étaient piégés dans un rituel occulte. En versant le sang, il avait offert un premier sacrifice. Maintenant, un vieux démon s'était réveillé, qui exigeait son lot de morts. Lorsqu'il serait rassasié, il réaliserait leur vœu.

Négocier avec un démon. C'était ce qu'il avait fait, aussi, avec ce fonctionnaire qui ne croyait pas à l'anarchie. Il avait ses propres objectifs et, à sa manière, il les utilisait. Mais qu'est-ce que cela pouvait bien faire ? Il leur offrait un instrument idéal pour semer le chaos. C'était tout ce qui comptait. L'Alchimiste n'avait pas hésité un instant.

« Nous sommes des alchimistes. Nous préparons des poudres, des potions, des miracles. Un jour, peut-être, nous réussirons à transformer le plomb en or, nous opérerons le Grand Œuvre : la transformation de la réalité en Utopie. »

À chaque fois, lors de la préparation de la poudre, il ne pouvait s'empêcher d'avoir une pensée, à un moment ou l'autre, pour Alberini, son professeur ès explosifs. Un vieux fou qui se piquait d'occultisme, mais un excellent pédagogue.

Sa mémoire s'éveillant, l'Alchimiste se revit à Londres vingt ans plus tôt.

À l'époque, de nombreux révolutionnaires s'étaient exilés en Angleterre, où les autorités étaient plus tolérantes. Arthur, qui n'était pas encore l'Alchimiste, s'était acoquiné avec des idéalistes qui projetaient un attentat contre l'observatoire de Greenwich, en hommage à Martial Bourdin. Ce jeune révolutionnaire avait eu l'intelligente idée de se faire exploser un an plus tôt, alors qu'il transportait une bombe.

« Nous le vengerons. Et nous montrerons au pouvoir que nous n'avons pas peur. Que nous sommes prêts à tout. »

Arthur se retenait de faire remarquer que Martial Bourdin n'avait été victime de personne d'autre que de lui-même, et qu'il était donc difficile de le venger. Ses camarades asséchaient des chopes de bière brune et de mauvais vin en déclamant leur haine de l'Ordre ; il les imitait, professait son amour de la liberté – quoi que cela veuille dire – et riait avec eux de la vilaine farce qu'ils faisaient à la bourgeoisie. Mais il recherchait autre chose. La Révolution ne l'intéressait pas : elle ne viendrait pas de son vivant.

Sa tâche était autre. Avant de construire, il fallait détruire.

Alberini était l'artificier de la bande. Heureux de rencontrer un jeune homme qui ne se contentait pas d'attendre le produit fini pour crier à la Révolution sans savoir comment se faisaient les choses, il avait donné des cours passionnés à un futur alchimiste avide de connaissances. À l'école d'Alberini, Arthur avait appris à maîtriser l'acide picrique et le fulmicoton, compris les avantages et faiblesses de la poudre noire et des explosifs brisants, découvert les différences entre les acides.

La connaissance théorique, le coup de main pratique : il avait toutes les qualités d'un grand artificier. Alberini était fier de lui. Alors, une fois qu'il en savait assez, et constatant que l'attentat était imminent, le jeune Arthur avait prévenu les autorités.

La plupart des anarchistes avaient trouvé la mort lors de l'arrestation. Alberini en faisait partie ; c'était Arthur lui-même qui lui avait ouvert le crâne en profitant du chaos général.

Leur projet était médiocre, leurs vies sans importance. En les neutralisant, il accentuait les tensions. Le vieil artificier avait créé davantage de vocations une fois transformé en cadavre que durant sa vie. L'anarchie avait profité de leur sacrifice davantage que de leurs actes.

À présent, à cause de l'âge sans doute, Arthur ne pouvait s'empêcher de ressentir un pincement au cœur lorsqu'il repensait à ces leçons de chimie. Il y avait du vrai dans ce que lui disait Alberini. Ce qu'ils pratiquaient était de l'ordre de la magie.

« L'anarchie, c'est l'Âge d'Or retrouvé, Isis dévoilée. Lorsque tu transformes le charbon en poudre, lorsque tu fais exploser le soufre, n'oublie pas que tu prépares le futur : un jour, par quelques causalités mystérieuses, nos actions feront advenir le Nouveau Monde. »

Les mots du vieux fou avaient marqué la vie entière de l'Alchimiste : la destruction était une étape nécessaire, presque sacrée.

Bien sûr, il y avait sans doute de braves gens parmi les cadavres qu'il avait semés. Mais ce n'était pas grave. Il y avait des braves gens partout, ce n'était pas une raison pour s'interdire de changer le monde. Quelques belles âmes dans un univers de boue, cela ne pouvait suffire. Il fallait tout passer par le feu pour que d'autres braves gens, désormais seuls, construisent un monde meilleur. Le sang était indispensable pour ériger les murs des cités idéales.

Sur ce point, ses camarades et lui étaient d'accord : le gouvernement devait tomber.

Là où ils divergeaient, c'était sur ce qui venait ensuite. Les autres pensaient que tout finirait avec la libération d'Isidore. L'Alchimiste savait que tout commencerait à ce moment-là. Peut-être même qu'ils ne seraient plus là pour le voir, d'ailleurs.

Une fois les documents publiés, la France entrerait dans une crise politique profonde. Qui savait ce qui en sortirait ? Il l'ignorait et ne cherchait même pas à prendre les paris. Quoi qu'il se passe, ce serait toujours mieux, car ce serait pire : le pouvoir serait fragilisé, la population en colère. Davantage de chaos, en somme.

Que la police les écrase si elle le pouvait : il aurait semé la destruction et, avec elle, les graines de la Révolution. Son rôle n'allait pas plus loin.

Alberini croyait transformer le plomb en or. Arthur transformait le plomb en plomb. C'était plus simple. Et plus efficace. D'autres fondraient l'or ensuite.

Ayant fini de broyer le soufre, il quitta la cabane : à présent, il devait faire chauffer le nitrate, ce qui était impossible à l'intérieur à cause des trop nombreux composés volatils. Une fois dehors, il se remit à chantonner :

Alors elle, par bonté d'âme,
M'envoie pour éteindre ma flamme
Un seau d'eau vivement.

De Brémont, une fois sa méfiance première dissipée, disserta avec passion de politique intérieure, de stratégies électorales, d'investissements financiers. Défenseur d'un rapprochement avec l'Allemagne, il passa un long moment à faire l'éloge de Joseph Caillaux.

« Agadir était un coup de maître. Un homme d'État de moindre envergure nous aurait précipités dans un conflit dramatique Le bilan humain aurait été terrible, sans parler des pertes financières. Joseph a évité cela, au-delà de ce que l'on pouvait espérer : avec le traité de Fès, et en échange de quelques terres arides au Congo, nous maîtrisons la moitié de la côte nord-africaine ! »

« La démographie allemande, leur force militaire… cela justifie, certes, la loi des Trois ans. C'est une mesure de sécurité. Mais il y aurait pourtant une solution plus simple : faire alliance avec le Kaiser. De toute façon, cette loi est impossible à financer. Caillaux est le seul à pouvoir trouver la formule magique. »

« On dit que le Prussien est l'ennemi héréditaire – et l'Anglais alors ? – et on l'accuse d'occuper illégitimement l'Alsace-Moselle… Bien sûr, nos relations ne peuvent pas être idylliques. Chaque pays a ses propres intérêts, comme une entreprise. Mais c'est justement avec ses rivaux que l'on passe des accords : il est inutile de le faire avec ses amis. Joseph Caillaux et moi-même, nous défendons une idée similaire. Les Allemands ne sont pas nos amis. Ce sont nos concurrents. Si l'on veut éviter un affrontement sans fin, nous devons négocier. »

Eugène, enfiévré, notait sur un carnet tout ce que déblatérait De Brémont.

Enfin, lorsque l'homme d'affaires montra les premiers signes de fatigue, il se composa une mine obséquieuse.

« Merci beaucoup pour toutes vos analyses, monsieur. Il me semble que j'ai ici de quoi rédiger un bel article… »

De Brémont laissa une expression satisfaite illuminer son épais visage. Les alligators faisaient des sourires moins inquiétants.

Puisque l'entrevue s'était si bien déroulée, Eugène se sentit pousser des ailes :

« Si j'osais… Vous ne m'avez pas semblé convaincu par les nouvelles méthodes journalistiques… Néanmoins, si vous le permettez, je trouverais intéressant de donner à mes lecteurs une description succincte de votre lieu de vie… »

Les yeux de l'industriel devinrent aussi minces que des fentes.

« Laissez les méthodes américaines aux Américains. Vous n'avez qu'à décrire mon bureau. Inutile de faire le tour de la propriété, vous ne pourrez jamais vous la payer.

– Très bien, répondit Eugène avec un rire gêné. Je comprends vos réticences. Avant de vous laisser, en revanche, j'aimerais pouvoir utiliser vos toilettes. »

Cette fois, De Brémont n'eut d'autre choix que d'accepter. Il désigna la porte d'une main lourde.

« À votre droite, à côté des escaliers. »

Dans le couloir, Adrien faisait les cent pas à la manière d'un gardien de la paix. Eugène se réfugia dans les toilettes.

La fenêtre, au vitrage opaque, était assez grande pour laisser passer un homme. Eugène l'ouvrit en recouvrant le bruit du mécanisme par la chasse d'eau. Ensuite, il repoussa la vitre contre le loquet, de sorte qu'elle paraisse fermée.

Ceci fait, il alla remercier une nouvelle fois De Brémont.

Ce dernier, déjà passé à autre chose, se contenta d'un grognement. C'était une invitation à prendre congé ; comme s'il avait entendu son maître, Adrien fit son apparition dans la pièce et escorta le journaliste jusqu'à la rue.

Quelques instants plus tard, l'air froid lui grignotait les joues.

Ses jambes tremblaient, son souffle était court. L'entrevue avait été riche en émotions. C'était ce que devaient ressentir les dresseurs de fauves.

Mais aucun dresseur sain d'esprit ne retournerait se jeter dans l'enclos à la nuit tombée.

CHAPITRE 15

Petite Cloche vacilla en soulevant la caisse. Avec difficulté, il parvint à coincer le bord contre son épaule. Devant lui, Louis n'avait pas l'air plus vaillant. La Cigale lâcha une insulte.

C'était lourd. Terriblement lourd.

Mais ils étaient ensemble et ils pouvaient tout soulever. Cette idée le réconforta.

Il avait souvent besoin de réconfort ces derniers temps. Il se sentait à fleur de peau depuis l'arrestation de Grande Cloche, mais cela avait empiré ces derniers jours – l'approche du grand moment sans doute.

Au départ, il avait cru que seule la survie d'Isidore importerait. Il s'était trompé. Car il ne voulait pas seulement libérer Grande Cloche : il voulait le faire avec ses amis.

À choisir, c'était Grande Cloche qui comptait le plus. Il savait qu'il le reverrait, il n'allait pas perdre son grand frère aussi facilement. Isidore lui avait servi de père et de meilleur ami, il l'avait protégé, éduqué, aimé. Petite Cloche aurait été prêt à tout pour le sauver. Mais après ces semaines à vivre avec ses amis, à préparer leur plan, à écrire la lettre, à s'entraîner au tir, il se rendait compte qu'eux non plus – Georges, Louis, Lola, l'Alchimiste et la Cigale – il ne voulait pas les perdre.

Bien sûr, les risques étaient grands. Tant de choses pouvaient mal tourner.

« J'en peux plus… »

C'était la Cigale qui venait de dire ce que tout le monde pensait.

« On y est presque. »

Georges, bien sûr. Le meneur. Ce rôle lui allait à la perfection : il était non seulement le plus expérimenté en matière de lutte armée, mais aussi le plus optimiste de la bande. S'il avait des doutes, il parvenait à ne pas les montrer.

Petite Cloche aurait aimé être comme lui. Malheureusement, ses doutes ne se laissaient pas mettre la corde au cou. Ils s'agitaient dans sa tête, lui hurlaient que les choses finiraient mal, le tenaient éveillé la nuit.

C'était lors d'une de ces nuits blanches qu'il avait décidé d'aller voir Isidore. Au départ, il n'avait pas voulu mettre les pieds dans l'appartement. Il voulait rester avec ses compagnons. Préparer la lutte, au milieu de la forêt, pour mieux retrouver Isidore ensuite, une fois que Poincaré aurait cédé à leur chantage. Puis il avait ressenti le besoin de revoir le visage de Grande Cloche, même de loin. Et dès qu'il l'avait vu, de l'autre côté des barreaux, il s'était souvenu : rien n'était plus important que le sang dans leurs veines. Son frère valait tous les sacrifices.

Il se le répétait la gorge serrée.

Georges poussa la porte d'un coup de pied et ils entrèrent. Tous soufflaient comme des veaux. Petite Cloche était en nage. Ils portaient cette caisse tous ensemble. C'était un travail d'équipe. Il avait besoin d'eux, de Louis et de la Cigale malgré leurs insultes et leurs grognements, de Georges qui les guidait et les réconfortait, de l'Alchimiste, solitaire dans son antre, de Lola, bien sûr, et ses colères de bon sens.

Au milieu de cette équipe, il se sentait très seul.

Et il craignait d'être bientôt tout seul, de nouveau.

« En somme, l'ultimatum expire demain et nous n'avons aucune piste. »

La silhouette sévère de Xavier Guichard se découpait devant la fenêtre, d'où filtrait la lumière orangée du crépuscule. Sa voix cachait mal sa colère – en fait, elle ne la cachait pas du tout. Et d'ailleurs, entre sa posture contractée et le fait qu'il croisait et décroisait les mains sans cesse, son état d'esprit n'était pas difficile à deviner.

Trois jours s'étaient écoulés depuis qu'ils avaient eu la lettre des anarchistes. La totalité du délai. Ils n'étaient pas plus avancés qu'au début. Les chefs s'énervaient pour moins que cela.

« Dire que nous n'avons aucune piste est un peu réducteur, monsieur. »

La voix onctueuse de Garcin ne trompait personne. Ils n'avaient aucun moyen d'empêcher les lanceurs de bombes de frapper à nouveau.

Guichard fit volte-face. À contre-jour, il était difficile de distinguer les traits de son visage.

« Alors passons en revue les pistes que vous m'avez présentées, puisque vous n'avez pas l'air de comprendre le problème. »

Il s'avança vers le bureau autour duquel Garcin, Fabre et Cerruti étaient assis, et il posa les poings sur le bois du meuble. Son visage était rouge. Quelques gouttes de sueur perlaient à son front. Fabre se demanda s'il s'agissait d'un signe d'inquiétude ou d'un symptôme maladif. En même temps, être chef de la Sûreté, c'était se condamner aux maladies de nerfs sur le long terme. Il fallait que Guichard trouve un hobby lui permettant de supporter la pression. On disait qu'il se piquait d'archéologie : c'était peut-être une piste. Fabre garda cependant ses réflexions pour lui.

« Les élucubrations de notre jeune scientifique ne nous mènent pas bien loin, comme vous l'avez admis vous-même. »

Fabre ne pouvait qu'acquiescer. Le jeune scientifique avait voulu l'impressionner en donnant une localisation au hasard. C'était impressionnant, certes, mais inutile : la forêt de Montmorency était immense. La fouiller revenait à quadriller une bonne partie des communes du nord-ouest de la banlieue parisienne.

Il en avait néanmoins informé Guichard, qui avait eu la même réaction : une hypothèse aussi ténue ne justifiait pas l'envoi d'une équipe. À cela s'ajoutait le problème des limites de leur juridiction, car aucun d'entre eux n'avait l'intention de transmettre l'affaire à la Première brigade, ce qu'ils auraient été obligés de faire pour fouiller la banlieue.

« Vous avez passé trois jours à interroger Grandville sans parvenir à lui soutirer le moindre renseignement d'importance, continuait Guichard, implacable.

– Grandville n'est pas le plus important, souligna Cerruti. Il ne nous a rien dit, mais sa simple existence a permis d'identifier certains terroristes.

– Alors parlons-en. Nous avons quatre noms. René Grandville, sur lequel nous ne savons rien, mis à part qu'il est le frère de son frère. Georges Leclerc, compagnon de route de nombreux révolutionnaires, mais pas assez proche de qui que ce soit pour que l'on puisse savoir où il pourrait se terrer. Amédée Rossi, truand sans importance. Et Arthur Guillemin, que vous supposez être l'artificier de la bande…

– Et donc, puisqu'il a confectionné et lancé la bombe du Flandres, précisa Fabre en serrant les dents, c'est peut-être aussi un agent provocateur au service d'une puissance étrangère. »

Ils n'avaient pas rapporté à Guichard les suppositions de Garcin selon lesquelles l'agent provocateur, s'il existait, pouvait être au service des Brigades mobiles ou de la préfecture. De toute façon, le chef de la Sûreté balaya cette hypothèse d'un geste agacé.

« Laissons vos mouchards de côté. Tout ce que nous avons de concret, ce sont quatre noms à mettre sur quatre visages. Une localisation hypothétique et invérifiable… Avoir des noms, c'est une bonne chose ; avoir des adresses, ce serait mieux. »

Fabre tapotait de la main droite sur le bras du fauteuil. Guichard avait raison : ils n'avaient pas de piste. Mais sa colère allait s'accentuer d'ici peu. Car à défaut d'autre chose, ils avaient un plan. Et il était temps d'en informer leur chef.

« Nous avons tout de même une information d'importance, monsieur. Nous ne savons certes pas où ils sont, mais nous savons ce qu'ils veulent : la libération de Grandville.

– Et dans la mesure où nous n'allons pas libérer Grandville, en quoi est-ce un motif de réjouissance ? Demain, l'ultimatum sera expiré, et Grandville sera toujours à la Santé. De nouvelles bombes vont exploser. »

Il s'arrêta, bouche bée, et rapprocha son visage de celui du commissaire comme s'il cherchait un indice, une trace de pas peut-être, entre ses deux yeux.

« Commissaire, dit-il avec inquiétude, vous ne proposeriez tout de même pas de le libérer? »

Fabre eut un mouvement de surprise :

« Certainement pas. Vous m'avez mal compris, monsieur.

– Si nous le laissions sortir, ajouta Cerruti avec calme, cela signifierait que chaque personne ayant de la famille en prison pourrait obtenir sa libération en se fendant d'une lettre de menaces. Ce serait une très mauvaise idée, monsieur. »

Guichard le foudroya du regard. Cerruti blêmit.

« Mais j'imagine que vous le saviez déjà… »

Profitant de la situation pour amplifier les tourments de ses camarades, Garcin intervint :

« Ils ne se sont pas contentés d'une lettre. Elle a été précédée de sept morts. »

Cela ne fonctionna sans doute pas comme il l'espérait, car Guichard se tourna vers lui, le visage de plus en plus écarlate :

« Il est hors de question de libérer Grandville. C'est non négociable. »

Fabre se pencha, posa les coudes sur le bureau, et joignit les mains – une tentative comme une autre pour se donner une contenance. Il s'éclaircit la voix.

« Nous n'allons pas le libérer, monsieur. Certainement pas. En revanche, j'avais autre chose en tête. Une idée qui pourrait nous sauver la mise… »

Afin de ne pas s'exposer seul au potentiel courroux directorial, le commissaire précisa :

« Cette idée a été validée par le commissaire Garcin ici présent. »

Guichard l'encouragea d'un mouvement brusque du menton.

« Les anarchistes ne lanceront pas de nouvelles bombes demain. Leur déclaration disait qu'ils libéreraient Grandville eux-mêmes. C'est différent.

– Vous pensez qu'ils vont attaquer la prison ?

– Ils prévoient en tout cas de l'aider à s'évader. Ce qui expliquerait pourquoi son frère René a occupé, pendant plusieurs semaines, un appartement lui permettant de voir la fenêtre de Grandville à la Santé. Ils ont probablement communiqué à distance, et… »

Guichard le coupa d'un geste ferme.

« Impossible. Ils ne peuvent pas le libérer de la Santé. »

Malgré son ton sans appel, le chef de la Sûreté avait le visage inquiet.

« Peut-être qu'ils n'espèrent pas réussir, mais qu'ils ont décidé de faire couler le sang une dernière fois, par vengeance... Quitte à finir dans la tombe. La seule alternative pour éviter un bain de sang, ce serait qu'il y ait une faille dans la sécurité.

– Une faille, reprit Guichard, les yeux plissés. C'est-à-dire ? »

Il avait compris.

« Je veux dire que nous avons organisé cette faille. Tous les jours, nous le faisons venir au Quai pour l'interroger. Tous les jours, les gardes qui l'escortent sont en sous-nombre. Et tous les jours, ils empruntent exactement le même trajet à la même heure. »

Au visage de Guichard, Fabre devina ce que devaient ressentir des promeneurs tombant par hasard, au milieu de la savane africaine, sur un lion affamé.

« Et il ne vous est pas venu à l'idée qu'il était judicieux de me demander mon avis ? »

La réponse à cette question était simple : ils savaient que Guichard refuserait et ils avaient choisi de le mettre devant le fait accompli.

Maintenant qu'il fallait lui présenter le fait accompli, l'idée ne semblait plus aussi bonne.

« Commissaire, dit Cerruti, nous aurions dû le faire, mais nous n'en avions pas le temps. Cela nous paraissait la meilleure solution à tous points de vue.

– Nous avons envisagé toutes les possibilités, se défendit Garcin. Étant donné qu'il n'était pas possible de les retrouver ni de libérer Grandville, notre seule solution était de mettre au point un piège... »

Guichard s'éloigna de son bureau et se plaça face à la fenêtre, leur tournant le dos.

Les trois hommes attendirent en silence. Fabre se demanda si Guichard, comme lui, cherchait à se perdre dans la contemplation du monde pour oublier les décisions qu'il devait prendre. Le spectacle de la Seine longeant l'île de la Cité, colorée de sang par le soleil couchant, était une manière idéale de fuir. Fabre laissa son regard couler sur ce petit pan de ciel rouge.

Il s'étonna de la couleur irréelle de cette fin de journée.

Ces derniers jours, avait-il pu constater, la lumière qui tombait sur Paris avait une teinte un peu effacée, comme si elle venait d'un tableau vaincu par les années. C'était la lueur d'un monde presque oublié, qui appartenait déjà au passé, qui n'allait pas tarder à se volatiliser tout à fait. Mais peut-être était-ce lui, après tout, qui voyait les choses s'estomper parce qu'il ne serait bientôt plus là, parce qu'il était en quelque sorte déjà parti. Cette lumière, c'était peut-être en lui qu'elle rayonnait, lui qui se sentait déjà vivre en Normandie, près des étangs, canne à pêche en main. Le monde parisien lui était chaque jour un peu moins présent et c'était cette nostalgie vécue par avance pour une ville qu'il n'avait pas encore quittée qui baignait le monde autour de lui dans la lumière froide de l'oubli futur.

Guichard se retourna ; Fabre retrouva la réalité.

« Ainsi, vous voulez les inciter à prendre le convoi d'assaut.

– On ne sait pas ce qu'ils veulent faire. On sait seulement qu'ils agiront demain, et qu'ils surveillent Grandville d'une manière ou d'une autre.

– Il s'agit de reprendre la main, monsieur, ajouta Garcin. De faire en sorte qu'ils n'attaquent pas n'importe quoi, n'importe comment, mais qu'ils nous sautent dans les bras, là où nous les attendons. Qu'ils viennent sur notre terrain, jouent avec nos règles. »

Le chef de la Sûreté secoua la tête et se pinça le nez, les paupières closes.

« Qu'est-ce que vous comptez faire, exactement ?

– Nous allons transférer Grandville ici, répondit Fabre, à la même heure que d'habitude. L'escorte sera insuffisante et fera le même trajet que les autres jours. Le commissaire Garcin a diffusé l'information autant qu'il a pu. À première vue, pour libérer le détenu, il suffit d'attaquer le convoi : à six contre deux, avec la possibilité de se mettre en embuscade à l'avance… »

Guichard restait silencieux, attendant la suite.

« Nous avons des hommes cachés dans le panier à salade, continua Fabre. D'autres seront postés tout au long du trajet, habillés en civil. Si nos anarchistes attaquent, il ne faudra qu'un instant pour intervenir.

– Ils tireront les premiers », dit Guichard d'une voix grave.

Fabre hocha la tête. Il ne préférait pas trop penser aux innombrables possibilités que ce plan branlant tourne mal, car ils n'avaient pas d'autre choix s'ils voulaient éviter que d'autres innocents meurent sous des bombes lancées au hasard.

Ils ne pouvaient pas quadriller la ville ni suivre les élucubrations d'un jeune scientifique. Ils pouvaient simplement mettre Grandville dans un joli papier cadeau et espérer que les anarchistes ne tirent pas trop vite.

Le chef de la Sûreté, comme s'il avait lu dans les pensées de Fabre, leva les bras au ciel.

« Ce qui est fait est fait. Allez jusqu'au bout. Et préparez votre lettre de démission, on ne sait jamais. »

Eugène s'agrippa aux barres de fer de la grille et parvint à se hisser sur environ un mètre avant de lâcher et de retomber sur le trottoir. Il étouffa un juron. Ses paumes le brûlaient.

Personne ne l'avait vu – à part Gwen qui faisait les cent pas au loin.

Le deuxième essai fut meilleur : le corps tendu dans une

posture grotesque, il réussit à monter assez haut pour saisir la barre horizontale qui formait le sommet de la grille.

Pendant un instant, il resta suspendu à son bras droit, épuisé mais soulagé. Puis il se rendit compte qu'il ne savait pas ce qu'il devait faire ensuite. Sa main était au sommet, certes, mais il devait à présent y traîner le reste de son corps.

Gwen lui tournait le dos. Avec une conscience aiguë du ridicule de la situation, le jeune journaliste pensa qu'il devait sortir de ce pétrin avant qu'elle ne se retourne.

Il contracta ses muscles, étira ses jambes, et parvint à faire passer un pied par-dessus la barre supérieure. En s'esquintant le poignet et le genou, il se hissa en haut avec une énergie qu'il estimait lui-même surhumaine.

Après un ultime coup d'œil à la rue, il se laissa tomber dans le jardin, se foulant une cheville au passage. Décidément, les cambriolages n'étaient pas aussi simples qu'on aurait pu le penser.

Il avança clopin-clopant jusqu'à la fenêtre des toilettes. Celle-ci était telle qu'il l'avait laissée.

Il se faufila à l'intérieur de la maison.

CHAPITRE 16

Eugène parcourut l'hôtel particulier à pas de loup.

Les pièces étaient désertes, silencieuses, plongées dans le noir. Il regardait avec anxiété les meubles en bois, les riches décorations, les œuvres d'art d'un goût pompier, les ustensiles qui traînaient, et il s'efforçait de chasser la désagréable sensation d'être un voyeur venant interrompre, avec une grossièreté inouïe, l'intimité étrange des êtres inanimés.

Il entra dans le bureau de De Brémont.

L'idée du cambriolage était une chose, la réalité en était une autre ; il avait eu le temps d'apprivoiser la première, tandis que la seconde lui restait exotique. Mais maintenant qu'il était seul dans cette grande bâtisse étrangère, c'était un peu tard pour avoir des remords.

C'est donc en tremblant qu'il se mit en devoir de parcourir les nombreuses piles de dossiers.

Des lettres à des partenaires d'affaires, quelques messages intimes à des amis, de nombreux relevés de compte et autres tableaux remplis de chiffres… Eugène se plongea dans la vie de l'industriel. La chose la plus suspecte qui lui passa entre les doigts fut un brouillon sur lequel De Brémont avait gribouillé deux mots indéchiffrables – mais qui paraissaient germains – accompagnés de numéros. En l'absence d'éléments permettant d'interpréter ce qu'il avait sous les yeux, cela aurait très bien pu être un pari hippique.

Des cloches sonnèrent dix heures avant qu'il n'ait terminé, et il calcula que cette première fouille lui avait demandé près de trois quarts d'heure. Et encore : il n'avait parcouru que d'un œil très superficiel l'intérieur des tiroirs.

Il décida tout de même de passer à la suite et se glissa dans le salon.

Là, le travail fut plus simple. Il ouvrit par mesure de précaution les livres qui traînaient un peu partout et lut quelques papiers dispersés sur la table basse. Rien.

À dix heures trente, il montait les escaliers en se demandant s'il ne faisait pas fausse route.

De Brémont avait dû prévoir l'éventualité d'un cambriolage – à plus forte raison si Duvauchel l'avait informé du fait qu'il avait été suivi. Dans ce cas, les documents étaient sans doute cachés dans un lieu qui échapperait aux fouilles.

Alors, se demandait Eugène en ouvrant les meubles de la chambre, où fallait-il chercher ? Devait-on imaginer une stratégie inspirée de *La Lettre volée* ? De Brémont aurait-il mis les documents en évidence, dans l'espoir que personne ne remarquerait ce qui se trouvait à la vue de tous ? Ou pouvait-on penser qu'il avait opté pour une solution plus triviale en les dissimulant dans un recoin secret, sans finesse psychologique mais avec davantage de pragmatisme ? En tout cas, il était trop tard pour y réfléchir. Si De Brémont avait mis les documents en sécurité, ce n'était pas ce soir qu'il les trouverait.

Par acquit de conscience, il souleva des tomes poussiéreux, déchiffra des notes manuscrites glissées un peu partout, fouina dans les armoires et farfouilla dans chaque angle des pièces. Bref, il fit tout son possible. Mais il n'y croyait plus.

On n'entendait pas le moindre bruit. La plaine Monceau avait l'avantage du calme. Gwen n'aurait pourtant pas aimé y vivre. La bourgeoisie victorieuse ne lui plaisait guère. Elle préférait les villages perdus de son Angleterre natale. Ils étaient calmes, eux aussi, et ils n'exhibaient pas des richesses qu'ils n'avaient pas.

Parfois, en revanche, elle se demandait ce qui distinguait vraiment l'Angleterre de la France. D'une patrie à l'autre, les différences étaient minimes. Les gens restaient les mêmes, à peu de chose près, avec les mêmes médiocrités et les mêmes grandeurs. Les médiocrités surtout.

Pourtant, elle se sentait patriote. L'Angleterre ne valait pas mieux que la France, sans doute, mais c'était son pays. Et elle même, de toute façon, ne valait pas grand-chose : elle avait sa part de médiocrité. Sa part de mensonge aussi. Mais s'il y avait bien une chose qui pouvait pardonner ses péchés, c'était qu'elle les cultivait au nom d'un idéal supérieur : l'Angleterre.

C'était pour elle, pour les villages perdus au milieu des prés verts, qu'elle dissimulait la jeune femme qu'elle aurait pu être derrière des masques, toujours des masques. C'était pour elle, aussi, qu'elle attendait Eugène dans ce quartier cossu si loin de chez elle.

Et cependant, la voilà qui s'interrogeait, dans cette ville étrangère. Sa patrie idéale méritait-elle vraiment qu'on se sacrifie pour elle, qu'on accumule les mensonges au point d'en oublier la vérité ? Sans doute pas. Mais que pouvait-elle faire d'autre de sa vie ?

De toute façon, il était trop tard. Et tant pis pour ses doutes, et tant pis pour Eugène.

D'ailleurs, elle était honnête avec lui dans les grandes lignes : son père français, son enfance en Normandie, tout cela était vrai.

Elle ne mentait que sur le nécessaire. Avec l'expérience, elle était devenue efficace. Cette histoire idiote de jeune héritière s'encanaillant à Paris, par exemple, était un chef-d'œuvre : elle justifiait son apparente oisiveté et sa disponibilité permanente. Sans compter que cela préparait le terrain : Eugène ne pouvait pas ignorer que la jeune femme finirait par le quitter. Peut-être qu'en le sachant à l'avance, cela atténuerait la douleur.

Au fond, elle lui mentait pour son bien.

Et voilà, Gwen arrivait même à se mentir à elle-même. Presque.

La rue était déserte. C'était une bonne chose pour Eugène. D'un autre côté, cela laissait Gwen face à elle-même. Et elle voyait à quel point son masque se craquelait.

Eugène n'était rien. En tout cas, il n'aurait rien dû être. Mais voilà qu'elle se surprenait à penser à lui avec chaleur. Elle avait cru au début que ce n'était que de l'affection, comme on en a parfois pour un animal de compagnie ou un collègue de travail. Elle avait tout fait pour ne pas y penser. Dans cette rue sombre et vide, elle avait du mal à se mentir encore.

Et à cela s'ajoutait la crainte. Car Eugène avait fait une erreur qui pouvait tout compromettre. Il avait parlé à Charles de ses projets. Or, si Charles était au courant, cela signifiait que Simonet le serait bientôt. Dans ce cas, sa couverture ne tarderait pas à tomber. Et il faudrait ensuite faire face à Bint et son gorille, Krasilnikov.

Eugène devait trouver les documents. C'était une question de vie ou de mort.

S'il revenait bredouille, elle allait être obligée de se justifier devant eux. Ce n'était pas forcément si difficile que cela, puisqu'elle mentait en professionnelle. Seulement, face à d'autres menteurs professionnels, les choses se compliquent.

Des éclats de voix la ramenèrent au présent.

Elle n'eut que le temps de voir De Brémont ouvrir son portail en compagnie d'un autre homme. Ils disparurent dans la villa.

Lola enlevait les dernières bouteilles qui traînaient au sol, lorsque les hommes entrèrent en transportant la grande caisse en bois comme s'ils tenaient un cercueil.

Étant donné qu'Arthur n'était pas parmi eux, elle s'accorda un instant pour imaginer qu'il soit à l'intérieur de la boîte.

Ils la déposèrent au sol. Tous arboraient un air de satisfaction orgueilleuse. Lola alla déposer les bouteilles dans l'entrée, laissant les hommes à leurs autocongratulations viriles.

Dehors, elle vit qu'Arthur était toujours en vie, dans sa cabane. Il finissait quelques explosifs. Tout de même, il valait mieux pour lui qu'il ne tarde pas à arrêter : il allait bientôt faire nuit et, étant donné la quantité de poudre et d'agents chimiques qu'il entreposait dans la cabane, il ne pourrait pas s'éclairer à la lueur d'une bougie.

D'un autre côté, s'il finissait en mille morceaux, c'était son problème. Même la perspective de devoir tuer des gens à coups d'explosifs le lendemain ne changeait pas ses convictions : l'Alchimiste était un salopard. Son informateur devait être un salopard lui aussi. L'idée de lui venir en aide, le lendemain, en récupérant les documents, lui déplaisait au plus haut point.

Elle haussa les épaules et rentra dans la maison.

Dans le salon, Georges avait ouvert la caisse. Il se frottait les mains en contemplant son contenu. Les trois autres hommes se tenaient autour de lui, transis par la même vision.

Des dizaines d'armes à feu.

Georges hésita à se pencher pour commencer la distribution, puis s'arrêta.

L'occasion méritait un discours.

Après s'être éclairci la voix, il entama d'un ton solennel :

« Comme nous pouvions nous y attendre, nous n'avons aucune réponse de l'État. Aucun signe de bonne volonté. Les bombes n'ont pas suffi à leur faire peur, Grande Cloche est toujours dans sa cellule. Il nous faut donc attaquer de front. Petite Cloche, tu es allé aux nouvelles aujourd'hui. Tu voudrais bien informer nos camarades sur la seule trouvaille de la Sûreté ?

– Apparemment, dit René, ils transportent Isidore au Quai des Orfèvres. Tous les jours, même heure, même trajet, seulement deux gardes. Les mouchards de la Sûreté le répètent à tous les anars qu'ils croisent.

– C'est complètement idiot, s'étonna Louis, qu'est-ce qui leur prend ?

– C'est un piège, expliqua Lola. Ils pensent qu'on va libérer Isidore. À tous les coups, il y a des grappes de poulets autour du convoi.

– Probable, confirma Georges. Donc notre plan fonctionne. »

Il se frotta les mains.

« Demain, les condés auront les yeux tournés sur la Santé. Et nous, on aura de quoi faire plier le président.

– À condition de survivre », compléta Lola.

Personne ne releva ces derniers mots ; Lola elle-même se mordit les lèvres. Sans être superstitieuse, elle ne voulait pas tenter le sort.

Ses compagnons étaient déjà passés à autre chose. Georges avait entrepris de brandir certaines armes, comme un hercule de foire exhibant ses muscles :

« Nous allons risquer notre vie, il nous faut un équipement solide. C'est pour une telle occasion que je garde ici, depuis des années, toutes les armes sur lesquelles je mets la main. »

Il reposa la carabine qu'il brandissait au-dessus de sa tête, et prit un revolver.

« Chacun aura deux revolvers. Louis, voilà un Tue-Tue et un Webley. »

Il les appela chacun leur tour ; Lola récolta deux Lefaucheux.

« Ensuite les carabines à garder dans la voiture. Voici une Berthier de gendarmerie. »

Lola le coupa :

« Et Arthur ? Il participe pas à la distribution ?

– Je lui mets le nécessaire de côté. Nous avons aussi besoin de bombes qui nous claqueront pas entre les mains. Il les termine.

– J'espère qu'il aura pas l'idée de les jeter au hasard, cette fois. »

Louis se tourna vers elle, un peu irrité.

« Demain, notre objectif est de faire le moins de morts possible, et tu le sais. Mais quand on prend des otages… »

Coupant court à ce qui risquait de devenir une nouvelle dispute, la Cigale intervint :

« Si vous voulez bien, on réglera ça plus tard ? J'aimerais qu'on finisse avant minuit. »

Lola hocha la tête. De toute façon, elle s'était faite à l'idée qu'il lui faudrait faire couler le sang. Au moins, ils ne s'en prendraient pas à des innocents sans raison, cette fois. Elle ne ronchonnait que pour la forme.

« Lola : un Daudeteau de chasse. »

Sans dire un mot, elle attrapa l'arme et la soupesa.

« Enfin, on va garder un surin et un casse-tête dans nos poches, si jamais ça tourne au vinaigre. En voilà une poignée… »

Georges leur tendit plusieurs couteaux et poings américains, qu'ils rangèrent aussitôt.

« Pour ceux qui apprécient les mélanges, j'ai deux revolvers apaches. C'est du bricolage, mais si quelqu'un veut compléter son attirail, qu'il se gêne pas ! »

Louis s'approcha et Lola examina l'étrange invention qu'il s'appropriait.

C'était une arme à feu composée d'une détente, d'un barillet à six coups, et d'un très court tube qui propulsait la balle. La crosse était un casse-tête qui s'enfilait entre les doigts et une lame pointait à l'avant, que l'on pouvait utiliser comme un poignard.

La distribution terminée, Georges referma la caisse puis s'assit dessus. Il passa ses compagnons en revue avec l'air d'un enfant attendant un cadeau.

« Eh bien mes amis, tout est prêt. Je propose qu'on boive un verre à l'anarchie, car demain il y aura sans doute des morts. »

Curieusement, cette déclaration fut accueillie par une explosion de joie.

Onze heures trente approchaient.

Il aurait dû s'y prendre autrement, ronchonnait-il intérieurement. Peut-être faire croire à un feu, comme Sherlock Holmes dans *Un scandale en Bohème*. De Brémont se serait précipité vers les documents, révélant la cachette…

Eugène avait mis au point tous les détails d'une stratégie sans faille, qui avait le seul défaut d'être élaborée trop tard, lorsqu'il entendit la porte claquer. Il y eut comme un appel d'air dans son bas-ventre, d'où s'échappa un bruit d'évier que l'on débouche.

La voix rogue de De Brémont secoua les murs :

« Et vous pensez que c'est une raison pour venir me déranger au restaurant ? »

La curiosité reprit l'avantage sur l'inquiétude. Eugène tendit l'oreille. Malheureusement, l'homme d'affaires poursuivit un ton plus bas, et il ne reconnut plus que des mots épars.

Sur la pointe des pieds, en comptant le moindre de ses pas, Eugène alla jusqu'à l'escalier.

La voix venait à présent du bureau. Ne restait plus qu'à espérer que De Brémont ne remarquerait pas qu'on avait fouillé dans ses papiers.

Le journaliste hésita entre deux possibilités : descendre au rez-de-chaussée pour repartir par les toilettes, ou se laisser tomber dans le jardin depuis une fenêtre de l'étage. La première solution était plus risquée mais elle permettait d'entendre la discussion.

En se maudissant lui-même de sa témérité, il descendit quelques marches.

« Eh bien, oui, disait De Brémont d'un ton sec, vous avez manqué de vigilance. On vous a remarqué. Mais que voulez-vous que je vous dise ? Je ne vais pas me mettre à tuer des gens pour résoudre vos problèmes. »

Son ventre fit cette fois une sorte de nœud marin. C'était de lui et de Charles qu'on parlait. De Brémont refusait d'assassiner des gens, ce qui était une bonne chose. Mais le fait qu'on débatte de sa survie n'était pas de nature à rassurer Eugène.

« Rien de tout cela ne serait arrivé si vous m'aviez laissé voler l'ensemble des documents en une fois. Vous m'avez obligé à multiplier les risques. Voilà le résultat. »

C'était la voix de Duvauchel. De Brémont s'agaça :

« Encore ? Je vous l'ai dit cent fois : j'ai besoin d'estimer la valeur de ce que vous m'apportez, ce qui demande du temps et un travail de détail. En volant tout en bloc trop tôt, vous auriez pris un risque beaucoup plus important que vos petits allers-retours, puisque n'importe qui aurait pu constater la disparition des papiers.

– Un calcul magistral, comme nous pouvons le voir. Tout aurait été plus simple en attendant le moment opportun. Ce soir, par exemple…

– Ce qui aurait fait reposer toute l'opération sur votre bonne volonté et sur votre capacité à agir à la dernière minute.

Sans compter que cela m'aurait obligé à vous croire sur parole à propos du contenu des lettres. Deux paris, donc, sur votre courage et votre fiabilité. Deux paris de trop. J'en suis désolé, Nicolas, mais je ne vous fais pas assez confiance. N'y voyez rien de personnel, c'est une règle de vie. »

Une marche grinça. Eugène attendit un instant. Mais Duvauchel reprit comme si de rien n'était :

« Quoi qu'il en soit, nous devons minimiser les dégâts. Et ne vous croyez pas à l'abri : si cela vient à se savoir, nous…

– Nous serons jugés pour trahison, peut-être même pour espionnage, oui. Ce sont les risques du métier. De toute façon, imaginez que l'on tue votre collègue : vous ne pensez pas que cela rendrait les choses encore plus suspectes ? »

Eugène mit enfin le pied sur la dernière marche et estima la distance qu'il y avait entre lui et les toilettes. Cinq mètres. Il serait bientôt à l'air libre, bientôt en sécurité.

« Ces deux hommes n'ont aucune preuve contre nous, ils ne présentent pas un grand danger. Le journaliste qui est venu me voir était probablement l'un d'eux. Il n'avait pas la moindre idée de ce qu'il faisait…

– Il suffirait qu'il écrive un article, et…

– Et rien du tout. Même s'il en parlait à ses supérieurs, cela passerait pour de la calomnie. Comme votre collègue d'ailleurs. De toute façon, demain plus personne ne s'intéressera à la piste d'un vol interne au Quai, grâce à nos amis. Inutile de faire du zèle pour protéger une piste que nul ne cherchera à remonter. »

Eugène avait la main sur la poignée de la porte. Mais à présent, il voulait entendre la suite. Son corps était raide.

Duvauchel s'échauffait :

« Justement, le problème des documents sera réglé. Mais un simple coup de feu dans la précipitation permettrait de régler aussi celui posé par mon collègue.

– Il resterait le journaliste.

– En supposant que la peur ne suffise pas à le retenir de parler, on pourrait toujours demander à l'Alchimiste de…

– Nous ne lui demanderons rien. Vous allez couper tout contact avec eux. Inutile de prendre des risques supplémentaires. Nous avons tout ce qu'il faut à Aulnay et nous pourrons bientôt envoyer les lettres à Berlin. Il ne restera plus qu'à couvrir nos traces et à laisser la police faire taire votre alchimiste. »

Eugène restait figé. Même s'il avait délaissé l'affaire pour se consacrer à De Brémont, il savait que quatre anarchistes avaient été identifiés, et que l'un d'entre eux était surnommé « l'Alchimiste ».

Autrement dit, les Allemands, via De Brémont, manipulaient un groupe anarchiste. À en croire ce qu'il entendait, c'était pour aider leurs agents à voler des documents confidentiels. Mais comment ? Que devait-il se passer qui permettrait « dans la précipitation » d'éliminer Charles d'un coup de feu ? Et en quoi cela s'accordait-il avec la lettre des anarchistes dans laquelle ils exigeaient la libération d'un détenu ?

Il devait entendre la suite. Et entendre mieux, car les deux hommes avaient baissé la voix.

Il se vit, comme de l'extérieur, relâcher la poignée de la porte, faire un pas vers le bureau…

Un seul pas. Puis il se figea. Quelque chose venait de changer.

Il lui fallut quelques secondes avant de comprendre.

Le silence.

Peut-être que les deux hommes n'avaient rien d'autre à se dire, peut-être qu'ils partageaient un cigare, peut-être qu'ils avaient entendu le dernier pas d'Eugène.

En tout cas, la curiosité du journaliste avait été chassée par une peur panique qui lui électrisait les muscles ; il fit volte-face, ouvrit la porte des toilettes et plongea dans le jardin.

L'air frais de la nuit. Les bruits vagues de la ville.

Eugène ne savait pas si sa fuite avait été discrète ou non. Dans le doute, il se précipita sous un arbre et se dissimula derrière le tronc. Ceci fait, il resta figé, le cœur battant.

Aucun bruit ne se fit entendre – ni éclats de voix ni claquements de porte.

Il attendit jusqu'à ce que minuit sonne.

Puis il attendit encore un peu.

Enfin, la porte d'entrée de l'hôtel particulier s'ouvrit et Duvauchel quitta les lieux.

Eugène laissa passer un petit moment avant de retourner escalader la grille.

La rue était déserte à l'exception de Gwen adossée à la grille, la tête levée vers les rares étoiles. Il l'interpella d'un sifflement ; elle se retourna et lui fit signe d'approcher. Quand il fut assez proche, il distingua son sourire moqueur.

« Je vais t'aider. La courte échelle, ça devrait te simplifier la vie… »

Et en effet, la sortie se fit avec davantage de facilité que l'entrée. Il mit le pied dans ses mains jointes, saisit d'un geste la barre horizontale qui fermait la grille, et se hissa tout entier au sommet poussé par Gwen. Il se suspendit de l'autre côté et manqua de la renverser en tombant dans ses bras.

« T'as vraiment pas l'âme d'un cambrioleur ! Maladroit ! »

Elle éclata de rire. Eugène en fit autant.

CHAPITRE 17

Isidore Grandville contemplait les deux policiers qui lui faisaient face. Les deux étaient grands. Les deux étaient moustachus. Les deux avaient un gros nez. Pourtant, ils ne se ressemblaient pas du tout.

Il se demanda comment ils auraient réagi s'il leur avait tiré dessus. Sans doute de la même manière que les deux agents qu'il avait descendus : ils auraient crié et perdu du sang puis ils seraient morts. L'uniforme ne protégeait pas beaucoup. Il ferma les yeux et visualisa la scène. Cela ne le réconforta pas. Alors il rouvrit les yeux et se mit à regarder ses pieds. Une chanson vint sur ses lèvres :

À la Bastille
On aime bien
Nini Peau d'Chien…

Le gros nez de droite aboya :

« Boucle-la. »

Grandville le dévisagea. Le sergent Féral. Une sale carne. Il s'imagina un mélange de sang et de cervelle venant repeindre le mur du panier à salade. Mais cela ne le réconforta toujours pas. Rien ne pouvait le réconforter, à vrai dire.

De toute façon, il n'était pas certain d'en avoir envie. Le réconfort était un mensonge. Il avait passé des années à réconforter les gens, à réconforter René, à se réconforter lui-même. Pour quel résultat ?

Il avait cru qu'on pouvait combattre la société en aidant les gens. En permettant aux locataires d'éviter l'huissier. Mais ça n'avait jamais puni le moindre propriétaire trop exigeant. Ça n'avait jamais fait gagner le moindre centime aux locataires. Ça n'avait servi à rien. C'était aussi utile que de mettre un pansement sur un bras qui avait la gangrène.

Il se remit à chantonner.

La société avait la gangrène. Ou la société était une gangrène, ce qui ne changeait pas grand-chose. Elle pourrissait peu à peu. On mettait en prison des gens qui n'avaient rien à y faire et on donnait la Légion d'honneur à des gens qui auraient dû être au bagne. Les pires criminels gagnaient des fortunes en laissant le peuple crever. Et le peuple ? Pas mieux. La moitié des ouvriers aurait agi de la même manière, en position de force. L'autre moitié était incapable de se battre. Des agneaux.

La gangrène ne se développait pas toute seul. On la laissait gagner du terrain. On la vénérait.

« Tu vas la fermer ? »

Gros nez de gauche s'était levé, bâton en main. Grandville sourit et passa la langue sur ses dents. Il en avait perdu deux, à force de se faire tabasser devant le commissaire Fabre. Un type humain, le commissaire. En tout cas, c'était l'impression qu'il voulait donner. Qu'il se donnait à lui-même sans doute. Un pauvre type qui se donnait bonne conscience en le regardant cracher son sang sur le sol et qui devait se dire qu'il était du bon côté de la barrière.

Lui aussi, il avait la gangrène. Le poisson pourrit par la tête. La police était pourrie depuis longtemps. C'était un type du même genre que Fabre, un argousin qui se croyait humaniste, qui l'avait flanqué au trou la première fois, sous prétexte qu'il fallait protéger les femmes, que la société menait la guerre au proxénétisme. On ne l'avait pas cru quand il avait dit qu'il n'était pas un proxénète. On lui avait dit d'en parler à son avocat. Et l'avocat, un brave type sans doute lui aussi, avait jugé inutile de se pointer à l'audience pour protéger un proxénète.

Les braves types n'existaient pas. Les Victor Fabre de ce monde ne valaient pas mieux que les autres. Ils se racontaient des histoires, voulaient rester purs. Personne n'était pur.

Il l'aurait volontiers descendu, lui aussi. Il aurait été prêt à descendre tout le monde. En finissant par lui-même. Mais maintenant, il n'était plus sûr d'en avoir la force. Descendre des gens, ça demande des efforts.

Le premier coup l'atteignit à la tempe. Il tomba au sol. S'ensuivit une pluie de coups de pied. Les deux gros nez s'y étaient mis. Ils lui écrasaient la face par terre, l'insultaient. Ils prenaient leur pied. Grandville se laissait faire.

Le dernier jour était arrivé. La fin de l'ultimatum. Il n'avait aucune idée de ce que feraient ses amis. En fait, il ne savait même pas de qui il s'agissait. Il avait vu René, à trois reprises, à la fenêtre. Son frère lui avait fait des signes incompréhensibles. Pour lui dire de garder courage, ou quelque chose de ce genre. Qu'avait-il prévu, avec qui s'était-il associé ? Grandville l'ignorait. Et il s'en fichait.

De toute façon, s'ils le libéraient, il n'était même pas sûr d'avoir envie de les suivre. La liberté, pour quoi faire ? Pour profiter plus longtemps de la gangrène ?

Quelques semaines plus tôt, il se serait inquiété pour son petit frère. Plus maintenant. Tout cela ne le concernait plus.

Une semelle, celle de Féral, vint lui écraser le nez. Elle resta plantée là. Il ne se débattait pas. Se défendre, c'était récolter davantage de coups. Sortir, c'était se faire écraser par d'autres bottes.

Le sang lui coulait dans les yeux. Il se mit à quatre pattes. On avait cessé de le frapper. Il fallait en laisser un peu au commissaire. Il ne vit pas le bâton fondre sur lui. Un nouveau coup sur la tempe. Il perdit conscience.

Après un dernier mouvement lent et ample, accompagné d'un gémissement grave, Gwen s'immobilisa. Des gouttes de sueur perlaient sur sa peau.

« On va éviter de faire un héritier ?

– Il vaut mieux, oui. »

Elle écarta son bassin le temps qu'il se retire, puis se laissa tomber à côté de lui avec un grognement de satisfaction. Avant qu'il ne puisse réclamer quoi que ce soit, elle avait saisi de sa main droite ce qu'il y avait à saisir.

Après quelques mouvements, cependant, elle s'arrêta.

« Qu'est-ce qu'il t'arrive ?

– Rien du tout. Je profite.

– Tu n'as pas l'air, justement. Et tout à l'heure non plus, d'ailleurs. »

Elle ôta sa main, vexée. Il lui attrapa le poignet et la remit en place.

« Continue. »

Gwen approcha son visage de celui d'Eugène après avoir retiré sa main de nouveau. Elle l'embrassa – ou plutôt lui mordit la lèvre.

« Ce serait du gâchis, tu n'es pas à ce que tu fais. Ce que je fais, surtout. »

Il voulut lui reprendre la main ; elle s'écarta, amusée. Il était désemparé.

« Alors, insista-t-elle, à quoi est-ce que tu pensais ? »

Il se tordit dans les draps, tenaillé par le désir.

« À rien.

– Eugène. Arrête. »

Le ton se faisait plus sérieux. Eugène s'avoua vaincu.

« Je m'inquiète, c'est tout. Duvauchel parlait de faire tuer Charles. Ça me trotte dans la tête. Il faut que je lui en parle ce midi. »

Gwen lui caressa le menton.

« Et d'ici là ? Tu comptes te ronger les ongles pendant trois heures ?

– Tu as raison. Je m'en occuperai en temps utile. Pour l'instant… »

Il tendit la main vers sa poitrine avec un air de gourmandise. Elle le repoussa et sauta hors du lit. Sans même lui jeter un regard, elle se dirigea vers ses vêtements d'une démarche volontairement langoureuse.

« Pour l'instant, tu vas aller travailler. »

Charles bâilla pour la cinquantième fois. Il leva la tête de sa paperasse. Bientôt dix heures. La faim le tenaillait déjà. Et surtout l'ennui.

Depuis qu'il était arrivé, il lisait les dépêches de l'ambassadeur de Rome afin d'en faire un résumé que personne ne lirait, et surtout pas Simonet, qui le lui avait pourtant demandé mais qui était connu pour ne jamais lire la moindre ligne.

Face à lui, Valentin et Edmond faisaient semblant de travailler. L'atmosphère, sans être tendue, était froide. Les deux hommes se satisfaisaient de leur fonction, tandis que Charles se rongeait les sangs à espérer une promotion. Il ne voulait pas passer sa vie à travailler dans l'ombre pour faciliter la carrière d'hommes plus grands que lui. Il rêvait de prestige, d'une vie supérieure à celle de ses parents. Ses deux compagnons, venus de familles riches, ronronnaient au ministère. Ils ne voulaient rien d'autre qu'un emploi facile leur laissant un temps libre conséquent. L'ambition de Charles était à leurs yeux de l'impertinence.

Un nouveau bâillement le surprit – assez ample pour lui décrocher la mâchoire – et il se dirigea vers la fenêtre.

En bas, rue de l'Université, un garde faisait les cent pas devant l'entrée. Un jeune homme sans expérience, avec encore des traces d'acné sur les joues. Les deux qui faisaient le planton dans le hall ne devaient pas être plus âgés. Quand ils prenaient une allure plus expérimentée, on les basculait de l'autre côté, devant l'entrée officielle donnant sur les quais.

Charles pensa à un futur prestigieux où il n'emprunterait que les entrées officielles. Bientôt, il changerait de fonction et ce serait le début d'une belle ascension. Il n'aurait plus à obéir à ces fonctionnaires qui, comme Simonet, pensaient que leur fonction se limitait à donner des ordres et à faire du favoritisme. Il serait l'un d'entre eux. La méthode était simple : devenir un favori. S'il l'avait su, il aurait économisé des années de travail.

Maintenant, il était le favori de Simonet, qui lui avait par conséquent confié un travail bien plus complexe qu'un simple résumé de dépêches.

Malgré tout, ce résumé n'allait pas se faire tout seul. Charles contempla avec tristesse les feuilles sur son bureau.

Au-delà de la faim et de l'ennui, autre chose le dérangeait. Eugène. Sa tentative de cambriolage s'était-elle déroulée comme il l'espérait ?

Quand midi arriverait, Charles rejoindrait non seulement son repas, mais aussi son ami – à condition que ce dernier n'ait pas fini la nuit en prison. Et si jamais il lui était arrivé malheur, que fallait-il faire à présent ? Le jeune homme échafauda divers plans en fonction de la situation légale du journaliste. Une conclusion revenait, en tout cas : les événements allaient s'accélérer. Avec un peu de chance, ce serait à son avantage.

Un cri montant du rez-de-chaussée vint le faire changer d'avis.

Au Quai des Orfèvres, Pierre Cerruti et Victor Fabre s'étaient installés de bonne heure dans le bureau du commissaire. Garcin les avait rejoints avant neuf heures du matin.

Les trois hommes avaient revu ensemble le parcours que devait emprunter Isidore Grandville entre la Santé et le Quai. Derrière le panier à salade, trois voitures suivraient, transportant cinq policiers en civil. D'autres seraient installés à intervalles réguliers le long du trajet.

Les anarchistes ne pourraient pas attaquer sans se faire aussitôt encercler.

À l'horaire des jours précédents, Fabre téléphona à la Santé. On lui répondit que le prisonnier allait prendre la route.

« Messieurs, dit Fabre en raccrochant, il n'y a plus qu'à attendre. Et prier pour que nous ayons raison.

– S'ils prévoient de libérer Grandville, notre plan marchera, le rassura Cerruti. S'ils ont préparé une riposte d'un autre genre, en revanche… »

Garcin étouffa un ricanement.

« Dans ce cas nous n'avons aucune idée de ce dont il s'agit. C'est à eux de jouer. »

Cerruti resta silencieux ; Fabre se prit la tête dans les mains, et ferma les yeux.

Ils attendirent en silence. Plus le temps passait, plus le bureau paraissait devenir étroit.

Quelques minutes après dix heures, on frappa à la porte. Fabre rouvrit les yeux. Beaufret entra dans la pièce. Piteux.

« Commissaire, Grandville est arrivé. »

Les trois hommes échangèrent un regard.

« Il ne s'est rien passé de particulier durant le trajet ? demanda Fabre.

– Pas que je sache, non. »

Le commissaire se sentit soudain épuisé. Ses muscles étaient perclus de courbatures, sa tête pesait sur ses épaules, ses yeux le brûlaient. Il avait l'impression d'être entouré de fantômes. Et d'en être devenu un également.

Lorsqu'il trouva les mots pour résumer la situation, sa propre voix lui parvint étouffée, comme s'il était à une longue distance de lui-même :

« Je ne sais pas s'il faut se sentir soulagé, ou s'attendre au pire. »

Au même moment, deux hommes marchaient rue de l'Université en direction de l'entrée des bureaux du ministère.

Tous deux portaient un costume et on aurait pu croire qu'ils le faisaient pour la première fois de leur vie. Le jeune garde, méfiant, les suivit du regard. Ce qui l'empêcha de remarquer les trois autres hommes qui déboulaient en voiture derrière lui.

Lorsqu'il devint clair que les deux hommes se dirigeaient dans sa direction, il fit un pas en avant, hésitant à sortir son arme.

« Bonjour monsieur, dit l'un des hommes avant qu'il ne puisse les stopper. Nous avons rendez-vous dans le superbe bâtiment que vous protégez, et nous désirerions y entrer. »

Quelque chose dans le ton de son interlocuteur acheva de convaincre le garde qu'il y avait un problème. Il tendit la main vers son arme de service.

Il n'avait toujours pas remarqué la voiture : Georges sauta à terre et abattit la crosse de son arme sur la nuque du jeune garde, qui tomba inanimé sur le trottoir.

Plus loin dans la rue, une femme cria. Dans le hall d'entrée, des voix s'élevèrent également.

Petite Cloche et l'Alchimiste, tout endimanchés, sautèrent à l'intérieur ; les deux gardes qui s'y trouvaient s'étaient déjà munis de leurs armes.

Celui de droite n'eut cependant pas le temps de s'en servir. L'Alchimiste fondit sur lui et lui enfonça son surin dans la poitrine. Celui de gauche, en revanche, parvint à réagir : il leva le chien de son arme. Avant qu'il puisse appuyer sur la détente, Petite Cloche lui asséna trois coups de poing, le casse-tête passé entre ses doigts. Le garde bascula en arrière et lâcha son revolver. Petite Cloche lui donna quatre autres coups, dans le nez, dans la mâchoire, sur les tempes. Très vite, le corps devint mou. Il frappa encore.

L'Alchimiste et Georges, pendant ce temps, tenaient en joue les cinq civils, fonctionnaires ou visiteurs, qui avaient eu la mauvaise idée de se trouver là.

Louis et la Cigale entrèrent à leur tour dans le bâtiment. Ils avaient laissé tourner la voiture, positionnée devant l'entrée. Le garde poignardé gémissait sur le sol.

Petite Cloche laissa tomber le cadavre.

Lola sentait son cœur faire des cabrioles. On aurait pu croire qu'il avait décidé de mener sa propre vie en oubliant sa fonction première, ce qui aurait été un problème si elle n'avait pas eu des questions plus urgentes à traiter.

Une ronde de gardiens de la paix n'allait pas tarder à approcher, à en juger par le temps qu'elle avait déjà passé à attendre. Or, elle était de toute évidence facile à remarquer: une femme aux vêtements grossiers au volant d'une voiture, des lunettes d'automobiliste sur le crâne, c'était une vision improbable. Sans compter les carabines et les bombes sur la banquette arrière.

Un drap les recouvrait, mais c'était une cachette précaire, faite pour durer quelques minutes.

Le fait que ces minutes s'écoulent ne la réconfortait pas. Parce qu'à un moment, elle le savait, elle entendrait des coups de feu. Alors, il lui faudrait se diriger vers la rue de l'Université et y lancer des bombes afin de faciliter la fuite de ses compagnons.

Dans quelques minutes, ses grands discours sur l'inutilité de la violence ne vaudraient plus grand-chose face à cette certitude : Louis était en danger de mort et faire exploser des bombes était la seule chose qui pourrait le sauver. En présentant les choses ainsi, Lola n'avait pas autant de scrupules qu'elle l'avait cru. Ils s'étaient mis dans une situation où la violence était inévitable. Elle pouvait accepter l'inévitable. Plus facilement qu'elle n'accepterait la mort de Louis.

Il n'empêche qu'elle allait tuer, et que cette idée faisait faire quelques cabrioles supplémentaires à son cœur.

Cela, c'était dans le cas où les choses se passaient bien. Car si elles tournaient mal, il y avait aussi la possibilité qu'elle doive utiliser la voiture pour fuir, en tant que dernière survivante du groupe. Elle préférait ne pas y penser.

Pour éviter cette situation, et parce qu'elle estimait qu'un homme au volant serait moins suspect, elle avait insisté pour que ce soit l'un d'entre eux qui prenne sa place. L'Alchimiste, par exemple, puisqu'il adorait lancer des bombes sur des gens. Mais il était le seul à pouvoir identifier leur informateur. Les autres avaient refusé : tous voulaient participer à l'assaut. D'ailleurs, elle conduisait mieux que la plupart d'entre eux, avaient-ils affirmé – ce qui, à sa grande fierté, était vrai.

D'un autre côté, se raisonnait-elle, cela avait des avantages. À la différence de ses compagnons, elle était assurée de faire du mal à des gardes ou des policiers. Elle n'avait pas besoin de violenter des fonctionnaires.

Cela ne l'empêchait pas de sentir son cœur acrobate se glacer lorsqu'elle pensait que, sans qu'elle le sache, Louis était peut-être étendu sur le sol du Quai d'Orsay, sans vie.

Une femme déboula paniquée de la rue de l'Université, et elle comprit que leur plan suivait son cours. L'attaque allait débuter.

« Petite Cloche et Louis, dit Georges, vous restez ici. Vous empêchez qui que ce soit d'entrer ou de sortir. Il faut que cette porte reste ouverte. Tous les moyens sont bons. »

Les deux hommes donnèrent leur assentiment de la tête. Georges se tourna vers ses deux camarades restants. Ces derniers, aussitôt, s'approchèrent des cinq otages qui s'étaient massés en tremblant dans un angle de la pièce.

La Cigale en prit un par le bras et le plaqua contre lui, revolver collé à la tempe. C'était un trentenaire à la coiffure soignée, qui vacillait comme une feuille. L'Alchimiste choisit un gringalet à la moustache en brosse. Georges, enfin, s'attribua la seule femme du groupe, une petite blonde portant des lunettes.

Ils montèrent les marches en tenant leurs otages devant eux. Georges aboya :

« Où est le bureau de Paléologue ? »

La femme se mit à pleurer. Georges lui caressa le bras avec douceur. Le trentenaire éclata en sanglots à son tour. La Cigale lui donna une gifle. Seul le gringalet resta de marbre, le visage pâle, les lèvres blanches. Il trouva la force de s'insurger :

« Qu'est-ce que vous lui voulez ? Comment est-ce que vous le connaissez ? »

L'Alchimiste lui enfonça le canon de son arme dans la mâchoire.

« Encore une question et je t'abats. »

Le fonctionnaire tenta, sans grand succès, d'articuler quelques paroles. L'Alchimiste écarta le revolver, mais la jeune femme était déjà en train de parler :

« Premier étage, par la porte de gauche. Au bout du couloir. »

Georges la remercia.

À l'étage, ils se retrouvèrent dans un long couloir qui longeait une bonne partie de la rue de l'Université : à droite, il se poursuivait sur plusieurs mètres, tandis qu'à gauche on parvenait à un angle après quelques pas. Les quelques portes de bureau ouvertes se fermèrent brusquement : on avait remarqué leurs armes. Georges soupira de soulagement : personne ne comptait jouer les héros.

« La dernière porte à l'angle. »

Georges fit signe à la Cigale de rester à proximité de la cage d'escalier. Avec l'Alchimiste et leurs deux otages, ils avancèrent jusqu'au bureau de Paléologue. Au-delà, le couloir, parvenu au niveau de la cour des Invalides, faisait un coude. Georges s'y plaça tandis que l'Alchimiste entrait dans le bureau avec le gringalet.

Le temps leur manquait. Ils avaient réussi à éviter les coups de feu et à empêcher les fonctionnaires présents dans le hall de s'enfuir. Les fonctionnaires situés dans les bureaux avaient préféré s'enfermer à clef plutôt que de réagir, ce qui allait leur faciliter la vie. C'était presque un sans-faute. Mais on les avait vus dans la rue. Quelqu'un allait donc donner l'alarme.

Tout dépendait des chemins que prendrait cette alarme. Si un témoin pensait à prévenir les gardes à l'entrée du ministère, de l'autre côté du bâtiment, la riposte ne tarderait pas.

L'assaut était entamé depuis deux minutes. Il ne leur en restait pas autant.

Duvauchel sortit une liasse de feuilles d'un tiroir, la soupesa et la tendit à son compagnon.

« L'essentiel est là. »

L'Alchimiste la prit en main, les yeux plissés.

« L'essentiel, ça veut dire qu'il y a pas tout.

– Vous avez assez de preuves pour faire trembler le président. »

L'anarchiste resta immobile.

« Il y aurait trop de documents, se justifia Duvauchel. Des dizaines de correspondances, de…

– C'est bon, c'est bon. Tu es sûr que ça fera l'affaire ? »

Le fonctionnaire hocha la tête en regardant d'un œil inquiet le revolver que son interlocuteur tenait dans la main droite et qu'il lui avait brièvement enfoncé dans la mâchoire. Duvauchel s'attendait à être violenté pour rendre sa coopération crédible et qu'on ne puisse pas le soupçonner d'être de mèche. Mais tout de même, ils y étaient allés fort. Mieux valait ne pas les irriter davantage.

« Poincaré est cité toutes les deux pages. Si vous voulez obtenir la grâce de votre ami, vous l'aurez. Et si vous préférez faire tomber le gouvernement, il vous suffit d'envoyer trois pages aux journaux pour mettre le feu aux poudres… »

Un sourire mauvais apparut sur les lèvres d'Arthur.

« Et toi, qu'est-ce que tu y gagnes ? »

Duvauchel préféra esquiver la question. Comme l'artificier – l'Alchimiste – semblait avoir apprécié la métaphore, il la fila:

« J'y gagne de faire tomber des gens qui me dérangent. Effet garanti. J'imagine que vous connaissez la nitroglycérine ? Trois gouttes donnent le même effet qu'un kilo de poudre noire. Ces lettres, c'est la même chose. Avec trois pages, vous faites tout exploser. »

L'anarchiste regarda la liasse de papiers avec respect, peut-être même un peu de crainte.

« Très bien. Alors allons-y. »

Duvauchel se demanda s''il avait peur que les papiers n'explosent. Le fonctionnaire n'était pas certain que ces gens-là parviennent à saisir les métaphores.

Quoi qu'il en soit, maintenant qu'il était dans les petits papiers du gros bras, il devait saisir l'occasion :

« J'aurais besoin d'un coup de main… »

L'Alchimiste fit un mouvement du menton.

« Un secrétaire me soupçonne. Si vous voulez que je continue à vous aider par la suite, il faudrait peut-être profiter de la situation pour… »

Il n'eut pas besoin de le dire.

« Quel bureau ?

– Deuxième porte à droite. »

L'Alchimiste tapota les papiers avec le canon de son revolver.

« C'est bien payé. On y va. »

Georges avait rejoint la Cigale, qui gardait les deux otages contre lui.

Il s'impatientait. Que pouvaient-ils bien faire ? Les documents étaient entre les mains de l'Alchimiste. Ce n'était pas le moment de parler chiffons.

À côté de lui, la Cigale s'agitait. Il vivait mal la situation. C'était le risque, depuis le début : tous savaient qu'ils menaient une guerre juste et tous étaient prêts à faire le nécessaire pour sauver Grande Cloche de la guillotine, mais la plupart n'avaient jamais tué personne ni participé à un combat.

Amédée avait déjà tué. Ça ne le rendait pas plus solide pour autant.

Et il y avait pire : deux minutes trente plus tôt, Petite Cloche avait tué un garde à coups de poing. Petite Cloche, qui n'avait jamais fait de mal à un chien. Georges craignait le pire pour la suite. Ils craquaient tous.

Heureusement que l'Alchimiste, lui, avait de l'expérience.

Il sortit du bureau de Paléologue à l'instant où Georges pensait à lui. Duvauchel faisait mine d'être tenu sous la menace de son arme pour donner le change. Ils avancèrent vers eux. À la manière dont l'Alchimiste tenait son arme, Georges sentit que les ennuis arrivaient.

Eugène marchait en regardant ses pieds, la tête encore embrumée, lorsqu'un bruit de talons résonnant sur le trottoir réveilla un instinct ancien. Il leva la tête.

Une femme montait le boulevard. Jeune, fine, gracieuse. Une apparition. Certes, dans les rues de Paris, on tombait sur de telles apparitions de manière régulière. Mais tout de même, il n'allait pas bouder son plaisir.

Et pourtant il le bouda, à sa propre surprise.

Elle était belle, oui. Mais elle n'était pas Gwen. Or, à cet instant, c'était la jeune Anglaise qu'il voulait avoir à ses côtés, il le voulait tellement qu'il enrageait. L'apparition le dépassa et disparut dans l'oubli.

Chaque jour cela devenait plus évident. Sa vie solitaire touchait à sa fin.

Il avait aimé ces années à écumer les cabarets et fréquenter toutes les horizontales de Paris. Chaque beauté rencontrée était une chance à tenter – souvent sans succès – et il fuyait les relations sérieuses. Et voilà qu'il n'y avait plus qu'une seule femme qui comptait.

Sa plus grande peur, à présent, était que Gwen ne le quitte. Parce qu'il savait que cela pouvait arriver. Elle avait de l'argent, il n'en avait pas : c'était la promesse de disputes futures. Même s'il n'osait pas se l'avouer, il sentait parfois de la rancœur, quand il voyait à quel point la vie était facile pour elle. Et il savait qu'un jour, elle se mettrait à imaginer qu'il la fréquentait pour son argent – et alors, ce serait le début de la fin.

Mais peut-être qu'il se faisait des idées. Que tout irait bien. Qu'ils se marieraient. Qu'elle l'entretiendrait. Qu'il mènerait le train de vie d'un riche écrivain, malgré le manque de succès de ses textes. Il s'autorisa un instant à imaginer ce futur idéal.

Puis il se dit que, d'une certaine manière, s'il se mettait à rêver de cela, c'était la preuve qu'il aimait Gwen pour son portefeuille.

Non. Il pouvait s'analyser autant qu'il le voulait, se rabaisser sans cesse, se flageller. Cela ne changeait rien. Gwen le hantait.

Et la peur revenait alors : et s'il n'était qu'une passade pour elle ? Et si elle rencontrait quelqu'un de son monde et renonçait à s'encanailler avec un journaliste parisien ?

L'idée de la perdre le terrifiait.

C'est donc tenaillé par le désir autant que par la crainte qu'il parvint devant les locaux de *L'Aurore*. Son corps était dans le monde physique ; sa tête était avec Gwen.

Cela ne l'empêcha pas de percuter le crâne bien physique de Marcel Girard, qui venait de faire irruption hors de la rédaction.

Les deux hommes portèrent la main à leur front en râlant. Puis tous deux se reconnurent.

« Pardon, Eugène, je ne t'avais pas vu ! Tu n'as pas eu mal ?

– Non, ça va. Qu'est-ce qu'il t'arrive, tu as l'air pressé ? »

En posant la question, il prit conscience de ses implications potentielles. Duvauchel avait prévu quelque chose pour le jour même. Cela impliquait les anarchistes. Et cela concernait Charles.

« Tu te souviens des lanceurs de bombes du Flandres ? »

Eugène se figea.

« Ils font une prise d'otages aux Affaires étrangères. »

Charles était debout au milieu du bureau.

Dès les premiers cris, il avait quitté la fenêtre et s'était approché de la porte, comme poussé par la curiosité ; puis l'instinct de survie s'était réveillé, et il avait cessé d'avancer.

Il se tenait les bras ballants, le souffle court. Il frissonnait comme s'il avait de la fièvre.

Après les cris, il avait entendu des hommes passer dans le couloir en échangeant quelques mots, et tout portait à croire que les mots en question n'étaient pas pacifiques.

Ses deux collègues restés assis étaient tout aussi inquiets que lui.

Il les envia. Ils ne se doutaient pas, eux, qu'un autre fonctionnaire avait volé des documents confidentiels pour le compte d'une puissance étrangère. Ils ignoraient qu'un complot se tramait au ministère.

La porte s'ouvrit et deux silhouettes apparurent. Il reconnut les traits de Duvauchel.

Un coup de feu claqua. Puis un deuxième, mais il n'en était plus conscient.

Louis se sentait calme. C'était même étonnant à quel point il était sûr de lui.

C'était sans doute une conséquence de l'excitation, le fait d'être au milieu de l'action. Il était attentif à tout ce qui se passait autour de lui. Ceci dit, il ne se passait pas grand-chose.

Il se trouvait dans la voiture devant l'entrée du ministère et il appuyait sur l'accélérateur régulièrement afin de l'empêcher de caler, tout en gardant un œil sur ce qu'il se passait dans le hall. Il ne s'y passait rien non plus : les deux gardes qu'ils avaient tués étaient toujours morts. Les trois otages chouinaient discrètement. Petite Cloche tremblait de tous ses membres, le visage jaune.

Louis, en revanche, était serein. Pourtant, si l'Alchimiste mettait quelques secondes de trop à récupérer les documents ou qu'un témoin mettait quelques secondes de moins à prévenir les gardes, ils seraient pris en tenaille par des ennemis en surnombre, armés jusqu'aux dents.

Du moins c'était ainsi qu'il les imaginait. Georges leur avait dit qu'il ne fallait pas surestimer les gardes du Quai d'Orsay. Après tout, il s'agissait de fonctionnaires habitués à un quotidien calme, transportant au mieux un revolver sur eux. Ils étaient capables, comme tout le monde, de faire tomber leur arme par terre, de viser de travers, ou de relâcher leurs intestins sous l'effet de la peur.

Ce que Georges n'avait pas dit, et que Louis gardait en tête, c'était que cela pouvait lui arriver, à lui aussi. Il n'avait jamais été pris dans une fusillade. Il n'avait jamais tiré sur un être vivant. Il n'avait même pas l'habitude du poids de son revolver.

Bref, il n'était pas prêt. Petite Cloche n'était pas davantage préparé. Seul Georges avait une vague expérience de la lutte armée, pour avoir participé à quelques vols de voiture des années plus tôt. Amédée avait tué des gens aux Bat' d'Af', mais il ne l'avait plus fait depuis une éternité.

En fait, de ce point de vue, que l'assaut se soit bien passé pour l'instant était presque étonnant.

Louis regarda le garde que Petite Cloche avait battu à mort. On voyait l'os du crâne, du sang, et ce qui ressemblait à une mousse blanchâtre. Il n'y était pas allé de main morte. Ce qui expliquait sans doute ses tremblements et son teint anormal.

Petite Cloche avait craqué. C'était prévisible depuis longtemps. En fait, c'était prévisible depuis que Grande Cloche avait été arrêté, après avoir lui-même perdu les nerfs. Petite Cloche suivait le même chemin. Il n'avait pas enchaîné les séjours injustes en prison ni perdu l'amour de sa vie : il avait su se tenir à l'écart des cognes autant que de l'amour. Mais il n'en avait pas moins perdu son frère, sa seule famille. Ses tendances mélancoliques s'étaient aggravées, et même lorsque Georges et l'Alchimiste avaient monté la bande, il avait mis du temps à sortir de sa coquille.

Durant une brève période, lorsqu'ils préparaient leur plan, il avait paru content d'avoir des amis aussi dévoués. Puis l'Alchimiste s'était un peu trop exalté, et maintenant Petite Cloche renouait avec la mélancolie. Une nuance nouvelle était apparue toutefois : il semblait décidé à réduire en pulpe le visage de ses ennemis.

Louis ne se sentait pas très à l'aise avec cette nouvelle méthode. D'un autre côté, l'heure n'était pas venue de juger Petite Cloche. Pour l'instant, ce qui comptait, c'était de sortir du Quai vivant. Et, à en juger par le temps que prenaient leurs camarades, cela allait s'avérer plus difficile que prévu.

Il pensa à Lola. Si les choses tournaient mal, il ne la reverrait jamais.

Non, il ne fallait pas y penser. Sa sérénité en prenait un coup dès qu'il s'imaginait Lola attendant dans la De Dion-Bouton avec les carabines et les bombes sur la banquette arrière. Ce n'était pas le moment.

Par chance, il n'eut pas à y penser plus longtemps : trois détonations éclatèrent à l'étage. Presque aussitôt, des cris se firent entendre dans la rue. Il vit des silhouettes tourner à l'angle.

Les gardes débarquaient. Louis attrapa le grand sac en toile dans lequel ils avaient placé quelques bombes et, d'un bond, rejoignit Petite Cloche. S'ils ne tardaient pas trop, le moteur resterait en marche. Sans cela, ils étaient perdus.

Son calme s'était volatilisé.

L'Alchimiste fit feu une troisième fois et le dernier survivant s'effondra.

Georges l'avait vu faire, figé sur place. Cela n'avait pris que quelques secondes.

Ce que je te dis, moi, c'est qu'il y a un agent double parmi vous.

La voix de Burtsev éclata dans sa tête.

Georges se jeta sur son compagnon et le poussa au sol en lui arrachant le revolver des mains.

« Espèce de malade ! Qu'est-ce qui te prend ? »

Duvauchel voulut parler ; Georges lui planta le revolver sous le nez.

« Calme-toi, Georges, commença Arthur. C'était juste un petit message pour les poulets. »

Tu joues un jeu dangereux. Il faut avoir des yeux partout. Méfie-toi, même de tes plus proches amis. Même de ton Arthur.

Georges hésita à mettre fin au problème d'un mouvement d'index.

Puis un coup de tonnerre éclata au rez-de-chaussée.

Ils n'avaient pas de temps à perdre. L'Alchimiste pouvait encore servir.

« Relève-toi. On s'en va. »

En disant cela, il se tourna vers la cage d'escalier ; derrière la Cigale, la jeune blonde s'enfuyait dans un couloir encore désert.

« Ton ticket de sortie s'est fait la malle, on dirait. »

Le ton sarcastique de l'Alchimiste faillit décider Georges à lui tirer une balle dans la tête ; il se contint à grand-peine.

Puis il regarda dans le bureau.

Trois cadavres. L'un étendu sur le parquet, les deux autres encore assis sur des chaises renversées. Du sang coulait des murs.

En bas, une nouvelle explosion retentit, suivie d'un échange de coups de feu. On criait.

Le temps pressait.

Louis et Petite Cloche devaient empêcher les gardes de pénétrer dans le bâtiment et assurer un périmètre de sécurité autour de la voiture, prête à partir. C'était à leur portée durant une minute ou deux. Pas davantage.

Comme pour prouver l'urgence de la situation, une poignée de gardes apparut au bout du couloir. La main de l'Alchimiste, d'une pression ferme, poussa Georges en avant.

« Allons-y. On réglera nos comptes ensuite. »

Georges se mit à courir en direction des escaliers. La Cigale le suivit en tenant son otage contre sa poitrine ; au grand dam de Duvauchel, l'Alchimiste en fit autant.

Ils se précipitèrent au rez-de-chaussée.

Là, les deux civils restants étaient aux mains des deux anarchistes qui les maintenaient devant eux afin d'inciter les gardes à ne pas ouvrir le feu. Dehors, trois hommes armés reculaient derrière la voiture, visiblement terrifiés.

Petite Cloche, qui avait allumé la mèche d'une bombe quelques instant plus tôt, la lança dans leur direction. La boîte en métal survola la voiture et explosa en vol. Pris dans l'action, les gardes ne remarquèrent pas qu'elle était plus bruyante que dangereuse : ils se replièrent plus loin.

Cela faisait partie du plan. Les gardes du Quai d'Orsay n'avaient pas l'habitude d'être sous le feu ; ils étaient pris au dépourvu, lors d'une matinée banale, par cette attaque précipitée.

Dans la cage d'escalier, en revanche, des bruits de pas indiquèrent que la deuxième troupe n'allait pas tarder à les prendre à revers. Sans être plus préparés que leurs camarades de l'extérieur, ils avaient l'avantage du nombre.

Georges arracha Duvauchel des mains de l'Alchimiste, l'attira contre lui, et lui plaqua le canon sous le menton. L'Alchimiste laissa faire en ricanant.

« S'il vous plaît, plaida Duvauchel, vous ne devriez pas me laisser tranquille ? Je vous ai donné les documents qu'il vous fallait, et maintenant…

– Et maintenant tu vas nous servir d'otage, trancha Georges. Mais t'inquiète pas, tu seras pas seul… Je sors, annonça-t-il aux autres. Suivez-moi dès que possible. »

Il fit un pas sur le trottoir.

La Delaunay vrombissait à deux mètres de lui.

Ils étaient une dizaine, armés d'un simple revolver, les jambes tremblantes. Quatre à gauche, à une douzaine de mètres, cachés derrière une voiture qu'ils avaient installée en travers de la chaussée. Six à droite, accroupis et massés au milieu de la route, prêts à faire feu.

Georges se tourna d'un côté et de l'autre tout en empêchant Duvauchel de gesticuler.

« Au moindre geste, je lui brûle la cervelle, déclara-t-il d'une voix forte. Nous ne voulons de mal à personne, mais… »

Une balle siffla au-dessus de sa tête.

Inutile de parlementer.

Entraînant Duvauchel avec lui, il sauta dans la voiture ; au même moment l'Alchimiste, qui s'était planté dans l'embrasure de la porte, jetait deux bombes d'affilée sur les gardes à leur gauche. La première alla rebondir contre le mur d'une maison et explosa sur le trottoir sans toucher personne. La seconde tomba dans le véhicule derrière lequel se tenaient les gardes, qui s'enfuirent aussitôt. L'explosion ne souffla que le pare-brise.

L'Alchimiste se jeta à son tour dans la voiture, suivi par Louis et Petite Cloche qui avaient lâché leurs otages.

La Cigale sortit en dernier, tenant toujours le gratte-papier trentenaire contre lui.

Georges relâchait déjà le frein. Les trois autres, dans la voiture, s'étaient munis des carabines et échangeaient des coups de feu avec les gardes qui leur faisaient face. Duvauchel, coincé dans cet enfer, s'était accroupi, la tête dans les mains. On l'entendait chevroter une prière.

Des détonations éclatèrent à l'intérieur du bâtiment. Les gardes venus de l'étage déferlaient dans le hall. La Cigale, atteint dans le dos, alla frapper contre la voiture. Son otage en profita pour se libérer et se précipita vers le hall.

Les gardes durent cesser les tirs afin de ne pas le blesser. Louis en profita pour hisser son camarade blessé à l'intérieur du véhicule, tandis que Georges écrasait l'accélérateur. La voiture avança en direction du groupe de gardes qui se trouvait au milieu de la route.

Trois d'entre eux prirent la fuite. D'autres, en revanche, restèrent sur place, prêts à tirer : la voiture démarrait à peine, elle n'avait pas pu prendre de la vitesse.

Au même moment, Lola déboula dans leur dos, au volant de la De Dion-Bouton.

Elle leva le bras à deux reprises et deux bombes éclatèrent à leurs pieds. L'un d'entre eux fut projeté en l'air dans une gerbe de sang. Les autres s'évaporèrent sur les côtés de la route.

Georges piétina l'accélérateur.

À sa gauche, un groupe s'était reconstitué sur le trottoir,

prêt à faire feu à leur passage. Une nouvelle salve d'explosions provenant de Lola suffit à les en dissuader.

La voiture déboula hors de la rue de l'Université, laissant derrière elle des cris de douleur ; quelques ultimes balles sifflèrent autour d'eux, puis Georges fit un crochet à droite. Lola suivit.

Ils foncèrent en direction du pont Alexandre-III. Deux gardes, qui se dirigeaient vers les lieux de l'attaque, les virent passer et tentèrent d'ouvrir le feu. Petite Cloche, tirant le premier, les obligea à se plaquer au sol.

Ils roulaient à tombeau ouvert.

Une fois qu'ils eurent dépassé le pont, le calme revint. Alors, on remarqua une voix chancelante, qui répétait :

« Vous pourriez me laisser, maintenant ? »

Duvauchel tremblait, recroquevillé entre les jambes des anarchistes.

Georges, les dents serrées, les yeux sur la route, pensait à Burtsev.

Tu as affaire à un ennemi perfide, qui peut tout gangréner, tout corrompre.

À commencer par ceux que tu crois les plus sincères.

« Hors de question. Toi et l'Alchimiste, vous avez des choses à nous dire. »

CHAPITRE 18

Hors du bureau, on entendait un bourdonnement entrecoupé de rires crispés. Les survivants bavardaient. Leurs mots cachaient mal la stupeur et, surtout, le soulagement de s'en être tirésw.

Les trois morts étendus dans cette pièce n'avaient pas la chance de pouvoir en parler. Deux hommes encore fixés à leur chaise, jambes en l'air, un troisième allongé au milieu de la pièce.

Il en était responsable.

Ainsi, pendant qu'ils utilisaient Grandville comme appât pour piéger les anarchistes, ceux-ci attaquaient le Quai d'Orsay. Même méthode qu'au Flandres : une attaque brève, brutale. Des morts en apparence gratuits. Trois fonctionnaires tués par balles. Trois gardes à l'entrée. Un autre presque décapité par une bombe dans la rue lors de sa fuite. Sept nouvelles victimes.

C'était donc pour cette raison qu'ils avaient mentionné Grandville. Peut-être voulaient-ils vraiment le libérer. Peut-être était-ce un appât choisi au hasard. En tout cas, Fabre avait foncé tête baissé dans leur piège : pendant qu'il attendait qu'on attaque un convoi fantoche, ils prenaient d'assaut un ministère.

Mais dans quel but ? Ils ne s'en étaient pas pris au ministre, n'avaient pas emporté d'otages – à part un haut fonctionnaire qui se trouvait là par hasard. Alors que voulaient-ils ?

Cerruti formula la question au moment où Fabre se la posait :

« Ils étaient déjà partis avant que nous quittions le Quai. Leur attaque n'a pas pris plus de cinq minutes. Selon toute apparence, ils sont venus tuer ces trois hommes. Je ne comprends pas, commissaire… »

Comme s'il avait été invoqué pour répondre à leurs questions, un homme de grande taille se fraya un chemin à travers la foule. Son visage était noyé de transpiration. C'était le commissaire du quartier, Achille Dubois.

Lorsque les gardes avaient été alertés de l'intrusion, ils avaient prévenu Dubois, qui avait transmis l'information au Quai des Orfèvres puis s'était ensuite rendu sur les lieux avec ses hommes prêts au combat. Ils étaient arrivés après la bataille. Fabre et ses lieutenants, débarqués quelques minutes plus tard, n'avaient pu que partager sa déception.

Comme pour rattraper son échec, il s'était empressé d'interroger les témoins pendant que le commissaire et les inspecteurs étudiaient les lieux.

« Lorsqu'ils sont entrés, ils ont pris trois otages, dont celui qui a été enlevé. Les deux autres disent qu'au moment où l'un des anarchistes a ouvert le feu, un autre s'est précipité pour l'arrêter. »

Fabre réfléchit un instant. Il n'y avait qu'une explication possible.

« Dans ce cas, leur objectif était ailleurs, dit-il. Et en cours de route, l'un d'entre eux a jugé bon d'ajouter quelques cadavres.

– Ce qui donne du poids à la théorie de l'agent provocateur, souligna Garcin.

– En effet. Autre chose, Dubois ?

– Ils voulaient se rendre dans le bureau de Paléologue, l'actuel ambassadeur de Russie. Celui qui a tué les trois hommes y a passé un court instant avec l'homme qu'ils ont emporté dans leur fuite, pendant que les autres attendaient : deux en bas, pour repousser les gardes, deux dans le couloir avec les otages. »

Cerruti ouvrit les bras.

« Alors quoi, ils seraient venus voler des papiers ?

– Ils ont peut-être trouvé de quoi faire pression sur les juges d'Isidore Grandville.

– Mais quels documents, dans ce cas ?

– En tout cas, dit Fabre, le fonctionnaire enlevé le savait.

– Vous pensez qu'il était complice ? demanda Dubois.

– Ils savaient ce qu'ils cherchaient et ils n'ont pas eu le temps de fouiller le bureau. Soit ils se sont montrés très persuasifs, soit…

– Soit il était de mèche, et il est parti avec eux de son plein gré, acheva Cerruti.

– En tout cas, il est désormais suspect. Il me faut son nom.

– Nicolas Duvauchel », répondit Dubois.

À cet instant, des éclats de voix attirèrent leur attention.

« Laissez-moi passer, bon sang ! »

Devant la porte, les policiers repoussaient tant bien que mal un homme cherchant à pénétrer dans le bureau. Fabre voulut s'interposer.

« Allons… Monsieur, c'est une scène de crime. Nous avons besoin de calme. À moins que vous ayez des renseignements à nous communiquer, je…

– J'en ai, justement, dit Eugène. Un tas. Je sais qui est à l'origine de tout ça. »

Ce n'est pas forcément l'Okhrana. Ça peut être le Second bureau. Ou je ne sais quoi d'autre… Ça n'a pas d'importance. Ce que je te dis, moi, c'est qu'il y a un agent double parmi vous.

Il pouvait presque l'entendre. Le Russe avait cette capacité à se faire entendre même lorsqu'il n'était pas là.

À aucun moment Georges n'avait pris les craintes de Burtsev au sérieux. Malgré le respect qu'il éprouvait pour lui, il n'avait pas voulu suspecter ses compagnons.

Je te laisse faire, Georges. Moi aussi, je vais te faire confiance. Mais fais attention. Tu as affaire à un ennemi perfide, qui peut tout gangréner, tout corrompre. À commencer par ceux que tu crois les plus sincères.

Leur maison s'esquissait à la lisière de la forêt. Une planque qu'il croyait sûre. Mais l'ennemi y était entré et avait fait son nid parmi eux. Georges écrasa de plus belle l'accélérateur.

Tout le monde avait remarqué sa conduite agressive. Louis et Petite Cloche avaient même demandé à faire une pause, une fois hors de la capitale, pour passer dans la voiture de Lola. Ils s'étaient bel et bien arrêtés quelques minutes, le temps de s'assurer qu'Amédée allait bien. Plus de peur que de mal : la balle lui avait touché l'épaule de manière superficielle.

Durant tout ce temps, l'Alchimiste était resté calme et silencieux.

Méfie-toi même de tes plus proches amis.

Le vieux renard avait eu raison.

Il y avait un agent provocateur parmi eux. Un homme qui avait organisé l'équipe sur un prétexte fédérateur – la libération de Grande Cloche – puis qui leur avait proposé un plan. Il disait avoir des contacts et il accumulait les cadavres autour de lui.

Leur combat devenait un massacre.

Leur défaite n'en serait que plus légitime.

Il vous a forcé la main, en vous transformant tous en ennemis publics… C'est lui qui a monté le groupe… Comme un agent provocateur le ferait.

Il allait les mener à la mort – à moins que quelqu'un n'agisse vite.

Georges freina si brusquement que ses camarades faillirent être éjectés.

Ils étaient devant la maison. Derrière lui, Lola stoppa la voiture.

L'Alchimiste sauta hors du véhicule, suivi par Duvauchel qui avait la même attitude qu'un chien collant son maître. Personne n'avait osé protester quand Georges avait décrété qu'ils l'emmenaient avec eux.

« Georges… ça va ? »

C'était la Cigale qui venait de poser la question. Georges, sans le regarder, les mains toujours serrées sur le volant, grommela :

« Occupe-toi du fonctionnaire. Il faut pas qu'il s'échappe.

– Quoi ? »

Sans rien ajouter, il bondit hors de la voiture et se jeta sur l'Alchimiste. Il l'agrippa par l'épaule et, en criant de toutes ses forces, lui envoya deux crochets du droit.

Pour faire honneur à son surnom, il s'était muni d'un casse-tête.

Le nez d'Arthur se brisa sous le choc. Une veine éclata à son front.

Leurs compagnons se précipitèrent.

Emporté par la rage, Georges s'attelait à la destruction de l'homme qui avait trahi sa confiance et qui allait provoquer leur fin. Il criait comme un forcené, recouvrant ainsi les balbutiements d'Arthur.

Après lui avoir fait sauter quelques dents et presque crevé un œil, il trouva la lucidité de marmonner :

« T'es un homme mort, Arthur… »

Il n'entendit pas Petite Cloche s'approcher, une lourde pierre dans la main.

Il ne comprit donc pas ce qu'il se passait lorsqu'on lui écrasa un poids sur la tête ; il se contenta de tomber à terre, inconscient.

Le commissaire était silencieux depuis plusieurs minutes. Assis sur sa chaise du Quai des Orfèvres, il dévisageait avec attention le jeune homme qu'on avait installé, avec tous les égards possibles, en face de lui.

Garcin se tenait près du poêle. Cerruti prenait des notes sur une machine à écrire posée sur un second bureau. Le jeune homme, lui, livrait une histoire d'espions allemands, de documents secrets et d'ami assassiné.

Fabre remarqua, cependant, que son témoin avait la voix moins claire lorsqu'il affirmait ignorer le contenu des documents en question.

Eugène, en effet, avait jugé bon de laisser ces détails de côté. Charles n'avait pas voulu qu'il en parle, et il respecterait ce qui était devenu une volonté posthume. De toute façon, s'il en parlait un jour, ce serait dans un article. Il avait renoncé au reste de son secret dans l'espoir d'obtenir vengeance pour son ami.

Fabre, qui n'était pas dupe, décida de laisser ce détail de côté. L'important n'était pas tant de connaître la teneur des documents que de les retrouver. Parce qu'en faisant cela, ils retrouveraient aussi les voleurs.

« Vous dites que De Brémont, en plus de se faire confier les documents volés par Duvauchel, était au courant de cette attaque ? Comment le savez-vous ? »

Le journaliste pâlit. Fabre comprit aussitôt qu'il avait touché un point sensible. Le jeune homme avait sans doute fait son possible afin de trouver des preuves et de faire éclater cette histoire. Il n'avait peut-être pas respecté les lois à la lettre pour y parvenir.

« Je… J'ai suivi Duvauchel à plusieurs reprises. Et un jour, enfin un soir, hier pour être précis, il a rejoint De Brémont dans le jardin de sa maison. J'ai pu rester à proximité et entendre la plus grande partie de ce qu'ils disaient.

– Ils parlaient fort, ironisa Garcin. Pas très professionnels, ces espions… »

Eugène pâlit de plus belle. Fabre, afin de ne pas trop faire souffrir le témoin, fit comme s'il n'avait rien remarqué. Il serait toujours temps de régler ce détail plus tard.

« Admettons. Et qu'a dit Duvauchel, exactement ? »

Eugène rapporta la discussion qu'il avait entendue, et Fabre vit un nouveau scénario prendre forme. Duvauchel n'était pas un simple complice des terroristes. Il les avait manipulés sur la demande de De Brémont. Restait à savoir dans quel but.

Pourquoi voler deux fois les documents de Paléologue ? Pourquoi les voler une fois, d'ailleurs ? Qu'y avait-il dedans ? Quoi qu'il en soit, la disparition de Duvauchel était peut-être due au fait que les anarchistes, face à la nouvelle exaction de leur artificier, avaient compris qu'on les menait en bateau.

Tandis que Fabre organisait ainsi les faits dans sa tête, Eugène, échauffé par son récit et ébranlé par la mort de son ami, se perdit dans des demi-vérités embrouillées, entrecoupées d'appels à la vengeance. Bien vite, Cerruti quitta la machine à écrire et signala au journaliste que l'essentiel avait été dit.

« Il nous faudrait vos coordonnées précises. Nous aurons besoin de vous revoir. »

Eugène les leur donna machinalement, la tête vide. Il voulait continuer à leur parler, leur faire comprendre à quel point il était nécessaire de remuer ciel et terre pour que la mort de Charles ne reste pas impunie.

Une fièvre le brûlait, ses pensées roulaient dans tous les sens.

Il se laissa raccompagner, et se retrouva tout à coup seul dans la rue. Un vent glacial lui enserrait la gorge. Il se mit à marcher au hasard.

Georges rouvrit les yeux. Il n'avait été inconscient que quelques secondes. Une douleur aiguë lui transperçait le front. Et un canon de revolver le regardait de très près.

Au-dessus de lui se tenait Petite Cloche, prêt à faire feu. Dans son dos, d'autres mains lui ligotaient les poignets.

« Du calme, Georges. On a juste besoin de comprendre ce qui t'arrive. »

C'était la voix de Lola.

De toute façon, il avait tous les autres dans son champ de vision : proche de la cabane, la Cigale serrait le fonctionnaire dans ses bras en le menaçant de son arme ; un peu plus loin, Louis se tenait debout, armé lui aussi, aux côtés de l'Alchimiste. Ce dernier épongeait son visage ensanglanté à l'aide d'un morceau de tissu.

Georges contempla son œuvre avec satisfaction. Il ne restait plus grand-chose du visage du traître. Ses yeux avaient enflé, sa dentition s'émiettait, son nez était un maelström d'os et de chair.

« Je t'ai bien arrangé, je trouve. Tu devrais avoir un peu plus de succès avec les femmes maintenant. Faut dire qu'on partait de loin. »

L'Alchimiste produisit un bruit de tuyau que l'on débouche.

« T'as failli me tuer, espèce de fou furieux… »

Louis coupa court à leurs jérémiades :

« Qu'est-ce qu'il vous arrive, tous les deux ? Georges, tu peux m'expliquer ?

– Vous avez entendu les coups de feu, avant qu'on descende vous rejoindre ? »

Louis et Petite Cloche hochèrent la tête.

« Arthur a tué trois personnes. Sans raison. »

Il entendit Lola lâcher un juron dans son dos.

« Alors, de deux choses l'une, expliqua Georges. Soit Arthur adore tuer des innocents, ce qui commence à être dérangeant, soit il a ses propres objectifs. »

Lola lui enfonça ses ongles dans le crâne.

« Tu peux répéter ? T'es en train de nous annoncer que ton petit protégé est un agent provocateur ? J'espère que tu veux rire ? »

Il se tourna vers elle.

« Je vois pas d'autre explication. En tout cas, il est en train de nous envoyer à la guillotine. »

Un nouveau bruit de succion indiqua qu'Arthur voulait parler.

« Duvauchel a été surpris par l'un des trois. J'ai voulu éviter les traces…

– C'est qui ce type, Arthur ? demanda Lola. Pourquoi il mérite qu'on tue trois innocents ?

– C'est mon informateur. Sans lui, on serait au courant de rien… »

Georges s'emporta :

« Ton informateur, mon cul ! Tu le protèges, parce que c'est lui qui te paye ! »

Louis avait l'air de quelqu'un qui recevrait des coups de bâton au hasard. Georges s'énerva de plus belle :

« Arthur est un agent double, bon sang ! Réfléchissez ! »

Au lieu de réfléchir, Louis colla son canon contre le front d'Arthur et Georges s'étonna de voir que sa main était dépourvue de tout tremblement.

« Georges ne ment pas. Je le connais depuis longtemps. Toi aussi, je te connais. Mais si je dois choisir entre vous deux, c'est lui que je suivrai. »

Lola s'avança à son tour et se plaça entre Georges et Petite Cloche, empêchant celui-ci de le menacer de son arme. Elle se tourna vers l'Alchimiste.

« Tu tues des gens à tour de bras, Arthur. Tu négocies avec un haut fonctionnaire. Et tu supprimes ses collègues parce qu'il te le demande. Ça ressemble de plus en plus à la manière de faire d'un cafard. Alors t'as un truc à dire pour te défendre ?

– Ligotez-le, dit Georges. Ligotez-moi aussi si vous voulez, le temps de tirer ça au clair. Et interrogez son complice. Il est pas taillé pour la torture. Ensuite, vous pourrez décider de ce qu'il faut faire. »

Lola le dévisagea, en ignorant les glapissements de peur de Duvauchel.

« Bonne idée. Pour une fois, Georges, tu as une bonne idée. »

Il déglutit avec difficulté.

Elle lui en voulait, et à juste titre : c'était lui qui avait entraîné Lola et Louis là-dedans. Parce qu'il faisait confiance à Arthur. Il n'avait pas simplement fait entrer le loup dans la bergerie, il avait formé un troupeau pour l'emmener directement dans sa grotte.

« Perdez pas votre temps avec lui. Vous avez déjà décidé. »

Une lueur mauvaise brillait dans les yeux entrouverts de l'Alchimiste.

Arthur avait compris que c'était terminé. Et, à sa grande surprise, il accueillait la fin avec sérénité. Avec plaisir, même : son travail était achevé.

Sa sérénité était telle qu'il ne ressentait presque plus la douleur. Pourtant, Georges lui avait redessiné le visage de manière drastique. Ses os étaient en bouillie. Aucune importance.

Si tout devait être détruit, il n'y avait pas de raison qu'il y échappe.

Mais être condamné par ses propres compagnons d'armes, sur un malentendu ? C'était cruel. En tout cas, il aurait dû trouver cela cruel. Et pourtant il ne ressentait rien. Rien, à part de la colère envers ces anarchistes de pacotille, qui n'arrivaient pas à croire que l'un d'entre eux puisse, en toute bonne foi, tuer des innocents. Ils ne comprendraient jamais qu'il n'y avait pas d'innocents, et que la destruction était nécessaire.

Puisqu'ils ne le comprenaient pas, qu'ils se débrouillent.

La police les tuerait de toute façon. Il avait accompli son œuvre. Disparaître maintenant ou quelques jours plus tard, cela ne changeait plus rien. Tout lâches qu'ils soient, ils publieraient les documents. C'était l'essentiel.

« Vous avez tous tué, dit-il d'une voix calme. Lola, tu as lancé une bombe sur un type, il y a même pas une heure, et tu viens me faire la morale ? Vous vous prenez pour des saints ? Les saints n'existent pas. Soyez des hommes. Si je suis un cafard, descendez-moi une bonne fois pour toutes. Pas la peine de vous prendre pour un tribunal. »

Georges se sentit soulagé. Ainsi, il avait eu raison. L'Alchimiste avouait.

La perspective de perdre des heures à attendre que Duvauchel ne craque l'avait sans doute décidé à parler le premier : les traîtres ne supportaient pas d'être du mauvais côté du canon.

« Vous allez perdre, reprit Arthur en voyant que personne ne bougeait. Vous avez toujours perdu. Débarrassez-vous de moi, ça n'y changera rien. »

Louis regarda ses compagnons comme pour demander un encouragement. Lola fit deux pas vers lui ; Georges put constater que Petite Cloche avait tourné son arme vers l'Alchimiste.

« Alors c'est vrai ? »

La voix de Louis n'était plus qu'un lointain murmure. Celle de l'Alchimiste, en réponse, avait une netteté douloureuse :

« Quand on tient quelqu'un au bout de son canon, Louis, on le laisse pas parler pendant une heure. On vit avec les cadavres, et avec les paroles qu'ils n'ont pas eu le temps de dire. »

Louis ferma les yeux.

Et appuya sur la détente.

CHAPITRE 19

« Qu'est-ce que vous en pensez ? »

Fabre était resté assis, les yeux fermés, la tête dans les mains, durant de longues minutes. Il venait de reprendre vie et interrogeait du regard ses deux compagnons.

« Il n'a aucune raison de nous mentir, dit Garcin. D'ailleurs, cela donne du sens à notre théorie de l'agent provocateur. L'artificier est sans doute un agent double, nous l'avions établi. Maintenant, nous connaissons son objectif : effacer les traces du vol de Duvauchel.

– Et tout cela a été mis en place depuis des mois ? J'ai du mal à y croire », grogna Cerruti.

Fabre coupa son adjoint d'un geste de la main :

« Si Duvauchel et De Brémont travaillent pour les Allemands, ils ont pu mettre en place l'agent provocateur dans le but de nous affaiblir, et le vol des documents a peut-être été imaginé dans un second temps. Tout cela me semble cohérent avec les faits. »

Cerruti haussa les épaules.

« Reste à savoir dans quelle mesure De Brémont est concerné par tout cela, ajouta Fabre. L'implication de Duvauchel fait peu de doute. Mais De Brémont ? Je ne crois pas à cette conversation que notre journaliste aurait entendue dans le jardin…

– Il mentait, dit Garcin. C'est évident. Notre jeune ambitieux a voulu trouver des preuves, et il a sans doute joué les monte-en-l'air chez De Brémont… Ce qui lui a permis de surprendre une discussion. Évidemment, il ne pouvait pas nous le dire en ces termes. »

Fabre se leva en faisant un geste d'incertitude.

« Est-ce que nous considérons De Brémont comme suspect, sur la seule base de ce témoignage ? Est-ce que nous pouvons sérieusement croire à une opération secrète allemande ?

– On peut en faire une hypothèse de travail, répondit Cerruti après réflexion. Mais nous aussi, il nous faut des preuves. »

Le commissaire hocha la tête.

« Alors allons-y. Garcin, intéressez-vous à De Brémont. Pierre, nous avons une foule de témoins à interroger. La journée va être longue. »

« Donc ton cher Arthur, que tu as protégé comme une mère louve, était un sale mouchard au service de ce pourri de Duvauchel… Tu es fier de toi, Georges ? »

Lola était la première à mettre des mots sur ce qu'elle ressentait. Les autres en étaient encore incapables.

Ils étaient restés silencieux longtemps après l'exécution de l'Alchimiste.

Chacun ruminait dans son coin.

Le corps était toujours là où il était tombé. Personne n'avait eu le courage d'y toucher.

Le seul à avoir agi était Georges : après une bonne heure à s'engluer dans des idées noires, il avait rejoint la maison de Dudu par les bois. Dudu n'était pas à proprement parler leur complice. Il ne savait pas ce qu'ils trafiquaient. Il ne faisait que leur prêter des voitures et leur donner accès à son téléphone.

Lorsque Georges était revenu, Lola avait explosé :

« On est dans de beaux draps, maintenant. À cause de ton ami, Georges. À cause de toi. »

Il ne répondait pas, alors Lola éleva la voix :

« Qu'est-ce qu'on fait maintenant ? Tu peux me le dire ? On peut vraiment les utiliser, ces fichus documents ? »

Il ne disait rien. Il parcourait les feuilles volées au Quai d'un œil morne. Et elle hurlait de plus belle.

« On va le torturer ? Encore un peu de sang, pour sauver notre peau ? »

Aujourd'hui, elle avait tué.

Le pire, c'était la facilité avec laquelle elle l'acceptait.

Si elle n'avait pas lancé ces bombes, Louis serait mort : il n'y avait pas d'alternative. On pouvait vivre, quand on savait qu'il n'y avait pas d'autre choix. Au fond, c'était facile de ne ressentir aucune pitié pour les morts. Il suffisait de se dire qu'ils le méritaient. Qu'il y avait une bonne raison. Louis était une bonne raison. Grande Cloche était une bonne raison. Les morts de Draveil et de Fourmies étaient une bonne raison. Il y avait toujours une bonne raison, et quand on n'en trouvait pas, il suffisait d'en inventer : l'anarchie était la meilleure raison de toutes.

Et c'était bien le problème. Car en réalité elle avait semé la mort pour satisfaire les plans tortueux d'un fonctionnaire du Quai d'Orsay. Leur raison d'agir était mauvaise.

Pour ne pas y penser, elle hurlait de plus belle. Les autres laissaient faire. Lola savait qu'ils partageaient ses sentiments, qu'ils la laissaient hurler en leur nom. Leurs croyances et leurs espoirs avaient été empoisonnés par l'Alchimiste et Duvauchel.

« Oui, répondit enfin Georges d'une voix grave. On va le torturer. On va se venger. »

Elle se tut. Pour une fois, elle était d'accord. Ils devaient sauver leur lutte du poison. À tout prix.

« Et voilà l'homme qui va nous y aider. »

Ils se tournèrent vers la piste de terre où arrivait la voiture de Vladimir Burtsev.

L'odeur était insoutenable.

Plongé dans le noir à cause du bandeau qui lui recouvrait les yeux, Duvauchel devait s'en remettre à son odorat pour se faire une idée de la pièce dans laquelle on l'avait installé. Et il ne s'en sortait pas trop mal, puisqu'il avait identifié la plupart des composants du mélange fétide qui alourdissait l'air : charbon, soufre, salpêtre et acides divers.

Au lieu d'être fonctionnaire, il aurait pu travailler dans les parfums. Cela aurait été un choix de carrière moins risqué. Car l'odeur était le cadet de ses soucis, comparé au fait d'être entre les griffes d'une bande de terroristes qui venaient de tuer, de sang-froid, l'un des leurs – sans compter les gardiens de la paix massacrés dans leur fuite.

La situation était absurde. L'Alchimiste n'était pas un agent double : c'était un fanatique. Duvauchel était bien placé pour le savoir, puisque c'était ce qui lui avait permis de le manipuler si aisément. Mais entre un fanatique et un agent provocateur, il est parfois difficile de faire la différence : les anarchistes, en se trompant, avaient paradoxalement compris qu'on se jouait d'eux.

Par-dessus le marché, ils étaient brutaux. Quand il avait demandé à être déplacé dans un lieu moins odorant, la seule réponse avait été un coup de poing. On lui avait ensuite placé une corde entre les dents. La corde la plus gênante, cependant, restait celle qui lui enserrait les pieds, les mains et le torse, rattachant tout cela à une chaise. N'ayant plus d'autre moyen d'expression, il avait tenté de gigoter. Quelques coups bien placés l'avaient incité à l'immobilité.

Depuis, il attendait en tendant l'oreille. Plusieurs heures s'étaient sans doute écoulées lorsqu'un courant d'air lui fit comprendre qu'on était entré dans la pièce. Il en eut confirmation en recevant un coup de poing dans le ventre ; alors qu'il suffoquait, on lui arracha le bandeau.

Les cinq anarchistes se tenaient devant lui, accompagnés d'un homme qu'il n'avait jamais vu et qui, de manière incongrue, ressemblait à un instituteur. L'un des anarchistes, celui qui avait tué l'Alchimiste, se mit en devoir de lui ôter la corde qu'il avait dans la bouche. Pendant ce temps, l'instituteur s'accroupit et observa Duvauchel avec attention, comme s'il était face à un objet dont il voulait déterminer la provenance.

« Donc, marmonna-t-il après une inspection méticuleuse, vous pensez que c'est cet homme qui vous a manipulés ?

– C'était l'informateur d'Arthur, répondit celui qui avait ôté la corde. C'est lui qui nous a parlé des documents permettant de faire chanter Poincaré.

– Il a menti : vos documents n'ont aucune valeur. Paperasse administrative. Mais il n'a pas l'allure d'un génie de la manipulation. C'est un pion au service de quelqu'un d'autre. »

Il se releva, lissa les pans de son pantalon, inclina la tête d'un air courtois.

« Je m'appelle Vladimir Burtsev et je suis ici pour vous faire parler. »

Le fonctionnaire fit son possible pour surmonter son appréhension. Cet homme était en apparence moins brutal que les autres. Ce n'était pas forcément une bonne nouvelle. Il n'y avait pas trente-six solutions : il fallait mentir.

« Me faire parler, mais de quoi ? Je ne comprends rien à vos histoires… »

Le chef de la bande eut un rire excessif. La femme s'approcha, visage crispé.

« Ne joue pas à ce jeu avec nous. L'Alchimiste était sous tes ordres. Ce qu'on veut savoir, maintenant, c'est pourquoi.

– Mais vous êtes fous, sanglota Duvauchel en se surprenant lui-même du naturel de sa réaction. Je voulais vous aider, je suis sincère…

– Arthur nous a tout avoué, imbécile, répondit-elle. Tu y étais.

– Pas du tout ! Il a parlé par dépit, par colère… »

Une vive douleur à la mâchoire stoppa son discours. Celui qui avait tué l'Alchimiste se massa les phalanges avec un air de satisfaction.

« Économise ton souffle, dit la femme. On veut savoir ce que tu gagnais à nous faire attaquer le ministère. »

Il devenait clair que ses dénégations ne lui vaudraient que des blessures supplémentaires. Sans grande conviction, il changea de ligne de défense :

« Très bien, admit-il d'une voix brisée. Vous avez raison, je ne suis pas un anarchiste. Et vous avez raison, l'Alchimiste travaillait pour moi. »

Le fonctionnaire s'arrêta une seconde, comme s'il cherchait ses mots. Pour rendre son histoire crédible, il devait donner l'impression qu'il la racontait contre son gré. Il était utile, également, de mêler à ses mensonges des vérités sans importance. Il avait côtoyé quelques mouchards avant d'être adressé à l'Alchimiste. Autant utiliser ce qu'il savait d'eux pour peindre de l'artificier le portrait qu'ils attendaient :

« C'était un agent double depuis longtemps. Ce qu'il faut comprendre, avec les agents doubles, c'est qu'au départ, ils croient en leur mission. Et puis, petit à petit, ils perdent leurs idéaux. Alors, ils ne recherchent plus que l'argent et ils deviennent faciles à racheter. C'est ce que j'ai fait. »

Il fit une nouvelle pause. Les anarchistes se tournèrent vers Burtsev. Duvauchel en tira la conclusion qui s'imposait : c'était le Russe qui menait l'interrogatoire, même lorsqu'il ne disait rien. C'était donc lui, et lui seul, qu'il fallait convaincre. Pour l'instant, cela semblait fonctionner.

« Et c'était quoi le but ? Pourquoi est-ce que vous avez envoyé l'Alchimiste nous infiltrer ? »

C'était la femme qui venait de parler. Il se tourna vers elle, afin de ne pas donner à Burtsev l'impression qu'il ne s'adressait qu'à lui.

« Je ne lui ai pas demandé de vous infiltrer. Je lui ai demandé de vous créer. »

Nouvelle vérité. À ceci près que l'Alchimiste ignorait qu'il était manipulé. Inutile de s'attarder sur ces détails. Ils le croyaient coupable, il serait donc coupable.

« Il devait trouver quelques anarchistes prêts à prendre les armes pour une raison quelconque. Il s'est servi du frère de l'un d'entre vous, me semble-t-il… »

Tous se tournèrent vers le même homme. L'atmosphère se tendit.

La tension était naturelle, au fond : ils avaient cru sauver l'un de leurs amis de la guillotine et ils se rendaient maintenant compte qu'ils n'avaient jamais eu la moindre chance. Pas étonnant que les pantins se rebellent contre le marionnettiste.

« Ce que je voulais, c'était vous faire venir au Quai d'Orsay. C'est pour cette raison que j'ai parlé à l'Alchimiste des documents impliquant Poincaré.

– Mais en réalité, le coupa Burtsev d'un ton pensif, ces documents n'ont jamais existé… »

Duvauchel s'autorisa une moue triomphale. Il était si simple de jouer les Machiavel.

« Bien sûr qu'ils existent. »

Un nouveau coup de poing lui fracassa l'arcade sourcilière.

« Alors, demanda son agresseur, où ils sont, ces documents ?

– Je les ai volés avant vous. Pour mon usage personnel. Mais quelqu'un aurait fini par s'en rendre compte, et j'aurais été suspecté. En vous incitant à attaquer le Quai, j'espérais vous imputer la responsabilité des vols. »

« Imputer » ? Il regretta son vocabulaire trop sophistiqué. D'autant que c'était maintenant que les choses devenaient difficiles.

Son but était simple : se présenter comme le seul et unique marionnettiste. Parce que cela impliquait qu'il savait où étaient les documents. Ensuite, ne resterait plus qu'à gagner du temps en les entraînant sur une fausse piste. D'ici à ce qu'ils comprennent, De Brémont réussirait sans doute à le tirer de là. L'homme d'affaires ne pouvait pas laisser un homme qui en savait autant entre les griffes d'une bande de terroristes.

Il fixa son regard sur le sol, l'air exténué, dégoûté de lui-même. Il était très fort pour simuler le mépris de soi. C'était un sentiment qui lui était étranger, mais il avait l'habitude du mépris tout court. Il suffisait de penser à quelqu'un d'autre, et le tour était joué.

« Donc, vous avez agi seul, dit la femme. Et vous avez caché les documents quelque part. »

Et voilà. Décidément, il n'y avait rien de plus naïf qu'un anarchiste. Après tout, cela faisait des mois qu'il jouait avec eux. On lui avait simplement ôté son intermédiaire.

Burtsev, d'un ton mélancolique, doucha ses espoirs :

« Je n'en crois pas un mot. Vous cherchez à gagner du temps. »

Duvauchel voulut nier, mais, avant qu'il ne puisse dire un mot, un nouveau coup de poing vint lui rappeler les vertus du silence. Il eut un goût de sang dans la bouche. L'une de ses dents tremblait. S'il s'en sortait avec une dent fêlée, c'était un moindre mal.

« Voyez-vous, j'ai quelques dossiers sur des membres du Quai, notamment sur ceux qui auraient pu, du fait de leurs affectations passées, être en lien avec des polices secrètes. Je n'ai pas grand-chose sur vous, mais tout de même… Si ce que vous dites de l'Alchimiste est vrai, il devait coûter une fortune. Vous n'avez pas de quoi le payer. »

Duvauchel avait l'impression de se dessécher. Le pire, c'était le calme de Burtsev. Sa courtoisie. Sa froideur. Le Russe n'avait pas été dupe. Pas un seul instant.

« Je pense en revanche que vous dites la vérité au sujet des documents. Vous les avez volés et vous vouliez effacer vos traces. Mais il y a quelqu'un au-dessus de vous, quelqu'un qui dispose de l'argent nécessaire. Cela explique votre méthode. Pourquoi monter un groupe d'anarchistes ? Parce que votre patron veut attiser le chaos. L'objectif est double. Voler et provoquer. »

Il se passa la main sur le menton.

« Je pense, mon cher monsieur, que vous travaillez pour une puissance étrangère.

– Vladimir, le coupa l'un des anarchistes d'un ton sec, l'Okhrana n'aurait rien à gagner à organiser un coup pareil.

– L'Okhrana ? »

Duvauchel n'en croyait pas ses oreilles. Mais il n'avait pas le temps d'être surpris : une tension apparaissait au sein de ses tortionnaires, et il fallait en profiter sans attendre.

« Vous pensez sérieusement que je travaille pour l'Okhrana ? Ils ont quitté la France ! Non, les choses sont plus simples. Mon ambition est interne. Ces documents peuvent me permettre de faire pression sur des personnes importantes. J'ai des projets de carrière, et... »

Cette fois, le coup de poing vint de la femme. Elle lui écrasa le nez.

« Tiens ta langue. Georges, ajouta-t-elle, qu'est-ce que les Russes viennent fiche ici ? Ces papiers seraient aussi mauvais pour leur tsar que pour notre président... »

Burtsev se releva. Il semblait habité d'une force intérieure. Duvauchel pensa à un chevalier du Christ. Avec Marx ou Proudhon dans le rôle du Christ.

« Justement. Peut-être qu'ils veulent les récupérer par précaution. Ou peut-être que, comme toujours, ils espèrent légitimer une répression féroce...

– On en parlera plus tard, Vladimir. Je me fiche de la nationalité du patron de Duvauchel. Ce qu'il nous faut, c'est son nom. Parce que les documents sont chez lui et que Russe, Allemand ou Français, il va nous les donner. »

Burtsev se tourna vers Duvauchel ; la force qui le possédait se replia au fond de lui. Il observa le fonctionnaire comme s'il remarquait son visage pour la première fois.

« Tu as raison, Georges. D'abord le nom. Le reste viendra en son temps. »

Duvauchel comprit qu'il avait perdu sa chance. Ses paroles étaient désormais inutiles. Il n'obtiendrait que de nouveaux coups. Tout ce qu'on attendait de lui, c'était qu'il désigne son supérieur. Il ne lui restait plus qu'une solution. Coopérer.

Mais il savait ce qui viendrait ensuite.

Confirmant les craintes du fonctionnaire, le chef de la bande prit un objet sur le sol. C'était grand et lourd. Un marteau.

« Allez prendre l'air. D'ici dix minutes, ce sera réglé... »

Eugène marcha au hasard des rues, emporté par la terrible ivresse de la haine de soi.

En racontant aux policiers toute son histoire, il s'était rendu compte d'une évidence : il aurait dû comprendre, la veille, ce qui allait se passer. Il aurait dû prévenir Charles.

Au lieu de quoi, il était rentré avec Gwen, ne rêvant que de ses bras.

Il aurait pu lui sauver la vie et il ne l'avait pas fait.

À un moment, alors qu'il traversait et retraversait le Pont-Neuf, il s'arrêta sous la statue d'Henri IV, où il avait rejoint Charles lorsque tout avait commencé.

Sous le pont, l'eau coulait, impassible. Eugène se perdit dans la contemplation de la Seine, suivant du regard des bouts de bois emportés par le courant, sans parvenir à oublier l'image de Charles étendu sur le sol de son bureau.

Charles n'avait pas pu se défendre, n'avait pas eu le temps de comprendre ce qu'il se passait. Pendant ce temps, Eugène dorlotait Gwen.

Et maintenant, il cachait des informations à la police afin de pouvoir écrire son article.

Le journaliste sentit son ventre se retourner. Il vida ses entrailles par-dessus le rebord.

Puis, l'esprit vide et le cœur lourd, il reprit sa longue errance. Il passa devant le Quai d'Orsay, remonta vers la plaine Monceau, comme s'il voulait revenir dans tous les lieux qui avaient été le décor, de près ou de loin, de la chute de son ami.

La journée fut longue et terrible.

Durant plusieurs heures il se morfondit, se flagella, s'injuria. Tout était gangréné par sa légèreté, son imprévoyance. Même Gwen n'échappait pas à ce flot de haine. Leur vie à deux, leurs désirs, le sentiment trompeur qu'eux seuls comptaient – tout cela avait causé la mort de Charles.

Enfin, alors que le soleil s'apprêtait à se coucher, il prit le chemin de Montmartre, où il devait retrouver la jeune femme. Il avançait torturé par un mélange de désir et de rage. Pour elle, pour lui, pour le monde entier.

Eugène la vit de loin. Souriante, belle, inconsciente de ce qui avait eu lieu.

Alors, en s'approchant, une nouvelle idée vint soulager un peu le poids sur ses épaules.

Qu'il regrette ses erreurs était normal ; qu'il soit détruit par la mort de son ami était inévitable. Cela ne le rendait pas responsable pour autant. Ils avaient péché par légèreté, mais qui aurait pu savoir que la mort de Charles était si proche, si facile ?

Le responsable, c'était Duvauchel. Et par extension De Brémont.

« Tout va bien ? »

Il la prit dans ses bras puis fondit en sanglots.

Tandis qu'elle lui demandait ce qui se passait, Eugène sentit une certitude s'ancrer en lui.

S'il voulait obtenir le pardon, il n'avait qu'une chose à faire : provoquer la chute des deux hommes. Participer au massacre des anarchistes. Et si les Allemands étaient mêlés à cette machination, il devait le clamer sur tous les toits.

Son article ne serait pas une œuvre d'ambition personnelle mais l'instrument de la justice.

« Charles est mort. »

Elle le serra avec davantage de force, et il en fut tout à fait convaincu.

Il prouverait tout. Pour que Charles repose en paix.

Petite Cloche s'était écarté autant que possible.

Il avait besoin de calme et de solitude. À vingt mètres d'une cabane où l'on torturait Duvauchel qui s'égosillait, et à dix mètres de ses camarades, il n'avait ni l'un ni l'autre.

Les arbres dansaient, caressés par une brise plus chaude que d'habitude. Il eut envie de se perdre dans la nature. De tout laisser tomber. Ses amis. Son frère.

Mais bien sûr, il ne le ferait pas. Ses amis avaient tout sacrifié pour lui.

Il avait cru qu'ils avaient une chance. Il s'en serait presque découvert une religion, si cela lui avait permis de prier pour leur réussite. Pourtant, au fond de lui, il avait toujours su que leurs chances étaient maigres. Il avait tout envisagé : la police qui les retrouvait trop vite, le préfet qui faisait exécuter Isidore en représailles, la peur qui les empêchait de mener leur plan à terme… Mais il n'avait pas prévu la trahison.

Il avait pris l'Alchimiste pour un fanatique. Tout ce qu'il lui reprochait, c'était de confondre la lutte pour Grande Cloche avec une lutte pour l'anarchie. Confusion partagée par Georges, Louis et la Cigale, d'ailleurs : ils ne s'étaient résolus à lancer des bombes que parce qu'Isidore était à leurs yeux une image de ce qui n'allait pas dans ce monde.

Seule Lola, comme lui, se méfiait des idées. Elle seule comprenait que Grande Cloche étant un être vivant, il valait mille fois plus qu'un monde idéal.

Et en fin de compte, voilà que l'Alchimiste, lui aussi, se méfiait des idées. Il s'en méfiait tellement qu'il avait décidé de les vendre. Petite Cloche ne pouvait même pas lui en vouloir. En temps normal, il se serait contenté de mépriser ce pauvre type… tout en ayant conscience qu'il était parfois facile, et terriblement humain, de se compromettre.

Ce qu'il ne lui pardonnait pas, c'était d'avoir mis en danger Isidore.

Un cri lui vrilla les tympans. Autour de lui, tous firent

semblant de n'avoir rien entendu. Seul Burtsev ne jouait pas l'indifférence : il ne ressentait réellement rien. Petite Cloche fut parcouru d'un spasme et il repensa au garde qu'il avait tué. Il sentit, comme s'il était encore sur place, le corps s'affaisser. Il entendit le bruit du casse-tête rongeant la chair molle de ce qui n'était plus un visage.

À présent qu'il n'était plus en danger, il avait l'impression que c'était le souvenir de quelqu'un d'autre, comme lorsqu'il retrouvait les souvenirs épars de ses actions nocturnes un lendemain de bordée. Ce n'était pas lui, c'était un autre homme, caché au fond de son âme, qui était responsable.

D'ailleurs, il avait tous les symptômes de la gueule de bois : la tête lourde, la nausée, la fébrilité, et ce dégoût de soi si subtil qu'il en était presque réconfortant.

L'envie de vomir se fit plus forte.

Les arbres lui tendaient les bras. Il s'avança, se réfugia dans leur ombre. Le bruit du casse-tête résonnait encore dans sa tête.

Les cris de Duvauchel, bien réels, devenaient plus aigus.

Au bout d'un quart d'heure, Georges sortit de la cabane. Lola s'approcha aussitôt.

Elle avait essayé de se changer les idées. Sans succès : l'air avait été saturé des cris, pleurs et marchandages du fonctionnaire. À chaque fois, ils devenaient un peu moins humains. Le pire, toutefois, ç'avait été les longs silences tombant, soudain, après un hurlement plus tremblant que les autres. Enfin, après un ultime silence, une détonation avait retenti.

Georges chancelait. Son visage, ses bras et ses vêtements dégoulinaient de sueur et de sang.

« Alors ? »

Tous s'étaient rameutés autour de lui.

« Alors j'ai le nom. »

Il s'adossa au mur de la cabane et laissa tomber le marteau. Sur le manche, il y avait des formes gluantes et noires.

Burtsev, raide et sévère, leva sa main gauche, jusque-là jointe à la droite sur le pommeau de sa canne. D'un mouvement lent, il la posa sur l'épaule de Georges. Lola se dit que c'était sa manière de compatir. Burtsev parlait français, mais tout ce qu'il faisait nécessitait une traduction.

« Il fallait le faire. »

L'anarchiste laissa échapper un rire qui tenait en bonne partie du sanglot étouffé.

« Le faire parler, oui. Mais je me suis laissé emporter… J'ai repensé à l'Alchimiste, à Grande Cloche dans son cachot… À la fin, il ne ressemblait plus à rien. J'avais besoin de… »

Il ne termina pas sa phrase. On le laissa reprendre ses esprits. Sa peau ressemblait à du vieux papier. Il tremblait comme une feuille morte.

« De Brémont », soupira-t-il enfin.

Burtsev se gratta la barbe, pensif.

« J'ai déjà entendu ce nom.

– Un industriel, répondit Georges. Je ne sais pas pour qui il travaille. Duvauchel avait l'air de croire qu'il était au service des Allemands. Ils s'étaient rencontrés à Berlin. »

Il s'arrêta. Grogna. Cracha. Et reprit :

« S'il a pas donné les papiers à quelqu'un d'autre, ils sont chez lui. À la plaine Monceau, dans un hôtel particulier. »

Le silence suivant aurait pu ne jamais prendre fin.

Lola regarda ses compagnons. Ils étaient brisés, détruits, vaincus. Leur propre lutte les avait trahis. Pourtant, ils avaient tous fait l'impensable, le matin même, au nom de cette révolution trompeuse, et ils en portaient les cicatrices.

Petite Cloche avait tué un homme à coups de poing. Depuis, il était traversé de spasmes, et il gardait les yeux perdus dans le vide. La Cigale avait malmené des otages, failli prendre une balle, et maintenant il se murmurait tout seul des mots de réconfort. Louis avait tué l'Alchimiste, et il ressemblait lui-même à un fantôme. Georges avait torturé un homme, et on avait l'impression qu'il allait s'écrouler sur le sol pour pleurer toutes les larmes de son corps.

Quant à Lola, elle avait lancé des bombes sur des êtres vivants. Et elle était partagée entre l'envie de recommencer et l'envie de partir loin, le plus loin possible, ne jamais revenir, disparaître, devenir quelqu'un d'autre, quelque part sur un sentier de campagne.

Et pourtant il fallait continuer. Isidore avait toujours besoin d'aide. S'ils renonçaient maintenant, Duvauchel avait gagné. Sans compter la police, bien sûr, qui finirait par gagner, puisqu'elle avait toujours le dernier mot.

Les documents, les vrais, étaient leur seule arme. Ils devaient les retrouver. C'était aussi la seule solution pour redonner une valeur à leur lutte.

Quelqu'un devait finir par briser le silence. Elle prit la parole :

« Alors on va chez De Brémont et on le force à parler. »

Georges s'écarta du mur. Il reprenait peu à peu des couleurs. Les autres échangèrent un regard. Il y avait dans leurs traits une netteté qui ne trompait pas. Ils avaient tous fait le même cheminement. Aucun n'avait envie de continuer, mais tous savaient qu'ils n'avaient pas le choix.

« Oui. »

Cela aurait pu venir de n'importe lequel d'entre eux.

Burtsev baissa la tête, mit les deux mains sur le pommeau de sa canne. Il avait les yeux clos.

« Très bien. Moi, je vais faire des recherches sur lui. Enlevez-le, ramenez-le ici dans le meilleur état possible. Demain matin, je l'interrogerai. »

Aussitôt, comme si sa seule présence leur donnait vie, il se détourna et alla d'un pas lourd jusqu'à sa voiture. Lola n'avait pas la force de s'offusquer de ce traitement cavalier : Burtsev était désormais leur seul ami au monde.

Georges tituba vers la maison. Il fit un signe de la main, de fatigue ou de désespoir.

« Autant attendre la nuit. Il faut qu'on se repose quelques heures. »

Une fois devant la porte, il se retourna.

« Si quelqu'un a le courage d'aller prendre une pioche, pour enterrer les deux corps… »

Lola fit un pas vers la cabane et mit la main sur la poignée. Elle savait qu'elle ne parviendrait pas à se reposer : autant se vider la tête en creusant un trou. Un cri l'arrêta dans son geste. La main de Louis se posa sur son bras.

« N'entre pas. »

Sa gorge était sèche. Son corps avait compris avant elle. Pourtant, elle ne parvenait pas à s'écarter. Ce qu'il y avait derrière cette porte, c'était le symbole de leur équipée – leurs espoirs détruits, leur rêve perdu. La seule trace qu'ils laisseraient sur cette terre.

Louis la repoussa, et, ce faisant, entrouvrit la porte.

Elle se détourna aussitôt, mais eut le temps d'apercevoir sur le sol de la cabane, au milieu des alambics, une masse de viande dont les formes n'avaient plus rien d'humain.

CHAPITRE 20

Quelques heures plus tard, Fabre quittait le Quai. Seul.

Il se dirigea vers la brasserie Dauphine en goûtant cette solitude. Cerruti et Garcin s'étaient visiblement attendus à ce qu'il les invite, mais il voulait un repas paisible, où il pourrait penser uniquement à la saveur de ce qu'il avalait. Depuis des heures maintenant, il rêvait d'une andouillette – sauter le repas de midi n'était ni dans ses habitudes ni dans ses goûts.

La journée avait été longue. Les trois hommes, aidés d'un bataillon d'inspecteurs, avaient interrogé tous les témoins possibles : gardiens ayant participé à l'échange de tirs, fonctionnaires présents lors de l'attaque, otages et blessés. Et puis il avait fallu rédiger les inévitables rapports en plusieurs exemplaires.

Fabre s'installa, commanda son andouillette et deux demis. Puis il passa en revue leurs trouvailles du jour.

Les théories de Garcin étaient plus ou moins confirmées par ce qu'ils avaient appris sur Duvauchel. Fonctionnaire discret à la vie privée presque inexistante, c'était un ancien membre de l'ambassade de France à Berlin : il avait pu rencontrer là-bas des maîtres plus généreux.

Le commissaire but d'un trait le premier demi et entama le second.

En ce qui concernait De Brémont, Garcin avait trouvé le temps de glaner des renseignements, qu'il avait présentés avec la joie d'un chien de chasse ramenant dans sa gueule une perdrix morte. Selon lui, les intérêts financiers de De Brémont, ainsi que sa relation avec Joseph Caillaux, en faisaient l'agent allemand typique.

« Caillaux n'a peut-être aucun lien secret avec Berlin. En revanche, il est certain que De Brémont, lui, a des amis en Allemagne. Et si l'on se base sur la déposition de notre journaliste, ces amis ne sont pas tout à fait désintéressés. »

Bien sûr, comme l'avait signalé Cerruti, tout cela était hypothétique.

Fabre engloutit son andouillette. Pendant quelques minutes délicieuses, il oublia les morts.

Dès qu'il eut terminé l'assiette, en revanche, il fut frappé de plein fouet par l'urgence de la situation. Duvauchel devait être retrouvé vivant. Lui seul, sans doute, pourrait donner des preuves de l'implication de De Brémont. Or, rien n'assurait que Duvauchel sortirait en bon état de sa virée avec des terroristes.

Comme si cela ne suffisait pas, des documents compromettants étaient dans la nature, aux mains soit des anarchistes, soit d'espions étrangers. Fabre n'avait aucune idée de ce qu'ils contenaient, mais leur importance ne faisait pas de doute. Les sept morts du café de Flandres, les quatre gardes et les trois fonctionnaires du Quai d'Orsay le prouvaient : on ne tuait pas quatorze innocents pour de la paperasse administrative.

Ces documents pouvaient donc servir à quelque chose de terrible : la libération d'un criminel, la chute d'un gouvernement, voire pire. Fabre se demanda ce qu'était ce « pire ». Il lui fallut écluser son demi avant d'oser l'admettre.

Le pire, c'était une guerre.

Il quitta le restaurant avec la désagréable sensation que cette andouillette lui resterait sur l'estomac. Sa tête n'allait guère mieux. Une idée confuse lui grignotait la cervelle. La situation était grave, oui, mais quelque chose ne collait pas.

L'air frais fit fonctionner ses pensées plus efficacement. Le fait d'avoir été bien nourri était un avantage indéniable. Il ne tarda pas à mettre le doigt sur son problème.

Les Brigades mobiles avaient tout fait pour empêcher la Sûreté d'enquêter sur un agent provocateur. Rivalité policière tout à fait classique… mais qui ne tenait pas la route dans l'éventualité d'un complot allemand. Il y avait des limites à la guerre des polices : si des agents étrangers manipulaient les anarchistes, Fabre ne pouvait pas croire que la Première brigade aurait pris le risque de cacher des renseignements. Cela aurait été de la trahison pure et simple.

Donc, soit les Brigades protégeaient un agent provocateur sans savoir qu'il était payé par l'étranger, soit la piste allemande était fausse.

En fait, on ne pouvait pas tout à fait écarter la possibilité que De Brémont travaille avec les Brigades mobiles.

Cette andouillette était de plus en plus lourde. Les pensées de Fabre chaviraient d'un bord à l'autre.

Le commissaire se sentait perdu au beau milieu d'un ouragan, sans plus aucune idée de la direction à prendre, sans même parvenir à identifier ses amis et ses ennemis. Les vents se déchaînaient, l'État risquait de tomber, l'Europe de s'embraser. Dans ce chaos, il ne conservait qu'une seule certitude : il devait ramener l'ordre. Au plus vite.

La blessure était superficielle. Il avait eu mal – il avait encore mal, en particulier avec les cahots de la route qui faisaient vibrer la voiture. Mais à part une grosse brûlure là où la balle avait frotté contre la peau, il s'en était sorti indemne.

Quelque part, il le regrettait. Car il était l'un des seuls à ne pas avoir été blessé d'une manière ou d'une autre par les événements de la journée. Même la trahison de l'Alchimiste n'avait pas suffi à l'atteindre. Ou peut-être qu'au contraire, il était si touché qu'il ne s'en rendait plus compte. Ce qui expliquerait pourquoi il aurait préféré que la balle l'atteigne de plein fouet. La vie ne l'intéressait plus. Il s'était réveillé, le matin même, en pensant qu'il n'avait plus rien à en retirer.

Autour de lui, la campagne n'avait rien d'intéressant. Et ils avaient beau rouler, se déplacer donc, cela ne devenait pas plus intéressant pour autant : tout ce qu'il voyait, c'était ce qui manquait. Il n'y avait pas de cigales et la mer était bien loin. Il aurait aimé retrouver la mer, le soleil, la roche du Sud. C'était un pays étranger, ce monde, un pays étouffant, où la terre s'étendait trop loin, dans trop de directions.

Mais la mer lui serait étrangère aussi, à présent, sans Manon pour l'embellir.

« C'est une région morte. »

Quelle voix était-ce ? Celle de Manon ou la sienne ? Parfois, il avait du mal à le savoir. Et ensuite il se rendait compte que la voix de Manon était la sienne. Manon était morte. Ce qui parlait dans son crâne, ce n'était pas elle. Même pas son fantôme. C'était lui, qui s'imaginait qu'elle continuait à le conseiller. En réalité, il attendait le moment de la rejoindre. Parce que c'était son dernier désir.

« T'es pressé ? »

Il pouvait presque entendre le sourire dans sa voix. C'était stupide. Une voix ne sourit pas, une voix imaginaire encore moins.

Il répondit, sans remuer les lèvres, afin de ne pas révéler

à ses compagnons l'étendue de sa folie. Tous, de toute façon, avaient les yeux fixés sur la route, et tous restaient silencieux. Il pouvait discuter en toute sérénité avec son spectre familier :

« Je suis pas pressé. Mais j'ai pas envie de continuer.

– Et Grande Cloche ?

– Pas après ça. »

Il s'était lancé dans leur équipée parce qu'il avait l'impression d'avoir fait le tour de ce que le monde pouvait offrir, et qu'il voulait servir à quelque chose. Puis le monde avait gagné, et tout avait été corrompu. Maintenant, ils allaient s'enferrer dans la violence jusqu'à ce qu'on les abatte. Alors pourquoi faire semblant de vouloir continuer ?

Autant mourir tout de suite.

« Parce qu'ils ont besoin de toi. »

Il soupira.

« C'est de toi que j'ai besoin.

– Moi, je suis morte. »

La Cigale retint un sanglot. En dix ans, c'était la première fois qu'elle lui rappelait la vérité. Il se demanda si cette voix avait encore le moindre point commun avec sa femme, ou s'il l'avait transformée en une marionnette. Un pantin manquant de cohérence :

« Il y a trois jours, dit-il, tu me conseillais de partir. »

D'un autre côté, Manon n'avait jamais été très cohérente. Ou peut-être qu'elle l'était beaucoup plus que lui, au contraire, et qu'elle comprenait la vie.

« Mais tu es resté. Ton choix est fait. Tu dois les aider maintenant. »

Le Devoir, bien sûr. Elle avait toujours eu ce mot à la bouche.

« Je t'attendrai, Amédée. Je serai là jusqu'à la fin. »

D'accord, répondit-il en ramenant les yeux sur la route. Alors pourvu que la fin ne tarde pas.

Fabre pressait le pas, impatient de parler à Sarah. Dans la tourmente, elle était un point fixe.

Alors qu'il passait devant une bouche de métro, l'évidence le frappa.

De Brémont n'était pas un imbécile. Il savait qu'il avait été identifié par le journaliste et son ami. Et il savait sans doute, à présent, que l'ami en question avait été tué. Il pouvait donc se douter que le journaliste parlerait à la police.

L'industriel ne pouvait pas ignorer qu'il était acculé. Or, comme toutes les bêtes prises au piège, il n'avait que deux options : prendre la fuite… ou frapper le premier.

Fabre s'arrêta au milieu du trottoir. Attendre que Garcin trouve des preuves était un luxe qu'ils n'avaient pas. Il fallait se confronter à De Brémont tout de suite.

Fabre descendit les marches menant au souterrain.

Aller voir De Brémont de nuit, sans preuves, c'était prendre le risque de donner un coup d'épée dans l'eau. D'un autre côté, l'homme d'affaires ne s'attendait sûrement pas à voir débarquer la police à une heure pareille. Fabre pouvait le prendre au dépourvu. C'était toujours une bonne méthode.

La rame de métro arriva dans un grand fracas métallique. Fabre pénétra à l'intérieur.

À sa propre surprise, il se sentait soulagé. Pour la première fois, il savait ce qu'il avait à faire, et il reprenait la main sur les événements.

De Brémont parlerait.

CHAPITRE 21

Saint-Augustin sonnait neuf heures.

De Brémont prit un dernier carton et suivit son domestique, qui ahanait sous l'effort.

L'homme d'affaires se sentait soulagé : d'ici deux minutes, ils seraient partis. En sécurité, enfin.

La journée avait pourtant bien commencé. Lorsqu'il avait appris que l'attaque s'était déroulée, que les anarchistes avaient fui, il avait ressenti un sentiment de triomphe. Ne restait plus qu'à attendre quelques jours, puis à lancer l'offensive. Poincaré ne pouvait survivre à un tel scandale. Caillaux serait élu. Et ensuite, allez savoir…

Puis, un mouchard du Quai des Orfèvres lui avait signalé la disparition de Duvauchel, et la panique l'avait gagné. Ç'avait été une course contre la montre : il était obligé de fuir mais ne voulait pas revenir, une fois l'orage passé, pour se découvrir ruiné. Par conséquent, il avait organisé le fonctionnement général de ses sociétés durant les semaines à venir. Lorsqu'il en aurait fini avec sa vie professionnelle, il restait sa vie privée : Adrien avait préparé des cartons, certes, mais n'importe comment. Il avait même oublié de prendre des livres. Grave erreur.

La maison de campagne allait servir de refuge le temps que les choses se calment. Problème : De Brémont détestait l'air de la campagne, les chemins boueux grouillant de larves et d'araignées, la nature en général. Il avait donc besoin d'une occupation d'intérieur. D'où les livres.

L'industriel laissa tomber le carton dans la voiture puis ralluma sa pipe et en tira une bouffée. Aussitôt, cela lui donna envie de quelque chose de plus fort. Du bourbon se trouvait au fond d'un des derniers cartons…

Mieux valait attendre d'être arrivé. En compensation, De Brémont contempla les efforts d'Adrien pour mettre la Ford T en marche.

Mais avant d'entendre le moteur de sa voiture, il en entendit un autre.

Derrière lui, quelque part dans la rue, un véhicule approchait à vive allure, à en juger par les pétarades du moteur. De Brémont se retourna avec la sensation que le ciel s'effondrait sur lui.

À la lueur des becs de gaz, il vit une De Dion-Bouton foncer sur eux ; cinq personnes y étaient massées, tenant autant de revolvers tendus dans sa direction.

Il évalua la distance le séparant de la maison. Impossible de s'y réfugier. Il plongea donc la main dans la voiture pour se munir de son propre revolver tandis qu'Adrien, ayant compris la situation, faisait de même.

« Nous tirons, monsieur ?

– Nous défendons notre vie, Adrien. Tout de suite. »

À ces mots, l'homme d'affaires fit feu en direction des anarchistes.

La chance souriait aux capitalistes : une silhouette s'écroula hors du véhicule.

Eugène se laissa retomber sur le lit en soupirant.

« Désolé. Je suis trop… »

Elle lui caressa la joue.

« C'est normal. Ne t'inquiète pas. »

Il posa sa main sur la sienne avec un sourire triste.

« Je vais avoir besoin d'un peu de temps. »

Gwen l'embrassa sur la joue, puis sur les lèvres.

« Je sais. Ne t'en fais pas. »

Il tourna la tête vers elle. Ses yeux se fermaient, et le sourire triste qui ne quittait pas son visage se faisait de plus en plus détendu.

« Je suis désolé pour ce soir. Je n'ai pas été de très bonne compagnie… »

En réponse, elle l'enserra dans ses bras. Il se blottit contre elle comme s'il cherchait un refuge. Toute cette soirée, Gwen avait été un abri. Ils avaient bu un verre dans un lieu tranquille. Elle avait su attendre sans le brusquer. Et quand enfin il avait parlé, elle avait écouté. Tous les deux l'avaient senti : leur relation prenait un nouveau sens, désormais, la séduction passait au second plan. L'habituelle lutte des désirs était abolie. Ils se soutenaient. Une métaphore à propos des fondations d'une maison leur avait traversé l'esprit à tous deux, mais ils n'avaient rien dit – il ne fallait pas non plus exagérer.

Enfin, ils étaient rentrés chez Eugène et ils avaient parlé encore. Puis, par habitude, ils avaient essayé de faire l'amour. Sans y arriver. Ce soir, Eugène avait besoin de la présence de Gwen, et rien d'autre. À sa grande surprise, la jeune femme ressentait la même chose.

Elle le sentit s'endormir et resta un moment à écouter son souffle se faire plus serein, à contempler son visage s'éloigner des douleurs diurnes, en prenant conscience que ce qui les unissait était fort et profond. Et cela lui crevait le cœur.

Gwen écarta ses bras lentement, en faisant attention à ne pas le réveiller, puis se dégagea. La douleur se fit encore plus aiguë lorsqu'elle quitta le lit ; en s'habillant, le plus discrètement possible, elle eut du mal à se retenir de crier.

Une fois qu'elle eut quitté l'appartement et refermé la porte, elle se permit de laisser échapper un sanglot. Par moments, elle se haïssait elle-même.

Jamais auparavant elle n'avait laissé son désir et ses sentiments se mêler de manière aussi intime ; jamais elle n'avait ressenti un tel besoin pour une autre personne. Jamais, non plus, elle n'avait été aussi loin dans le mensonge.

Elle s'était réconfortée, durant des jours, en se disant qu'il pouvait deviner que leur histoire ne serait pas durable. Mais il ne l'avait pas compris. Tout simplement parce qu'elle n'avait pas voulu qu'il le comprenne. Elle avait préféré attiser ses sentiments – attisant les siens propres par la même occasion.

Eugène dormait d'un sommeil de plomb sous l'effet du bromure qu'elle avait glissé dans son verre. Il se réveillerait, le lendemain, et la trouverait à ses côtés comme s'ils s'étaient endormis dans les bras l'un de l'autre, baignés d'amour et de tendresse. Il ne se douterait pas qu'il avait surtout été baigné de drogue pendant qu'elle allait au restaurant avec d'autres hommes.

Quand elle ouvrit la porte de l'auberge miteuse où ils se réunissaient, elle fut prise de nausée.

Quatre hommes étaient assis à une table près d'une fenêtre. Henri Bint lui fit signe de les rejoindre.

Fabre, en revenant à la surface, entendit sonner neuf heures à l'église Saint-Augustin.

Il se mit en route, d'un pas lent mais décidé, en direction de l'hôtel particulier de De Brémont.

Il avait passé le trajet à envisager les dialogues possibles avec l'industriel, et, après réflexion, comptait opter pour de simples insinuations : dans un premier temps, il laisserait son interlocuteur s'interroger sur ce qu'il savait. C'était la meilleure manière de le déstabiliser.

Sa stratégie au point, il prit sa pipe et s'efforça de penser à autre chose, afin d'entamer le dialogue avec davantage de naturel.

Au moment où il allait tourner dans le boulevard de Malesherbes, des coups de feu éclatèrent.

Une fois de plus, il était en retard sur les événements.

Le commissaire se mit à courir. Il porta la main à son arme, laissant tomber sa pipe au sol, où elle se brisa.

Quand il déboucha sur le boulevard, il vit une automobile lancée à vive allure, sur laquelle se tenaient quatre silhouettes. Plus loin, deux hommes s'étaient réfugiés derrière une voiture garée. Des détonations éclataient de tous côtés, recouvrant les cris de rage et les insultes que lançaient les différents protagonistes. Un autre homme, entre Fabre et les combattants, se tordait de douleur sur le sol. Le commissaire courut dans cette direction. On ne le remarqua pas.

Seul, il ne pouvait pas lutter contre tous les anarchistes. Par contre, il pouvait peut-être les forcer à fuir – ensuite, il n'aurait plus qu'à interroger De Brémont et le blessé.

La De Dion-Bouton s'immobilisa à une centaine de mètres du commissaire. Les échanges de tirs continuèrent. Personne n'avait été touché. À part, bien sûr, l'homme à terre, qui tenait de la main son épaule ensanglantée. Son revolver était au sol, quelques mètres plus loin.

Le commissaire s'arrêta près de lui et posa le canon de son arme contre sa tempe.

« D'où est-ce que tu sors, toi ? »

Sans répondre, Fabre le força à se relever.

Devant lui, les choses se précipitèrent.

De Brémont, toujours dissimulé derrière la voiture, vit Adrien faire un vol plané. L'arc de cercle que dessina son corps fut souligné par un flot de sang. Il s'écroula par terre.

Comprenant qu'il était perdu, l'homme d'affaires poussa un cri de haine et quitta son abri.

Georges, accroupi dans le véhicule, fut le premier à réagir. Il tira dans la jambe de l'industriel, qui tomba à terre. Dans la même seconde, Petite Cloche, qui se protégeait derrière le capot, bondit sur De Brémont, et envoya valser le revolver de ce dernier d'un coup de pied.

« Ça suffit. Tu viens avec nous. »

De Brémont répondit par un juron que Petite Cloche sanctionna d'un coup de pied dans le menton.

« René. Du calme. Il nous le faut en bon état. »

Georges et la Cigale quittèrent leur cachette. Les deux hommes s'approchèrent de l'industriel au sol. Pendant ce temps Lola, qui avait à peine eu le temps de s'assurer que Louis était en vie, se tourna vers la rue.

Elle le vit à une vingtaine de mètres. La lueur du bec de gaz lui permettait de constater qu'il était blessé à l'épaule. Il avançait de manière erratique. Cela s'expliquait sans doute par le fait qu'un homme armé d'un revolver l'utilisait comme bouclier humain.

« Fait chier… »

Elle leva son arme. L'image des gardes du Quai d'Orsay soufflés par la bombe qu'elle avait lancée lui traversa la tête. Elle avait tué une fois. Voilà qu'arrivait la deuxième.

Sa main ne tremblait pas.

En tout cas, c'était ce qu'elle aurait voulu. En fait, elle tremblait comme une feuille.

« Jetez vos armes, dit le policier. Tout de suite, sinon… »

Dans son dos, Fabre entendit des fenêtres et des portes s'ouvrir. Les habitants de la rue, curieux, venaient voir ce qu'il se passait, maintenant que les coups de feu avaient cessé. Il pria pour qu'aucun ne décide d'intervenir : il devait davantage ressembler à l'assaillant qu'au policier.

« Sinon quoi ? »

Georges Leclerc, dit Casse-Tête. On le reconnaissait aussitôt. Le Quai des Orfèvres s'était offert de bons artistes.

L'anarchiste fit un pas en avant.

« Surveillez De Brémont, dit-il à ses compagnons. Je m'en occupe.

– Arrêtez-vous et lâchez vos armes », insista Fabre.

La femme jeta son revolver. Casse-Tête ne fit rien. Le commissaire accentua sa menace :

« Je vous préviens, je n'hésiterai pas…

– Mon vieux, rétorqua l'anarchiste d'une voix amusée, tu hésites déjà. »

Fabre comprit qu'il devait montrer sa détermination par un acte fort. Mais une balle dans la tête de son otage n'était pas une option : ensuite, il n'aurait plus d'otage.

Il pointa donc le revolver en direction de la femme et pressa la détente.

« Je m'excuse, en premier lieu, pour l'heure tardive. Vous comprendrez qu'après de tels événements, il est difficile de s'éclipser de la Première brigade de bonne heure… »

L'homme qui venait de parler, un quadragénaire au teint gris et aux yeux larmoyants, était Hervé Le Guin. Gwen ne savait qu'une seule chose de lui : il travaillait pour les Brigades mobiles. Il ponctua sa phrase d'un bruit de déglutition qui devait sans doute figurer une sorte de ricanement visqueux. Cela permit à Gwen de se souvenir d'autre chose à son sujet :

il était détestable. Mais c'était un trait qu'il partageait avec les trois autres hommes.

Joseph Simonet était odieux. Membre éminent de la Centrale du Quai d'Orsay, le vieillard arborait, par-dessus ses bajoues tombantes, une superbe moustache de phoque qui compensait sa calvitie totale. Gwen était persuadée qu'elle compensait d'autres manques également.

Henri Bint était haïssable. Ancien policier devenu chef du bureau parisien de l'Okhrana, il était escorté d'un Russe qui lui servait d'homme de main et de monstre de compagnie : Alexander Krasilnikov.

C'était une gigantesque masse de muscles, au visage dépourvu de pilosité. Ses yeux étaient d'un jaune profond comme celui des tournesols. Ses mains immenses reposaient sur la table. Il restait parfaitement immobile. Hormis quelques vagues, parfois, sur son visage lunaire, elle n'avait jamais remarqué la moindre émotion en lui.

Les quatre hommes ne lui accordaient pas la moindre attention. Sans doute la considéraient-ils avec trop de mépris pour cela : elle n'était qu'une exécutante, après tout. Et il était probable qu'ils se méfient d'elle, de toute façon.

« Je n'aurais pas pu me libérer plus tôt non plus, remarqua Simonet. Par ailleurs, le fait de faire le point à une heure tardive nous permet de voir comment les choses ont évolué.

– Tout à fait, ajouta Bint, et sur ce point, messieurs, j'ai été agréablement surpris. »

Krasilnikov ne cilla pas. Bint poursuivit :

« Nos pacifiques anarchistes, qui espéraient faire plier la Sûreté d'une simple lettre de menaces, savent faire couler le sang. Il est dommage que l'assaut du Quai se soit passé de manière aussi dramatique pour le jeune Charles Boynet… »

Il adressa un signe de tête poli à Simonet.

« Oui, c'est bien triste, dit ce dernier en lissant ses moustaches. Bien triste aussi pour ses collègues innocents… Mais ce sont des choses qui arrivent, et qui ne doivent pas éclipser le reste.

– Si vous le voyez ainsi, reprit Bint, j'en suis ravi. Par ailleurs, j'ai pu apprendre de source sûre que Burtsev a été mis à contribution pour faire parler Duvauchel. De Brémont ne tardera donc pas à recevoir une petite visite de nos amis. »

Les trois hommes se congratulèrent ; le colosse russe resta silencieux.

Soudain, il fit frémir ses yeux jaunes, et les dirigea vers Gwen. Elle se recula instinctivement sur son siège. Lorsqu'il se mit à parler, elle recula encore plus.

« Miss Irving, commença-t-il d'une voix glaciale, avant que nous continuions à nous réjouir, il serait peut-être judicieux que vous nous disiez où vous en êtes de votre côté. »

Il n'y avait pas davantage de sentiments dans sa voix que sur son visage. Aucun accent non plus. Aucune tonalité. À tous points de vue, c'était un homme lisse.

« Eh bien… J'ai dû réconforter notre journaliste, qui a pris la mort de son ami avec moins de stoïcisme que vous. »

Elle attendit une seconde. Personne ne s'offusqua.

« Il veut mettre la main sur les documents avant d'écrire son article. »

C'était peut-être une remarque inutile. Mais si jamais Charles en avait parlé à Simonet, il valait mieux qu'elle couvre ses arrières en attribuant l'initiative du cambriolage à Eugène.

« Il y est plus décidé que jamais, ajouta-t-elle, puisqu'il s'est promis d'obtenir la tête de De Brémont. Et celle de Duvauchel aussi, bien sûr.

– Pour celle-ci, ricana Le Guin, qu'il ne se fasse pas de souci.

– Oui, compléta Simonet en souriant, je serais bien surpris s'il passait la nuit. »

Bint laissa échapper un petit rire lui aussi.

« Mettre la main sur les documents… Il serait peut-être temps de lui ôter cette idée idiote de la tête. J'imagine que vous n'avez pas grand-chose d'autre à nous dire ?

– À vrai dire, monsieur, sa journée a été très occupée par la mort de Charles. Dès qu'il l'a su, il a rendu visite à la police, comme vous l'avez sans doute appris… »

Elle croisa les doigts pour qu'ils ne le découvrent pas maintenant. C'était son rôle d'éviter que le journaliste ne fasse de telles démarches.

« Nous le savions, dit Le Guin. Et ce n'est pas un succès à porter à votre actif. Mais de toute façon, la Sûreté ne pourra pas rattraper son retard. L'idée de leur faire croire que Grandville allait s'évader me paraissait peu crédible, et pourtant Fabre a marché à plein régime ! »

Le Guin s'esclaffa ; puis, constatant qu'il était le seul à rire, il se recomposa une mine sérieuse. Simonet invita Gwen à continuer d'un signe de tête.

« Il a marché dans les rues de Paris tout le reste de la journée. Et il a passé la soirée à pleurer sur mon épaule.

– Qu'il pleure s'il le souhaite, répondit Le Guin. Faites votre possible pour le consoler, comme j'imagine que vous savez si bien le faire. Mais, entre deux sanglots, qu'il écrive son article. Il le faut d'ici deux jours. »

Gwen hocha la tête. C'était elle qui devait faire en sorte qu'Eugène écrive. Elle avait pris son temps : l'important était qu'ils interprètent cette lenteur comme de l'incompétence.

« Charles temporisait, ajouta Simonet, car nous n'étions pas certains que l'assaut se passe correctement. À présent, l'article de votre amant ne peut plus se faire attendre. Usez de tous les charmes nécessaires, mon petit, mais obtenez-nous cet article dans les plus brefs délais. »

Elle hocha la tête de nouveau, sans relever la mention de leur relation intime. Après tout, c'était dans ce but qu'ils l'avaient envoyée.

« L'essentiel est dit, miss Irving, ajouta Bint. J'imagine que vous avez un dormeur au cœur brisé à retrouver. »

Elle hocha la tête une troisième fois, comprenant que cette suite de remarques était une manière de la congédier.

Ils l'avaient fait venir dans le seul but d'insister sur l'urgence de l'article d'Eugène. Peut-être, aussi, tenaient-ils à lui rappeler pour qui elle travaillait.

Ce qu'ils ignoraient, pensa-t-elle en se levant, c'était qu'elle avait des allégeances moins assurées, et qu'elle avait donc forgé d'autres plans pour le journaliste. Or, dans ces plans, l'article n'était pas une priorité.

Elle inclina la tête en leur souhaitant une bonne soirée et remarqua que le titan imberbe la regardait avec une attention soutenue.

« Bonne soirée, miss. Dormez bien. »

Pour la première fois, un sourire se forma sur la surface indifférente de ce visage sans vie.

Gwen quitta le restaurant en tremblant de tous ses membres, courant presque pour retrouver les bras endormis d'Eugène.

Lola se jeta au sol et s'ouvrit le coude. La balle siffla au-dessus de sa tête.

Elle leva le menton pour voir que Georges avait encore avancé ; il s'était arrêté devant elle, à cinq mètres de Louis et son agresseur. Ce dernier avait mis Georges en joue et, en réponse, l'anarchiste avait levé les mains en l'air. Sans lâcher son arme.

« Nous devrions pouvoir trouver un terrain d'entente. »

La voix de Casse-Tête était toujours aussi sarcastique, et Fabre fut traversé par l'envie irrépressible de lui tirer une balle dans la tête pour faire disparaître ce sourire moqueur.

Cela ne dura qu'une seconde. Ensuite, il comprit. L'anarchiste faisait de son mieux pour gagner du temps. Ce qui signifiait que son calcul était bon : ils ne voulaient pas sacrifier l'un des leurs. S'il agissait vite, il pouvait donc obtenir ce qu'il voulait. Il lui suffisait de négocier.

« C'est simple, dit-il. Vous abandonnez De Brémont et je vous laisse partir. Je libérerai même votre homme… »

Lola vit Georges hocher la tête de manière excessive :

« Pourquoi pas… ça paraît honnête. »

Le ton de sa voix fit comprendre à Fabre comme à Lola qu'il n'accepterait jamais la proposition du policier.

Lola, en voulant se relever, sentit quelque chose contre son ventre. Son revolver.

Si Georges ne réagissait pas…

« Remontez dans votre voiture, dans ce cas. Et partez. »

La voix de Fabre était de plus en plus suppliante.

Il envisagea de tirer sur Casse-Tête. Seulement, en faisant cela, il mettait fin à ses chances de négocier : les trois anarchistes restant comprendraient que la situation devait se régler dans le sang. Et dans cette situation, l'arithmétique était sans pitié.

« Voyez-vous, j'hésite… »

Fabre perdait patience. Il se heurtait à un mur. Malgré son désavantage flagrant, la seule solution était l'affrontement. L'anarchiste menait la danse.

Il prit un bref instant pour calmer les battements de son cœur et dire adieu à sa retraite en Normandie. C'était donc ainsi qu'aurait lieu son dernier combat.

Jamais il ne s'était senti aussi près de la tombe. Il ne ressentait aucune peur. La mort, c'était aussi le repos. Puis il songea à Sarah. Lui revint aussi en mémoire une ombre plus ancienne. Émile. La glace et le feu.

Tandis que ces pensées le traversaient en rafale, il cessa de se préoccuper de son otage.

Louis, qui attendait le moment opportun, sentit ce relâchement. Aussitôt, il donna un grand coup de coude dans le plexus de Fabre, qui se plia en deux.

C'était suffisant : l'anarchiste s'arracha à son emprise et se jeta à terre, laissant ainsi le champ libre à ses compagnons pour tirer. Le commissaire, suffoquant, comprit qu'il venait de perdre son dernier affrontement avant même de l'avoir commencé.

Georges baissa les mains pour le mettre en joue. Lola le devança.

Les entrailles de Fabre explosèrent tandis que le sol, pris de tremblements, le propulsait dans les airs ; une bourrasque lui hurla aux oreilles.

Alors, comme par magie, il quitta Paris : les hôtels particuliers de la plaine Monceau s'écroulèrent, remplacés par un vaste étang entouré d'aulnes et percé de roseaux, non loin de sa maison de Normandie. Sous l'eau trouble, il distinguait la forme sombre des truites et des brochets, au petit matin, dans l'air frais du printemps ; à la surface voletaient des libellules inconscientes du risque qu'elles prenaient…

Le corps inconscient du commissaire retomba sur le trottoir.

CHAPITRE 22

Durant un long moment, Gwen suivit des yeux, en silence, les lignes du visage d'Eugène encore endormi. Elle espérait y lire une réponse à ses questions.

Plusieurs fois déjà, elle avait supporté des réveils similaires aux côtés d'un homme qui pensait l'aimer mais qui ne s'était attaché qu'à un masque. Avec Eugène, cependant, elle sentait un piège se refermer sur elle. Peut-être était-ce simplement la lassitude de ces matins identiques, de ces nuits illusoires, de ces mensonges sans fin, au service de maîtres incertains.

Eugène aimait le masque. Le masque aimait Eugène. Mais voilà que la Gwen cachée en dessous était ébranlée à son tour.

Pourtant, elle irait jusqu'au bout. Elle ferait son devoir.

Les mensonges devaient bien servir à quelque chose. Trop d'années de sa vie, trop de croyances et d'espoirs, reposaient sur eux. Elle devait faire corps avec le masque, puisqu'il ne lui restait que cela. Encore une journée elle serait la jeune Anglaise de famille riche venue s'amuser à Paris avec des gens du peuple. C'était une histoire agréable. Elle aurait aimé que ce soit vrai. Pas pour l'argent. Seulement pour Eugène.

Celui-ci ouvrit les yeux, les referma, et un sourire illumina son visage.

« Tu es réveillée. »

C'était un murmure. Gwen s'efforça d'oublier le bromure qu'elle lui avait fait prendre.

« Depuis un moment, oui. »

Elle l'enlaça. Ils s'embrassèrent.

Et Gwen disparut de nouveau derrière son masque, comme à chaque fois.

Une fois le mensonge construit, elle continuait à jouer son rôle malgré ses doutes, dans l'espoir que cette vie inventée ne s'arrête jamais. Jusqu'à ce que tout prenne fin, bien sûr, dans la violence et le sang, au moment où il n'était plus possible de maintenir l'illusion.

Eugène, comme s'il voyait venir ce futur, s'arrêta soudain, les muscles contractés ; il recula par instinct, et elle crut, durant une seconde d'horreur, qu'il avait compris sa véritable nature.

Mais ce n'était pas cela.

C'était simplement le fantôme de Charles qui revenait taper à la porte.

Le journaliste ferma les yeux.

« Bon sang. C'est pas le moment. »

Il poussa un long soupir.

« Je dois d'abord régler son compte à De Brémont. Sinon, je me sentirai jamais mieux. »

Une fois de plus, Pierre Cerruti se réveilla avant le jour.

Comme tous les matins, il tendit la main vers la gauche du lit ; il lui fallut quelques secondes avant de réaliser qu'il n'y avait rien à caresser.

Le chat était déjà parti. L'animal découchait de plus en plus souvent ; sans doute s'était-il trouvé un second maître plus casanier. Ce n'était pas grave. Il n'était qu'un souvenir qui refusait de disparaître, la trace de plus en plus ténue d'un futur qui n'existerait pas. Un rêve qui s'estompait dans l'horreur glaciale du petit matin et de ses draps vides.

Cerruti se précipita dans la rue, fuyant les vestiges de sa vie perdue.

Il s'arrêta à l'église Saint-Laurent le temps de quelques prières embrasées. C'était le seul moment de la journée où il laissait sa douleur s'exprimer pleinement. Au fond de lui, il avait alors la sensation que, d'une manière ou d'une autre, tout cela avait un sens, aurait peut-être même une fin. Le travail lui permettait d'oublier, mais n'offrait aucun espoir ; dans la prière, il voyait, avec une lucidité implacable, sa misère – et quelque chose lui répondait qu'un jour, tout cela passerait.

Il ressortit de l'église la gorge serrée.

Après un arrêt à l'Insulaire, l'inspecteur arriva au Quai avant tout le monde.

Il se dirigea vers son bureau. La routine quotidienne, délicieusement monotone, l'enveloppa. Il s'y laissa couler. C'était comme se noyer dans les eaux du Léthé. Ou de la Seine.

Avant qu'il parvienne à la porte, cependant, une voix prononça son nom. Le ton de la voix comme l'identité de la personne indiquèrent à l'inspecteur que la monotonie serait brisée de bonne heure ce matin.

Garcin le rejoignit à pas pressés.

« Inspecteur, nous avons deux problèmes. »

Son expression était pareille à celle d'un enfant tombant par hasard sur son gâteau favori.

« Les anarchistes ont enlevé De Brémont. Et le commissaire a disparu. »

Burtsev sortit de la cabane. Georges l'attendait en fumant sa pipe.

« Alors ? »

Le Russe fit un signe d'impuissance.

« Alors rien. Il joue l'innocent. »

Georges serra les dents.

« Me dis pas que je vais devoir recommencer comme hier… »

Il jeta un œil au marteau rouillé. Du sang avait séché sur le métal et sur le manche.

« Pour l'instant, certainement pas. Il est plus costaud que Duvauchel. La violence n'aura pas le même effet sur lui. La peur peut fonctionner. Mais pour ça…

– Oui, pour ça il faut qu'on prenne notre temps. »

Burtsev caressa le pommeau de sa canne d'un air distrait.

« Le problème, bien sûr, c'est que j'ai tout mon temps, mais de votre côté… »

Georges mâchonna sa pipe. De leur côté, c'était le chaos.

« On ne peut rien y faire, Vladimir. L'Alchimiste nous a mis dans une situation intenable. De toute façon, si les documents sont chez De Brémont, la police a déjà mis la main dessus. Dans ce cas, inutile de se presser.

– Oui, confirma Burtsev, et j'avoue que je ne comprends pas pourquoi vous avez opté pour une stratégie d'enlèvement aussi… aussi "directe", dirais-je.

– Parce qu'il nous a tiré dessus dès qu'il nous a vus. Et que ce fichu policier a trouvé malin de se mettre au milieu. »

Les deux hommes restèrent silencieux un instant, chacun suivant son propre fil de pensée. Ils devaient faire parler De Brémont. Sans le torturer, de préférence.

L'anarchiste repensa avec dégoût à ses actes de la veille, aux cris de Duvauchel. Sans pleurer le fonctionnaire, il regrettait maintenant ce nouvel éclat de violence. Mais peut-être que la violence était devenue nécessaire s'ils voulaient s'en sortir vivants.

Ce n'était pas une raison pour torturer inutilement.

« De Brémont est malin, dit finalement Burtsev. Je ne pense pas qu'il ait laissé les documents chez lui. La police ne trouvera rien.

– J'étais persuadé qu'ils seraient dans la voiture, reprit Georges. C'est pour ça que j'ai demandé à la Cigale de la conduire ici, sans compter que ça permettait de transporter les trois hommes… Mais il y avait rien dans les cartons, que des babioles.

– Tu vois, c'est bien ce que je dis. De Brémont fuyait. Charger sa voiture d'objets inutiles et laisser les documents chez lui, cela n'aurait eu aucun sens.

– Et donc ? Tu veux dire qu'il les a donnés à quelqu'un d'autre ? »

Le Russe tapota une touffe d'herbe du bout de sa canne.

« Peut-être. Rien n'est sûr tant que nous ne l'avons pas fait parler.

– Il faudrait déjà savoir s'il travaille pour quelqu'un d'autre.

– Tu sais ce que j'en pense.

– Je sais, oui…

– Un homme seul n'aurait jamais imaginé un plan pareil.

– Et les Allemands ?

– Trop évident. Tous les cancans parisiens insinuent qu'il travaille pour les Allemands, ou au moins pour Caillaux.

– Et donc ?

– Ce serait le plus mauvais agent double possible. Quand tout le monde te suspecte de travailler pour quelqu'un, cette personne n'a aucun intérêt à t'acheter comme espion.

– Et les Russes y auraient un intérêt ?

– Tout l'inverse : sa couverture serait excellente. J'imagine que le gouvernement allemand doit chérir cet homme qui protège les intérêts germaniques… Et c'est donc une cible idéale pour devenir un agent double au service de l'Okhrana. »

Georges le regarda les yeux ronds. Il ne comprenait pas le raisonnement. À force de combattre la police secrète du Tsar, Burtsev la voyait partout.

« Donc, d'après toi, De Brémont travaille pour les Russes, parce qu'il est proche des Allemands ? »

Il laissa passer un temps, dans l'espoir que Burtsev comprenne le problème. Celui-ci frappa à grands coups de canne dans la touffe d'herbe.

« Je ne sais pas, gronda-t-il les dents serrées. Il y a quelque chose dans cette histoire qui me fait sentir la présence de l'Okhrana. Les Allemands ne sont pas aussi pervers… »

Il transpirait à grosses gouttes et ses mains tremblaient. Le Sherlock Holmes de la Révolution n'était plus que l'ombre de lui-même. Burtsev, comme s'il s'en rendait compte, fit un sourire gêné :

« Arrêtons les suppositions. Ce qui compte, c'est de le faire parler, quelle que soit la personne pour laquelle il travaille.

– Il faut déjà savoir s'il travaille pour quelqu'un. Si c'est le cas, ce quelqu'un a sans doute les documents. Sinon, il faut trouver où ils sont. »

Au lieu de lui répondre, Burtsev se dirigea d'une allure de somnambule vers la maison. Il s'assit sur la marche menant à la porte d'entrée et posa sa canne contre le mur. On aurait dit un vieillard malade. Georges le rejoignit.

« Nous allons devoir travailler les deux hypothèses en même temps.

– C'est-à-dire ?

– Je vais l'interroger, et tu vas m'envoyer l'un de tes gars pour servir de gros bras. Toi, tu vas partir du principe que De Brémont travaille seul, ou bien qu'il n'a en tout cas pas encore transmis les documents à qui que ce soit.

– Et donc ? Qu'est-ce que je fais ?

– C'est simple. Cela signifierait que les documents se trouvent là où De Brémont voulait fuir. Peut-être une maison de campagne. Et dans ce cas… »

Il s'arrêta. Georges comprit aussitôt ce que signifiait ce silence.

« Oui. Je vois. Je m'en occupe. »

Il s'était pourtant promis d'éviter la violence, au moins une journée. À défaut, il se promit un verre d'alcool. C'était plus facile à obtenir. En se levant, il mit sa main sur l'épaule de Burtsev. Le Russe ne pouvait pas prétendre éternellement avoir les mains propres.

« Sans rien d'ici demain, il faudra passer à la vitesse supérieure, Vladimir. »

Il prit la direction de la cuisine, et s'y versa un grand verre de gnôle.

La lumière filtrait faiblement à travers les rideaux tirés. Dans le lit, l'homme étendu poussa un gémissement et se tourna sur le côté.

On lui avait administré des remontants. La Cigale, qui avait des notions de médecine, lui avait ôté la balle. Malgré cela, la moitié de son corps était en feu.

La scène ne cessait de se rejouer dans sa tête. Un coup de feu, puis sa propre chair qui éclate. Il avait déjà été blessé par le passé, mais la mort ne l'avait jamais frôlé d'aussi près. De ce point de vue, sa souffrance actuelle était un moindre mal. Il aurait pu ne plus rien ressentir du tout.

La porte de la chambre s'ouvrit. La fièvre obscurcissait sa vision : il n'aperçut qu'une vague silhouette se faufilant dans la pièce sombre.

Le matelas s'affaissa.

« Tu vas mieux ? »

La voix chaude de Lola lui arracha un sourire.

« La fièvre... »

Il ne parvint pas à finir sa phrase. Une main glacée et brûlante se posa sur son visage.

« Il faudra bientôt changer ton pansement.

– Pas tout de suite... »

Sa voix n'était qu'un murmure.

« Pas tout de suite, non. Pour l'instant, tu dois dormir. »

Elle s'allongea à côté de lui et lui passa la main dans les cheveux.

Ils restèrent ainsi de longues minutes, plongés dans le noir et le silence. Peu à peu, Louis se détendit, son souffle se ralentit. Il finit par s'endormir.

Lola continua un long moment à le caresser.

Sa peau était brûlante. La blessure n'était pas grave, d'après la Cigale, mais son corps aurait besoin de temps pour se remettre. Et la Cigale n'était pas médecin.

À un moment, la lumière vint dessiner les contours du visage de Louis d'un mince trait doré. Lola sentit une profonde tristesse lui enserrer le cœur.

C'était ainsi qu'ils finiraient. Criblés de balles, dans un orage de souffrance. Les chances qu'ils puissent de nouveau paresser au lit dans le futur étaient maigres. Dans ce lit, à présent, elle veillait un malade. Quand les policiers les trouveraient, le malade deviendrait un agonisant, et elle aurait de la chance si elle avait le temps de lui dire adieu.

Ils auraient pu vivre heureux.

Il aurait fallu que le monde soit mieux fait. Comme il prenait l'eau de tous côtés, elle s'était sentie obligée de redresser quelques torts.

Elle avait beau regretter ce choix, elle restait persuadée d'avoir raison. L'égoïsme avait ses limites. Puisque la société était une marâtre cruelle, puisqu'il lui avait fallu, pour vivre libre, accepter la misère, puisqu'il n'était pas possible de croire au bonheur sans espérer un changement radical – alors, Lola savait que leur cause était juste.

La lumière se dissipait peu à peu, et le visage de Louis plongeait dans l'obscurité.

Non, ils n'auraient pas pu vivre autrement. Une cause juste ne mérite pas toujours qu'on meure pour elle. Mais s'il faut mourir, autant que ce soit pour une bonne raison. S'il faut tuer aussi.

Lola, en s'écartant de son amant, se fit la promesse d'emporter dans sa chute tous ceux qui tenteraient de les atteindre. Elle n'avait plus le choix de toute façon. Il ne lui restait plus que la mort, la souffrance et le sang comme futur possible.

Alors elle offrirait à ses ennemis la mort, la souffrance et le sang.

Cerruti avait le ventre rongé par l'amertume. Comme lorsqu'il buvait le ventre vide.

Fabre n'était pas seulement son supérieur. C'était aussi l'une des seules personnes envers qui le jeune inspecteur ressentait de l'affection. Le reste du monde lui était indifférent, lorsqu'il ne l'incitait pas à la haine ou au mépris. Fabre méritait de vivre, ce qui n'était pas le cas de grand monde. Ce n'était certainement pas le cas de Garcin, d'ailleurs, qui était pourtant toujours là.

Dans la nuit, le commissaire avait disparu sans laisser de traces.

Vers une heure du matin, l'épouse de Fabre avait téléphoné au Quai pour savoir ce qui retenait son mari ; on lui avait appris qu'il était parti depuis des heures. Garcin, le premier contacté, s'était permis de téléphoner à Guichard.

La réponse du chef de la Sûreté avait été laconique :

« Vous continuez l'enquête. Et quand vous aurez un moment, vous me retrouvez Fabre. »

C'est alors que Garcin avait eu une intuition remarquable : il avait supposé que Fabre s'était rendu chez De Brémont, et avait décroché une fois de plus son téléphone pour contacter le commissariat de la plaine Monceau. Là, il s'était retrouvé en communication avec une image du chaos : la disparition de De Brémont avait provoqué un véritable ouragan.

Garcin allait se rendre seul sur les lieux lorsque Cerruti était arrivé au Quai.

À présent, l'inspecteur regardait d'un œil mauvais celui qui était devenu *de facto* son supérieur arpenter la scène en contournant les quelques taches de sang qui ornaient le trottoir.

Des douilles jonchaient le sol. Cerruti chercha à les compter afin de s'occuper l'esprit. Il y renonça bien vite.

« Une sacrée passe d'armes, on dirait… »

Garcin confirma en ricanant. Cerruti serra la mâchoire. Comme si la situation n'était pas assez grave, il fallait de surcroît qu'il supporte Garcin tout seul.

« Que disent les témoins ? »

La question de Garcin s'adressait à André Courtine, le commissaire de quartier.

C'était un commissaire « à l'ancienne », l'un des derniers encore en poste, qui n'avait pas eu à subir le recrutement exigeant imposé par le préfet Lépine : suivant les usages des commissaires de quartier du début du siècle, il était plus souvent à la campagne en train de peindre une croûte que dans son bureau, et il consacrait ses soirées à s'abîmer le foie dans les cafés de la capitale. Son chien était son meilleur ami. Il l'emmenait au théâtre, le faisait manger à sa table, lui confiait ses réflexions. D'ailleurs, Tom – l'animal – était là, inspectant la scène avec davantage d'entrain que son maître. Ce fut cependant l'homme qui répondit.

L'affaire était assez grave pour l'avoir obligé à s'y intéresser avant même que le jour ne se lève. En s'appuyant sur les témoignages des habitants, il avait reconstitué l'affrontement de la veille. Quand il mentionna l'intervention d'un homme tentant de négocier, Cerruti se tourna vers Garcin.

« Fabre ?

– Possible. Qu'est-ce qui lui est arrivé ?

– Ils lui ont tiré dessus. On ignore son état : les anarchistes ont emporté tout le monde avec eux, y compris la voiture de De Brémont. »

Apparemment, il considérait la voiture comme une personne. Cerruti ne s'y arrêta pas : au moins, cela laissait espérer que Fabre était encore en vie.

L'inspecteur s'écarta du groupe et alluma une cigarette.

L'enlèvement de De Brémont confirmait leur théorie : Duvauchel avait utilisé les anarchistes afin de couvrir ses traces, et ces derniers recherchaient maintenant les vrais documents.

Peut-être se trouvaient-ils dans la voiture de l'homme d'affaires, auquel cas la messe était dite. Mais ce n'était pas certain : il y avait une chance pour que les documents soient toujours dans la nature. La première chose à faire était donc de fouiller dans les affaires de De Brémont.

Ils n'avaient plus d'autre piste, de toute façon. Et Cerruti ne comptait pas demander poliment de l'aide aux anarchistes de la capitale.

Il jeta sa cigarette à peine entamée, et contempla avec stoïcisme la perspective de passer des heures à retourner les fonds de tiroir d'un hôtel particulier en compagnie de Garcin.

L'absence de Fabre devenait de plus en plus pesante.

Une bille de chaleur infernale creusait en lui.

Par chance, il n'avait pas beaucoup de fièvre. Seulement, pas la peine d'être médecin pour se douter que cette dernière ne tarderait pas à augmenter si on ne retirait pas la balle.

Le problème, bien sûr, c'était qu'une telle largesse était impossible. Au contraire : ils ne lui apporteraient aucun soin et, pour faire bonne mesure, ils le priveraient de nourriture et d'eau. Les hommes qui l'avaient capturé n'avaient sans doute pas un cœur de pierre, mais ils savaient ce qu'ils devaient faire pour parvenir à leurs fins. Ils le briseraient. Jusqu'à ce qu'il parle.

La porte s'ouvrit. Le Russe entra à nouveau, accompagné de l'un des anarchistes.

À sa vue, De Brémont comprit que l'interrogatoire entrait dans une nouvelle étape.

« Nous allons reprendre, si vous le voulez bien. »

Le Russe avait parlé d'un ton courtois, qui contrastait avec l'attitude autoritaire qu'il avait adoptée précédemment. De Brémont n'en était pas surpris. Sans en avoir fait l'expérience directe, il avait quelques notions en matière de torture. Son interlocuteur soufflait le chaud et le froid, modifiait ses injonctions, afin qu'il ne puisse pas savoir sur quel pied danser. D'ici peu viendraient les coups pour instiller la peur.

L'homme s'assit devant l'industriel, tandis que l'anarchiste restait debout derrière lui. De Brémont se sentit tressaillir instinctivement.

« Je vais reprendre mes questions précédentes, et je vais vous demander de bien vouloir repenser à vos réponses. »

La politesse excessive n'était qu'un vernis cachant mal la violence à venir. C'était le but : souligner, de manière paradoxale, la présence du bourreau à l'arrière-plan.

« Vous m'avez longuement affirmé, tout à l'heure, ne pas savoir ce que nous voulions... »

La phrase se termina de manière interrogative, amenant De Brémont à réaffirmer – ou non – son mensonge précédent. Au risque d'un premier coup.

À son propre étonnement, il se sentit stimulé par la situation.

De Brémont était joueur, et il avait plusieurs fois parié sa fortune pour le seul plaisir du danger. Sa vie n'était jamais qu'un jeton de plus à engager sur le tapis. Le but : sortir d'ici vivant. Les règles : ne rien révéler au sujet des documents, ni de ses maîtres, et faire en sorte de se faire couper le moins de membres possible.

« J'ai menti évidemment, dit-il en laissant échapper un sourire. Vous savez qui je suis. Vous savez ce que je possède. Et vous savez que je vous attendais. »

Burtsev eut un mouvement de surprise. Cela ne dura pas. Il était intelligent, et il savait ce que voulait faire De Brémont : souffler le chaud et le froid, lui aussi, afin de brouiller les pistes.

« Eh bien, vous remplissiez votre voiture de cartons et vous avez tiré le premier... Il y a de quoi suspecter que vous n'étiez pas un simple passant. »

Les deux hommes croisèrent leur regard. Durant un instant, en silence, ils prirent la mesure l'un de l'autre.

De son analyse, De Brémont déduisit qu'il n'avait qu'une seule stratégie possible. La suite allait être aussi simple en théorie que difficile en pratique : il faudrait nier, encore et encore, sans concession. Et supporter les coups, les privations, la torture.

Ce n'était pas une décision à prendre à la légère. C'était cependant la seule possible.

« Vous vous doutez aussi, je suppose, que je ne dirai rien. »

Il regretta aussitôt le ton de sa voix. Trop agressif pour être sincère. Une lueur s'alluma dans le regard du Russe. Il avait senti la faiblesse.

D'un geste de la main, il fit signe à son factotum d'avancer. Celui-ci prit quelque chose sur le sol et imprima un mouvement de balancier à sa main. De Brémont eut à peine le temps de reconnaître un marteau.

Son genou éclata.

Plus bas, dans un trou sous la terre, un corps fiévreux était étendu, qu'on n'avait même pas pris la peine de ligoter. Ç'aurait été de la corde de perdue.

Une obscurité glaciale le dévorait.

Sur le plancher froid de la cave, la chair bouillante dégorgeait goutte à goutte tout son sang. Par moments, un spasme la parcourait. Un reste de conscience subsistait encore au fond de ce corps, mais cela ne durerait plus longtemps.

Parfois, à travers ses yeux entrouverts, il distinguait la pièce lugubre dans laquelle on l'avait déposé ; il voyait les rats rôder à proximité, s'approcher lentement de ce qui serait bientôt leur nourriture. Il ne ressentait rien. L'agonie engourdissait ses sensations. Il savait qu'il mourait, et, malgré la terreur qui aurait dû le saisir, il contemplait le vide avec indifférence. La seule chose qui comptait encore, c'était de partir sans trop de souffrance. Car parfois, le rideau de la fièvre se levait, et son corps se brisait en mille morceaux.

Au loin, très loin, une porte s'ouvrit, et les rats se dispersèrent. Quelques pas lourds firent vibrer le sol, le monde, le sang dans ses veines. Comme si elle était complice de son bourreau, la fièvre se leva, et un million de lames de couteau s'enfoncèrent dans sa chair. Il hurla. À l'extérieur, ce ne fut qu'un faible gémissement.

« Du calme. Je ne te veux pas de mal. »

Une main se faufila sous sa nuque. Les couteaux se volatilisèrent, puis s'enfoncèrent de nouveau. Après un instant d'incertitude, il parvint à soulever une paupière. Mais de toute façon, il ne voyait rien.

« Tu vas mourir. Tu le sais. »

Il y eut un silence. Comprenant qu'on attendait une réponse, il émit un râle ténu.

« T'en as encore pour plusieurs heures. »

Nouveau silence, sans doute pour lui laisser le temps de se faire à l'idée. Mais il n'en avait pas besoin. L'idée de sa mort le révulsait – et seul le sentiment d'irréalité que produisait la fièvre permettait de garder l'horreur à distance.

« Je peux abréger tes souffrances. »

Encore un silence. Lourd de menaces. C'était l'instant de repli avant l'attaque.

« Ou je peux les empirer. »

Un gigantesque ver de flammes plongea dans ses entrailles, et la douleur explosa de toutes parts ; c'était comme un cercle de feu et de glace rayonnant dans tous ses membres.

Puis la main se retira. L'homme resta silencieux, attendant qu'il retrouve son calme.

Une éternité passa dans un silence de plomb, jusqu'à ce que l'anarchiste dise, d'une voix douce :

« C'est à toi de choisir. T'as la force de parler, alors j'ai juste besoin que tu répondes à une question. Si tu le fais, je t'aide. Si tu refuses… »

Il laissa la menace se dérouler d'elle-même dans la tête de sa victime. Le choix était simple. La mort tout de suite, ou une lente agonie.

« Où est-ce que ton maître voulait se rendre ? »

Eugène faisait les cent pas entre le baquet d'eau sale, la fenêtre et le lit. Il avait ouvert les rideaux d'un geste brusque et poursuivait ses rondes névrotiques, sans remarquer qu'il s'exhibait sans vergogne aux regards de la rue.

Le jeune femme avait tiré le drap sur elle, par pudeur, mais sans faire de remarques. Ce n'était pas le moment. Eugène avait les nerfs à vif, et à tout moment il pouvait se découvrir une mission divine – ou plutôt une stratégie divine, probablement folle, pour se venger de son ennemi. C'était ce qu'il fallait éviter à tout prix : il n'avait rien à gagner à se jeter dans la gueule du loup.

De toute manière, elle n'avait pas oublié l'exigence de ses maîtres : l'article. C'était un gage qu'elle devait leur offrir avant qu'ils ne découvrent son véritable jeu.

À moins de profiter de l'occasion pour abattre son jeu, justement. Elle pouvait gagner le dernier acte. Si elle parvenait à diriger le journaliste dans la bonne direction…

« Eugène… »

Voix douce. Posture lascive. Il fallait calmer le jeune homme avant tout.

« Eugène, écoute… »

Sans lui prêter attention, il alla offrir au petit peuple de la rue le spectacle de ses parties intimes. Une fois à la fenêtre, il grommela une malédiction à l'adresse de De Brémont, de Duvauchel, de la police et de la vie elle-même. Puis il se tourna vers elle.

« Il faut que j'écrive mon article. Que je lui fasse cracher du sang, en brisant sa réputation. En révélant tout sur la place publique. »

C'était le moment.

« Oui… Mais tu n'as toujours pas de preuve. Ce sera un coup d'épée dans l'eau. »

La voix était presque maternelle. Elle incitait, sans ordonner.

Il fit la remarque qu'elle attendait :

« Il a dit qu'il avait une maison de campagne. Le soir où je suis allé chez lui, il a parlé de sa maison à Aulnay, avec Duvauchel. »

Et voilà. Elle n'avait même pas eu besoin d'intervenir.

« Je suis sûr que c'est là-bas qu'il a caché les documents. Il faut qu'on y aille. Tout de suite. »

À ces mots, il attrapa un pantalon et commença à l'enfiler. Gwen, après une hésitation pudique, sortit du lit.

C'était le confort des masques : une fois l'histoire entamée, elle se déroulait d'elle-même jusqu'à son terme. Il suffisait de maintenir le charme assez longtemps.

L'illusion se dissiperait à son heure. Ce serait toujours bien assez tôt.

Georges vida le verre d'un trait. Les échos du coup de feu se répercutaient entre les parois de son crâne, et la main qu'il avait plongée dans le ventre d'Adrien était encore tachée d'un sang qu'il ne parviendrait jamais à faire disparaître.

L'alcool lui brûla le gosier. Cela lui redonna du courage.

Ils étaient en guerre, et la guerre pouvait être sale. Rien de nouveau sous le soleil.

Il allait se remplir un autre verre quand une voix l'arrêta.

« Tu n'as pas l'impression d'en avoir eu assez ? »

Vladimir Burtsev venait d'entrer, suivi de Petite Cloche. Les deux hommes arboraient une mine inquiète, que Georges attribua à l'échec de leur interrogatoire.

« De Brémont n'a rien dit ?

– Toujours rien. Nous avons employé le marteau, le temps de quelques coups…

– Il faut y aller beaucoup plus fort, grommela Petite Cloche.

– Pas pour l'instant, répondit Georges. Il vaut mieux utiliser la violence en dernier recours.

– Donc, si je comprends bien, ironisa une voix derrière eux, le prolo Arthur on lui met une balle dans la tête sans discussion, le fonctionnaire Duvauchel on bavasse une demi-heure puis on lui brise les os, et le bourgeois De Brémont on lui fait des courbettes ?

– C'est ça, rétorqua Georges avec amertume, t'as tout compris, Lola.

– De Brémont est quelqu'un d'important, expliqua Burtsev, ce qui signifie qu'il est important aussi pour la personne qui le paye. C'est notre intérêt de le garder aussi entier que possible – et en vie. S'il s'obstine à se taire, nous devrons nous adapter, mais nous avons encore un peu de temps…

– Du temps avant quoi ? Il nous faut ces documents, s'énerva Lola, et De Brémont est le seul à savoir où ils sont. Alors faites comme vous voulez, mais obligez-le à parler. »

Georges poussa le verre de gnôle à l'autre bout de la table, afin de s'éviter la tentation. Il tanguait déjà.

« Avant d'attaquer les articulations de De Brémont à la scie, on devrait peut-être explorer la piste que je viens de trouver ? »

La Cigale arriva à son tour, le pantalon recouvert de terre à force de creuser des trous pour les morts. Il avait entendu les derniers mots.

« C'était ça, le coup de feu ?

– Le domestique de De Brémont m'a donné l'adresse de la maison de campagne de son maître. C'est là qu'ils se rendaient.

– Et tu l'as tué. »

Burtsev avait fait cette remarque sur un ton neutre, comme s'il soulignait un fait sans importance. Georges opina, puis détourna les yeux en faisant mine de regarder par la fenêtre.

« J'ai mis fin à ses souffrances.

– Tu as bien fait », confirma Burtsev.

C'était toujours facile à dire quand on n'avait pas appuyé soi-même sur la détente, et qu'on n'avait pas l'impression d'avoir encore les mains dégoûtantes de sang. Georges prit une profonde inspiration, puis se tourna vers ses compagnons.

« Il faut fouiller la maison avant la police. »

Tous approuvèrent.

« Vladimir, tu vas continuer à interroger De Brémont, peut-être qu'on l'aura à l'usure. Petite Cloche te rejoindra quand il aura enterré le domestique. La Cigale, tu viens avec moi. Lola… comment va Louis ? »

Lola retint une insulte. Les hommes partaient en guerre tandis qu'elle était réduite au rôle d'épouse insérant des thermomètres dans son époux malade ?

« Un peu mieux, grommela-t-elle. Il a encore beaucoup de fièvre et il dort.

– Tu préfères rester ici, je suppose ? »

Elle jeta un œil derrière elle, en direction des escaliers menant aux chambres. Louis avait besoin d'elle. D'un autre côté, ses compagnons aussi. Et ce qu'ils allaient faire était plus difficile que rester allongé dans un lit à avoir mal.

Être une inutile infirmière lui donnerait bonne conscience mais n'aiderait personne.

Puisqu'ils étaient en guerre, la survie de Louis dépendait de leur victoire. Le plus pragmatique était de hâter cette victoire, et de panser ensuite les plaies du blessé. Lola chassa les remords qui la rongeaient déjà :

« Il n'a pas besoin de moi pour dormir. Je viens avec vous. »

Ils y avaient consacré des heures.

Afin de ne pas mettre trop de monde dans le secret concernant les documents, Garcin et Cerruti avaient décidé, après un bref conciliabule, de mener cette recherche eux-mêmes.

Le commissaire Courtine, le chien Tom et leurs subordonnés avaient été chargés de mener les interrogatoires des témoins ; Garcin avait demandé à quelques hommes de confiance, dont Beaufret, d'aller interroger les proches de De Brémont. Il avait enfin ordonné à ses propres hommes de pressurer leurs contacts anarchistes pour la énième fois.

Pendant que la Sûreté, sous ses différents avatars, menait ces investigations variées, Garcin et Cerruti parcouraient des centaines de dossiers, de lettres, de papiers administratifs, de documents divers. Ils retournèrent le bureau de l'industriel, sa bibliothèque, son salon, sa chambre, et même son grenier et sa cave. En somme, ils firent les mêmes recherches qu'Eugène, avec davantage de professionnalisme et de temps. Le résultat, cependant, fut le même : les deux hommes quittèrent l'hôtel particulier vers treize heures, dépités et le ventre vide.

Garcin ouvrit la voie dans une brasserie.

« Il faut croire que les documents étaient dans la voiture... »

Cerruti confirma d'un hochement de tête.

Ils avaient perdu leur temps. De Brémont avait sans doute voulu fuir avec les papiers... Et les anarchistes en étaient désormais les possesseurs.

Mais Cerruti ne parvenait pas à s'y résoudre. Car dans ce cas, il n'y avait plus rien à faire. Les anarchistes avaient gagné et Fabre était fichu – s'il n'était pas déjà mort.

En commandant un plat au hasard, il trouva cependant de quoi se consoler : De Brémont savait qu'il était soupçonné par le journaliste. S'il possédait un minimum de jugeote – ce qui était sans doute le cas – il avait placé les documents en lieu sûr dès ce moment-là. Peut-être étaient-ils donc ailleurs que dans sa voiture. Dans un repaire qu'il comptait justement rejoindre la veille au soir, après avoir appris ce qu'il s'était passé au Quai.

Cerruti leva la tête de la mixture fumante qu'on déposait devant lui.

« Est-ce que De Brémont a une maison de campagne ? »

C'était une déduction très incertaine. S'il avait caché les documents, De Brémont pouvait tout aussi bien les avoir transmis à quelqu'un d'autre. Mais dans ce cas, il fallait identifier cette autre personne, ce qui était loin d'être fait. Autant commencer par rechercher les résidences secondaires de l'industriel.

Garcin haussa les épaules en attaquant son poisson frit :

« Aucune idée. Mais je sais qui peut nous renseigner. Les secrétaires de De Brémont, ses amis, ses proches, ou sa famille. »

L'énumération de Garcin avait quelque chose d'agaçant. Cerruti se demanda ce que cette discussion aurait donné avec Fabre. Puis il se demanda si ce dernier était encore en vie.

Cerruti savait qu'on ne l'appréciait pas. On le trouvait ennuyeux, quand on ne le jugeait pas tyrannique. Pour améliorer le regard de ses collègues, il aurait dû faire attention à ses propos, se forcer à sourire, prendre le temps de discuter… Choses qui lui déplaisaient profondément et dont il se passait volontiers. Il s'était donc habitué à l'indifférence ou à l'hostilité des autres policiers. Fabre faisait exception. Le vieil homme avait compris que quelque chose nourrissait l'amertume de son subordonné. Il ne l'en excusait pas pour autant – ce que Cerruti n'aurait pas voulu – mais il traitait son attitude comme quantité négligeable. Il y avait davantage, dans un homme, que son premier abord.

Cette indulgence, cette compréhension intuitive, Cerruti les appréciait à leur juste valeur. Lui-même n'aurait pas été capable de la gentillesse de Fabre. Et c'était bien pour cela qu'il fallait sauver le commissaire : parce qu'il possédait une humanité dont Cerruti lui-même se savait dépourvu. Ce qui lui permettait d'en mesurer le poids.

Ses yeux le brûlèrent et son estomac remua. Il repoussa son assiette.

Garcin, indifférent – ou faisant mine de l'être –, continuait en souriant :

« Bref, toutes les personnes que nos hommes doivent interroger aujourd'hui. J'imagine que Beaufret est toujours au bureau de De Brémont, et notre restaurant possède le téléphone… »

Il attendit une seconde, dans l'espoir sans doute que Cerruti proposerait de s'en charger. Ce dernier ayant la tête ailleurs, Garcin se leva, laissant son plat fumer tout seul.

Cerruti remarqua à peine son départ. Il était plongé en lui-même.

Son quotidien était un champ de ruines peuplé de fantômes. Tout ce qui l'entourait finissait par disparaître. Il avait quitté la Corse afin de gagner un peu d'argent sur une terre moins aride, il s'était fondu dans la grande ville où il avait découvert un nouveau monde et de nouveaux désirs. Il s'y était créé une vie. Jusqu'à la mort de René, quinze mois plus tôt, de la tuberculose.

Depuis, il ne lui restait plus que l'exil. Et voilà que son seul ami – ce qui s'en rapprochait le plus du moins – était entre les mains d'une bande de terroristes.

Cerruti se sentait desséché. Il avait besoin d'alcool. Parfois, c'était un appel si puissant qu'il en oubliait tout le reste. C'était peut-être cet oubli qui le rendait si fort, d'ailleurs.

Alors qu'il se levait pour partir s'abrutir dans un rade quelconque, Garcin réapparut.

« Vous aviez raison, inspecteur. De Brémont a une maison à Aulnay-sous-Bois. »

Le jeune policier se sentit revenir sur terre.

Il pourrait se laver la tête à l'eau-de-vie dans un futur proche. Avant cela, il allait retrouver Fabre. Briser De Brémont. Et tuer les anarchistes.

CHAPITRE 23

« Bon sang… Où est-ce qu'il a pu les planquer, ces fichus papiers… »

Gwen, qui ouvrait un à un les livres rangés dans l'antichambre, entendit Eugène claquer une porte avec rage.

Il était découragé. Elle aussi.

Tout avait pourtant bien commencé. Dès qu'ils étaient descendus du train à Aulnay, Eugène s'était présenté aux passants comme un journaliste devant retrouver De Brémont pour un entretien – mais, hélas, il avait oublié l'adresse. On leur avait tout de suite indiqué la maison. Comme dans certaines maisons de campagne, la grille d'entrée n'était pas fermée à clef : cela permettait aux employés, notamment au jardinier, de vaquer à leurs occupations malgré l'absence du maître de maison. Une fois à l'intérieur de la propriété, il leur avait suffi de casser une vitre en profitant du fait qu'ils étaient protégés des regards de la rue par les murs d'enceinte.

Hélas, trois heures plus tard, ils n'étaient pas plus avancés. Ils avaient fait le tour de la bâtisse, sans le moindre succès. Eugène retrouvait une sensation oubliée, le mélange de honte et de frustration que ressent le pêcheur rentrant bredouille après des heures d'efforts non récompensés.

C'était la deuxième propriété de De Brémont qu'il retournait de fond en comble, et il n'y avait rien gagné d'autre qu'une connaissance aussi précise qu'inutile de la vie privée de l'industriel. Gwen, quant à elle, après avoir parcouru l'ensemble de la correspondance que l'homme d'affaires entreposait ici, s'était fait une idée très nette de sa vie sentimentale, à vrai dire plus sexuelle que romantique.

Eugène quitta la chambre. Il marchait à pas lourds, comme s'il en voulait au sol lui-même.

« Toujours rien. C'est désespérant. »

Gwen laissa tomber *Les Onze Mille Verges*, exemple parmi d'autres des goûts littéraires autant que sentimentaux de l'homme d'affaires.

« On est dans l'impasse, Eugène. »

Elle suspectait depuis longtemps que les documents se trouvaient dans une seconde propriété de l'industriel. C'était le plus logique. Eugène avait confirmé ses doutes en revenant bredouille de sa première tentative de cambriolage. En revanche, elle n'avait pas pensé qu'il serait si difficile de mettre la main dessus.

Elle contempla le désastre. Des livres jonchaient le sol, les coussins du sofa avaient été retournés, des feuilles volantes étaient éparpillées de tous côtés.

L'ensemble des papiers volés constituait une grosse pile de feuilles. Il ne pouvait ni les avoir gardés sur lui, ni les avoir fait disparaître totalement. Et elle ne pensait pas qu'il les ait transmis aussi vite à quelqu'un d'autre – ne serait-ce que pour assurer sa propre sécurité.

Ils étaient donc ici, quelque part. Mais où ?

Elle devait les trouver. Sans cela, tous ses mensonges auraient été vains. La jeune Anglaise sentait son masque se craqueler. Encore un peu de temps et il s'écroulerait de lui-même, à la manière d'un vernis trop sec.

« Il a dû les cacher dans un endroit improbable, pensa Eugène à voix haute. Par exemple la cave. Non ? Il ne reste plus que là, de toute façon. »

Gwen se laissa tomber sur le sofa. La fatigue la gagnait. Elle allongea les jambes et bascula sa tête sur l'arête du dossier. La pièce lui apparut à l'envers.

« Je n'en peux plus… »

Elle avait échoué. Les autres personnes dans la course – à commencer par les anarchistes – ne tarderaient pas à trouver la maison à leur tour. Le temps pressait.

« On fait fausse route », dit-elle.

Peut-être que De Brémont avait été plus malin que tout le monde. Il avait pu prêter les papiers à une connaissance qui n'aurait pas su de quoi il s'agissait, en lui faisant promettre de ne pas les lire. Ou peut-être avait-il loué un autre appartement, connu de lui seul.

« Ou alors il nous fait une *Lettre volée*. »

Elle avait dit cela comme une boutade, mais Eugène répondit d'un ton sérieux :

« Possible. Après tout, il avait deux éditions d'Edgar Poe dans son hôtel particulier. »

Gwen leva la tête. Elle avait vu, ici même, la traduction par Baudelaire des nouvelles de l'Américain. Au milieu d'une bibliothèque constituée presque exclusivement d'ouvrages politiques et de littérature érotique, c'était une présence incongrue. Mais…

« Non, dit-elle en secouant la tête. C'est idiot. Dans la nouvelle de Poe, la lettre est cachée à la vue de tous, et personne ne la voit parce que c'est trop évident. Ce genre de tactique fonctionne dans une fiction, pas dans la réalité. »

Eugène prit un livre dans la bibliothèque.

« Sauf que… »

Il tendit le volume : *Le Bouchon de cristal*, de Maurice Leblanc.

« Et donc ?

– C'est une aventure d'Arsène Lupin. Il doit retrouver une liste de noms que dissimule un député véreux. Et devine où elle est ? Comme dans la nouvelle de Poe : devant le nez de tout le monde.

– D'accord. Ça devient sérieux.

– En tout cas, on peut toujours réfléchir comme ça deux minutes. Peut-être qu'on ne trouvera pas, mais au point où l'on en est… »

Gwen, en se relevant, posa les mains sur le bord du sofa. C'est ainsi qu'elle remarqua un renflement sous ses paumes.

« Attends… »

En palpant, elle constata qu'il s'agissait d'une forme rectangulaire.

« Donne-moi ton couteau. »

Eugène, qui n'avait rien remarqué, observait la chambre à la manière d'un conquérant contemplant la région qu'il s'apprêtait à soumettre.

« Eugène ! Prends ton couteau, et viens… »

La voix, plus pressante, le fit se retourner. Il lui donna son canif et elle creva le rembourrage. Il secoua la tête, l'air méprisant, tandis qu'elle enfonçait la main dans le sofa :

« Ce n'est pas ce que j'appellerais "caché à la vue de tous", tu sais. »

Elle sortit une liasse de papiers, la parcourut à toute vitesse et l'écrasa presque aussitôt sur le nez d'Eugène :

« On les a ! »

Il resta les bras ballants, ne parvenant à laisser échapper qu'un seul mot :

« Mais… »

Sur les feuilles que Gwen agitait avec frénésie, on pouvait

voir la signature d'Isvolski, l'ambassadeur de Russie. C'étaient bien les lettres que gardait Paléologue. Eugène continua sa phrase à peine initiée :

« Mais on avait dit que… »

La déception se lisait dans sa voix. Gwen l'attira contre elle, laissant les feuilles tomber au sol :

« On s'en fiche de ce qu'on avait dit ! »

Elle lui enfonça sa langue dans la bouche. Un désir intense les parcourut, succédant au désespoir des dernières heures – jusqu'à ce qu'ils entendent des voix.

Gwen repoussa Eugène.

« Ils sont là.

– Qui ça ?

– Les anarchistes, sans doute. Ou la police. »

En tout cas, les ennuis. Elle se jeta au sol et rassembla les papiers.

« On va sortir par-derrière et s'enfoncer dans les fourrés. »

Eugène sentit son sang palpiter dans ses veines. Les gens qui avaient tué Charles étaient sur le point de les trouver là.

Les voix s'étaient rapprochées de la maison.

Eugène prit un dernier papier, qui avait glissé un peu plus loin et que Gwen n'avait pas remarqué, puis tendit la main à l'Anglaise afin de l'aider à se relever.

En se tenant toujours par la main, ils firent chacun un pas dans une direction différente – Eugène vers la chambre et Gwen vers les escaliers.

« Où est-ce que tu vas ? On est à l'étage, on ne peut pas sauter depuis la chambre…

– Pourquoi pas ? Descendre par les escaliers, c'est trop dangereux.

– On ferait trop de bruit en sautant. »

Elle l'entraîna de force vers les escaliers.

Là, ils s'arrêtèrent, attentifs. Eugène entendit quelques craquements du bois au rez-de-chaussée, sans doute des pas. Les nouveaux venus n'avaient eu besoin que d'un instant pour trouver un moyen d'entrer. Il leur avait suffi d'emprunter la fenêtre ouverte par Gwen.

« Ils sont à gauche, dans le salon, déduisit cette dernière. Si on part sur la droite, vers la cuisine, on peut s'en tirer. On sort et on court vers le bosquet à l'arrière de la maison. Il est assez dense pour pouvoir se cacher. Peut-être même pour rejoindre la grille… »

Ils descendirent les marches en silence. Dans le salon, des voix s'élevèrent de nouveau. Deux hommes échangeaient quelques mots. Puis une femme les coupa, et le silence retomba.

Eugène, qui s'était figé, se sentit tiré en avant par Gwen. Le sang-froid de son amie était impressionnant : s'il avait été tout seul, il se serait mis en position fœtale derrière le lit, en se découvrant un goût nouveau pour la prière.

Dès qu'il eut mis le pied sur la dernière marche, elle ouvrit la porte à leur droite.

Ils arrivèrent ainsi dans la cuisine, grande et encombrée. Deux fenêtres la perçaient, l'une sur la façade de la maison, l'autre donnant sur l'arrière. Gwen se dirigea vers la seconde et l'ouvrit sans faire le moindre bruit.

Elle lui fit signe d'approcher, sans se tourner vers lui. Eugène resta un instant à se demander ce qu'il se passerait si on les surprenait dans leur fuite.

Il n'eut pas à se poser la question très longtemps : alors que Gwen était en train de sortir, quelque chose de froid vint se plaquer contre sa nuque.

« Pas un geste, vous deux. Sinon je tire. »

Eugène eut une sorte de minuscule crise cardiaque. En tout cas, cela y ressemblait.

Gwen resta à califourchon sur la fenêtre. Elle analysa la situation.

Deux hommes et une femme dans l'entrée de la cuisine. Un revolver contre la tête d'Eugène, deux autres pointés sur elle.

En quelques secondes, elle pouvait sauter dans le jardin et se cacher derrière le mur. Ensuite, elle aurait le temps de prendre le revolver dissimulé sous sa robe. Pas pour les combattre : ils étaient trois avec un otage, c'était trop inégal. Juste pour avoir de quoi se défendre dans sa fuite.

Quelques secondes, puis elle serait en sécurité. Avec les documents. Mission accomplie. Plus besoin de se préoccuper d'Eugène.

« J'ai dit pas un geste. »

Elle jeta un œil à l'extérieur. Les arbres, rassurants, n'étaient qu'à une quinzaine de mètres. Les documents étaient dans ses mains. Eugène était à un mouvement d'index de la mort.

Et Gwen n'avait aucune idée de ce qu'elle devait faire.

Un rai de lumière caressa les yeux du dormeur.

En se réveillant, il constata que la fièvre avait diminué, et que la douleur devenait plus supportable. Il s'assit sur le bord du lit le temps que sa tête cesse de tourner. Il tituba ensuite jusqu'à la fenêtre, tira les rideaux et ouvrit les vitres.

Il faisait un grand soleil. L'air était doux. Le printemps approchait. La forêt qui entourait leur maison prenait chaque jour des couleurs plus nettes et plus diverses. Le ciel était d'un bleu profond, traversé seulement par quelques nuages cotonneux.

En contrebas, deux humains venaient assombrir ce tableau idyllique.

Vladimir Burtsev fumait la pipe en jouant avec sa canne devant la cabane où l'Alchimiste entreposait ses produits chimiques, et où l'on entreposait à présent les gens que l'on torturait. Il ne pouvait pas fumer à l'intérieur, où il aurait risqué de tout faire sauter.

À la lisière du bois, Petite Cloche creusait un trou. D'habitude, c'était pour faire pousser des légumes. Cette fois, il enterrait un cadavre. Louis reconnut le domestique de De Brémont, allongé sur le sol. À côté, la terre remuée indiquait les restes de Duvauchel. Derrière, on pouvait distinguer un troisième trou creusé à l'avance, d'après un calcul aussi cynique que réaliste.

Bientôt, eux aussi seraient sous la terre. Peut-être cela leur permettrait-il de revenir à la nature, de se dissoudre dans l'harmonie du monde… La mort pouvait être belle.

Mais pas la leur. Elle se ferait dans la violence. Il avait espéré que ce ne serait pas le cas, qu'il agoniserait dans son lit à un âge avancé, avec Lola et ses enfants autour de lui – une fois qu'il l'aurait convaincue d'avoir des enfants. Depuis l'attaque du Quai, c'était un tableau à oublier.

Il n'en ressentait aucune amertume. Seulement de la colère.

Une idée le frappa. Il enfila une robe de chambre en se retenant de crier, et quitta la pièce.

Il descendit l'escalier à pas lourds. Une fois au rez-de-chaussée, il s'arrêta, la tête chaude, le souffle court. Une carafe d'eau traînait sur le sol. Quand il en eut la force, il la vida. La moitié de l'eau lui dégoulina sur le torse.

La carafe tomba ensuite au sol, et Louis fixa son regard sur une porte en bois au fond du salon. C'était une pièce vide qui leur servait à stocker du matériel en temps normal – ou plutôt dans le temps précédant l'assaut du Quai, quand ils n'avaient pas encore tué tant de gens.

Parvenu devant la porte, il prit le temps d'éclaircir ses esprits. Il n'avait aucune idée de ce qu'il allait dire. Il savait une seule chose : il avait besoin de parler, d'expliquer pourquoi ce qu'ils faisaient était juste.

S'ils torturaient et tuaient, c'était pour se venger par avance de leur défaite future. Puisqu'ils périraient par le fer, ils vivaient par le fer.

La porte s'ouvrit. Une vague de lumière réveilla la pièce sombre.

Au centre de cette marée lumineuse, le corps étendu du commissaire Fabre se tortilla.

Georges se massa la joue en ricanant.

« On peut dire que vous savez frapper, mademoiselle. »

Gwen lui répondit par une insulte. Elle contractait ses muscles, dans l'espoir naïf de parvenir à adoucir ses entraves.

« Inutile, remarqua la Cigale d'une voix ferme. Je sais faire des nœuds, figurez-vous.

– Et de toute façon, ajouta Lola, si vous faites le moindre geste, je tire. »

Elle observa avec attention les deux jeunes gens qu'ils avaient ligotés et traînés dans le salon. Ils étaient amants, sans le moindre doute. La jeune femme aurait pu fuir – et d'ailleurs, c'était elle qui transportait les documents, ce qui indiquait qu'elle aurait eu tout intérêt à le faire. Pourtant, elle avait levé les mains en l'air et était revenue vers eux.

Lola ajouta donc, d'une voix amère :

« Et je vous préviens : je tire au hasard sur l'un des deux. »

Elle était bien placée pour savoir que c'était la menace la plus efficace. La jeune femme la foudroya du regard.

Elle avait du répondant. Même si elle avait renoncé à la fuite, elle avait su marquer sa colère, notamment en giflant Georges lorsque ce dernier avait remarqué d'un ton triomphant qu'il ne s'attendait pas à trouver les documents aussi vite.

Son compagnon, lui, gardait le silence, blanc comme un linge.

Indifférent à tout cela, Georges se massait la joue. Il alla jusqu'à un buffet sur lequel étaient posées diverses bouteilles d'alcool, et se servit un verre de brandy. Lola le suivit des yeux en se demandant s'il était possible d'être encore plus lent. Il se mit à feuilleter les lettres tandis qu'elle sentait l'impatience monter.

« C'est ça. On va pouvoir libérer Grande Cloche. Et avoir la peau du président. »

Maintenant qu'ils avaient ce qu'ils cherchaient, Lola voulut le presser de partir ; au même moment, la jeune femme éclata :

« Vous ne ferez rien du tout. Vous croyez que ça va être aussi simple ? »

Lola pointa son arme vers elle. L'index la chatouillait.

« Tais-toi. Tout de suite.

– Vous pensez vraiment que vous allez faire tomber le gouvernement d'un claquement de doigts ? »

Lola lui écrasa la mâchoire d'un coup de botte, puis mit l'homme en joue. Les deux femmes se regardèrent les yeux dans les yeux, avec férocité.

« On devrait y aller, dit Georges en se levant.

– Il serait temps, répondit Lola. La police pourrait nous trouver ici.

– Et eux, qu'est-ce qu'on en fait ? On les emporte ? »

Lola repensa à Duvauchel, à De Brémont, au domestique de ce dernier, au policier… Ils se spécialisaient dans la torture.

« Ah non ! On n'arrête pas de ramener des gens pour les interroger, ça va devenir une manie. Ça suffit comme ça : on les laisse ici, et puis c'est marre.

– Mais on ne sait pas ce qu'ils veulent », dit la Cigale.

Georges sortit un surin de sa poche.

« On va les interroger rapidement. »

Il s'accroupit face à Gwen, en frottant la lame du couteau entre ses doigts.

« Vous êtes ni des poulets ni des Prussiens. Alors d'où est-ce que vous sortez ? »

Lola planta le canon de son arme sur la tempe de l'homme.

« On va accélérer un peu, non ? Arrête de te prendre pour Burtsev, Georges. »

Elle leva le chien. L'homme, de plus en plus pâle, parvint à ouvrir la bouche :

« Je suis journaliste… »

Ce n'était qu'un murmure.

Georges écarta l'arme de Lola. Menacer l'homme aussi brutalement ne servait à rien. Lola, comme Petite Cloche et la Cigale, avait de plus en plus de mal à contrôler ses nerfs. Ce qui signifiait que les choses pouvaient partir en vrille à n'importe quel moment, mais aussi que Georges ne pouvait faire confiance à personne d'autre pour diriger les opérations. Dommage. Il n'aimait guère la position du chef, car elle impliquait de se poser des questions difficiles. Par exemple : faut-il faire mal aux gens pour qu'ils parlent ?

« Difficile à avaler », dit-il.

Il attrapa la main droite de la jeune femme et la posa sur le sol d'un geste ferme, avant de poser la lame du couteau sur l'index et le majeur.

Le plus faible des deux, c'était l'homme. Et ils avaient,

selon toute vraisemblance, un lien sentimental. En menaçant la femme, Georges faisait donc pression sur les deux à la fois.

Restait à espérer que la menace suffise.

« Je veux une réponse sincère. Que faites-vous ici ? »

La présence d'un journaliste n'était pas impossible, mais, avec toutes les manipulations des polices secrètes qui entouraient leur équipée, ils pouvaient avoir été envoyés par les Allemands, la préfecture, ou même l'Okhrana. Georges pouvait tout imaginer, à présent.

Pour obtenir la vérité, il fallait les pousser dans leurs retranchements.

« C'est vrai, suppliait l'homme. Je suis journaliste…

– Et comment est-ce que t'as entendu parler des documents ?

– J'ai… J'avais un ami qui travaillait au Quai. Vous l'avez tué… »

Il déglutit avec difficulté.

« Il suspectait Duvauchel… On l'a suivi, et on a compris qu'il travaillait pour De Brémont… »

Georges se tourna vers ses compagnons sans relâcher la main ni éloigner la lame.

« C'est possible, marmonna Lola.

– Mais pas sûr », ajouta la Cigale.

Laconique, mais juste.

Le jeune homme avait l'air sincère. Seulement, Georges commençait à comprendre que les espions savaient mentir avec un naturel confondant.

Il valait mieux insister.

Avant de se poser trop de questions, il trancha les deux doigts d'un geste sec.

Hervé Le Guin frappait du bout de sa canne les pavés devant la fontaine Saint-Michel. Un rythme rapide, répétitif. Le rythme de quelqu'un qui n'avait aucune envie d'être là.

Pourtant, il aimait le lieu. Il aimait moins la personne qui devait le rejoindre : Ferdinand Garcin. Jusqu'à ce qu'il lui téléphone, tout s'était passé à la perfection. Et puis l'espion de la Sûreté lui avait demandé – non, avait exigé – un rendez-vous. Le Guin avait refusé en ricanant. Alors Garcin lui avait parlé de l'agent provocateur. De la fausse piste allemande. De l'Okhrana. Et Le Guin avait ravalé ses sarcasmes.

Lorsque Garcin avait mentionné les zones d'ombre de l'affaire Bonnot, et les documents qu'il gardait sous le coude depuis cette époque, Le Guin avait compris qu'il n'avait pas le choix. Il devait accéder aux demandes du maître espion de la Sûreté. Leur plan, si bien rodé, tombait à l'eau.

À vrai dire, ce n'était pas tout à fait le cas, rectifia-t-il en frappant plus fort de sa canne pour faire résonner les pierres. Le plan fonctionnait toujours. Seule la Première brigade devait à présent marchander sa part. Rien de tout ce que pouvait faire Garcin ne remettait en question les gains futurs de ses associés. Ce qui signifiait que personne ne lui viendrait en aide.

Son rival apparut sur la place et se dirigea vers lui, avec son sourire gluant sur les lèvres. Le Guin se demanda s'il provoquait la même répulsion lorsqu'il s'approchait des gens, lui aussi.

Au moins, il n'avait pas l'allure d'un pharmacien trop amateur de gras.

« Hervé, comment allez-vous ? »

Le Guin ignora la main tendue.

« Mal. Et vous-même ?

– Mitigé. Le commissaire Fabre a disparu. On craint le pire. »

Le Guin se demanda, avec étonnement, si Garcin était affecté par ce qui était arrivé au commissaire. Il en avait l'air. Mais après tout, ce pouvait être une habitude d'acteur de théâtre.

« D'un autre côté, ajouta Garcin en s'adossant au muret de la fontaine, je commence à remettre de l'ordre dans cette affaire, et il me semble que je dispose de quoi arranger la situation – dans la mesure du possible. L'un dans l'autre, je ne me porte pas trop mal.

– Vous faites toujours un bilan complet quand on vous dit bonjour ?

– Vous avez raison, c'est surtout vous qui avez des choses à me raconter. En commençant par le commencement. Quand comptez-vous arrêter les anarchistes ? »

Habitué à faire semblant, Le Guin fit un geste d'incompréhension.

« Que voulez-vous dire ? C'est votre enquête, et nous n'avons pas le moindre élément…

– Hervé, le coupa Garcin, depuis que nous avons interrogé Verrier le premier jour, nous savons que vous avez des renseignements que vous ne nous transmettez pas. Pire : vous nous les cachez. »

Le Guin, cette fois, haussa les épaules. Inutile de jouer les innocents. Garcin reprit :

« J'ai d'abord cru que l'agent provocateur était un ancien employé à vous, et que vous cherchiez à le protéger. Mais depuis hier, je sais que les anarchistes sont aussi liés à De Brémont et, par le biais de Duvauchel, à la Centrale du Quai.

– Et donc ?

– Et donc il s'agit d'une affaire d'espionnage. Le plus évident serait qu'il s'agisse d'espions allemands. Mais c'est là que les choses se corsent : si c'était le cas, vous n'auriez pas tenté de protéger l'agent provocateur, quand bien même il aurait travaillé pour vous. »

Garcin alluma une cigarette et en proposa une à Le Guin, qui refusa.

« Ah oui, j'oubliais que vous aviez arrêté de fumer. »

Oui, pensa Le Guin, depuis trois jours. Presque personne n'était au courant. Garcin aimait faire montre de son omniscience lorsqu'il avait l'avantage.

« En fait, même si vous vouliez protéger un agent, ce n'était pas cohérent. Contrairement à vos habitudes, vous n'avez pas cherché à reprendre l'affaire à votre compte. Aucun article à charge dans la presse... La guerre des polices n'a pas eu lieu, cette fois.

– Nous nous sommes assagis. Paris appartient encore à la Sûreté.

– Et c'est là que j'ai compris, continua Garcin sans remarquer l'interruption. Vous nous avez laissé l'affaire, parce que vous savez déjà comment elle se termine. Et elle ne se termine pas bien pour nous. »

Il prit une bouffée de tabac, expira, et suivit des yeux la fumée montant vers le ciel, à la lueur des becs de gaz.

« Depuis quand Henri Bint prépare-t-il le retour officiel de l'Okhrana ? »

Garcin ne souriait plus. Le Guin, à sa grande surprise, se sentit nostalgique de ce sourire. En fait, il était nostalgique d'un temps situé quelques minutes plus tôt, quand il n'avait pas encore compris que Garcin avait toutes les cartes en main. Il fit signe qu'il voulait bien cette cigarette, tout compte fait.

Garcin lui tendit la sienne. Le Guin hésita. Il n'était plus à ça près. Il la prit et en tira une grande bouffée. Cela lui fit du bien immédiatement. Mais ses problèmes ne s'étaient pas volatilisés.

« Qu'est-ce que vous me voulez, Garcin ? Vous attendez des aveux ?

– Non. Je ne crois pas aux contes de fées. »

Il laissa le temps à Le Guin de deviner le marché qui allait lui être proposé.

« Je veux faire partie des conspirateurs. Donc, je veux ma part. La survie de la Sûreté. Et, si c'est encore possible, la survie de Fabre.

– Ne me dites pas que vous tenez à ce vieux pantin ?

– Je m'y suis attaché, figurez-vous. De toute manière, si Fabre tombe, Guichard et Hennion tombent, la Sûreté tombe. Je tombe. »

Le Guin n'avait pas le choix. Il voulut tout de même montrer les crocs : accepter le marché de Garcin, c'était se retirer de la partie au moment où son plan réussissait.

« Hors de question. Si vous gagnez, je perds. Désolé. »

Garcin lui arracha la cigarette des lèvres et la jeta dans la fontaine.

« Permettez-moi de rectifier, Hervé. Vous restez dans la course : d'ici quelques années, la Première brigade remplacera la Sûreté. C'est la logique des choses. Vous n'y perdez que quelques années d'attente. En revanche, si vous refusez, vous découvrirez ce que c'est que de perdre… »

Le Guin hocha la tête. Il savait ce que Garcin allait mettre dans la balance.

Ce dernier, cependant, s'offrit le plaisir de dévoiler à son adversaire les barreaux de la cage qu'il lui avait construite :

« Votre homme du temps de Bonnot, celui de la rue Ordener, vous vous en souvenez ? Celui que vous m'avez demandé de protéger en faisant accuser Dieudonné ? J'ai toutes les preuves, vous vous en doutez bien, qui ne demandent qu'à être envoyées à la presse. Il a décampé depuis longtemps, mais ces preuves vous accusent tout autant…

– Et pourquoi croyez-vous que je vous ai demandé de le faire ? Ces preuves vous accusent autant que moi. Vous finirez votre carrière en même temps que la mienne.

– À ceci près que votre carrière est publique, et que vos ambitions sont préfectorales. Pour ma part, je me satisferais aisément d'un travail de l'ombre… Et comme personne d'autre que moi ne peut entretenir mon réseau, on ne tardera pas à me le proposer. »

Le Guin regarda la cigarette qui flottait dans la fontaine. C'était donc ce que l'on ressentait, quand on n'avait plus aucune issue.

« Très bien, soupira-t-il. Venez avec moi. J'ai quelques personnes à vous présenter. »

La jeune femme hurla et, dans un geste instinctif, ramena sa main vers elle. L'index et le majeur restèrent sur le sol.

L'homme les regardait, le visage tordu. Georges pouvait deviner ce qu'il pensait : *C'est réel, ils vont nous tuer.*

Maintenant qu'ils savaient qu'on ne leur mentait pas impunément, l'interrogatoire pouvait reprendre. Georges s'efforça de conserver une voix calme, comme l'aurait fait Burtsev. La menace en était renforcée.

« J'aimerais que tu réfléchisses encore un peu. Tu es sûr de dire la vérité ? »

Afin de montrer sa détermination, il reprit de force la main de la femme ; celle-ci voulut se débattre. La Cigale, en posant le canon de son revolver sur sa tempe, la ramena au calme.

En revanche, lui-même manquait de calme : Georges voyait le revolver trembler, et le front de la Cigale se couvrir de grosses gouttes de sueur. Il n'y avait pas de temps à perdre, avant que l'un de ses compagnons ne craque définitivement.

Georges posa donc la lame du surin sur le poignet.

« Ça risque de prendre plus de temps et de saigner davantage. Alors je te laisse trente secondes pour me dire ce que vous faites là. »

En disant ces mots, Georges eut un doute. À quel moment serait-il convaincu par ce que lui dirait le jeune homme ?

« Je suis journaliste… »

Georges enfonça légèrement la lame. Les veines palpitaient, demandant presque à être tranchées. C'était facile : un mouvement, et ce serait fait. Après tout, personne n'est jamais innocent.

Lui aussi, il ne tarderait pas à craquer.

Un bruit le ramena soudain sur terre.

Lola et Amédée l'avaient entendu également. La femme s'approcha de la fenêtre, et lâcha :

« Voilà les poulets. »

Georges libéra la main de la jeune femme et se dirigea vers la fenêtre. La Cigale resta à côté des deux jeunes gens. Il avait l'impression d'être ivre.

Ils avaient tué, blessé, torturé. Et cela recommençait sans cesse, dès qu'ils rencontraient quelqu'un. Comme si le monde se limitait à eux, et que tous les autres étaient devenus leurs ennemis. C'était un peu le cas, d'ailleurs.

« Six hommes armés. Ils sont trop nombreux, ils vont nous couper l'accès à la voiture. »

Georges regardait par la fenêtre. La Cigale sentit ses muscles se tendre.

« À moins de passer par les bois, derrière la maison, ajouta-t-il. Les arbres longent la propriété jusqu'à la grille. On trouvera bien une voiture à voler aux abords du village.

– Ils vont nous chercher. »

Une autre voix, qui n'était que dans sa tête, confirma la remarque de Lola :

« Ils vont quadriller le village s'ils vous voient fuir. Vous n'aurez pas le temps de voler quoi que ce soit, même une poule. »

Manon, encore et toujours. Plus pragmatique que d'habitude.

La Cigale se sentit soulagé à cette idée. Leur lutte s'arrêtait ici. Ils avaient perdu. Ils s'offriraient le plaisir d'une ultime attaque frontale : ils n'avaient aucune chance mais ils emporteraient peut-être un poulet ou deux avec eux.

Même au moment de mourir, on comptait les victimes.

« On fuit quand même, dit Georges. Pas d'autre choix.

– Et eux, demanda Lola, qu'est-ce qu'on en fait ? Si on les tue, on va se faire repérer.

– Laisse-les. On manque de temps. »

Ils auraient au moins épargné deux innocents. À la manière dont les choses étaient engagées, c'était inespéré.

L'homme, à ces mots, poussa un soupir de soulagement, tandis que la femme, étreignant sa main mutilée, éclatait en sanglots. La Cigale les observa. Il pensa qu'il ne ressentirait plus jamais ces émotions : le soulagement, la peur… Il était devenu un tueur, et toutes ses émotions étaient à présent des émotions de tueur.

« Tu n'es pas un tueur. »

Au lieu de lui répondre, il se permit, cette fois, de penser à Manon. Il avait été heureux avec elle, avant de monter à Paris. Il avait sans doute ressemblé à ce jeune homme fragile, inquiet, incapable de comprendre la brutalité du monde. Depuis, il avait grandi. Il avait vieilli. Sans Manon, emportée par la maladie dès qu'ils avaient quitté le Sud. Pourtant, il n'avait jamais voulu repartir. Le Sud ne valait rien sans elle.

« C'est gentil. Mais tu ne devrais pas t'occuper des policiers, plutôt ? »

Voilà qu'elle faisait de l'ironie.

Georges ouvrit la fenêtre donnant sur l'arrière de la maison. Lola était à ses côtés. La Cigale resta immobile.

S'ils étaient pris, tout était fini. Ils ne laisseraient derrière eux qu'une désolation absurde, sans que personne en retire quoi que ce soit – même pas De Brémont. Ou bien…

« Amédée ! Dépêche ! »

Cette voix était réelle. Il se retourna, le visage sombre.

« Allez-y. Je vais les retenir. »

Georges fit un geste d'impatience :

« Arrête tes balivernes et viens. On perd du temps !

– Justement. Vous avez les documents, il faut les garder. Mais on peut pas tous partir. Je vais les retenir, ça vous donnera une diversion. »

Lola haussa les épaules et enjamba la fenêtre. Il n'en attendait pas moins d'elle. Si Manon était toujours parmi eux, il aurait abandonné la lutte depuis longtemps. L'anarchie méritait qu'on meure pour elle. Mais quand on avait un amour de chair et d'os, une idée ne valait plus grand-chose.

Georges resta les bras ballants.

« Allez, insista la Cigale. Pars !

– Et toi ?

– Il faut qu'un de nous se sacrifie. »

Pour la première fois depuis longtemps, il avait l'impression que ses mots sonnaient juste. Dans sa tête, Manon s'était tue. Il savait pourquoi : elle n'avait rien à ajouter, rien à critiquer non plus. Elle l'attendait.

« De toute façon, s'ils m'attrapent vivant, vous n'aurez qu'à exiger ma libération. »

Georges sourit. La Cigale aussi. C'était cousu de fil blanc, mais cela le réconforta un instant.

Dehors, des policiers échangèrent une parole : ils étaient à présent tout près des murs de la maison. Il n'y avait plus une seconde à perdre.

« Adieu, Amédée. »

Georges sortit à son tour et se mit à courir vers le bois. La Cigale soupira.

Quand il ferma la fenêtre, Lola et Georges étaient déjà à la lisière des arbres.

De Brémont faillit tourner de l'œil.

La douleur, il pouvait supporter. Elle était intense, mais il y avait pire : l'angle absurde que faisait sa main suite au coup de marteau. Il s'efforça de rester conscient. S'il n'était plus capable de protester, il n'osait imaginer ce qu'on lui ferait.

Du coin de l'œil, il pouvait voir l'anarchiste jouer avec le marteau ; derrière lui se tenait la silhouette sombre du Russe contre le mur.

Il avait définitivement perdu le contrôle.

C'était le cas depuis que la voiture des anarchistes avait foncé sur lui, mais son naturel combatif le lui avait caché, tant que la douleur était restée une idée théorique. Par contre, depuis qu'on avait entrepris de lui briser les os et les articulations à la masse, De Brémont avait cessé de prendre son interrogatoire pour un jeu.

Maintenant, il cherchait une solution pour fuir.

Il pouvait parler, bien sûr. Il pouvait avouer où se trouvaient les documents et expliquer ses motivations. L'histoire, au fond, était simple.

C'était Duvauchel qui avait proposé d'utiliser un réseau anarchiste pour simuler le vol des documents : espérant profiter du scandale qui suivrait leur publication pour grimper les échelons, il n'avait aucune envie d'être soupçonné, même de loin. Il avait donc demandé à De Brémont, en échange des documents, de trouver une manière de le couvrir. L'homme d'affaires n'aurait eu aucun remords à laisser son employé prendre des risques, mais les documents l'intéressaient. Il avait donc décidé d'accéder à la requête de Duvauchel.

En échange de son aide, il avait exigé que le fonctionnaire constitue le dossier progressivement, en volant des papiers de manière régulière. L'idée était d'éviter qu'on ne remarque trop tôt la disparition soudaine d'une vingtaine de lettres et, surtout, de rendre Duvauchel dépendant de son maître : chaque petit larcin avait rétréci la longueur de sa laisse. En laissant le fonctionnaire libre de voler l'ensemble quand il le souhaitait, le rapport de force aurait été inversé.

Restait ensuite à accomplir sa part du marché. Le plus simple était d'organiser un cambriolage grossier qui attirerait toute l'attention.

Or, il se trouvait qu'à ce moment-là De Brémont avait entendu parler du groupe qui se montait pour libérer Isidore Grandville, et qu'il cherchait une manière de les manipuler. Ses maîtres appréciaient toujours l'utilisation de groupes terroristes, et ils payaient grassement toute action faite en vue d'attiser les tensions politiques et d'accroître l'insécurité dans les pays de l'Entente.

Il avait simplement additionné tout cela. En faisant croire aux anarchistes qu'ils pouvaient trouver au Quai de quoi libérer Grandville, il réalisait ses deux objectifs en même temps. Mieux :

il obtenait de quoi faire tomber Poincaré, de quoi propulser au sommet de la hiérarchie du Quai un homme à sa botte, et de quoi protéger Joseph Caillaux. Un succès retentissant en échange d'une petite manipulation.

Oui, il aurait trouvé un certain plaisir à raconter tout cela à ses ravisseurs. Il aurait aimé, aussi, leur expliquer qu'il n'y avait, là-dedans, rien d'idéologique. Il était partisan d'une politique germanophile – d'une politique germaine, même, si c'était possible. Pourquoi ? Parce que les Allemands le payaient grassement, tout simplement.

Mais que gagnerait-il à provoquer leur colère ? Rien. D'ailleurs, en avouant tout, il perdrait toute utilité et deviendrait encombrant. Or, il savait ce que l'on faisait aux personnes encombrantes. Et il tenait à la vie presque autant qu'à l'argent.

Il y avait cependant une alternative.

Après les premiers coups de marteau, on lui avait offert une heure de répit. Durant ce temps, terrassé par la fièvre et la peur, il n'avait pu réfléchir que par intermittences, entre deux moments d'hébétude. Dans cet état de flottement, un souvenir incertain était remonté à la surface.

Quand le Russe était revenu l'interroger, cela avait pris forme avec davantage de clarté.

Vladimir Burtsev.

Il connaissait ce nom.

À présent, la douleur aiguë du dernier coup de marteau rendait ce souvenir encore plus clair.

Burtsev travaillait pour lui.

Quand ils avaient obtenu l'adresse de la maison de campagne, Cerruti et Garcin auraient dû prévenir les Brigades mobiles : normalement, toute enquête hors de Paris devait passer par eux ; et obtenir l'autorisation du préfet de la Seine.

Le temps de faire cela, ils diminuaient leurs chances de sauver Fabre – et ils transmettaient officiellement l'enquête à leurs rivaux. Les deux policiers avaient donc décidé de sélectionner quelques hommes sûrs et de se rendre sur les lieux eux-mêmes.

Au moment de partir, toutefois, Garcin s'était trouvé autre chose à faire – au grand soulagement de Cerruti. Giroud l'avait remplacé – au grand désespoir de Cerruti.

« Il y a du monde, dans cette maison de campagne. »

Typique de Giroud. Il adorait dire à haute voix ce que tout le monde avait déjà remarqué.

Cerruti sortit son arme de service et conseilla à ses compagnons d'en faire autant. Puis il leva le bras, indiquant aux trois agents qui les suivaient dans une seconde voiture qu'il fallait s'attendre à de l'action. Parmi eux, le sergent Féral. Une tête de bois que Cerruti appréciait : c'était sans doute un imbécile, mais un excellent tireur. Et surtout, quelqu'un qui n'avait peur de rien.

Il arrêta la voiture bien avant de parvenir devant la maison. Les agents à sa suite l'imitèrent.

« Il vaut mieux que nous soyons discrets. »

Giroud, encore.

Sans un mot, Cerruti ouvrit la voie. Ils avancèrent en un triangle dont il était la pointe. D'un geste, l'inspecteur leur indiqua de s'écarter les uns des autres, afin de couvrir davantage d'espace.

Ils avancèrent à pas comptés en direction de la bâtisse, les sens en éveil, prêts à réagir au moindre élément suspect. Les rideaux étaient tirés, tout était calme. Cerruti sentait son cœur battre.

Lorsqu'ils ne furent plus qu'à quelques mètres de l'entrée, il se retourna, indiquant successivement les angles de la maison.

« Deux à gauche, deux à droite. Faites le tour. Féral, avec moi. Dans une minute, j'entre. »

L'inspecteur se posta devant la porte. Quand ses agents disparurent derrière le mur, il observa les fenêtres de la façade, sans remarquer le moindre mouvement sur le drap des rideaux fermés. L'une d'entre elles était cassée, sans doute avait-elle servi à pénétrer dans la maison.

Après un moment de silence, Féral dit :

« Cela fait une minute, monsieur. »

Cerruti resserra la prise sur son revolver. De sa main libre, il prit le double des clefs que la secrétaire de De Brémont leur avait fourni. Il s'apprêtait à ouvrir lorsque Giroud et son compagnons réapparurent à l'angle. Tout en approchant, le policier crut bon de souligner :

« Personne. »

Rassuré par ce renfort, Cerruti mit la clef dans la serrure et tourna.

Au même moment, Giroud s'arrêta devant une fenêtre, surpris par quelque chose à l'intérieur. Il se tourna, tendant son arme en avant. La vitre vola en éclats. Il fut projeté en arrière. Un deuxième coup de feu retentit. L'agent qui l'accompagnait tomba à son tour.

Victor Fabre ouvrit les yeux, surpris par la lumière.

Dans l'entrée se tenait une silhouette à contre-jour.

L'homme avança, mais Fabre ne s'y intéressait déjà plus. Il n'avait pas la force de se concentrer sur la réalité.

Durant les heures de solitude et de ténèbres qui s'étaient écoulées dans ce réduit, son esprit s'était évadé vers un monde qu'il ne connaîtrait jamais, la paisible Normandie de sa retraite.

Il s'était imaginé au bord des étangs, durant de longues matinées de paix. Maintenant que quelqu'un le ramenait au monde réel, il n'avait qu'une envie : retrouver ses songes.

C'était sans doute ainsi que les malades en fin de vie abandonnaient tout espoir de guérison. S'il avait été plus lucide, il aurait trouvé la force de s'accrocher. Mais il voulait le repos, tout de suite et sans attendre.

Cependant, lorsque l'homme s'assit face à lui et qu'il le reconnut, il comprit que ses rêves éveillés attendraient. L'anarchiste qui lui avait servi de bouclier humain n'était certainement pas venu par politesse.

Ils se regardèrent un moment en silence.

L'homme s'était assis contre le mur. Son visage, déformé par un rictus de souffrance, se dessinait par aplats obscurs. Fabre lui faisait face, étendu sur le dos, ligoté aux poignets et aux chevilles, un maigre coussin sous la nuque. Du sang trempait les bandages sur son ventre.

Le commissaire avait longtemps côtoyé l'anarchie.

Malgré la révulsion que lui inspiraient les actes fanatiques et gratuits des illégalistes, il avait appris à comprendre l'idéologie enfantine, les songes abracadabrantesques, de ces jeunes gens – ils étaient souvent jeunes – cabossés, mutilés, brisés. La société n'était pas toujours bienveillante, il lui arrivait même d'être injuste. Le produit de ses injustices, c'était la haine naïve qui venait hanter les carcasses de certains miséreux.

Mais le commissaire était comme un scientifique capable de décrire froidement son objet d'étude. L'anarchie restait pour lui un idéal sans vie. Et s'il pouvait voir ce qui conduisait certains hommes à adopter ce rêve, il ne les avait jamais considérés autrement que comme des ennemis.

Pourtant, dans ce réduit obscur où la douleur le dévorait,

le commissaire Fabre se découvrit, pour la première fois de sa vie, un lien avec un anarchiste.

Opposés par la cause, rapprochés par la peine, ils se faisaient face, le souffle court et la peau bouillante. Aucun ne savait ce qu'il devait dire à l'autre, mais tous les deux se sentaient à présent unis par quelque chose de puissant, d'indiscutable. La venue d'une mort commune, sans doute. Ou peut-être comprenaient-ils confusément qu'ils étaient tous deux les pions de machinations plus vastes, ennemis par hasard.

Comme s'il menait une réflexion similaire, l'anarchiste poussa un soupir qui tenait davantage du gémissement, et murmura :

« On m'a dit que t'étais un cogne. Ils ont trouvé ta carte dans ta veste. Aucune idée de ce que tu fichais là-bas, mais t'as mal choisi ton moment. »

Fabre regarda sa poitrine. La douleur avait depuis longtemps envahi l'ensemble de son corps, mais elle naissait là ; elle irradiait par vagues lorsqu'il respirait.

« C'est mon travail. »

Louis leva un sourcil.

« C'est ton travail de sauver De Brémont ? Alors je vais te dire, j'aurais jamais voulu d'un travail pareil.

– Tout le monde mérite d'être sauvé. »

L'anarchiste laissa échapper un ricanement qui se termina dans une quinte de toux.

« T'es un poulet. Tu laisses mourir les pauvres. Tu les écrases. Ce que t'as fait, ça s'appelle pas sauver tout le monde. Ça s'appelle protéger les riches. »

Fabre resta silencieux, trop épuisé pour parler. Quand enfin il en trouva le courage, ce fut pour balbutier :

« Je ne tue personne.

– Lui, il tue. De Brémont. Pas de ses mains, c'est vrai. Il

paye des hommes pour le faire. Et toi, tu le protèges. T'es du côté des assassins. Admets-le. »

Cette fois, Fabre n'eut pas la force de se défendre. Le désir de retourner en Normandie dissipait les contours de la pièce, et son esprit se recroquevillait autour du trou béant qu'on avait creusé dans son ventre.

Louis l'observa d'un air presque cruel.

« T'as pris une balle dans la poitrine. Si ça se trouve, le poumon est touché. Ils l'ont enlevée. Ils ont fait au mieux pour que tu perdes pas trop de sang. Mais si tu veux mon avis, c'est juste une question de temps. On peut rien pour toi. »

Fabre avait fait le même raisonnement : à moins d'être placé entre les mains d'un chirurgien, il allait mourir. Cela ne le préoccupait plus.

La curiosité fut cependant la plus forte :

« Alors pourquoi m'avoir soigné ?

– Pour te faire parler. Et quand ils ont vu que t'étais un poulet, ils se sont dit que c'était pas plus mal de t'avoir sous le coude. Des fois qu'on se fasse attaquer. »

Il ricana.

« Même mourant, tu peux servir de monnaie d'échange. Ou au pire de sacrifice. »

Fabre voulut répondre qu'ils n'avaient aucune chance, de toute façon, si la police les retrouvait. Mais ses yeux se fermaient et le sang bourdonnait à ses tempes.

En un instant, cette discussion lui parut appartenir à un lointain passé. Il était dans un autre temps, où tout était paisible – où tout serait toujours paisible.

Après un silence, Louis enfonça le clou :

« C'est ça, la vie d'un poulet : tu vas mourir après avoir protégé un assassin. »

Cerruti faillit s'effondrer en pénétrant dans le vestibule ; il se rétablit et alla se plaquer contre le mur de droite, juste à côté de la porte du salon. Celle-ci était close.

Il reprit son souffle, en priant pour qu'aucun anarchiste ne déboule des escaliers.

Après quelques instants, les trois agents le rejoignirent – Féral qui était resté avec lui, et les deux autres qui avaient terminé le tour de la maison. Du salon parvenaient des gémissements étouffés.

Combien étaient-ils ? Toute la bande ? Si c'était le cas, la partie était loin d'être gagnée.

« Je vais ouvrir. »

Sur ces mots, il tourna la poignée et poussa la porte d'un geste sec. Une balle siffla et alla s'écraser contre le mur d'en face. Il fit un pas en avant et tira à son tour dans la pièce, avant de se replier.

Une demi-seconde avait suffi pour constater l'essentiel : il n'y avait qu'un adversaire – ainsi que deux formes horizontales contre le mur de gauche. Un couple ligoté.

Deux balles allèrent finir leur course dans le mur. Cerruti fit feu une seconde fois, en s'efforçant de tirer dans la direction où il avait repéré l'anarchiste la fois précédente. Bien sûr, celui-ci s'était déplacé – son bras dépassait derrière un fauteuil. Cerruti identifia l'arme de son adversaire : un Lefaucheux à six coups.

L'inspecteur se tourna vers ses compagnons.

« Montez à l'étage. Il doit y avoir des complices quelque part. »

Les trois hommes avancèrent vers l'escalier. Féral grimpa le premier. Il espérait se montrer indispensable, d'une façon ou d'une autre. Le troisième s'arrêta après quelques marches, alors qu'une nouvelle balle fusait en provenance du salon.

« Et vous ?

– Je m'occupe de lui. »

À ces mots, il tira une troisième fois, faisant exploser un vase. L'anarchiste était toujours derrière son fauteuil.

Il le vit surgir, avant de pouvoir se poster derrière le mur. Une sixième balle faillit lui transpercer l'épaule.

Cerruti tourna la tête pour voir les deux agents monter les marches avec précaution. Le troisième était resté à ses côtés.

« Couvrez-moi. »

Aussitôt après avoir parlé, l'inspecteur se précipita dans le salon, où l'anarchiste devait être en train de recharger.

Il se jeta au sol, derrière un second fauteuil placé face à celui de son opposant.

Juste à temps : deux balles pénétrèrent, avec un bruit mou, dans le rembourrage du siège. Une troisième s'enfonça dans le ventre du jeune policier qui s'était avancé dans l'embrasure de la porte.

Le corps tomba avec un bruit sourd. Le jeune homme se mit à hurler. Cerruti, s'obligeant à ne pas y accorder d'attention, passa son bras par le côté du meuble, et vida ses trois dernières balles.

Cela n'eut aucun succès, puisqu'une autre détonation lui répondit, et le sommet du dossier partit en morceaux.

Son revolver était vide.

Alors, un bruit de course se fit entendre, malgré les cris de douleur du policier. L'anarchiste voulait en finir. Cerruti savait qu'il n'avait pas le temps de recharger son arme : il la laissa tomber au sol tout en ramenant la main vers l'intérieur de son veston.

Le temps sembla se dilater, et il eut tout à coup une conscience aiguë de ce qui l'entourait : les objets de luxe décorant la pièce, les impacts de balles sur le mur, les rideaux tirés, le revolver qui tombait lentement comme s'il était plongé dans du liquide, le jeune policier se vidant de son sang en hurlant de plus belle.

À sa gauche, contre les fenêtres fermées donnant sur l'arrière de la maison, deux jeunes gens ligotés assistaient à la scène, les yeux ronds.

Au moment où l'arme vide percuta le plancher, le temps reprit son rythme normal.

L'anarchiste surgit devant lui ; Cerruti vit la gueule de son revolver s'avancer, béante. Mais il avait mis la main sur sa seconde arme. Il fit feu le premier.

La balle pénétra dans le front de la Cigale.

CHAPITRE 24

« C'est bon, René. Tu reprendras plus tard. »

Vladimir Burtsev, habitué aux interrogatoires, préférait user de la douleur avec parcimonie. De toute manière, s'il n'avait pas un temps de répit, l'homme d'affaires ne tarderait pas à s'évanouir.

L'anarchiste quitta la pièce sans un mot. Il referma la porte, et le silence retomba. Burtsev attendit quelques minutes, laissant De Brémont reprendre ses esprits – et redécouvrir les profondeurs de la peur. Enfin, il fit un pas en avant, et demanda avec douceur :

« Tu veux de l'eau ? »

De Brémont hocha la tête.

Burtsev prit une carafe et la tendit au-dessus de la tête de l'industriel. Celui-ci ouvrit la bouche ; Burtsev lui versa quelques gouttes dans le gosier, puis reposa la carafe. De Brémont devait crever de soif : en décevant ainsi son désir, il l'avait renforcé. S'il voulait boire à satiété, il faudrait qu'il parle.

L'attitude de l'industriel, cependant, ne fut pas celle que Burtsev attendait. Il leva la tête, le visage détendu.

« Vladimir Burtsev… Je savais que votre nom me disait quelque chose. »

Burtsev retint un mouvement de surprise. C'était inattendu.

« Le Sherlock Holmes de la Révolution. L'homme qui a mis l'Okhrana à terre. »

Ce n'était pas un mensonge. De Brémont le connaissait bel et bien. Mais, après tout, sa réputation pouvait le précéder. Pourtant, le ton de sa voix n'était pas celui d'un admirateur.

« Et donc ? Qu'est-ce que cela change ?

– Vous ne vous êtes jamais demandé qui vous finançait ? »

Burtsev hésita.

Il recevait de l'argent de différentes sources, principalement des dons émanant de réseaux révolutionnaires. Cela lui servait de rente régulière, mais lui permettait aussi de payer les locaux de son agence, les frais de ses enquêtes, et surtout les salaires de ses agents. En d'autres termes, les sommes étaient astronomiques – mais il avait toujours pensé que cela s'expliquait par le grand nombre d'individus disposés à le soutenir : après tout, il était célèbre.

« Vous pensez vraiment que tout votre argent provient d'anarchistes et de révolutionnaires qui vous payent sans contrepartie ? Vous êtes à ce point naïf ? »

Burtsev se sentit faible. Une vague de chaleur s'élevait de son ventre. Bien sûr, c'était une explication naïve. Seulement, c'était la seule qu'il voulait entendre.

« Ou bien, vous aviez peut-être des doutes… Mais vous n'avez jamais voulu les admettre. »

Ses jambes s'étaient mises à trembler. Oui, il avait déjà songé à d'autres explications – et il n'avait jamais eu le courage de les regarder en face.

« Vous faites tomber les agents de l'Okhrana, au point de fermer son bureau parisien. Vous accentuez ainsi les tensions naissantes entre la France et la Russie. Vous permettez aux divers mouvements révolutionnaires de gagner du terrain, ce qui affaiblit les gouvernements français et russe… Vous n'avez jamais remarqué à quel point vos actions nous sont utiles ? »

Burtsev se laissa tomber sur la chaise qui faisait face à De Brémont.

« Vous dites "nous", tout à coup.

– Oui, *nous* : les Allemands et leurs alliés. »

Le détective hocha la tête.

Ainsi, la solution la plus simple était la bonne : De Brémont travaillait pour les Allemands.

En revanche, il ne s'attendait pas à apprendre qu'il travaillait *lui aussi* pour le Kaiser.

« Mes contacts au gouvernement allemand vous connaissent. Et je vais même vous dire : une partie de mes propres deniers vont dans votre poche. »

L'homme d'affaires était rayonnant.

« Nous finançons des réseaux anarchistes. Pas seulement des agents doubles : par leur biais, nous donnons des moyens à tous les mouvements révolutionnaires ayant un minimum d'ampleur, dans le but de déstabiliser les gouvernements de l'Entente. Les Russes ont la Main noire, mais nous avons nos propres réseaux – certes moins bien établis. Vous faites partie de la liste, Vladimir. »

Il regarda le Russe avec un air complice, avant d'ajouter :

« Je peux vous appeler Vladimir ? Après tout, vous êtes un peu mon employé… »

Burtsev, raide et pâle, se leva de sa chaise. Sans dire un seul mot à De Brémont, il marcha d'un pas mécanique vers la porte. L'homme d'affaires le regarda partir.

Sa respiration était plus légère et la douleur s'atténuait : il venait de gagner sa liberté.

Si De Brémont mourait, Burtsev perdait ses principales

sources de revenu. S'il voulait mener à bien sa lutte contre le régime tsariste, il devait le laisser en vie.

C'était un homme intelligent. Il allait vite le comprendre.

Le Russe s'éloigna à pas lents de la cabane.

Il était sonné. Les dix dernières années de sa vie s'écroulaient sous ses yeux. Son empire avait été construit sur du sable.

Bien sûr, De Brémont aurait pu mentir. Mais il n'avait pas menti.

Ses paroles confirmaient des inquiétudes qu'il avait déjà eues. Durant ses années à Paris, il avait vécu au-dessus de ses moyens. Détective sans clients, il payait une poignée d'agents doubles avec un argent qu'on lui donnait, sans contrepartie, de tous les pays d'Europe.

Jusqu'alors, ces doutes ne l'avaient jamais inquiété bien longtemps. Les anarchistes riches existaient, après tout : Alfred Fromentin n'était pas un cas unique.

S'il avait été honnête, cependant, Burtsev aurait dû admettre que les Fromentin n'étaient ni assez nombreux, ni assez riches, pour le financer à perte durant des années.

Il s'arrêta en parvenant aux premiers arbres de la forêt. Petite Cloche, assis devant l'entrée, se demandait visiblement s'il devait le rejoindre. Burtsev lui fit signe que tout allait bien.

Un instant de solitude et de calme ne lui ferait pas de mal. Pas tant pour s'apitoyer sur son sort – ce n'était guère dans son caractère – que pour faire le point sur ses solutions. De Brémont disait la vérité, c'était certain. Donc : que fallait-il faire ?

D'abord, prendre conscience de ce que cela impliquait. Durant six ans, il avait été le pantin d'une puissance étrangère. Sa lutte contre l'Okhrana était parasitée, pourrie de l'intérieur. Il n'avait combattu le Tsar que pour faciliter la vie du Kaiser. On l'avait intégré aux calculs cyniques de la politique étrangère. On avait fait de Sherlock Holmes l'arme sans pitié des Teutons.

À ses pieds, la terre était retournée.

Deux monticules étaient refermés ; un trou béait à côté, de la taille d'un homme. Le fonctionnaire et le domestique étaient enterrés. Bientôt, la dépouille de l'homme d'affaires, ou du policier, viendrait les rejoindre.

C'était à cela qu'il participait. Une entreprise de destruction. Au lieu de le faire pour la Révolution, il l'avait fait pour l'Allemagne.

Burtsev se détourna de ces tombes rudimentaires.

De Brémont serait supprimé par les anarchistes d'ici quelques jours. Du même coup, ses financements s'arrêteraient.

Il enfonça sa canne dans la terre.

S'il laissait De Brémont mourir, il abandonnait la lutte contre l'Okhrana, car il ne pourrait plus payer ses hommes. S'il le laissait partir, il devenait son complice, un agent prussien.

Que voulait-il devenir ?

Un cri de rage l'extirpa de ses réflexions.

Burtsev fit volte-face, pour voir Georges faire irruption hors de la cabane, en tenant à bout de bras la chaise sur laquelle De Brémont était toujours assis. L'anarchiste propulsa à terre le meuble et l'homme.

René et Lola se tenaient à proximité, interloqués.

« Georges ! Calme-toi, qu'est-ce qu'il se passe ? »

L'anarchiste leva les yeux et reconnut son mentor russe qui arrivait à grandes enjambées. Il prit une liasse de papiers dans sa veste et la jeta en direction de Burtsev.

« On les a. »

Le Russe ramassa les feuilles, tandis que Georges continuait :

«Amédée est mort. Les flics sont arrivés, et il les a retenus pendant qu'on prenait la fuite. On a arrêté un type qui passait en voiture, un kilomètre plus loin, avant qu'ils nous retrouvent. »

Il pointa son Browning sur l'homme d'affaires.

« En résumé : De Brémont sert plus à rien, et on a perdu un camarade à cause de lui. »

Il planta ses yeux dans ceux du traître.

« J'ai besoin de calmer mes nerfs. La mort d'un ami, c'est pas facile. »

Il releva le chien. De Brémont voulut balbutier quelque chose ; Burtsev s'interposa d'un geste incertain.

« Attends, Georges, on pourrait peut-être...

– On pourrait rien du tout. Regarde les lettres. C'est bon ? »

Burtsev parcourut à toute vitesse les lignes qu'il avait sous les yeux. On y citait Poincaré, en mentionnant des sommes astronomiques versées à des journaux pour faire l'apologie de l'alliance franco-russe. Pendant qu'il lisait, De Brémont, qui avait compris que Burtsev n'avait pas l'autorité suffisante pour le sauver, s'était mis à supplier :

« Attendez, réfléchissez bien... J'ai de l'argent, je peux... »

Un coup de pied de Lola le fit taire.

« Tais-toi. C'est pas ton argent qu'on veut.

– Alors, Vladimir ? »

Il ne pouvait pas mentir. Il n'allait pas sauver un homme qui ne le méritait pas. Même si cela impliquait sa ruine. La mort dans l'âme, il hocha la tête.

« Vous avez les bonnes lettres. »

Georges vida son chargeur. Six trous s'ouvrirent dans le ventre, le torse et la tête de De Brémont. Un cri bref s'échappa de la carcasse, avant qu'elle ne s'immobilise, silencieuse et docile. Une odeur chaude s'éleva dans l'air printanier.

Le détective tendit les lettres à Georges.

« Qu'est-ce qui t'arrive ? s'étonna celui-ci. Me dis pas que tu voulais garder en vie ce…

– Non, Georges, répondit le Russe en claudiquant vers sa voiture. Tu as bien fait. Mais je dois partir, j'ai à faire. Je vous souhaite bonne chance pour faire tomber le gouvernement. »

Sur ces mots, Burtsev tourna les talons.

Il rejoignit sa voiture, la démarra et s'en alla – tout cela sans jeter un regard sur Georges et ses camarades, ni sur le mort qu'ils entouraient.

À peine se fut-il éloigné de la maison qu'il sentit la terreur le prendre à la gorge. Il quittait un lieu de mort, où venaient s'achever les vies et les illusions.

Ce n'était pas à une exécution qu'il venait d'assister. C'était à la fin du monde.

Le soir venu, pour les anarchistes survivants, l'heure n'était pas à l'évocation de la fin du monde. Malgré la fatigue et les deuils multiples, ils ressentaient une certaine satisfaction. Après avoir longuement veillé à distance le corps sans vie d'Amédée, ils avaient débouché une bouteille.

« La Cigale voulait qu'on gagne. Qu'on sauve Isidore. On va le faire. Son sacrifice n'aura pas été inutile : on a eu ce qu'il nous fallait ! »

Sur cette homélie douce-amère, Georges remplit les premiers verres.

Il continua ensuite son discours, et pour la première fois, même Lola ne trouvait rien à redire. Elle se prenait à partager les espoirs de Georges.

Ils seraient victorieux.

Quand Georges compara la Cigale, sur la base de vagues souvenirs d'enfance, à Moïse mourant au sortir du Sinaï, tout le monde comprit qu'il était temps que ce discours se termine. Il fit donc la tournée des verres une seconde fois, en déclarant :

« Nous n'oublierons pas la Cigale. Et c'est pour cette raison que, dès demain, Poincaré recevra les premiers coups. »

Des hourras et des lazzis saluèrent cette affirmation martiale, suivis d'un silence où on n'entendit que le glouglou de l'alcool que l'on buvait.

Puis vinrent les chansons, et ce fut au tour de Lola de briller.

Debout, debout, compagnons de misère,
L'heure est venue, il faut nous révolter.
Que le sang coule, et rougisse la terre,
Mais que ce soit pour notre liberté !

Elle s'époumonait, en pensant que parfois la vie était belle, et que la guerre ne se faisait pas toujours pour rien. Elle verrait la force de leur foi, bientôt, en contemplant la chute d'un puissant. Et cela valait les sacrifices qui avaient été faits.

Louis, face à elle, levait son verre pour saluer sa danse.

Tant qu'il restait en vie, elle était satisfaite. Leur victoire était maintenant si proche, qu'elle se mettait en tête qu'ils ne pouvaient pas mourir. Ils ne perdraient pas, pas maintenant. Ils avaient versé assez de sang.

Derrière une porte fine, à quelques mètres de la fête, un homme flottait entre la vie et la mort, vaincu par la fièvre, par la fatigue, par la souffrance. Il rêvait de son passé et d'un futur qui n'existerait pas. Parfois, aussi, apparaissait une figure. C'était Sarah, sans être Sarah. C'était lui-même aussi, sans être lui-même. C'était eux deux, et quelqu'un d'autre. Un être qu'il avait connu sans jamais le comprendre. Le seul, peut-être, qui lui avait échappé.

Émile. Son âge changeait sans cesse. Trois mois, six ans, quinze ans, vingt ans. Mais jamais davantage. Il n'avait pas dépassé ses vingt ans.

Fabre, entre ses poissons arc-en-ciel, l'entendait encore demander ce qu'il faisait ici. Pourquoi l'avait-il créé ? Pourquoi l'avait-il tiré du néant ? Et tout ce que Fabre pouvait répondre, c'était qu'il ne savait pas ce qu'il faisait.

« Je ne te connaissais pas avant que tu sois là. »

Le vieil homme, dans sa fièvre, murmurait cette phrase, comme une prière, comme une excuse. Mais Émile n'avait jamais voulu de cette excuse. À vingt ans, quelque chose s'était brisé. Fabre n'avait jamais su quoi. Émile n'avait rien dit. Il ne voulait pas de leur aide. Durant des mois, le feu avait couvé sous la glace. Une souffrance cachée par un mur d'indifférence. Émile était devenu une pierre froide. Jusqu'au jour où il avait été froid pour de bon. Sarah l'avait trouvé et on l'avait placé, pour l'éternité, sous du marbre gelé. Le feu ne brûlait plus. Victor et Sarah avaient passé des années à essayer de comprendre. Puis des années à essayer d'oublier. Ils n'avaient réussi ni l'un ni l'autre. Quand Fabre avait trouvé une lueur similaire dans les yeux d'un autre homme, il avait espéré, sans se l'avouer, que tout s'expliquerait d'une façon ou d'une autre.

Encore un échec. Sa vie avait été faite de pertes. Désormais, le feu avait gagné. Il brûlait en lui, de son ventre à sa tête. Le vieil homme, comme son fils, n'avait plus vraiment envie de vivre. Les poissons eux-mêmes ne seraient plus une consolation suffisante.

S'il n'avait pas songé parfois à Sarah abandonnée, il aurait déjà lâché prise.

Il ne lâcherait pas prise. Ce n'était pas son genre. Et il oscillait donc entre une Normandie onirique, où il pêchait durant des siècles des poissons magiques, et un réduit obscur, froid et hostile, où lui parvenaient des chants absurdes.

Lorsqu'il les entendait, Fabre, dont les pensées maigres et rares clignotaient dans sa vaste tête vide, s'imaginait qu'ils avaient bel et bien gagné. L'anarchie. Un monde juste, enfin, et beau. Émile aurait aimé cela. Sans doute. Peut-être. Lui, en tout cas, n'aurait pas été contre.

Mais cette illusion ne durait pas. Il avait assez de conscience pour se souvenir de toutes les injustices et de toutes les cruautés dont il avait été témoin. La médiocrité était universelle. Ses geôliers n'en étaient pas exempts.

Dans ces moments-là, il en était persuadé. Les anarchistes ne gagneraient pas.

Et tout cela finirait dans le feu.

CHAPITRE 25

Pierre Cerruti s'écarta de la machine à écrire. Ses yeux brûlaient.

Le plus épuisant, ce n'était pas de frôler la mort, de tuer un autre homme, ni de voir des camarades tomber : c'était de devoir en rédiger un rapport en trois exemplaires.

Tout en essayant d'être succinct, il avait dû trouver une manière de justifier sa présence loin de Paris, ce qui s'était révélé ardu. Sans compter qu'il avait pris quelques arrangements avec la réalité, en ne mentionnant pas Eugène et sa compagne.

Cerruti, en partant du principe que Fabre aurait fait pareil, avait en effet préféré laisser les jeunes gens en liberté. Ils n'étaient que du menu fretin. Et, maintenant qu'ils lui étaient redevables, ils pourraient toujours lui servir plus tard.

Il se leva et se dirigea vers la fenêtre. La nuit tombait. À cette heure-ci, en temps normal, Fabre serait venu lui proposer de boire un bock ou de manger un morceau à la brasserie Dauphine. En son absence, la soirée allait prendre une autre tournure : il trouverait refuge dans un rade quelconque et finirait à quatre pattes dans le caniveau. Ce régime était devenu si fréquent que son corps ne lui faisait plus subir que quelques vagues désagréments le lendemain. C'était d'ailleurs ce qui rendait si facile de recommencer, sous le premier prétexte venu.

Et prétexte il y avait : il avait vu mourir un jeune agent d'une balle dans le ventre, en lui tenant la main dans ses derniers instants. Il en avait laissé deux autres dans un état critique à l'hôpital. Sans compter que tout cela n'avait pratiquement servi à rien : les anarchistes possédaient les documents, retenaient Fabre, et étaient en sécurité dans leur repaire introuvable.

Une fois n'est pas coutume, les agents de Garcin étaient revenus bredouilles de leurs investigations. L'espoir de sauver Fabre s'amenuisait peu à peu.

Cerruti, cependant, avait une piste. Encore vague, presque une intuition : la voiture qui se trouvait devant la maison d'Aulnay était une Renaud Type H. Si c'était le véhicule des anarchistes, ils ne l'avaient pas employé auparavant – et De Brémont possédait une Ford T. Ils possédaient donc au moins quatre voitures différentes. Pourtant, aucune plainte pour vol n'avait été rapportée concernant ces modèles. Auraient-ils un garagiste pour complice ? Cerruti avait demandé à Beaufret de dresser la liste des garagistes aux alentours de la forêt de Montmorency dans le but d'aller ensuite les interroger.

Mais pour l'heure, il n'y avait plus rien à faire. Il prit son veston et ramassa son rapport. Inutile de se morfondre. S'abrutir dans l'alcool était un choix plus pertinent.

Alors qu'il faisait ses premiers pas dans la rue, en se demandant vers quel bouge se diriger, une voix trop connue le retint.

« Inspecteur ! J'ai failli ne pas vous voir partir. »

Cerruti se figea, les mâchoires crispées.

« Et donc ? Vous voulez me souhaiter une bonne nuit, Garcin ? »

Le ton était discourtois, mais Garcin ne releva pas. Il arborait son sempiternel sourire amusé, indifférent à l'agressivité de Cerruti. La fiente du corbeau, etc.

« Je voulais améliorer votre nuit. Plutôt qu'un liquide sans consistance, que diriez-vous d'un repas chaud, brasserie Dauphine ? Vous connaissez l'endroit : Fabre en était un habitué. »

L'imparfait fit tiquer Cerruti.

« Non, merci. Je n'ai pas faim.

– J'insiste, inspecteur. Ce sera l'occasion de vous expliquer deux ou trois choses. »

La curiosité de Cerruti s'éveilla à ces mots. Pour en savoir plus, le marché était clair : il devait partager le dîner de l'espion. C'était peu, mais cela signifiait entrer dans son jeu. Et *manger* avec lui, ce qu'aucun homme sain d'esprit ne supportait.

« Et vous ne pouvez pas me l'expliquer ici ?

– Bien sûr que non. Ce serait trop long. Et je dois vous faire rencontrer des gens. »

Il n'y avait pas d'autre choix. Cerruti fit signe à son interlocuteur d'ouvrir la voie.

Ils marchèrent en silence jusqu'à la brasserie.

En poussant la porte, Cerruti comprit tout de suite qu'il allait être entraîné dans un jeu de dupes dont il risquait de faire les frais. À une table isolée se tenaient quatre hommes. Trois lui étaient inconnus : un colosse imberbe, un moustachu, un homme sans qualités. Le quatrième était Hervé Le Guin, de la Première brigade.

Cerruti s'arrêta.

« Garcin, qu'est-ce que vous fichez ? Vous travaillez pour la concurrence ? »

L'espion le poussa en avant. Son sourire était de plus en plus gluant.

« C'est un peu plus compliqué. »

Ils s'arrêtèrent devant la table des quatre conspirateurs.

« Messieurs, expliqua Garcin en posant la main sur l'épaule

de l'inspecteur, vous avez devant vous Pierre Cerruti. Formé par Fabre. Un digne successeur du commissaire. »

Le Guin et l'homme aux bacchantes se levèrent pour lui serrer la main, avec un naturel déconcertant. On le traitait comme un vieil ami. Les deux autres restèrent immobiles.

« Pierre, reprit Garcin, vous avez ici Jacques Simonet, du Quai d'Orsay. Derrière eux, Henri Bint, un ancien collègue, et son grand ami, Krasilnikov. »

L'homme au teint gris et la masse chauve qui le flanquait adressèrent à Cerruti un vague signe de tête. L'inspecteur le leur rendit.

Garcin, pendant ce temps, continuait ses explications :

« Henri est à présent le chef du bureau parisien de l'Okhrana. Krasilnikov est son lieutenant.

– Je croyais que l'Okhrana n'était plus en France ?

– Il y a des subtilités, répondit Bint avec un rictus.

– Asseyez-vous, Pierre. Ces grands hommes ont des choses à vous dire. »

Mal à l'aise mais intrigué, Cerruti prit une chaise. Aussitôt, Bint se pencha en avant, avec un sourire carnassier.

« À vrai dire, nous avons surtout une proposition à vous faire. »

Entre le pouce et l'annulaire, le vide était impossible à comprendre.

Un large pansement de gaze avait fait disparaître ses deux doigts.

Bien sûr, on aurait pu les lui recoller. Les policiers s'étaient précipités à l'hôpital Saint-Louis, où un chirurgien l'avait prise en charge. Mais quand il lui avait décrit ce que cela donnerait, elle avait renoncé : deux doigts raides, enflés, bleutés, rattachés à la chair par un épais fil de couture. Il aurait fallu des années avant que, peut-être, si elle avait de la chance, les connexions nerveuses ne se reforment, lui permettant de retrouver de vagues sensations tactiles. Ces deux doigts inutiles n'auraient servi qu'à rappeler leur inanité ; mieux valait le vide que cette présence encombrante. Elle couvrirait sa main d'un gant et pourrait se croire complète.

Pour l'instant, cependant, elle ne parvenait pas à s'en convaincre. Sa main était grotesque.

Assise, les pieds à quelques centimètres de l'eau, elle restait figée dans la contemplation de ce qu'on lui avait ôté. À côté d'elle, Eugène attendait patiemment qu'elle se sente mieux.

Mais elle n'irait pas mieux. Au contraire. Car elle avait décidé de tout lui expliquer.

Dans un coin de sa tête, ce désir avait grandi tout au long de la journée, au fil des entretiens médicaux et judiciaires. Maintenant qu'elle avait risqué sa vie, abandonné sa mission et perdu deux doigts, tout cela pour Eugène, les masques avaient fait leur temps.

Au bout d'un long moment, elle trouva le courage de se tourner vers lui.

« Il faut que je te dise la vérité. »

Il sourit.

« Qu'est-ce que tu veux dire ? Tu me caches des choses ? »

Il avait dit cela d'un ton badin, mais c'était aussi réconfortant que la gaze sur sa mutilation : sa légèreté cachait mal l'inquiétude qui naissait en lui. Encore un mauvais masque. Elle hésita une seconde. Mais un pansement doit s'ôter vite, pour ne pas prolonger la douleur.

« Je te cache des choses, oui. Depuis qu'on s'est rencontrés. »

La réponse de Gwen ne surprit nullement le journaliste. Il s'y attendait.

Durant tout le temps qu'ils avaient passé au bord de la Seine, il avait voulu lui demander ce qu'elle était réellement. Mais il ne savait pas comment s'y prendre. Car tout cela n'était qu'une suspicion vague, un doute qui avait grandi au fil des jours – au fil des dernières heures surtout. Ses réactions face aux anarchistes, son absence d'émotions en présence d'un danger mortel, la facilité avec laquelle elle avait supporté sa mutilation... Il y avait quelque chose d'anormal dans son attitude. Et dès qu'il s'était interrogé, Eugène avait revu toute leur histoire d'un œil nouveau : la jeune Anglaise au français parfait, aux finances illimitées, dont l'oisiveté semblait lui permettre d'encadrer Eugène dans chacune de ses actions concernant De Brémont – elle ne pouvait pas être simplement la gosse de riche en exil qu'elle disait être.

Alors il hocha la tête, prêt à tout entendre. Il avait tout imaginé. Et les mots qu'elle prononça résonnèrent comme s'il les avait déjà entendus :

« Je suis une espionne, Eugène. »

La phrase roula dans sa tête, se déformant en une multitude d'échos. Une étrangère. Une cambrioleuse. Une manipulatrice. Il se mordit la langue si fort qu'il eut un goût de sang dans la bouche. Dans sa poitrine, un gouffre s'était ouvert.

Voyant qu'il ne répondait rien, Gwen continua :

« On m'a envoyée ici pour aider les services français et, avec l'accord du Deuxième bureau, j'envoie des renseignements en Angleterre.

– Mais tu es... »

Il s'arrêta. Réfléchit.

Gwen était trop de choses, à présent, trop de choses qu'elle n'aurait pas dû être. Plus aucun mot ne pouvait la désigner. Tout, dans sa tête, était devenu impossible à dire.

À défaut de mieux, une phrase toute faite lui échappa :

« Je ne comprends pas. »

Elle se rapprocha de lui avec une moue bienveillante. Alors, le gouffre dans sa poitrine se remplit, en une seconde, d'une haine monstrueuse. Il ne voulait ni de sa pitié ni de ses explications. Il ne voulait plus la connaître.

« Tu m'as manipulé », dit-il.

À présent, les mots revenaient, clairs et cruels. Il se leva. Gwen répondit avec précipitation :

« Mes patrons savent que De Brémont utilise les anarchistes. Ils laissent faire. Je ne sais pas pourquoi. Tout ce que je sais, c'est qu'ils avaient besoin que cette affaire soit médiatisée, et que l'espionnage allemand soit mis en avant.

– Il te fallait un journaliste, la coupa Eugène. C'est tombé sur moi, comme ça aurait pu tomber sur…

– Charles s'en est chargé. »

Il ne put retenir un mouvement de surprise :

« Charles ?

– Il a proposé ton nom pour te rendre service. Il devait t'inciter à écrire un article. Moi, j'avais pour rôle de m'assurer que tu l'écrirais au bon moment. »

La haine, cette fois, parla à sa place :

« Charles est mort, c'est tout ce qu'il y a gagné. Et toi… »

Ses membres tremblaient, son visage brûlait, son souffle sortait par saccades. Des vagues de sentiments contradictoires le submergeaient. Jamais il n'avait connu une telle tempête.

« Moi, dit-elle d'une voix douce en se levant à son tour, je suis désolée. Pour tout. »

Comment pouvait-elle rester aussi calme alors qu'elle était en train de le détruire, brique par brique ? Mais au fond, il n'y avait rien de surprenant. C'était son métier, détruire les gens.

« Je devais te surveiller, Eugène, rien d'autre. On ne m'a jamais demandé de te séduire. Encore moins de tomber amoureuse. »

Pathétique. Elle attendait peut-être qu'il lui pardonne ? Il lui aurait volontiers craché dessus.

Pourtant il sursauta, sans l'avoir voulu, et eut aussitôt l'impression d'être un asticot empalé à un hameçon, parcouru de spasmes visqueux.

« Alors, dit-il, on mettra ça sur le compte du zèle. »

Il fit un pas pour s'éloigner. Elle le retint par l'épaule de sa main blessée. Avec force. Il pensa qu'elle venait sans doute de se faire mal. Puis il pensa que c'était une bonne chose. Qu'elle aussi souffre un peu, au moins dans son corps, ce n'était que justice.

« Eugène, s'il te plaît… »

Il se dégagea.

« Tu m'as menti, tu m'as mis en danger, tu m'as laissé pleurer Charles sans rien dire… Qu'est-ce que tu veux de moi, maintenant ? Tu as tout pris. Il n'y a plus rien. »

Il aurait dû fuir après cette dernière phrase.

Mais il ne bougea pas.

Il n'avait pas le courage de s'en aller.

Gwen lui caressa le bras. Elle regardait le sol. Au bout d'un moment, il se rendit compte qu'elle chuchotait :

« C'était une mission au début, c'est vrai. Mais je n'étais pas obligée de passer tout ce temps avec toi. Je devais te voir de temps en temps, te conseiller… Comme Charles. Rien de plus. Et ensuite… Ensuite, tout a changé. Et c'est justement parce que tout a changé que je suis restée avec toi, aujourd'hui, quand les anarchistes t'ont pris. »

Un nouveau mouvement de rage le submergea. Il attrapa d'un geste sec la main toujours posée sur son bras et pressa avec force sur le pansement, fouillant la plaie comme s'il voulait faire tomber les doigts restants. Elle laissa échapper un cri.

« Je m'en fiche, Gwen, lâcha-t-il les dents serrées. Que tu aies eu pour ordre de coucher avec moi une fois ou vingt, ça ne change rien. Je ne veux plus te voir. »

Il lâcha prise. Elle se plia en deux, ramenant sa main mutilée à elle, et retint un sanglot.

Eugène, aussitôt, prit conscience de ce qu'il venait de faire. Il l'avait blessée. Mais ce n'était pas sa trahison qu'il lui faisait payer. C'était, au contraire, son courage. Elle devait l'aimer, vraiment l'aimer. Car lui, à sa place, il ne serait sans doute pas resté dans la cuisine de De Brémont. Il n'aurait pas risqué sa vie pour elle.

Gwen releva la tête. Ses yeux brillaient.

« Je n'étais pas obligée de te dire la vérité, Eugène. Je pouvais continuer à te mentir. »

Sa voix était toujours douce. En réponse, il fit un pas en arrière.

« Tu aurais mieux fait, dit-il. Maintenant c'est trop tard. »

Il s'éloigna. Elle ne chercha pas, cette fois, à le retenir ou à le rappeler.

C'est lui-même, tout seul, qui s'arrêta quelques mètres plus loin.

Le gouffre dans sa poitrine était toujours là. Ses membres tremblaient toujours. Dans sa tête, quelques mots éparpillés persistaient à faire du vacarme. Ses pensées étaient renvoyées d'un sentiment à l'autre, confettis inutiles ballottés par des vents contraires.

Il retourna jusqu'à elle. Elle l'accueillit dans ses bras.

Ils restèrent longtemps sans mot dire. La tempête ne se calmait pas.

Enfin, après une éternité, Eugène sentit son souffle reprendre un rythme normal. Il comprit qu'il n'avait pas d'autre choix. Elle l'avait trahi, mais il avait besoin d'elle. Elle était son refuge, maintenant.

Au loin, les rumeurs de la ville – des voix, des bruits de moteur, les nombreuses manifestations d'une vie grouillante. Contre Gwen, il se sentait étranger à ce monde, à ces hommes et ces femmes. Il ne savait pas s'il pourrait lui pardonner. Il savait, en revanche, qu'il ne la quitterait pas. Il était piégé. La femme et le pantin.

Elle s'écarta la première et le regarda en silence, attendant sa décision.

Il la prit délicatement par le poignet et murmura :

« On rentre à la maison. »

Cerruti secoua la tête lorsque le serveur s'enquit de ce qu'il voulait commander. Puis, en constatant que tous ses compagnons prenaient un air choqué, il demanda une bière. Ces ronds de jambe l'agaçaient.

« Maintenant que la commande est passée, vous allez peut-être me dire ce que vous me voulez ? Que les Brigades s'intéressent à moi, très bien. Le Quai, étant donné l'affaire en cours, je peux comprendre. Mais l'Okhrana ? Et les trois ensemble ?

– Mon jeune ami, apprenez que tous les trois, nous suivons votre enquête depuis le début, répondit l'homme du Quai d'Orsay, Simonet. En fait, nous suivions cette histoire bien avant que vous ne soyez au courant. »

Cerruti leva les sourcils, et se renversa en arrière.

« Intéressant. Donc vous êtes en train de me dire sans la moindre gêne que vous étiez informés du plan des terroristes depuis longtemps ?

– Ces terroristes n'ont jamais été un danger, répondit Le Guin.

– Ils ont tué une quinzaine de personnes.

– Ce sont des choses qui arrivent. Mais rien de ce qu'ils ont fait n'a échappé à notre contrôle.

– La mort des trois jeunes fonctionnaires, peut-être, concéda Simonet. Nous ne l'avions pas prévue.

– Certes. Mais c'est bien tout. »

Cerruti n'en croyait pas ses oreilles.

« Vous les avez laissés faire ?

– Nous les avons même encouragés. »

Simonet présentait cela comme une évidence dont Cerruti aurait dû avoir conscience.

Garcin intervint. À la différence de ses congénères, il semblait capable d'envisager que Cerruti puisse être déstabilisé par ce qu'il entendait :

« Il faut que vous compreniez une chose, Pierre. Tout cela a été fait pour la France.

– Pour la France ? Quel rapport ? »

Le Guin rebondit sur cette remarque en tentant un trait d'humour :

« Le rapport, c'est la Russie. L'Okhrana plus précisément, ajouta-t-il en voyant que personne ne riait. Vous ne vous en rendez pas compte, à la Sûreté, mais le monde des espions devient de plus en plus complexe. Et nos ennemis, qu'ils soient anarchistes, Teutons, ou simples apaches, ont désormais la maîtrise de cette complexité. Comme vous avez pu le constater vous-même, on ne peut pas appréhender une bande de lanceurs de bombes sans l'aide de quelques agents infiltrés.

– Et donc ?

– Et donc, à ce petit jeu, l'Okhrana a des décennies d'avance sur nous. Ils nous ont tout appris. La fermeture du bureau parisien a été un coup terrible pour tous ceux qui veillent à la sécurité de la patrie.

– Il me semble au contraire, dit Cerruti, que la patrie se porte mieux quand sa police a la même nationalité qu'elle. »

De nouveau, Garcin intervint :

« En réalité, Pierre, nous avons affaire ici à une puissance étrangère qui est depuis longtemps une alliée fidèle.

– Et que vous le vouliez ou non, reprit Le Guin, nous avons besoin d'eux. Depuis que Vladimir Burtsev a provoqué leur départ officiel, nous cherchons une manière de les faire revenir.

– Si j'ai bien compris, ils ne sont pas vraiment partis », dit Cerruti.

Pour la première fois depuis le début de cette discussion, l'homme de l'Okhrana, Henri Bint, intervint. Son visage marqua à peine une ride lorsqu'il prit la parole.

« Nous avons réussi à rester sur place grâce à un tour de passe-passe : une agence de détectives, officiellement indépendante. La plupart de mes agents ignorent qu'ils travaillent pour l'Okhrana, ce qui les protège des soupçons – en particulier de Burtsev. Mais il y a un écueil important. Nous sommes obligés de nous faire discrets. Nous rasons les murs. Comme si cela ne suffisait pas, ce système nous coûte très cher : le nouveau directeur du centre russe, Beletskii, envisage de nous couper les vivres définitivement. À moins que nous réussissions à retrouver notre puissance passée… Il nous faut donc davantage de moyens, ce qui n'est possible qu'avec la bénédiction de l'État. Comme avant. Et si possible, mieux qu'avant : nous avons besoin de collaborer avec la police française en toute légitimité. Une collaboration officielle, en d'autres termes. Et pour cela…

– Il faut que le peuple la sanctionne, termina Simonet. Ainsi que les hautes sphères. La meilleure manière de le faire, c'était de monter en épingle une affaire de terrorisme. Puis de la résoudre avec l'aide des Russes, montrant par là leur utilité. »

Les doigts de Cerruti pianotaient sur la table à un rythme saccadé.

« Nous avons appris, par des rumeurs persistantes, qu'un groupe se constituait pour libérer Isidore Grandville, dit Le Guin. Au lieu d'intervenir, nous avons laissé faire. Et nous avons acheté l'un d'entre eux. C'est lui qui nous a indiqué la présence de l'Alchimiste.

– L'Alchimiste n'était pas votre agent ?

– Certainement pas. Il était beaucoup mieux qu'un agent provocateur : un fanatique au milieu d'un groupe d'imbéciles et de lâches.

– C'est à ce moment que l'un de mes subordonnés m'a informé des vols de Duvauchel, le coupa Simonet sans la moindre gêne. Cet imbécile volait les documents un à un, en pensant que ce serait plus discret… et il s'est fait remarquer. Or, Duvauchel est proche de De Brémont, lui-même agent des Allemands. »

L'inspecteur, cette fois, explosa :

« Parce que vous le saviez ? Vous étiez au courant que De Brémont était un espion, et vous n'avez rien fait ?

– Laisser agir des agents ennemis, c'est le b.a.-ba du contre-espionnage, dit Bint. Si vous les supprimez, l'ennemi trouvera d'autres agents qu'il faudra identifier… et tout sera à recommencer. Il est plus simple de les laisser agir en toute connaissance de cause : dès que De Brémont tousse, je suis au courant. Et à la seconde où il s'est intéressé aux anarchistes, j'ai été informé. »

Cerruti retint une insanité. Le colosse à côté de Bint était capable de le tuer à mains nus. C'était comme être face à un tigre endormi. Et Bint avait tout à fait l'allure de quelqu'un qui pouvait, sans le moindre scrupule, le réveiller.

« Il ne fallait pas être grand clerc, reprit Simonet avec une royale indifférence, pour comprendre que De Brémont souhaitait mettre la main sur un outil idéal pour protéger Joseph Caillaux des attaques dont il fait l'objet. Son élection arrangerait l'Allemagne. Par ailleurs, ce n'est pas non plus la première fois que les Allemands financent des groupes terroristes à l'étranger.

– Et quand nous avons appris que les anarchistes étaient en contact avec Duvauchel, qui leur avait parlé des mêmes documents, ajouta Le Guin, il devenait facile de déduire qu'il les manipulait. Deux et deux font quatre : ils allaient brouiller les pistes pour qu'on ne suspecte pas Duvauchel des vols. Restait à savoir comment.

– Ce que notre agent nous a appris aussitôt, dit Bint. En attaquant le Quai, les anarchistes offraient une couverture parfaite aux vols de Duvauchel, et ils participaient dans le même temps au travail de sape effectué par les Allemands. Le gouvernement aurait dû admettre qu'un groupe de pouilleux pouvait sans difficulté attaquer un ministère et y voler des documents… Tout cela sans compter l'impact de la publication des documents en question, bien sûr. »

Il y eut un silence, durant lequel Bint se gratta le menton d'un air rêveur. Le Guin en profita pour reprendre la parole :

« Une fois toutes les cartes en mains, nous avons décidé de laisser faire : l'affaire était sur toutes les lèvres, nous pouvions intervenir, neutraliser les terroristes et les espions dans un même coup de filet… et illustrer ainsi l'utilité indéniable de l'Okhrana. »

En voyant les poings serrés de l'inspecteur, il ajouta :

« Il n'était pas question, toutefois, de faire la moindre victime : les anarchistes devaient lancer des bombes dans des lieux déserts, certainement pas au Flandres. D'ailleurs, eux-mêmes espéraient que cela vous inquiéterait assez pour que vous libériez Grandville sans qu'ils aient besoin d'attaquer le Quai… Bien sûr, nous savions que c'était un vœu pieu. Mais nous ne pensions pas qu'ils feraient couler le sang dans le ministère.

– C'est réussi, grommela Cerruti. Vous saviez tout, vous n'avez rien fait. Dix civils, quatre gardes et maintenant un policier, sans compter deux autres qui sont entre la vie et la mort… Tout cela pour faire la promotion de l'Okhrana ? Vous ne pouviez pas les arrêter avant et dire que c'était grâce à des informations russes ?

– Non, dit Bint. L'efficacité, pour le peuple, se juge aux arrestations qui font suite à un crime, pas à celles qui le précèdent.

– Accessoirement, cela aurait pu faire sortir du bois les complices de De Brémont, dit Le Guin. Et il n'est jamais inutile de rappeler à quel point les Allemands sont nos ennemis. »

Simonet profita de l'occasion pour se lancer dans un cours :

« Voyez-vous, jeune homme, nous sommes à une époque décisive. Certaines forces, au sein même de notre territoire, œuvrent à une réconciliation avec les Germains – Caillaux le premier. L'alliance franco-russe elle-même s'effrite dans l'opinion publique, malgré les fortunes que l'on dépense. Dévoiler que les Allemands utilisent des agents provocateurs pour financer et diriger en sous-main des groupes terroristes, cela permettait de maintenir le *statu quo* quelques années encore. En fait… »

Plus personne ne l'écoutait.

« En un mot, continua-t-il, la Centrale avait beaucoup à gagner dans une telle opération. Faire tomber un proche de Caillaux, c'était aussi déstabiliser ce dernier. Les articles de Calmette n'y suffisent hélas pas. En revanche, si les accusations d'entente avec l'Allemagne s'alourdissent...

– Sur ce point, Charles Boynet avait fait montre d'un réel sens de la stratégie. Dommage qu'il n'ait pas survécu... »

Cerruti ne parvenait pas à comprendre s'il s'agissait d'une oraison funèbre sincère, ou d'une moquerie cruelle. De la part de Le Guin, il s'agissait sans doute des deux.

« Il était proche d'un journaliste que vous avez rencontré, Eugène Lepage – un ambitieux sans succès. Il s'était proposé de le contacter afin de le mettre sur la piste de De Brémont. Lepage devait, en théorie, écrire un article à ce sujet. Cela aurait aidé à accentuer les tensions avec l'Allemagne, tout en offrant un coupable évident à l'opinion publique.

– Je ne comprends pas, intervint l'inspecteur. Vous n'avez pas d'autres journalistes à votre botte pour s'en charger ? »

Le Guin secoua la tête.

« Ces journalistes sont connus pour être à notre service, justement. Lepage, lui, est honnête... Mais il fallait s'assurer qu'il écrirait un article conforme à nos vues. Pour cela, nous avons fait appel à une jeune Anglaise qui réalise pour nous quelques menus services. Et qui semble avoir décidé de faire cavalier seul. »

Cerruti n'en pouvait plus. Ils lui expliquaient leur mauvais coup avec fierté, et il se sentait de plus en plus attiré par l'illégalité. Un feu brûlait dans son ventre, qu'il aurait volontiers utilisé afin d'incendier ce restaurant.

« Vous voyez ce que le Quai et l'Okhrana y gagnaient, reprit Le Guin avec un sourire satisfait. Pour ma part, c'était une manière de laisser la Sûreté se ridiculiser une fois de plus, en échouant à arrêter un groupe de va-nu-pieds. J'aimais l'idée d'achever la Sûreté en lui faisant porter la responsabilité de cet échec. »

L'inspecteur resta silencieux, les mâchoires serrées et les muscles bandés.

« Je comptais ensuite intervenir, précisa Le Guin, sur la base des "révélations russes", et vous donner ainsi le coup de grâce. Une bonne fois pour toutes.

– Et qu'est-ce qui vous a fait changer d'avis ? »

Le Guin désigna Garcin du menton.

« Votre ami. Suite aux révélations de cet imbécile de journaliste, il a compris notre plan. Et il a trouvé les… bons arguments. »

Garcin lui adressa un sourire. Pour la première fois de sa vie peut-être, il paraissait sincère. On aurait presque dit qu'il attendait un remerciement. Cerruti détourna le regard. Il se sentait piégé dans un théâtre de marionnettes, entouré de masques grimaçants – et il était peut-être bien une marionnette lui-même, tirée par des fils invisibles.

Plus personne ne parlait. On attendait sa réaction. Un goût amer lui emplissait la bouche. Il vida la totalité de son bock d'un trait. Le goût était toujours là.

« Et je pourrais savoir pourquoi vous avez décidé de m'en parler ?

– Une demande de votre ami, bien sûr, dit Le Guin. Et puis, à l'heure qu'il est, les anarchistes ont sans doute supprimé De Brémont. Si nous attendons trop longtemps, ils vont utiliser les documents. Il est donc temps de donner l'assaut.

– Ah oui ? Et où ça ? »

Le sourire de Le Guin valait toutes les réponses. Cerruti serra le poing, avec l'envie de lui faire tomber quelques dents.

« Vous savez où ils sont…

– Nous le savons depuis le début, s'amusa Simonet.

– Près d'Herblay, dit Le Guin, où se trouve le garage de leur ami André Duteuil. »

Garcin posa sa main sur le bras de Cerruti. Il cherchait à le calmer. Mais Cerruti n'avait pas envie d'être calmé. Il rêvait de lancer une bombe sur ces conspirateurs médiocres.

« Attendez, Pierre. Ils ont une proposition à vous faire. »

Avec l'impression de plus en plus nette d'être un pantin dont on faisait jouer les fils, Cerutti rouvrit la main. Il n'avait pas le choix. Après tout, il était gardien de la paix – ce qui impliquait d'arrêter les anarchistes même si cela signifiait réaliser les projets sinistres d'une brochette d'imbéciles.

« Les Brigades devaient mener l'assaut, expliqua Le Guin. Nous vous proposons de le faire à notre place. Les formalités administratives peuvent être réglées dès ce soir. Le préfet de la Seine et la gendarmerie auront leur mot à dire, mais je m'en occuperai. Faites-moi confiance. »

Cerruti préféra ne pas relever cette dernière phrase. Ils n'étaient plus à une absurdité près.

« Et en échange ?

– L'échange a déjà été fait entre Garcin et moi. Vous, vous n'aurez qu'à garder le secret. Vous remerciez l'Okhrana publiquement, vous dites que nous avons besoin de son aide face au fanatisme, et vous recueillez votre part de gloire. »

Il s'arrêta, fixa son regard dans celui de l'inspecteur, et reprit :

« En d'autres termes, vous devenez notre complice. »

La première réaction de Cerruti fut de se lever et de prendre son bock pour le briser sur la tête de Le Guin. Avant ce dernier mouvement, cependant, il pensa à Fabre. Il se rassit.

« Des nouvelles du commissaire ? »

Garcin haussa les épaules. Ses traits étaient tirés.

« Nous n'en savons rien. Mais s'il est en vie, il est aux mains des anarchistes…

– Il faut donner l'assaut au plus vite. Bien sûr. »

Il repoussa le bock loin de lui, afin de s'éviter la tentation de l'employer pour frapper quelqu'un. Quelque chose brûlait dans son ventre.

« D'accord. Je vais donner l'assaut. Puis je me tairai. Je ferai tout ce que vous demandez. Garcin me donnera les renseignements nécessaires demain matin. »

Il se leva une nouvelle fois et les dévisagea un à un. Ses mains tremblaient.

Il repensait aux chiffres qu'il se répétait tous les soirs : deux meurtres, un viol, une centaine de vols et une cinquantaine d'agressions avaient lieu chaque jour en France. Il avait toujours vu cela comme une manifestation du mal. Le règne du Prince de ce monde. En tant que gardien de la paix, son rôle était de réduire ces chiffres. De combattre le mal, en somme. Et voilà qu'il découvrait que le royaume des ténèbres s'étendait aussi de l'autre côté de la barrière. Le mal était universel. En défendant l'Ordre, il se retrouvait serviteur de ces Machiavel de bas étage.

Le feu qui le rongeait devait être éteint. Vite.

« Vous n'avez rien d'autre à me dire ? »

Le haut fonctionnaire aux belles moustaches secoua la tête. Les autres restèrent immobiles.

« Alors je vais prendre congé. J'ai besoin d'aller boire quelques grands verres d'alcool pour me désinfecter de votre existence. »

Il tourna les talons et quitta le restaurant, bien décidé à faire ce qu'il venait de dire.

C'était la seule manière d'oublier qu'il venait de vendre son âme au diable.

CHAPITRE 26

Ils marchaient en silence depuis vingt minutes.

On n'entendait que le bruit de leurs pas, parfois un chant d'oiseau isolé. Il faisait encore sombre sous les arbres, comme si la nuit ne s'était pas levée. L'air était glacial.

Eugène, citadin jusqu'au bout des ongles, essayait tant bien que mal de ne pas glisser sur la mousse. Il se retenait de grelotter. Gwen, plus adroite, le devançait de quelques mètres. Ce qui l'impressionnait et le vexait à la fois.

Comme un adolescent découvrant les joies de l'amour, il ne ressentait pour elle que des sentiments intenses. À la différence de l'adolescent, cependant, chaque sentiment s'accompagnait de son opposé. Il l'aimait, il la détestait. Son cœur avait été piétiné ; il serait sans doute piétiné encore. Et pourtant, sans ce piétinement, la souffrance aurait été encore plus forte. C'est pour cette raison qu'il avait accepté de lui pardonner.

À vrai dire, le « pardon » était encore loin : il avait choisi de croire à ses promesses d'amour car il n'aurait pas pu la quitter sans lui laisser une dernière chance. De toute façon, il était trop lâche pour ne pas revenir en rampant.

Il l'admirait, il la méprisait. Il l'aimait, il la haïssait. Pensées confuses, émotions contraires. Une seule certitude : il avait besoin d'elle.

La veille, ils avaient marché en silence dans les rues de la ville. Gwen avait tenté de s'excuser à plusieurs reprises, et il l'avait fait taire en l'embrassant. Il ne voulait pas avoir à exprimer son pardon, car il n'y croyait pas lui-même. Ni sa colère, car elle disparaissait trop vite.

Pour se punir de s'aimer alors qu'ils n'avaient plus rien à se dire, ils avaient passé des heures à faire l'amour comme on se bat, à coups de griffes et de morsures. La nuit était passée dans cette lutte incertaine. Quelque chose brûlait entre eux, qui finissait de se consumer maintenant, sous ces arbres, dans le froid matinal.

Devant lui, Gwen s'arrêta. Le visage de l'Anglaise n'exprimait aucune émotion. Eugène en était soulagé. Lui-même ne voulait pas, pour l'instant, penser à autre chose qu'à ce qu'ils devaient faire. Il était si simple de laisser ses sentiments de côté.

« Là-bas. »

Une maison apparaissait derrière des rangées d'arbres. Ils arrivaient par l'arrière.

« On va avancer encore un peu. Mais il faut qu'on puisse rester cachés. »

Il grogna son assentiment. Avant de repartir, elle lui caressa la main. Eugène se raidit. Encore cette ambivalence. Il voulait fuir son toucher et en même temps la saisir dans ses bras.

Gwen reprit sa marche, lui évitant d'avoir à choisir.

En l'accompagnant ainsi dans le sous-bois qui entourait la cachette des anarchistes, il se sentait devenir un journaliste-détective, entraîné dans une aventure rocambolesque par sa belle maîtresse étrangère, une espionne transie d'amour. À défaut d'être Gaston Leroux, il incarnait un Rouletabille de chair et d'os.

C'était pour cette raison qu'il avait accepté la proposition d'Hervé Le Guin.

Après leur nuit chaotique, alors qu'ils somnolaient, on avait tapé à la porte.

Eugène avait ouvert, hébété, et un homme était entré sans aucune gêne dans le petit appartement. Il s'était adressé à Gwen, comme si le journaliste n'existait pas.

« Comment allez-vous, miss Irving ? J'ai été informé de vos problèmes digitaux. Je viens vous voir, car... »

Il avait pointé Eugène du doigt en demandant à la jeune femme :

« Il sait ? »

Elle s'était contentée de ramener les couvertures sur elle, en silence.

« À votre absence de réponse précipitée, j'en déduis qu'elle est positive. Parfait, mes enfants. Rien n'est plus important que la sincérité. À ce propos, mon cher Lepage, je m'appelle Hervé Le Guin. Première brigade. »

Eugène avait été contraint d'accepter la main tendue.

« Si je viens vous voir alors que la nuit n'est pas finie, c'est que j'ai besoin de votre aide. »

Il s'était assis sur une chaise sans demander la permission.

« D'ici quelques heures, la Sûreté enverra une petite armée attaquer le repère des anarchistes. Vos doigts seront vengés. »

Gwen était restée enfouie au fond des couvertures, laissant dépasser un regard méfiant.

« Or, je n'ai pas très envie que les documents tombent entre les mains de la préfecture. Ces mains les rangeraient dans la poche d'un désagréable individu... Je préférerais que quelqu'un de fiable les récupère. »

Gwen, sans bouger, réagit enfin :

« Vous voulez qu'on aille là-bas et qu'on s'attaque à eux ? Vous délirez, Hervé ?

– Étant donné que leur maison se trouve très isolée, ils

entendront les voitures approcher, répondit celui-ci. Ils n'auront pas le temps de fuir, mais peut-être voudront-ils envoyer l'un d'entre eux au loin avec les documents afin qu'il puisse négocier ou, au pire, les venger. Quand un renard se rend compte qu'on enfume son terrier, il prend la fuite : ils feront de même, comme à Aulnay. C'est lui, et lui seul, que vous devrez attaquer. »

Malgré les sentiments contradictoires qui l'assaillaient, Eugène s'était senti exalté à cette idée : on lui proposait une mission d'espionnage. Qui pouvait refuser cela ? Et, au fond de lui, il avait senti un désir plus sinistre prendre forme. Il avait un compte à régler avec ces gens – les anarchistes et les maîtres de Gwen. La mort de Charles et la trahison de l'Anglaise étaient leur faute. Il avait une dernière chance de peser dans la balance.

Gwen, cependant, réagit avec moins d'enthousiasme :

« Et s'ils sortent tous ?

– Cela risquerait d'attirer l'attention. De toute façon, je doute qu'ils en aient le temps. »

Le Guin s'était tourné vers Eugène.

« Vous avez déjà tenté de récupérer ces lettres. Je vous laisse une chance de le faire. Avec notre bénédiction, cette fois. »

Ils avaient pris le premier train en direction d'Herblay à la gare du Nord.

Et c'est ainsi qu'ils se trouvaient à présent à quelques mètres de la lisière du bois, les yeux rivés sur l'arrière de la maison des anarchistes.

Devant eux, tout était calme.

Gwen s'assit contre un tronc. Il s'installa à côté d'elle.

Lola et Louis étaient allongés sur l'herbe devant la maison.

Elle aurait voulu l'emmener sous les arbres, mais il avait préféré rester à proximité de ses camarades, au cas où il se serait senti mal.

Ils avaient mis du temps à trouver une position confortable pour lui. Finalement, Lola s'était allongée, le dos contre le mur de la cabane de l'Alchimiste, et Louis avait posé sa tête sur son ventre. Quelques gouttes de sueur perlaient à son front malgré la fraîcheur matinale.

Elle lui passait délicatement la main dans les cheveux, et ils profitaient du silence en faisant semblant de lire. De temps en temps, une poule passait devant eux. Quand Georges, qui cuvait le vin de la veille, se lèverait, il serait temps d'envoyer les premières lettres. Alors, ils retrouveraient la logique guerrière. Pour l'instant, Lola faisait comme si tout cela était un songe, et s'imaginait une matinée paisible d'amants en vadrouille.

« T'as l'air mieux, dit-elle.

– Un peu. »

Il voulut se déplacer et grimaça.

« Enfin, c'est pas encore parfait… »

Elle l'embrassa sur le front.

« Maintenant, on risque plus rien. Avec ce qu'on a, ils oseront pas nous attaquer. »

Comme pour la contredire, les premiers moteurs se firent entendre à cet instant.

Louis leva la tête. Lola n'y prêta pas attention : tous les jours, Burtsev venait leur rendre visite, et elle s'habituait à ce bruit de moteur.

« T'inquiète pas, c'est Burtsev. »

Au lieu d'être rassuré, Louis se mit sur le côté et posa les mains sur le sol.

« Il a plus rien à faire ici, maintenant que De Brémont est mort.

– Il y a encore le poulet à interroger… »

Malgré tout, il se leva avec effort. Lola le précéda pour l'aider à se redresser.

« Les armes sont à l'intérieur, expliqua-t-il. Il vaut mieux y retourner. On sait jamais. »

La jeune femme haussa les épaules en riant.

Mais son rire mourut tout à coup, lorsqu'elle vit apparaître au loin, surgissant des arbres, une colonne fumante d'automobiles.

La Sûreté.

Ils se mirent à courir vers la porte d'entrée.

Petite Cloche, qui se trouvait à l'étage, s'était approché d'une fenêtre lorsqu'il avait entendu les moteurs. Lui aussi venait donc de voir les voitures de la Sûreté s'approcher.

Le convoi était lourd, les policiers étaient en nombre : cela signifiait que le déploiement serait lent… Mais une fois celui-ci effectué, ils n'auraient plus aucune chance.

Il se précipita dans la chambre de Georges.

Celui-ci dormait toujours.

Petite Cloche tira le drap en criant :

« Georges ! Les flics sont là ! »

Casse-Tête se leva, comme mû par des ressorts :

« Quoi ?

– Les flics arrivent. Des tas de flics, dans des voitures. »

En disant cela, Petite-Cloche cherchait du regard les armes à feu dont disposait Georges. Il aperçut un revolver. Posé sur les documents.

Georges se leva d'un bond, attrapant un second revolver, dissimulé sous son oreiller. Voyant cela, Petite Cloche se munit de l'autre revolver puis, poussé par une inspiration subite, il attrapa les documents et les tendit à Georges.

« Qu'est-ce que tu veux que j'en foute ? Ils servent plus à rien.

– Au contraire, répondit Petite Cloche d'une voix précipitée. On a deux atouts. Le premier, c'est l'otage. Le second, les documents.

– Qu'est-ce que tu veux faire ? Leur proposer un marché ? Ils auront les deux en rentrant ici, et ça leur aura juste coûté du plomb. »

Petite Cloche fit un sourire.

« À condition qu'ils soient ici. »

Georges l'observa sans comprendre. Puis la lumière se fit.

« Merde. Bonne idée. »

Il tendit la main vers les documents, avant de changer d'avis.

« Non, dit-il. On peut pas tous partir. Vas-y toi. C'est ton frère. »

Sans laisser le temps à Petite Cloche de répondre, il se dirigea vers les escaliers.

En bas, Louis et Lola finissaient de barricader la porte d'entrée en poussant un large coffre.

Les quatre anarchistes se regardèrent. Lola parla la première :

« T'es en sous-vêtements, Casse-Tête.

– Désolé, pas le temps de m'habiller. On a un siège à tenir.

– On va le perdre, dit Louis. Ils sont une bonne vingtaine. »

Tout en disant cela, il entreprit de barricader les fenêtres, aidé par Lola. Les bruits de moteurs se rapprochaient. Georges fit signe à Petite Cloche de se diriger vers les fenêtres à l'arrière. Celui-ci obtempéra en silence. Georges, pendant ce temps, s'approcha de ses camarades :

« Il nous reste une chance, dit-il. Les documents.

– Ils vont nous les prendre, dit Lola. Qu'est-ce que tu veux en faire ? »

En parlant, elle venait de remarquer Petite Cloche qui ouvrait l'une des fenêtres. Son regard s'illumina.

« Je vois, dit-elle. Bonne idée. S'ils ne sont pas ici, on pourra négocier. Ils auront besoin de nous pour les retrouver.

– Et le flic qu'on a ramassé va nous permettre d'entamer la discussion », confirma Georges.

Louis, qui s'était retourné, analysa la scène à son tour. Dehors, on pouvait à présent entendre des éclats de voix. Ils étaient presque là.

« Où tu vas ? » demanda Louis d'une voix amère.

Petite Cloche se dandina, incertain de ce qu'il devait dire ; Georges le devança :

« Chez Dudu. Ça nous laisse la possibilité de négocier. Et s'ils négocient pas, au moins, il pourra nous venger. »

Cette dernière idée fit son petit effet. Tous hochèrent la tête. L'État pouvait les détruire, mais pas les faire taire. Puisqu'ils avaient de quoi faire tomber le gouvernement, ils s'en serviraient – même par-delà la tombe.

« Pourquoi ne pas tous partir ? proposa Louis sans y croire.

– Ils nous poursuivraient, répondit Lola d'une voix grave. Si on les occupe, on peut laisser l'occasion de fuir à l'un d'entre nous. Pas aux quatre. »

Louis ne parut pas convaincu. D'une voix de plus en plus acide, il rétorqua :

« Donc on fait comme la Cigale. On se sacrifie pour René. »

Lola parut hésiter à répondre. Finalement, elle haussa les épaules, prit une arme et se dirigea vers l'une des fenêtres encore ouvertes.

« Voilà, dit-elle. On va jusqu'au bout. »

Elle retenait difficilement ses larmes.

Elle ne voulait pas mourir. Mais malgré la peur et la colère, elle acceptait ce dénouement. Elle avait vécu en accord avec ses principes – en anarchiste dans un monde réactionnaire. À défaut de provoquer la révolution, elle avait réussi à se transformer elle-même.

Lola tira en direction des premiers véhicules qui s'arrêtaient devant la maison.

Georges, après avoir jeté un œil par-dessus son épaule, dit :

« René, tu n'as plus le temps. Vas-y. »

Petite Cloche, toujours debout devant la fenêtre ouverte, comme figé par la peur et le remords, fit un geste d'impuissance. Il croisa le regard jaloux de Louis et se contenta de baisser les yeux. Enfin, il enjamba la fenêtre en marmonnant un « adieu » que personne n'entendit.

Ses trois amis étaient à présent trop occupés à faire feu sur les policiers, afin de lui permettre de fuir avant que la maison ne soit encerclée.

Gwen gardait les yeux sur la maison.

Elle sentait la chaleur du corps d'Eugène contre elle, le mouvement de son souffle. Pour quelques heures encore, il était à elle.

Ce n'était pas le moment d'en profiter, cependant. L'assaut n'était plus qu'une question de minutes. Peut-être l'un des anarchistes allait-il fuir, en accord avec les prévisions d'Hervé Le Guin. Peut-être assisteraient-ils à un hallali brutal et irrépressible.

Elle aurait parié pour Le Guin, son raisonnement était logique. En fait, ce n'était sans doute même pas une question de logique : il savait ce qui allait se passer, parce qu'il avait l'un des anarchistes dans la poche. C'était la seule explication. Il payait un agent double, censé prendre la fuite avec les papiers lors de l'assaut policier.

Toute la question était de savoir si elle devait participer à cette nouvelle manigance.

Le Guin savait qu'elle avait essayé de récupérer les documents pour son propre compte. Alors pourquoi lui faisait-il confiance ? Était-il à ce point en manque d'agents ? Croyait-il qu'elle n'oserait pas les trahir ouvertement ? Peu probable. En fait, c'était sûrement un piège. Mais c'était un piège risqué, puisqu'il lui donnait une chance de fuir avec les lettres. À moins qu'il n'ait espéré qu'Eugène la retienne à Paris. Ou qu'il n'ait prévu une manière plus drastique de la neutraliser.

Depuis qu'ils avaient pris la route, Gwen se demandait ce qu'elle devait faire. Cela avait même éclipsé la question de sa relation avec Eugène. Ses affaires de cœur pouvaient attendre : Le Guin posait un problème de vie ou de mort.

Une silhouette sauta hors de la maison et se mit à courir en direction des bois. Une liasse de papiers à la main.

Il n'était plus temps de se poser des questions.

Les deux jeunes gens marchèrent à pas de loup en direction de l'endroit où l'anarchiste, à en juger par sa course, allait pénétrer sous les arbres.

Des coups de feu éclatèrent de l'autre côté de la maison.

« Qu'est-ce qu'on fait ? On l'attaque ? »

Eugène hésitait. C'était prévisible. Elle continua sa route.

« Qu'est-ce que tu veux qu'on fasse d'autre ? »

L'anarchiste arriva sous les arbres et passa à une dizaine de mètres d'eux en continuant sa course. Il ne les avait pas remarqués. Gwen voulut le viser, mais elle était désormais obligée de tenir son arme de la main gauche. Le temps de se mettre en position, il avait déjà disparu.

Elle partit à sa poursuite.

Fabre, lorsqu'il avait entendu les premières détonations, était sorti de sa torpeur.

En un instant, il avait pris conscience de la situation. Des balles venaient se ficher dans le bois des murs. Les anarchistes, dans le salon, rendaient coup pour coup. L'assaut. Cela signifiait qu'on ne tarderait pas à faire usage de lui, comme otage ou comme sacrifice.

Il en fut soulagé. Son sort allait être décidé une fois pour toutes.

La porte s'ouvrit, des mains le saisirent et l'extirpèrent du réduit. La lumière du salon l'obligea à fermer les yeux. On le transporta à travers la pièce.

D'un coup, l'orage d'acier et de fumée s'était tu. Tout était silencieux. Il savait pourquoi : après un premier échange de tirs, une première démonstration de force, on allait proposer aux anarchistes une reddition honorable.

Rouvrant les paupières, le commissaire constata que les issues étaient barricadées et que ses geôliers avaient le visage sombre – le même visage, en fait, que des policiers passant à l'action.

C'était bel et bien un siège. Et il était du mauvais côté des lignes.

La voix de son adjoint éclata tout à coup :

« Ici Pierre Cerruti, de la Sûreté. Vous êtes cernés. Je vous demande de vous rendre sans attendre, en évitant toute violence inutile. Si vous ripostez, nous n'hésiterons pas à… »

Casse-Tête haussa les épaules.

« Ils nous tueront. Et si on se rend, la Veuve nous tuera un peu plus tard. C'est pareil.

– Très bien, Georges, rétorqua la femme. Alors on fait quoi ? On attend que ça passe ? »

Casse-Tête se tourna vers Fabre avec un sourire cruel.

« Je disais pas ça pour vous, mais pour lui. Ta survie dépend de la nôtre, ajouta-t-il à l'adresse du commissaire. Alors je te conseille d'être convaincant. On va leur répondre. »

Cerruti, en effet, avait terminé ses sommations. C'était à leur tour de parler.

Les deux hommes traînèrent Fabre jusqu'à la fenêtre la plus proche de la porte, la seule qui n'avait pas été bloquée par des planches et des palettes de bois : on s'était contenté d'en clore les volets.

On le déposa là à genoux. Durant un instant, il supposa que le but était de l'exécuter – puis il comprit que, dans cette position, sa tête dépassait par la fenêtre.

On exhibait l'otage.

Fabre laissa échapper un gémissement. Le transport avait fait vibrer tous ses membres.

Par chance, il avait d'autres sujets de préoccupation : d'ici quelques instants, les volets allaient s'ouvrir. Alors, un agent trop zélé pouvait lui tirer dans la tête.

Dehors, on vit le mouvement des volets. Pierre Cerruti plongea au sol et épaula son Lebel, prêt à tirer. Autour de lui, plusieurs agents firent de même, y compris Garcin.

L'inspecteur avait déjà l'index sur la détente quand il reconnut le commissaire. Il fit signe à ses compagnons :

« Que personne ne tire ! »

Cela pouvait être un leurre, permettant à un anarchiste de surgir et d'ouvrir le feu. Cerruti s'efforça donc de faire barrage à ses émotions.

Une voix s'éleva de la maison.

« Au moindre mouvement de votre part, nous l'exécutons sans sommation. »

L'inspecteur regarda autour de lui. Les agents étaient impatients d'écraser l'ennemi. Ils étaient une vingtaine, armés de Lebel, d'armes de poing, d'explosifs, et de deux mitrailleuses Hotchkiss. Face à eux, quatre fanatiques mal armés.

Normalement, c'était le préfet qui aurait dû prendre les rênes. Cerruti n'était en aucun cas habilité à le faire. Seulement, Hennion n'allait pas bien. Il était malade, disait-on. Et, surtout, il paraissait ne plus se préoccuper du monde réel. La lassitude, sans doute.

Après Hennion venait Guichard. De manière plus surprenante, ce dernier avait décliné à son tour. D'après Garcin, ce n'était pas si surprenant que cela : Le Guin avait laissé la Sûreté mener l'assaut, mais ne voulait pas que Guichard tire toute la couverture à lui. L'absence du chef de la Sûreté faisait donc partie du marché – et de toute façon, Guichard n'avait aucune envie de monter au front pour mener une opération délicate. Il aurait été responsable si les documents disparaissaient. Il avait déjà pris assez de risques du temps de Bonnot.

« Je vous laisse la tête des opérations, avait-il déclaré. Vous et Garcin. Après tout, c'est vous qui les connaissez le mieux. »

Ce qui ne voulait pas dire grand-chose. Cerruti n'avait cependant pas protesté. S'il menait les opérations, il avait la possibilité de sauver Fabre dans le cas où l'éventualité se présenterait.

Or, elle se présentait. Et il ne savait pas quoi faire. Jusque-là, le siège s'était annoncé simple. Mais maintenant, il fallait sauver une vie. Toute la tactique changeait. Ses hommes le comprendraient-ils ? Pour certains, la vie d'un collègue, même – ou surtout – haut gradé, n'était pas un prix très lourd à payer pour neutraliser des terroristes. Ceux-là n'auraient pas la patience de négocier. Il fallait donc agir avant que quelqu'un n'envenime les choses. Cerruti se leva. Il ignora le murmure qui naissait autour de lui.

« Qu'est-ce que vous voulez ? »

Durant le court silence qui suivit, Cerruti et Fabre échangèrent un regard. Le commissaire avait survécu. À en juger par son visage, cela ne tenait qu'à un fil.

D'abord, neutraliser les terroristes, pensa Cerruti. On s'occuperait de Fabre ensuite. S'il était encore en vie.

« On veut négocier. Les documents sont en lieu sûr, prêts à être rendus publics. J'imagine que personne ne souhaite cela ? Ni la mort de ce monsieur ? »

Ce pouvait être un mensonge. Mais les anarchistes s'étaient révélés prévoyants par le passé.

Cerruti se tourna vers Garcin, qui l'avait rejoint. Le maître-espion avait le front soucieux.

« Admettons, cria Cerruti. Qu'est-ce que vous proposez ?

– Vous remballez vos fusils, vos mitrailleuses et vos hommes. Vous restez à deux ou trois avec des armes de poing. Quand on sera à égalité de feu, on sortira discuter. »

Cerruti fit un geste d'impuissance, davantage en direction de Fabre que des anarchistes, lesquels n'apparaissaient toujours pas à la fenêtre.

« Attendez deux minutes. »

La situation lui semblait absurde. Il se pencha vers Garcin, qui suait à grosses gouttes.

« Qu'est-ce que vous en pensez ?

– On ne peut pas assurer la survie de Fabre, mais ils disent peut-être la vérité sur les documents. Il faut négocier. »

Beaufret, qui se tenait à côté de Garcin, voulut intervenir :

« Inspecteur, si je peux me permettre… Nous ne pouvons pas renoncer à cette intervention, alors que nous avons tout ce qu'il faut pour les écraser. »

La logique qu'il voulait éviter : celle consistant à tirer dans le tas et à faire les comptes ensuite. Cerruti envisagea de faire un premier mort dans son propre camp. Il se contint et dit :

« Nous pouvons les tuer, mais si c'est pour faire mourir nos propres hommes et provoquer une crise nationale, je vois mal l'intérêt. »

Il regarda autour de lui, dans l'espoir que quelque chose, ou peut-être quelqu'un, lui indique la marche à suivre. Il se demanda ce que Fabre aurait fait.

Puis il arrêta de se le demander. Il n'en savait rien. De toute façon, Fabre n'était pas là. Pas du bon côté, en tout cas. S'il jugeait la situation par lui-même, cependant, les choses étaient claires. Il devait donner des gages aux anarchistes.

« D'accord. On va faire partir les hommes. Nous n'avons pas d'autre choix.

– Et si ça tourne mal ? S'ils se barricadent et refusent la négociation ? »

Garcin avait raison. C'était tout le problème : une fois la troupe partie, les policiers seraient en position de faiblesse. Négocier ne suffisait pas. Il fallait prévoir le pire. Il se dirait la même chose, deux ans plus tard, en attendant les secours, la jambe tranchée par un obus venu de ses propres lignes.

« Vous allez désigner un agent pour rester avec nous. Puis trois autres, qui vont revenir par les arbres, sur le côté droit de la maison. Le mur est aveugle : ils vont disposer une charge de mélinite suffisante pour percer une entrée. Si les négociations tournent mal, je leur ferai signe d'allumer la mèche.

– Si nous faisons cela, ils tueront Fabre.

– Si nous en arrivons là, c'est que Fabre n'a aucune chance. »

Garcin approuva. Il se leva et entreprit, en toute discrétion, de sélectionner les hommes.

Petite Cloche sentit le froid le prendre en passant sous les arbres.

Des coups de feu éclataient dans son dos. Ses pensées étaient chaotiques.

Ses amis allaient mourir. Lui seul survivrait. Avec de quoi les venger, sauver son frère, faire tomber le président.

À condition de le vouloir.

Or, il ne le voulait pas.

Tout seul, il ne pouvait certainement pas faire pression sur le président. En fait, il ne parviendrait sans doute pas à fuir la police très longtemps. Il ne pouvait qu'espérer que la chance lui sourirait une seconde fois. Qu'Henri Bint remplirait sa part du marché.

Il buta dans une racine et faillit tomber par terre.

Les policiers ne semblaient pas le suivre. Il valait quand même mieux continuer à courir.

Petite Cloche n'avait pas cru à la victoire. Il avait voulu se battre, parce qu'il ne savait plus quoi faire d'autre, mais il n'avait eu aucun espoir.

Henri Bint avait tout changé.

Une fois leur groupe formé, il avait reçu sa visite. Au petit matin, alors qu'il était tout seul dans un appartement d'habitude surpeuplé. Bint, comme s'il savait qu'il n'y aurait pas de témoin, s'était présenté à lui.

« J'ai un marché à vous proposer. En échange de votre frère. »

Des bruits, dans son dos, lui firent tourner la tête. Il avait l'impression qu'on le suivait. L'ombre était cependant trop dense pour identifier quoi que ce soit.

Le marché était simple : il l'informait de l'avancée de leur plan et il le tenait au courant, en particulier, des possibles interventions d'un Russe, Vladimir Burtsev. En échange, Bint lui assurait qu'Isidore serait gracié et envoyé au bagne. C'était mieux que la guillotine.

« Je ne peux pas assurer votre survie si la police vous trouve. En revanche, je peux vous assurer celle d'Isidore. Et si vous parvenez à me confier les documents… »

Les bruits de pas se firent de plus en plus nets.

Petite Cloche serra son revolver de la main droite. Il serra aussi les documents dans sa main gauche. Bint le lui avait promis : s'il les lui apportait, ce n'était pas le bagne qui attendrait son frère. C'était la liberté pure et simple. Un acquittement.

Restait à savoir s'il pouvait lui faire confiance. Mais quelle était l'alternative ?

Petite Cloche avait espéré qu'ils survivraient, que leur plan fonctionnerait et que ce marché sinistre n'aurait pas d'effet. Après tout, Bint n'était pas policier : le tenir au courant des activités de Burtsev ne les empêchait pas de poursuivre la lutte.

C'était même Bint qui avait loué l'appartement en face de la Santé, d'où il avait pu faire signe à son frère, lui faire comprendre qu'il ne devait pas perdre espoir… Sans y croire, Petite Cloche avait rêvé qu'ils pourraient, tous les six, faire plier la Sûreté, et que tout s'arrêterait avant même d'avoir commencé. Il ne s'était jamais attendu à un tel désastre.

Bint, lui, avait envisagé le désastre. Et il avait donné des ordres clairs : si la police les retrouvait, il devait fuir avec les documents, abandonner ses camarades.

C'était ce qu'il venait de faire. Il les avait trahis. Il avait pourtant tout fait pour l'éviter : il avait proposé à Georges de fuir à sa place, puis il avait renoncé à se défendre face aux critiques de Louis. Cela ne changeait rien. Il était libre, à présent, et bien vivant. Il allait pouvoir acheter la survie d'Isidore avec les documents que ses amis avaient volés.

Ensuite, il n'aurait plus qu'à oublier ses camarades. Et sa trahison.

Un coup de feu éclata ; une balle passa non loin de lui. Une silhouette se dressa entre deux arbres. Une femme, qui tenait son arme avec maladresse. Et qui ne savait pas viser.

René tira.

« Laissez-nous dix minutes. Je vais garder deux hommes. Ensuite, nous pourrons discuter. »

Georges se tourna vers ses compagnons. C'était inespéré.

Lola, après une seconde de réjouissance, comprit que cela cachait quelque chose. Ce ne pouvait pas être aussi simple. Même en supposant que les menaces de Georges aient été prises au sérieux, leurs assaillants renonçaient trop facilement.

« Méfiance, annonça-t-elle. Ça sent le coup fourré. »

Ses compagnons avaient fait le même cheminement. Ils confirmèrent de la tête.

Georges murmura à son otage :

« Qu'est-ce que t'en penses, toi ? »

Le policier haussa les épaules. Il fit ensuite un effort pour parler, d'une voix vacillante :

« Vous devriez vous rendre. »

Lola eut une illumination.

« Évidemment... Ils font semblant. Ils vont nous encercler. »

Louis réfléchit un instant.

« Ils vont percer le mur aveugle. Comme avec Garnier et Valet, et puis encore avec Bonnot.

– Possible, fit Georges. Faut qu'on profite de notre répit pour régler cette affaire avant qu'ils agissent. »

Louis s'approcha de la fenêtre.

« C'est risqué. Si jamais ils reviennent trop tôt, on aura rien pour se défendre, alors qu'ils ont de quoi massacrer un bataillon. On doit être prêts en cas d'assaut. Et là, on a juste des armes à feu. »

Lola s'arracha une poignée de cheveux en criant :

« Et donc ? Tu veux qu'on ait quoi d'autre ? S'ils attaquent à vingt, on est fichus, c'est tout. »

Louis n'avait jamais eu aussi peur. La mort était évidente. Et face à elle, ses idées n'étaient plus que des mots sur le papier, du vent. Il avait consumé sa vie pour un rêve. Le monde meilleur où vivraient ses enfants n'existerait jamais. Ses enfants non plus. Tout, autour de lui, s'était fané.

Il fallait trouver une issue.

L'idée lui vint d'un seul coup.

« On a plein d'explosifs, dit-il. Dans la cabane. Souvenir d'Arthur. »

Lola grogna.

« Et comme tu dis, ils sont dans la cabane… »

Mais Louis reprit, d'une voix fiévreuse :

« Georges, tu vas sortir négocier. Lola, tu le couvriras. Moi, je vais passer par-derrière et me faufiler dans la cabane. La porte est visible depuis le porche, mais j'ai juste besoin de quelques secondes : s'ils sont tous concentrés sur vous, ça ira. Je récupère les bombes, je reviens. Si ça tourne mal, on aura de quoi répondre. »

Georges secoua la tête.

« S'ils te voient, la négociation est morte. »

Le calme de Louis l'étonnait. Il avait la sensation désagréable d'être le plus inquiet de tous. Le policier acceptait son sort. Comme la Cigale l'avait accepté. Comme l'Alchimiste. Même les traîtres parvenaient à regarder la mort en face. Alors pourquoi lui-même s'en sentait-il incapable ?

Durant des années, il avait imaginé sa propre mort. Il savait qu'elle aurait lieu l'arme au poing, face à la loi. Soit il verrait la révolution menée à son terme, soit il mourrait en martyr. Et voilà que, le moment venu, les choses n'étaient pas aussi belles qu'il l'imaginait. Petite Cloche avait les documents : il s'en servirait peut-être. Tout son combat s'achevait dans un « peut-être ».

Louis jeta un coup d'œil par la fenêtre et insista :

« Ils partent. C'est le moment. Ils ne me verront pas. J'ai besoin de trois secondes. Pas plus. »

Georges ne répondant pas, Lola voulut protester. Louis la devança :

« Oui, ils peuvent me tuer, je sais. Mais de toute façon, on est partis pour tous mourir aujourd'hui : négocier avec la police, c'est se tirer soi-même une balle dans la tête. À moins d'avoir de quoi se défendre. »

La jeune femme ne trouva rien à redire. Il avait raison. À choisir, sa tactique n'était pas la pire. Georges avait sans doute pensé la même chose, puisqu'il hochait la tête en éloignant le policier de la fenêtre.

« D'accord, dit-il. Lola, enlève les palettes de la fenêtre, que Louis puisse sortir. »

Elle s'exécuta, l'esprit vide.

Durant tant de nuits, elle s'était réveillée en sueur, effrayée par ce moment.

Ils se firent face, à quelques centimètres l'un de l'autre, sans se toucher. Ils étaient tout à coup seuls au monde. Louis l'embrassa sans prévenir. Un baiser comme ils n'en avaient plus échangé depuis longtemps. Durant un instant, elle eut l'impression d'être à nouveau une jeune amoureuse qui venait de rencontrer l'homme de sa vie.

Puis il la relâcha, et elle comprit qu'ils se disaient adieu.

Eugène agonisait.

L'air s'échappait de ses poumons, brûlant comme la vapeur d'une locomotive. Sa vision se brouillait. La douleur était insupportable.

Gwen avait disparu depuis un moment. Il était seul.

Un point de côté, qui était à présent de tous les côtés, lui martyrisait la poitrine. Il avait réussi à se fouler les deux chevilles, et sa bouche était pleine de terre après une série de chutes.

Il continuait cependant à courir, dépassant ses propres forces, dans l'espoir de retrouver la jeune Anglaise. Une souche pourrie s'écroula sous ses pieds et il se foula la cheville derechef.

Décidément, une vie d'aventurier, ce n'était pas comme dans les livres.

Des mouches avaient formé un nuage autour de lui, attirées par la sueur qui le trempait. Il distingua tout de même une forme mouvante au loin. Il s'y dirigea, persuadé que ses poumons allaient lui descendre dans le ventre.

Il insultait à haute voix Rouletabille et Maurice Leblanc.

Un coup de feu vint mettre un terme à ses jurons.

Il se figea. Cela venait de tout près.

C'est à cet instant qu'il se rendit compte qu'il avait perdu son arme lors d'une chute.

Une autre détonation retentit, suivie d'un choc sourd.

Eugène passa la main sur ses yeux pour en chasser la transpiration. Cela n'écarta cependant ni les points lumineux ni les mouches.

C'était tout de même suffisant pour voir Gwen étendue dans la boue.

Le sergent Edmond Féral regardait disparaître au loin les dernières voitures emmenant ses compagnons. Pour une raison qui lui échappait, il avait été choisi par le commissaire Garcin afin de les épauler dans la négociation.

Il aurait préféré faire partie de l'équipe qui allait revenir sur le côté de la maison.

D'ailleurs, si on lui avait demandé son avis, il aurait considéré que la mort probable du commissaire Fabre ne justifiait pas de renoncer à un siège en bonne et due forme. Après tout, plusieurs agents auraient trouvé la mort en temps normal, sans que personne ne trouve rien à redire. Une vie était une vie. Celle de Fabre ne valait pas plus que les autres.

Le sergent Féral s'avança vers la maison. Les choses risquaient de mal tourner. Lui, en tout cas, était prêt. Après tout, il avait une double réputation à tenir. Celle de fonceur, et celle de bon tireur. C'était sans doute pour cela que Garcin l'avait choisi.

Il oublia tout cela lorsque la porte s'ouvrit.

Victor Fabre sortit en titubant. Un canon était collé à sa tempe. Un anarchiste en sous-vêtements le tenait devant lui. Ils s'avancèrent à un mètre de la porte. Une femme apparut derrière eux, armée d'un fusil.

« Merci pour votre diligence, messieurs, fit l'homme. Nous allons pouvoir parler. »

Féral se trouvait encore à une dizaine de mètres de la scène, à l'endroit où avaient été garées les voitures. La femme le mit en ligne de mire. Elle le fusillait déjà du regard.

« Vous venez, oui ? »

Le jeune policier sentit son cœur faire un bond. Tout indiquait qu'elle était prête à le mettre à mort – à tous les mettre à mort – sans ciller. Pourquoi négocier avec de telles bêtes ? Si la négociation tournait court, il supprimerait la femme en premier.

« Parlons clairement, annonça Cerruti. Quelles sont vos exigences ? »

Alors qu'il avait parcouru la moitié de la distance, Edmond Féral entendit un bruit de pas précipités à sa gauche. Il se tourna dans cette direction.

« Vous nous laissez partir. Tout simplement. Nous laisserons l'otage dans une gare. Et si vous libérez Isidore, nous nous engageons à ne pas publier les documents. »

Garcin éclata de rire ; Féral n'y prêta pas attention. Une silhouette venait de pénétrer à l'intérieur de la cabane qui jouxtait la maison.

Ce n'était pas prévu.

Il se figea. Un frisson lui indiqua que, dans son dos, la femme devenait un danger de plus en plus net.

« Venez ici, imbécile ! Si vous continuez… »

Féral sentit son sang battre plus fort. Son crâne pulsait. Il devait faire un choix. Vite.

« Féral, bon sang, dit Cerruti, obéissez ! »

En allant vers la cabane, il risquait de faire échouer les négociations – et il tournait le dos à la femme. Mais en obtempérant, il laissait un anarchiste sans surveillance.

Sa réputation de fonceur ne venait pas de nulle part.

Il courut jusqu'à la cabane, revolver au poing. Des éclats de voix, derrière lui, répondirent à sa décision. Une balle siffla près de son oreille. Il s'arrêta devant la porte entrouverte du réduit.

« Calmez-vous, madame, ricana Garcin. Féral est un peu tête brûlée, mais… »

S'il avait tourné la tête, Féral aurait pu constater que Georges, resserrant son étreinte sur Fabre, reculait lentement vers la maison, tandis que Lola ramenait son fusil en direction de Cerruti, qui avait lui-même mis la main sur son revolver.

Féral, cependant, était trop préoccupé par ce qu'il avait sous les yeux : malgré la pénombre, il pouvait distinguer une silhouette à l'intérieur. Il fit deux pas, la main serrée sur son arme. L'atmosphère était acide. Il aurait pu y reconnaître des odeurs d'explosifs.

Il aurait pu faire beaucoup de choses. Mais il n'avait d'attention que pour l'homme face à lui. Un homme chargé de bombes.

Vif comme l'éclair, Féral ôta le chien du revolver. Le sang bouillonnait dans ses veines.

« Non ! Pas ici… »

Féral était un fonceur. Avant de comprendre, il fit feu.

L'air s'embrasa aussitôt.

Le grondement de l'explosion parvint aux oreilles d'Eugène, loin sous les arbres. Le jeune journaliste n'y prêta aucune attention.

Il était abasourdi par la scène devant ses yeux.

Le corps était allongé, face contre terre, inerte. De la mousse et de la boue avaient giclé de tous côtés lors de sa chute. Une grosse motte de terre ornait les cheveux de Gwen.

Elle se releva. Son revolver fumait sur le sol.

Elle tituba jusqu'au cadavre de l'anarchiste, qui tenait toujours dans sa main une épaisse liasse de papiers, sur laquelle une autre motte de terre avait atterri. Elle les prit et voulut les lire, mais ses mains tremblaient trop.

Elle se tourna vers Eugène, qui reprenait son souffle appuyé à un tronc d'arbre.

« J'ai été assez proche pour essayer de tirer… il s'est retourné pour se défendre. »

Elle paraissait soudain très maigre et très petite. Un souffle de vent l'aurait fait tomber.

« Je l'ai eu la première. »

Eugène poussa un long soupir, presque un râle. Il avança vers elle. Quelques mètres. Puis ses jambes le lâchèrent et il s'effondra à genoux dans la boue. Six mois plus tard, allongé dans une autre boue, les mains sur ses propres intestins qui se déversaient, le ventre tranché par la lame d'une baïonnette, il repenserait à ce moment, à l'anarchiste mort, aux larmes de Gwen.

Celle-ci fit deux pas. Laissa tomber les documents. Deux pas encore. Elle s'écroula.

À genoux, ils se serrèrent l'un contre l'autre.

Le sol tremblait.

Un immense nuage de poussière s'élevait là où, un instant auparavant, se trouvait la cabane. De Louis comme du policier, il ne restait rien. Quelques morceaux de bois retombaient, enflammés, pas plus gros que le poing. L'air avait une odeur de brûlé, d'acide, de mort.

Lola restait figée, avec la sensation qu'une main glaciale se saisissait lentement de son cœur.

Et pourtant, elle s'y attendait. Elle s'en serait presque sentie soulagée : il n'y avait plus rien à faire, maintenant. La mort était inévitable. Cela faisait longtemps qu'elle présumait que la réalité lui confisquerait le peu qu'elle avait.

Elle ferma les yeux, guettant la dernière détonation.

Georges, comme la jeune femme, était frappé de stupeur.

Les policiers, en revanche, avaient les idées claires. Garcin se saisit de son revolver.

Georges le vit faire. Il n'eut pas le temps de réagir. Une balle lui troua le front.

Cela réveilla quelque chose en Lola, qui sauta en arrière. Elle referma la porte. Une seconde plus tard, le corps de Georges venait frapper le bois de cette dernière.

Cerruti se précipita sur Fabre. Le commissaire, haletant, perdit conscience entre les mains de son adjoint. Garcin, comme s'il ne les connaissait pas, enjamba le commissaire pour prendre la jeune femme en chasse. Mais il se heurta à une porte close.

À l'intérieur, en effet, Lola venait de repousser un meuble afin d'empêcher l'ouverture. Elle ne réfléchissait plus : c'était son corps qui agissait, poussé par un instinct primitif.

Elle sauta à l'extérieur par la fenêtre qu'avait utilisée Louis, et se précipita dans les bois.

Derrière elle, des cris et des coups de feu ne tardèrent pas à s'élever. Lola continua à courir, sans se retourner, la tête lourde. Les arbres l'accueillirent. Elle poursuivit sa course.

Ses jambes la poussaient.

Ainsi, elle courut, encore et encore, comme si elle ne pouvait plus faire autrement. Elle s'enfonça dans des bosquets, traversa des champs, longea des villes, toujours droit devant, toujours plus loin. Elle n'aurait jamais cru pouvoir courir si longtemps.

Plus rien n'existait. Elle se sentait disparaître peu à peu.

Enfin, après des heures de fuite, son corps épuisé s'écroula au milieu d'un champ, et elle perdit conscience.

CHAPITRE 27

Le lendemain, on ne parlait que d'une chose.

Les journaux en faisaient leurs gros titres. Le monde de la presse était en état de choc. Henriette Caillaux venait de tuer Gaston Calmette.

Cela, et cela seul, allait être au centre de toutes les discussions durant des semaines. On y trouvait tous les éléments faisant frémir le bon peuple : une femme à bout de nerfs défendant la réputation de son mari, un homme politique de premier plan mêlé à une affaire criminelle, des soupçons de corruption et de manipulation politique… Et les rumeurs, bien sûr, circulaient : on murmurait que le journaliste s'apprêtait à diffuser la preuve que Caillaux était en lien avec l'Allemagne, ou qu'il avait corrompu les juges lors de l'affaire Rochette.

Autant dire que l'assaut contre les anarchistes, au lieu d'être la grande nouvelle du jour, fut totalement oublié. De toute façon, aucun journaliste n'avait été présent sur les lieux.

Aucun, à l'exception d'Eugène, bien sûr.

Mais ce dernier avait occupé la journée à fêter sa victoire en compagnie de Gwen, et à méditer sur la nature de leur couple. Il avait oublié son article. De toute façon, lorsqu'il avait entendu que Mme Caillaux avait fait irruption dans les locaux du *Figaro* pour vider son chargeur sur le rédacteur en chef, il avait deviné que les anarchistes ne seraient pas au centre des préoccupations.

Un homme, cependant, avait parcouru tous les journaux qui lui tombaient sous la main, sans prêter la moindre attention aux gros titres, dans l'espoir d'en apprendre davantage sur la mort des anarchistes.

Cet homme, c'était Vladimir Burtsev.

La veille, en fin de journée, il avait voulu se rendre chez eux. Il n'avait pu observer la maison que de loin : elle grouillait de bras armés de la Loi.

Ce 17 mars, il arriva donc à son bureau, rue de la Glacière, en tenant sous le bras sept quotidiens différents. S'il n'y apprenait rien, il lui faudrait demander à Leroi, son lieutenant, de contacter ses anciennes connaissances à la Sûreté. Démarche longue et fastidieuse dont il espérait s'épargner la peine. De toute façon, Leroi avait disparu depuis plusieurs jours, cuvant sans doute une cuite trop pantagruélique dans une cage d'escalier quelconque.

Jeanne Le Davadie avait quelque chose à lui dire. N'ayant pas envie d'écouter, Burtsev s'enferma dans un autre pièce, en la saluant d'un simple grognement. Il allait entamer *Le Petit Journal* lorsque Le Davadie tapa à la porte ; il répondit de mauvaise grâce qu'il voulait être seul.

« Monsieur, c'est important… Deux personnes veulent vous voir. »

Le Russe, oubliant que la porte était fermée, haussa les épaules avec colère. Le Davadie, comme si elle l'avait vu faire, insista :

« Il s'agit d'Henri Bint et d'Hervé Le Guin. »

Burtsev se figea.

Henri Bint se présentait maintenant comme détective indépendant. Mais le Russe savait qu'il était toujours au service de l'Okhrana. Quant à Hervé Le Guin, il ne le connaissait que comme membre de la Première brigade mobile. L'association de ces deux noms ne faisait aucun doute : ils voulaient parler des anarchistes.

Il ouvrit la porte. Jeanne Le Davadie tenta un sourire enjôleur, qui n'eut aucun effet.

« Ils sont venus il y a une demi-heure. Ils vous attendent devant le palais du Bardo. »

C'était du jamais vu : Bint ne lui avait jamais rendu visite dans son bureau. Les deux hommes ne se croisaient pas, c'était une règle établie. L'affaire était donc d'importance.

Il la remercia et sortit. Jeanne Le Davadie le regarda partir avec un pincement au cœur. Elle s'était habituée à cet homme étrange, possédé par une mission folle. Bientôt, il faudrait qu'elle le quitte. Dommage. C'était une mission simple et confortable.

Burtsev marcha d'un pas pressé jusqu'au parc Montsouris.

Le vent venait de tourner. Cela ne faisait pas le moindre doute.

La mort de De Brémont avait été un premier coup. Celle des anarchistes, et surtout de son ami Georges, en était un deuxième. Mais, jusque-là, il avait eu le réconfort de se considérer comme seul responsable de ce qu'il se passait : il avait péché par inconséquence. L'intrusion de Bint, en revanche, signifiait qu'il avait eu raison dès le début : l'Okhrana était derrière tout cela. Et dans ce cas, elle l'avait mis en échec.

Les deux hommes se levèrent à son approche.

Ils se trouvaient sur un banc, sous l'ombre d'un grand cèdre, devant le restaurant à l'abandon qu'on avait construit sur le modèle de la résidence d'été du souverain tunisien, le magnifique et ruiné palais du Bardo. Le Guin souriait ; Henri Bint avait la mine mélancolique que Leroi lui avait si souvent décrite, et qui cachait mal un cynisme cruel. Bint était un monstre sous un vernis de douceur.

Il tendit d'ailleurs la main à Burtsev en faisant une moue gênée – annonçant paradoxalement qu'il se réjouissait de la discussion à venir.

« Vladimir, bonjour… »

Burtsev grogna.

« Qu'est-ce que vous me voulez, tous les deux ?

– Eh bien, commença Le Guin, nous avons pensé qu'en apprenant le sort de vos petits protégés, vous auriez besoin de vous confier à quelqu'un.

– Me confier à vous ? Vous êtes déjà ivres à neuf heures du matin ?

– Nous ne sommes pas Leroi.

– Laissez Leroi cuver son vin. Je sais ce qui est arrivé à Georges et ses compagnons. Et donc ? Ils ont pris des risques, ils ont perdu. Rien de plus. »

Bint laissa échapper un petit sourire.

« Non, Vladimir. Il y a plus. Vous aussi vous avez perdu. Définitivement. »

Le Russe les regarda sans comprendre.

« Faire enlever De Brémont puis le laisser mourir, c'était une mauvaise idée, reprit Le Guin.

– Très mauvaise, renchérit Bint. Quand un homme finance à lui seul la moitié de vos activités, ce n'est jamais une bonne idée de le torturer. Encore moins de le tuer. »

Les deux hommes se donnaient la réplique à la manière d'un duo de café-concert.

« Comment le savez-vous ? »

Cette fois, Bint cessa de jouer les clowns.

« Tout simplement parce que nous avions un homme dans la bande. René Grandville, qui espérait par là sauver la vie de son frère. »

Burtsev frappa le sol de sa canne.

« Je le savais ! Vous les avez manipulés depuis le début… »

Durant une seconde, il considéra ce que produirait sa canne, lancée de toutes ses forces dans la mâchoire de l'un des deux hommes. Mais il avait plusieurs déductions à faire d'abord.

« Vous allez annoncer que ce sont des agents russes qui ont permis de les localiser, n'est-ce pas ? Ce sera le grand retour de l'Okhrana. »

Hervé Le Guin mima une courbette.

« Bravo, Sir Sherlock Holmes !

– En laissant De Brémont et Duvauchel organiser l'attaque du Quai, expliqua Bint, cela nous permettait de faire accuser l'Allemagne d'ingérence, en cas de besoin. »

Le Russe se frottait les mains. Malgré la colère, il était satisfait. Ses intuitions se révélaient encore une fois implacables. Sa seule erreur, au fond, avait été de douter de lui.

« Et, bien sûr, ajouta Bint, cela nous permettait de nous débarrasser de vous.

– De moi ?

– Évidemment, expliqua Le Guin en levant les yeux au ciel. Vous avez aidé les anarchistes du début à la fin. Pour quel résultat ? Ils sont morts, l'Okhrana va revenir officiellement à Paris, et le gouvernement va pouvoir justifier de nouvelles lois répressives contre les groupes révolutionnaires.

– Et vous avez vous-même provoqué la chute, puis la mort, de l'un de vos financiers », compléta Bint.

Alors, la réalité frappa le Russe de plein fouet.

Son raisonnement avait été juste, mais ses actes avaient été une succession d'erreurs. L'équipée de Georges se terminait dans le sang, oui, mais elle signait aussi la défaite de Burtsev. Sa plus grande défaite.

« Le retour de l'Okhrana, expliquait Bint, ne peut se faire

qu'à une condition : que l'on se débarrasse de vous une bonne fois pour toutes. Inutile de faire venir de nouveaux agents si vous les identifiez immédiatement… Il fallait donc vous mettre hors d'état de nuire.

– Pourquoi ne pas me tuer ? »

Il avait dit cela comme une demande. D'une certaine manière, il aurait préféré cette solution.

« Cela aurait provoqué des remous inévitables. Et vos succès ont rendu certains de nos agents paranoïaques : tout le monde a peur d'être identifié. Par vous ou par d'autres. Il ne fallait pas tant vous supprimer vous, que les idées que vous représentez. En d'autres termes, vous humilier.

– Quand nous avons découvert le plan de De Brémont, nous avons mis au point une stratégie très simple : laisser faire. Il était évident que vous alliez remonter jusqu'à lui, et que vous le feriez enlever. C'est votre mode opératoire habituel.

– La mort de l'industriel était donc probable, dit Bint.

– Et c'est là le coup de génie : vous alliez faire tuer l'homme qui vous finançait. Maintenant, personne ne voudra vous soutenir, encore moins vous prêter d'argent. La défaite est trop grave… et vos erreurs trop nombreuses.

– Mais, se défendit Burtsev, De Brémont était bel et bien un agent double… »

Cette remarque n'avait aucune valeur, et il le savait. Les faits étaient là : De Brémont le finançait. Qu'il l'ait fait pour l'Allemagne ou pour l'anarchie ne changeait rien.

D'ailleurs, personne ne pourrait être certain de ses véritables allégeances. L'Okhrana allait marteler que l'industriel était au service des Allemands, et les cercles anarchistes, souvent méfiants, n'y croiraient pas. En revanche, nul ne pourrait douter de la manière dont il employait son argent.

C'était un fait indiscutable : De Brémont finançait des

mouvements révolutionnaires. Et il y avait un autre fait indiscutable : Vladimir Burtsev avait provoqué sa mort.

Il entendait déjà les rumeurs, qui ne tarderaient pas, sur ses véritables motivations. On ne peut pas être payé par l'Allemagne pendant des années sans le savoir – surtout quand on se surnomme Sherlock Holmes. On ne peut pas tuer son propre financier, non plus, sans le savoir.

« De Brémont était un espion de pacotille, répondit Bint en rejoignant les réflexions de Burtsev. Il ne représentait aucun danger pour vous. Au contraire, il vous aidait. Quand nous allons diffuser partout qu'il était au service des Allemands, vous pensez vraiment que vos camarades de lutte vont nous croire ?

– Ils vont en faire un héros, s'amusa Le Guin. L'anarchiste-millionnaire. Ce qu'il était un peu, d'ailleurs, à en juger par l'argent qu'il dépensait pour la révolution… Jusqu'à ce que vous interveniez. Burtsev : l'homme qui a fait tuer le millionnaire qui le payait, et qui a laissé mourir ses amis. L'homme qui a fait revenir l'Okhrana en France. L'agent allemand et l'agent russe à la fois. Vous voyez le tableau ? »

Il voyait très bien. On ne lui accorderait plus aucune confiance. Pantin involontaire du Kaiser, il était devenu le pion du Tsar.

« D'ici un mois, votre réputation sera morte, annonça Bint. D'ici deux mois, vos finances seront à sec. D'ici trois mois, vous n'aurez plus de raison de rester en France. »

Ses jambes le portaient difficilement, et il s'appuya sur sa canne pour ne pas s'écrouler.

Bint, achevant l'animal blessé, demanda :

« J'espère que vous avez dit au revoir à Jeanne ? »

Il termina sa question par un gloussement. Burtsev ouvrit de grands yeux.

C'était évident – mais c'était aussi la révélation de trop. Le Russe se recroquevilla sur lui-même, dos rond et épaules rentrées. Une bête prise au piège.

« Partez. »

Sa voix s'était brisée, à un moment, en cours de route. Tout en lui s'était fêlé. Bint posa sa main sur l'épaule de Burtsev, comme un homme faisant ses condoléances.

« Adieu, Vladimir. »

Burtsev, les yeux fixés au sol, les entendit s'éloigner. Il resta immobile jusqu'à ce qu'il soit sûr qu'ils aient disparu. Alors il s'assit, balança la tête en arrière et contempla le ciel.

Il avait perdu. Définitivement.

La seule solution, maintenant, c'était de retourner en Russie. De tout recommencer. Se refaire un réseau, rebâtir sa réputation. Cela prendrait des années, des décennies. Un jour, peut-être, il retrouverait sa gloire.

Il secoua la tête, comme s'il répondait à quelqu'un.

Non, il n'y avait pas de « peut-être ». Il était toujours le Sherlock Holmes de la Révolution. Un simple revers ne suffirait pas à le faire disparaître. Au contraire, cela le rendrait plus fort. Un jour futur, il terrasserait définitivement l'Okhrana.

Mais pour l'heure, il n'était plus qu'un vieil homme fatigué.

CHAPITRE 28

Gwen avançait à pas rapides, les yeux fixés sur les numéros des voitures.

Autour d'elle, c'était la cohue. Les premiers grondements de la machine se mêlaient aux rires, aux cris et aux pleurs de la foule qui s'affairait.

Elle arriva devant la première classe. C'était un petit cadeau qu'elle s'offrait, certaine qu'on lui rembourserait aisément cette gourmandise. On lui permettrait tout ce qu'elle voulait, avec ce qu'elle rapportait dans ses bagages. Elle soupira. Ce qu'elle rapportait, cela lui coûtait le seul moment de bonheur qu'elle ait entrevu depuis des années. L'avant-goût d'une autre vie, plus sincère et plus profonde.

Gwen monta dans sa voiture. L'employé vérifia son billet et lui souhaita un bon voyage. Elle remonta le couloir jusqu'à sa cabine.

Celle-ci était encore déserte. Le train partait dans quelques minutes, elle aurait sans doute la chance de rester seule.

Dehors, on courait en tous sens. Elle laissa son regard couler sur ces visages inconnus, jeunes et vieux. Des amoureux s'enlaçaient Des hommes et des femmes bien habillés se précipitaient de tous côtés. Certains restaient sur le quai pour dire adieu à leurs proches.

Eugène aurait pu être sur ce quai. S'il l'avait su.

Bientôt, elle quitterait Paris, puis la France. Elle retrouverait sa vraie patrie, sa vraie vie, jusqu'à ce qu'on l'envoie ailleurs, devenir quelqu'un d'autre.

Son regard s'arrêta sur un vieillard qui faisait un signe à l'une des voitures, et elle se demanda combien de temps le souvenir du jeune journaliste l'accompagnerait. La mémoire s'effrite en si peu de temps ; d'autres, qu'elle avait cru aimer, étaient depuis longtemps tombés dans l'oubli.

Alors que le train se mettait à trembler, elle repensa au moment où elle avait abandonné sa mission pour ne pas le laisser entre les griffes des anarchistes. Eugène avait alors compté davantage que son devoir.

La veille encore, elle avait tout fait pour s'en convaincre. Après avoir récupéré les lettres, le temps d'un après-midi, elle s'était offert un mensonge. Elle s'était imaginée restant à Paris, devenant la femme du jeune homme…Puis, la nuit venue, alors qu'il dormait, seule face à elle-même, elle s'était avoué la vérité. Cette vie ne lui offrait pas le choix.

Le train s'ébranla. Le quai se mit à rouler – puis à s'éloigner. Elle était restée immobile, le reste du monde s'était retiré. Elle marmonna un adieu.

Pour récupérer les documents, elle avait accepté l'offre d'un espion inconnu. Dans leur monde, on ne faisait rien en vain. On ne passait que des marchés de dupes.

Dans l'appartement obscur d'Eugène, incapable de dormir, Gwen avait durant des heures attendu le moment où la porte s'ouvrirait, laissant entrer Hervé Le Guin ou Henri Bint. Elle en était certaine : ils allaient venir récupérer les lettres. Et supprimer les témoins.

Au petit matin, elle s'était habillée en silence. Tout juste avait-elle pris un minute pour regarder une dernière fois le jeune journaliste qui dormait encore.

Il était peut-être déjà mort. Elle ne le saurait jamais. Elle ne pouvait qu'espérer qu'il serait épargné. C'était pour cela qu'elle l'abandonnait. Si elle restait, les services russes, français et anglais chercheraient tous à la neutraliser – et Eugène avec elle. Si elle partait, Eugène avait une chance de survivre. Il n'intéressait personne.

C'est pourquoi, malgré le poids douloureux dans sa poitrine, Gwen vit la gare du Nord disparaître au loin avec un certain plaisir.

Alors, il y eut un bruit dans le couloir. Quelques instants plus tard, la poignée tournait.

La porte s'ouvrit, laissant entrer Henri Bint et son homme de main.

Eugène mit un instant à comprendre ce qui l'avait extirpé du sommeil. On toquait à la porte.

Il se laissa tomber sur le sol, attrapa la robe de chambre qui traînait, l'enfila de mauvaise grâce. L'esprit embrumé, les muscles engourdis, il alla vers la porte où l'on tapait de plus belle. Les yeux presque clos, il grommela à l'adresse de Gwen, qu'il supposait allongée sur le lit :

« Décidément, ça devient une mauvaise habitude… »

Il se retrouva nez-à-nez avec Hervé Le Guin.

S'il avait été moins endormi, le journaliste aurait été inquiet. Mais la journée de la veille l'avait épuisé : il regarda donc le visiteur d'un air hagard. Puis l'agacement le gagna.

« Encore ? Qu'est-ce que vous voulez, cette fois ?

– Peu de chose, mon bon ami. Je m'excuse de vous déranger de bon matin, à dix heures et demie, mais ce peu de chose est capital à mes yeux. »

À ces mots, Le Guin pénétra de force dans l'appartement.

« Vous avez quelque chose qui m'appartient, il me semble. Je vais donc vous en délester, pour ne pas laisser trop longtemps ces lettres sinistrement politiques dans votre petit nid d'amour… »

Eugène, un peu mieux réveillé à présent, referma la porte.

« Eh bien, mon cher Eugène, à l'état du lit, je ne m'attendais pas à ce que vous soyez seul. »

Cette fois, Morphée éjecta tout à fait le journaliste de ses bras.

« Comment ça ? »

Le lit parlait de lui-même : les draps étaient vides. La pièce également. Eugène chancela comme s'il avait reçu un coup de poing. Il chercha des yeux la disparue, sans comprendre. Ou plutôt en s'efforçant de ne pas comprendre. Ce coup de poing imaginaire lui faisait soudain très mal.

« Elle est partie. »

Le Guin claqua des mains en riant.

« Évidemment qu'elle est partie, Eugène : c'est une espionne étrangère ! Elle n'allait pas passer sa vie ici, alors qu'elle avait de l'or entre les mains.

– Et vous ? rétorqua Eugène piqué au vif, vous l'avez laissée faire, non ? »

Sans aucune gêne, le policier s'assit sur le lit et prit une cigarette.

« Non, mon cher. Je venais vous voir, vous. Car vous pouvez m'être utile. Elle a eu la bonté de vous quitter pour que vous restiez en vie. Il s'agit maintenant de faire bon usage de cette vie. »

Eugène resta les bras ballants. Il se répéta ce que venait de dire Le Guin. D'une manière confuse, il en comprenait le sens. Gwen possédait des secrets d'État, elle était donc en danger. En fuyant…

En fuyant, elle lui sauvait la vie.

« Oui, confirma Le Guin, elle a pris la fuite pour vous. Ou peut-être, au contraire, parce qu'elle n'a jamais rien ressenti pour vous. Tout est possible. Dans le doute, oubliez cette menteuse professionnelle et tournez la page. Une de perdue, comme on dit… »

Il laissa passer un temps ; Eugène ne réagit pas.

« Maintenant que nous avons fini d'évoquer cette pauvre fille, nous devons parler affaires. La gloire vous attend, Eugène. Vous avez un article à écrire. »

Eugène ne dit rien. Il était hébété, incapable de débrouiller l'écheveau des possibilités. Une seule chose était certaine : elle était partie. Pour de bon. Et il avait mal. Partout.

Henri Bint faisait figure de nain à côté de son factotum. Ce dernier, au grand étonnement de Gwen, ne portait pas de revolver – Bint non plus n'était pas armé. Mais elle ne s'y trompait pas. Ils avaient le nécessaire à portée de main.

De toute manière, le colosse n'avait pas besoin d'arme à feu pour tuer quelqu'un. Il pouvait briser des os de ses mains nues.

La jeune Anglaise avait dissimulé un petit pistolet de femme sous ses jupons, attaché à son mollet par une lanière de tissu. Seulement, pour s'en saisir, il lui faudrait faire un geste éminemment suspect… et elle se retrouverait armée de la main gauche, ce qui compliquait les choses.

Assise bien droite face à eux, elle jeta un regard mélancolique à sa main droite. Dans cette aventure, elle avait pour l'instant perdu deux doigts. À présent, elle risquait d'y laisser la vie.

Un paysage champêtre défilait derrière la vitre. L'herbe était verte, parsemée de fleurs ; les arbres bourgeonnaient. Gwen pensa à son village natal. Elle aurait aimé pouvoir s'y rendre, le temps d'un repas avec sa mère et d'une promenade dans les champs.

L'agent de l'Okhrana alluma une cigarette avant de parler :

« Nous voulions vous mettre à l'épreuve.

– De quoi ? »

Décidée à jouer les idiotes, Gwen se lança dans un mensonge préparé de longue date :

« Ma tante est à l'agonie. Je rentre la visiter.

– Voyons, miss… Ne me prenez pas pour un benêt. Vous ramenez les documents de Paléologue à votre gouvernement.

– Pardon ? D'où sort cette lubie ? »

Henri Bint était plus las qu'énervé :

« Le Guin vous a demandé de récupérer les documents afin d'avoir un plan de secours si les anarchistes envoyaient l'un des leurs en cavale. Par ailleurs, il espérait éviter que Garcin, à la Sûreté, ne les récupère. Ou que je les récupère moi-même. Il n'avait sans doute pas compris que vous aviez vos propres projets.

– Je ne comptais pas les garder.

– Allons, rétorqua Bint en levant les yeux au ciel, vous n'espérez tout de même pas me faire gober cette histoire… »

Gwen se gratta la tête, contrefaisant l'étonnement.

« Henri, vous perdez l'esprit : je vous rappelle que nos trois pays sont alliés, et que ma présence à Paris était justement un gage de coopération.

– Coopération ne signifie pas amour inconditionnel. Vous aviez l'occasion de subtiliser des documents susceptibles de faire tomber deux gouvernements européens : n'importe qui aurait agi comme vous. »

Ce fut au tour de Gwen d'adopter un ton fatigué, presque vexé :

« J'ai toujours été fidèle à mon pays. Jamais je ne trahirai…

– Je n'ai pas dit que vous trahissiez l'Angleterre. Au contraire. Vous suivez des ordres.

– Et ces ordres, dans quel but seraient-ils donnés, je vous prie ? Que gagnerait l'Angleterre à déstabiliser la France et la Russie ? »

Bint prit une nouvelle bouffée de sa cigarette. Il plissa les yeux.

« Elle y gagnerait la sécurité en Perse et en Inde. »

Il avait détaché chaque syllabe. La jeune Anglaise hésita.

« Les Russes ne respectent plus la Convention, vous faites bien de le dire, et leurs prétentions mettent nos intérêts coloniaux en danger. C'est indiscutable. Mais le problème ne vient pas de nous.

– C'est tout de même un problème, et vous voulez le régler.

– Pas si cela revient à attaquer nos alliés. Le Premier ministre est un fervent défenseur de l'alliance. Or, il ne vous aura pas échappé que je travaille pour le Secret Service, qui obéit au gouvernement.

– Dans les services secrets comme en politique, on n'agit jamais dans un seul et unique but. Grey veut maintenir l'alliance pour le moment. Mais vous aimeriez aussi avoir de quoi affaiblir la Russie si les tensions en Orient s'accentuaient. »

Il fit un geste de désespoir.

« Je ne vous accuse pas de vouloir utiliser ces documents maintenant. Vous préférez simplement qu'ils soient entre vos mains au cas où les alliances changeraient dans l'avenir. Si jamais le Kaiser se montrait plus conciliant avec vous, comme il a déjà commencé à le faire, ou que le Tsar s'intéressait de trop près à vos colonies… »

Gwen haussa les épaules.

« Ce que vous décrivez serait extrêmement risqué de notre part.

– Pas tellement : si les documents arrivaient en Angleterre, nous ne serions pas en position de réagir. Et s'ils n'y arrivaient pas, vos supérieurs pourraient se dédouaner en vous accusant d'initiative personnelle. »

Dehors, des villages et des champs sous le soleil. L'air devait être doux. Elle aurait voulu y être. En fait, elle aurait aimé être n'importe où plutôt que dans ce train.

« J'admets avoir eu du mal à y croire, poursuivait l'espion. Je ne pensais pas la Grande-Bretagne capable d'une telle initiative. »

Il médita sa propre parole un instant, avant d'ajouter :

« J'ai eu la puce à l'oreille lorsque Charles Boynet nous a appris que vous aviez participé au cambriolage de De Brémont. Cela ne correspondait pas à nos directives, et ne servait les intérêts de personne, excepté les vôtres. Alors je vous ai fait surveiller plus activement, par sécurité. »

Il se pencha en avant, comme pour dire un secret. Son visage était de plus en plus apathique, et Gwen savait que c'était mauvais signe.

« Je me doutais que Le Guin vous proposerait un marché. Il n'a aucun avantage personnel à récupérer ces documents – hormis l'argent, bien sûr – et il aime faire des paris risqués lorsqu'il n'a rien d'important à perdre. J'ai laissé faire. C'était l'occasion de voir où allait votre fidélité. »

Bint désigna de la main l'ensemble de la cabine.

« Et voilà : le train pour Calais, dès le lendemain. J'ai tout juste eu le temps de rendre visite à un vieil ami, avant de me précipiter ici. »

Il écrasa sa cigarette sur le rebord de la fenêtre, la mine sombre.

« Vos supérieurs nieront être informés de vos agissements. Nous continuerons à collaborer pendant de longues années, jusqu'à ce que la politique appelle à de nouvelles alliances. C'est triste à dire, mais votre mort n'aura aucun effet. »

Gwen sentit ses muscles se tendre. Ils allaient la tuer. Elle les connaissait assez pour savoir qu'il était inutile de chercher à négocier. Ils n'avaient aucune pitié.

« Nous pourrions vous laisser partir, précisa Bint d'un ton grave, mais il est plus judicieux de signaler notre mécontentement. »

Durant une seconde, ce fut comme si une terreur blanche dissolvait toutes ses pensées. Elle faillit se jeter à genoux. Puis elle se reprit : ce serait inutile. Il fallait qu'elle se défende.

Un plan absurde germait dans sa cervelle.

« Et si je n'ai pas les documents sur moi, vous comprendrez peut-être que vous vous êtes trompé ? Ils sont restés chez Eugène, à votre disposition. »

Les deux agents laissèrent échapper un sourire. C'était la première fois, depuis le début de la discussion, que l'homme de main manifestait la moindre émotion.

« Qu'est-ce qui vous amuse ? Vous n'avez qu'à me fouiller ! »

Bint haussa les épaules et désigna le sac à main. Elle le tendit au géant, qui se mit en devoir de l'ouvrir. C'était sa seule opportunité : la fraction de seconde où le monstre déplaçait son attention.

Elle plongea la main sous son jupon et se jeta sur Henri Bint, qu'elle attrapa à la gorge. Quand le colosse se retourna, elle tenait son patron collé contre elle, le canon sur le front.

« Un geste, et j'abats ton chef. L'Okhrana qui revient décapitée, ça n'arrangera personne. »

Gwen sentit la respiration sifflante de Bint contre sa poitrine. Elle vit l'expression hébétée du géant. Jamais, lorsqu'elle l'avait croisé, il n'avait manifesté la moindre émotion humaine. À présent, tout son corps indiquait qu'il était désemparé.

Les deux agents avaient perdu la main. Une minute plus tôt, ils pouvaient la tuer – maintenant, elle avait l'avantage. Son handicap ne changeait rien : dans cette configuration, tenir son revolver de la main gauche n'était pas un problème.

Alors, pendant un bref instant d'euphorie, la jeune Anglaise crut avoir gagné.

Elle n'eut même pas le temps de voir le coup.

Krasilnikov leva le bras ; le poignet de Gwen se tordit sous la douleur. Elle lâcha le revolver. Bint se dégagea d'un bond.

De son bras libre, elle voulut frapper le géant ; celui-ci se contenta de parer le coup et de lui bloquer le poing dans sa main.

Bint ne bougeait pas. Il assistait à la scène en spectateur.

Les deux mains piégées dans celles du géant, Gwen sentit ses forces l'abandonner. Elle avait été si proche de la victoire…

Krasilnikov balança la tête. Le nez de la jeune femme se brisa, et elle partit en arrière. Elle alla frapper le dos contre la fenêtre.

La bouche pleine de sang, la vision troublée, elle glissa par terre. Ses mains tâtonnèrent frénétiquement à la recherche de son arme. Le monstre se jeta sur elle. Elle s'entendit hurler avec une voix étrangère qu'elle ne voulait pas mourir.

À cet instant, elle toucha du doigt le revolver. Si elle avait encore eu son index ou son majeur, elle aurait pu le saisir. Krasilnikov écarta l'arme d'un coup de pied. Il la plaqua au sol et posa ses paumes immenses sur sa gorge, d'un geste presque doux. Il se mit à serrer. Elle ne voulait pas mourir. Elle chercha à se débattre, en grands gestes désordonnés, sans le faire bouger d'un millimètre. Puis elle pensa à appeler de l'aide ; seul un faible râle s'échappa de ses lèvres. Krasilnikov serra plus fort.

Henri Bint leur tourna le dos. Il ouvrit le sac de l'Anglaise. Les documents s'y trouvaient.

CHAPITRE 29

Victor Fabre versa le café fumant dans les tasses, puis poussa l'une des deux en direction de Pierre Cerruti. Celui-ci était assis, les coudes sur la table, la tête dans ses mains.

Le commissaire se renfonça dans son fauteuil ; le mouvement rendait encore ses muscles douloureux. Sarah s'était proposé de faire le service, mais il avait préféré s'entretenir seul à seul avec son ancien adjoint.

Il but une gorgée brûlante en faisant la grimace. L'amertume lui déplaisait encore.

Malgré tout, il était en vie. Et heureux de l'être.

Les anarchistes, afin de conserver leur otage, lui avaient offert des soins frustes mais suffisants, notamment en arrêtant l'hémorragie. Comme la balle s'était logée entre deux côtes, aucun organe vital n'avait été touché, malgré les flots de sang qu'il avait perdus. Fabre souffrait en respirant, mais il respirait encore.

Cerruti, lui, tournait lentement sa cuillère, le regard perdu dans le vide.

Fabre resta silencieux. Depuis qu'il avait quitté l'hôpital, il passait le plus clair de ses journées à attendre patiemment. Qu'attendait-il ? N'importe quoi. Cantonné dans son petit appartement, trop faible pour sortir, il attendait des visites, et n'en recevait que trop peu. Il attendait de se sentir mieux, et cela prenait trop de temps. Il attendait, enfin, que Hennion accepte sa retraite. Quitte à rester allongé durant des heures pendant que le monde tournait sans lui, autant faire cela au bord d'un étang avec une canne à pêche.

Enfermé à l'hôpital Saint-Louis, puis cloîtré chez lui, Fabre avait besoin de reprendre contact avec le monde extérieur ; Cerruti venait du monde extérieur et il fallait donc le traiter avec précaution. D'où le café, et la patience.

Il n'avait reçu jusque-là qu'une visite du préfet, qui lui avait résumé les grandes lignes de l'affaire. Cerruti, en revanche, avait pris son temps avant de venir.

D'ailleurs, l'inspecteur n'avait pas l'air disposé à brusquer les choses. N'y tenant plus, Fabre finit par lancer un appât :

« Alors, Pierre, comment ça se passe au Quai ? »

La voix était encore incertaine.

Cerruti cessa de touiller son café. Il était ferré.

« Comme d'habitude. On s'ennuie. »

Fabre soupira. La prise résistait. Il fallait y aller plus fort :

« Je vous aurais cru submergé de travail. En une semaine, vous n'avez pas trouvé le temps de me rendre visite. »

Le jeune policier se passa la main sur la nuque, mal à l'aise.

« Excusez-moi, monsieur. Depuis Herblay, je n'ai pas eu le courage de venir vous parler. »

Il hésita, puis précisa :

« J'essaye d'oublier toute cette affaire. Elle me laisse un goût désagréable.

– À moi aussi, Pierre. Mais elle m'a également laissé une balle dans le ventre, ce qui a diminué mon espérance de vie de manière drastique. Alors j'estime que j'ai le droit d'être informé de sa résolution. En particulier par mon adjoint le plus proche. »

Cerruti sourit. Fabre savait qu'il faisait jouer une corde sensible avec cette remarque. Ce qui ne l'empêchait pas d'être tout à fait sincère : depuis qu'il avait décidé de finir sa convalescence en tant que retraité, son seul regret était d'abandonner son ancien lieutenant.

« J'aurais dû venir. J'avais simplement besoin de… de faire le point quelque temps. »

Il but une gorgée de café.

« J'imagine que vous avez été mis au courant des grandes lignes ?

– Hennion et Garcin s'en sont chargés, oui. Mais c'était la semaine dernière. Il y a eu du nouveau depuis ?

– Pas vraiment. Je ne sais pas s'il faut s'en réjouir ou non, mais le plan de l'Okhrana n'a pas fonctionné : l'assassinat de Calmette a éclipsé notre assaut. Seul le jeune journaliste… »

Il chercha le nom.

« Lepage.

– Oui, Eugène Lepage. C'est le seul à avoir parlé du rôle de l'Okhrana dans la localisation des anarchistes. En fait, c'est le seul à avoir parlé des anarchistes. L'information a été aussitôt oubliée.

– Tout cela n'a donc servi à rien. »

Fabre vida sa tasse en réprimant une nouvelle grimace. Le café lui rongeait le ventre. Le café, et ce dénouement.

L'Okhrana avait échoué. Les espions de différentes polices secrètes s'étaient réunis pour monter un plan machiavélique, qui se terminait en eau de boudin à cause d'un événement sans rapport. Toutes leurs machinations étaient contrées par une femme à bout de nerfs, qui n'était même pas au courant de leur existence.

Rien n'avait été obtenu, par personne. Ni par les anarchistes, ni par les Russes, ni par les Allemands, ni par la police. On avait tué et torturé sans faire advenir de monde utopique, sans faire tomber d'espion haut placé. Quelques lanceurs de bombes avaient été neutralisés – mais ils n'auraient jamais été un danger s'ils n'avaient pas été manipulés en premier lieu.

Fabre repensa à Auguste Vaillant, l'auteur du premier attentat anarchiste sur lequel il avait enquêté. On avait accusé le terroriste d'être au service de la police. C'était absurde, bien sûr. Mais il était vrai que Vaillant, sans le vouloir, avait légitimé une répression drastique. Il avait donné à ses ennemis les moyens d'agir qui leur manquaient. Toujours le même piège : en voulant réaliser leur idéal par la force, ils le détruisaient. Et dans le fond, pensa le commissaire, il n'agissait pas différemment lui-même, avec son propre idéal.

« Des nouvelles de la femme ?

– Envolée. Définitivement, j'espère. »

Cerruti parut hésiter. Fabre pencha la tête pour l'inciter à poursuivre.

« Oui ?

– Il y a une autre femme, en revanche… L'Anglaise.

– La compagne du journaliste ?

– Tout à fait. Elle a été retrouvée morte. »

Fabre hocha la tête. Il ne comprenait pas le rôle qu'elle avait joué dans cette affaire. On lui avait dit qu'elle devait s'assurer que le journaliste écrive son article – et il ne comprenait pas pourquoi il avait mis tant de temps à l'écrire. Il suspectait donc d'autres complications.

Cerruti, qui ne paraissait pas beaucoup plus avancé, expliqua :

« Le lendemain de l'assaut, le train Paris-Calais de dix heures a été arrêté en rase campagne, près de Creil, par un passager tirant la sonnette d'alarme. Certains disent avoir vu deux hommes quitter la première classe. Ils ont disparu dans un bosquet. On suppose qu'ils avaient disposé là une voiture, ou qu'un complice motorisé les attendait. Ils laissaient derrière eux le cadavre d'une jeune femme étranglée. Comme elle n'avait pas de papiers sur elle, il a fallu du temps pour l'identifier.

– Et Garcin ?

– Il a pris la nouvelle avec beaucoup de détachement.

– Il était déjà au courant.

– C'est ce que je pense aussi. De ce qu'il m'a laissé entendre, j'ai l'impression qu'elle a volé les documents. Ce qui explique pourquoi ils n'étaient plus chez les anarchistes, et laisse supposer qu'elle a un lien avec la mort de René Grandville, dans les bois… »

Fabre resta silencieux. C'était tout à fait possible. Et derrière ces petites manigances, il y avait Garcin – ainsi que d'autres silhouettes encore moins recommandables.

Il haussa les épaules.

Cerruti avait raison. Inutile de s'obstiner à éclairer cet échec retentissant.

C'était ce que lui avait fait comprendre Célestin Hennion. L'affaire était close, on l'étoufferait autant que possible. On conclurait à l'absence de preuves concernant un agent provocateur, qu'il soit envoyé par l'Allemagne, la Russie ou… la France elle-même. On laisserait la presse lancer des rumeurs si elle le souhaitait – ce qui n'était pas le cas.

On ne pouvait que jeter un voile pudique sur ce fiasco. Et Fabre avait dès lors décidé qu'il ne remettrait jamais les pieds au Quai d'Orsay. Il n'avait plus rien à y faire.

Il avait toujours cru que le monde se divisait en deux camps : les criminels et les forces de l'ordre. Les motifs des premiers n'avaient aucune importance, et les actions des secondes étaient toujours justes. Puis étaient venus s'ajouter les agents doubles, les agents triples, les éléments provocateurs et les polices secrètes. Il n'y avait plus deux camps : il y en avait des dizaines, des centaines, comme si chacun était son propre camp contre le monde entier. Et tous étaient persuadés que leurs raisons justifiaient leurs actes.

Après l'attentat de Vaillant, un poète en mal de provocation avait déclaré : « Qu'importe la mort de vagues humanités, si le geste est beau. » Au nom d'un *beau geste*, on assassinait et on assassinerait des humanités entières. Mais aucun beau geste ne se terminait par une bombe allumée ou un fusil chargé.

Son univers si simple était devenu confus. Peut-être qu'il l'avait toujours été, sans qu'il s'en rende compte. Quoi qu'il en soit, en Europe, il était désormais impossible de remettre de l'ordre. Les hommes du commun n'étaient plus que des pions perdus dans un jeu aux trop nombreux opposants et aux enjeux fluctuants. Une toile d'araignée sans fin, sans logique, sans espoir. Si une ultime vibration la faisait s'écrouler, il n'y aurait qu'une seule chose à faire. Ce qu'il venait de faire, au crépuscule de sa carrière : compter les pions entassés dans le charnier. Sans que personne ne puisse prétendre avoir compris ce qu'il s'était passé.

« Nous avons classé l'affaire. Il ne se passe plus rien sur ce front-là. »

Fabre n'écoutait plus. Il lui semblait comprendre, à présent, ce feu étrange qui avait consumé son fils. Il ne voulait plus avoir de liens avec ce monde peuplé de somnambules qui couraient vers l'abîme en croyant pourchasser un rêve, et qui entraînaient l'humanité avec eux.

Une étrange lumière tombait sur le monde, et elle faisait naître des mirages pour lesquels beaucoup étaient prêts à se damner : Liberté, Ordre, Argent. Fabre, lui, n'avait jamais cherché à réaliser ses rêves. Il s'était contenté de se battre aux côtés de vagues humanités, en se méfiant des beaux gestes.

Cela revenait à choisir le camp des perdants. Il allait donc cesser ce combat impossible, et partir rôder sur des berges plus tranquilles pour pratiquer le seul beau geste qu'il connaissait : celui du pêcheur lançant sa ligne dans le creux du courant où se cache la truite.

En esquissant un sourire, il se pencha vers son adjoint. Celui-ci remarqua alors une lueur rare dans les yeux du commissaire.

Le vieil homme paraissait heureux.

« Oublions tout cela, Pierre. Cela ne vaut pas tant de discours. Et dites-moi plutôt : est-ce que vous vous y connaissez en pêche à la ligne ? »

ILS ONT COLLABORÉ À CE LIVRE :

PIERRE FOURNIAUD
DIRECTION ÉDITORIALE ET COORDINATION

CORINNE BERNARD
RELECTURE

HERVÉ DELOUCHE
CORRECTION

BRUNO RINGEVAL
COMPOSITION

DONATA JANSONAITĖ
IMPRESSION

MARIE-ANNE LACOMA
SUIVI COMMERCIAL ET PROMOTIONNEL

FLORA MORICET
RELATIONS PRESSE

LES ÉQUIPES DU CDE ET DE LA SODIS
DIFFUSION ET DISTRIBUTION

AGENCE TRAMES
CESSIONS DE DROITS

LES LIBRAIRES
COMMERCIALISATION ET PROMOTION

DÉPÔT LÉGAL : FÉVRIER 2022
IMPRIMÉ EN UE